U0132675

中国文艺思想史论集

——张毅自选集

南开大学出版社

图书在版编目(CIP)数据

中国文艺思想史论集.张毅自选集 / 张毅著.—天津:南开大学出版社,2004.10

(南开大学文学院学者文丛)

ISBN 7-310-02162-2

Ⅰ.中...　Ⅱ.张...　Ⅲ.①张毅—文集②文艺思想—思想史—中国—文集　Ⅳ.I209-53

中国版本图书馆 CIP 数据核字(2004)第 078502 号

南开大学出版社出版发行

出版人:肖占鹏

地址:天津市南开区卫津路 94 号　邮政编码:300071

营销部电话:(022)23508339　23500755

营销部传真:(022)23508542　邮购部电话:(022)23502200

*

河北昌黎太阳红彩色印刷有限责任公司印刷

全国各地新华书店经销

*

2004 年 10 月第 1 版　2004 年 10 月第 1 次印刷

880×1230 毫米　32 开本　12 印张　5 插页　298 千字

定价:28.00 元

如遇图书印装质量问题,请与本社营销部联系调换,电话:(022)23507125

出版说明

为纪念南开学校建立一百周年暨南开大学建立八十五周年，我院特编辑出版这套“南开大学文学院学者文丛”。

南开是一个特色鲜明的学校，在20世纪相当长的一段时间里，它是以私学典范的形象在中国现代教育中卓荦而立的。唯其如此，规模偏小、经费偏紧始终伴随着它发展的过程。但“南开难开，越难越开”，终于写下了值得自傲的百年历史。百年风雨，累积的经验很多，但足以使南开屹立于名校之林的首要经验是“学术精良”。所以，纪念南开百年，献上这部小小的丛书，就是理所当然的了。

南开大学文学院是多学科的综合性学院。建院之初，我们就提出了“学术兴院”与“互补共荣”的方针，文学、语言、艺术、传播，在教学中由互补而形成特色，在学术上因互补而拓展思路。这部丛书所收便是文学、语言、艺术等各学科部分学者的著作。又因为是纪念性出版，所以每人所选各随己意。学术论文为主自不待言，其他或兼有谈文论艺、自抒怀抱的小品点缀其间，以便读者切磋学术之余，也不妨近距离地一睹南开学人的风神。

愿南开之树常青。愿南开学术生生不已。

南开大学文学院

2004年8月2日

目　录

第一辑

《庄子》中的“神”及其对古代文论的影响

在中国古代文论里，“神”的观念的影响非常广泛和深远，大至一个时代的审美理想，小至一些具体的文艺理论概念和术语，如“神似”、“神思”、“神韵”等，都与《庄子》中所讲的“神”有密切的关系。

与儒家《论语》的“子不语怪、力、乱、神”不同，《庄子》是先秦典籍里谈“神”较多的一部书。在这部书中，庄子将人类开化时期由于自然崇拜而产生的“神”的观念，与他所讲的自然之道相提并论，从而扩大了“神”的内涵，使之具有了哲学的意义。《庄子·在宥》篇说：“一而不可易者，道也，神而不可不为者，天也。”[①]《天地》篇里提到“道”时也说：“视乎冥冥，听乎无声。冥冥之中，独见晓焉；无声之中，独闻和焉。故深之又深而能物焉，神之又神而能精焉；故其与万物接也。”[②] 在庄子看来，“道”是先天地而生的自然本体，无形无为，“神”则与天地并生，与万

---

① 《庄子集释》，郭庆藩辑，中华书局 1961 年版，第 398 页。

② 《庄子集释》，第 411 页。

物相接。如果说“道”是“无”，万物是“有”，那么“神”就是沟通有无的神奇力量。庄子之所以推崇“神人”，就因为“其神凝，使万物不疵疠而年谷熟”。[①]“神”成了引出和化育万物的神明之主，自然界的变化尽管繁复，但于冥冥之中都有神明的光照。《知北游》篇说：“今彼神明至精，与彼百化，物已死生方园，莫知其根也，扁然而万物自古以固存。”[②]神明至精则无形无声，犹如天地间的阴阳二气。庄子《则阳》篇说：“是故天地者，形之大者也；阴阳者，气之大者也。”[③]所谓神明，就应当是与天地并生的气之大者，属于《齐物论》中所讲的那种“夫吹万不同，而使其自己”的“天籁”。

把“神”看作自然万物的神明之主，或比做“吹万不同”的“天籁”，反映了庄子对自然本体的认识，而在《庄子》一书中，“神”在大多数情况下指人的主观精神。如《养生主》篇的“臣以神遇，而不以目视”。《在宥》篇的“抱神以静，形将自正”。《庚桑楚》篇的“欲静则平气，欲神则顺心”，[④]等等。一部《庄子》，实际上是一个在现实中碰壁的人寻求精神胜利的内心记录。首先，在神与形的关系问题上，庄子片面强调神的重要，他在《知北游》篇中说：“阴阳四时运行，各得其序。惛然若亡而存，油然不形而神，万物畜而不知。此之谓本根。”[⑤]为了说明这个道理，庄子在《德充符》篇里用小猪与母猪的关系作比喻说：“所爱其母者，非爱其形也，爱使其形者也。”成玄英疏：“使其形者，精神也。”[⑥]庄子认为精神是与道为一的宇宙本体之作用，是形的主宰，所谓“精神生于

---

① 《庄子集释》，第 28 页。

② 《庄子集释》，第 735 页。

③ 《庄子集释》，第 913 页。

④ 《庄子集释》，第 119 页，第 381 页，第 815 页。

⑤ 《庄子集释》，第 735 页。

⑥ 《庄子集释》，第 209 页。

道，形本生于精，而万物以形相生”（《知北游》篇）。因此他强调“唯神是守，守而勿失，与神为一；一之精通，合于天伦”（《刻意篇》）。[①]其次，庄子主张精神的绝对自由和流动。《逍遥游》中的“逍遥”就是指摆脱了种种物质利害关系束缚后的精神自由，“游”则指自由精神和情韵的舒放流动，那“抟扶摇而上者九万里”的“大鹏”，就是庄子自由精神的象征。在庄子看来，精神的自由是得道的先决条件，由于“道”是无所不在的，所以必须使“精神四达并流，无所不极，上际于天，下蟠于地，化育万物，不可为象”（《刻意》篇）。[②]做到了这一步，就可称为“独与天地精神”往来的“天人”。

无论是强调精神的重要，还是主张精神的绝对自由，最终要归结到精神的“虚静”。与老子一样，庄子认为“道”是不可道、不可名的，可道可名的都是物之粗。因此他主张“无思无虑始知道”（《知北游》篇）。所谓“无思无虑”就是要排除杂念，这就是“虚”。“静”则是指“无视无听”，不受外界的干扰。《天道》篇云：“水静犹明，而况精神！圣人之心静乎！天地之鉴也，万物之镜也。……虚则静，静则动，动则得矣。”[③]也就是说，一个人要得道，必须“斋戒疏瀹而心，藻雪而精神”。只有这样，才能成为“至道之人”。至道之人即“至人”（《列御寇》）。

实际上，这乃是一种泛神的观点，用这种观点来认识事物，就容易夸大人的主观精神的作用。因为万物之所以有神性，乃是人把自己的主观想象加在上面的结果。在《庄子》一书中，所谓“神人”，“天人”，“至人”，都是以主观精神充塞宇宙天地，获得精神绝对自由的象征和比喻。“神”是从万物有灵的自然观念中抽绎出

---

① 《庄子集释》，第741页、第546页。

② 《庄子集释》，第544页。

③ 《庄子集释》，第457页。

来的，但在人身上得到充分的展现，由“神人”而“天人”，由“天人”而“至人”，达到主体与客体的交融，人与自然的冥合，精神性的“无”与客观自然的“有”在一个新的高度得到统一。这就是“神”在《庄子》一书中的哲理内涵。

明白了《庄子》中“神”的哲理内涵，我们对魏晋后受“神”的观念影响而产生的以自然为美的审美理想，以及由此产生的一些有关艺术内部规律的概念术语，就可以有比较清楚的认识了。

中国古代的文艺思想，基本上发源于先秦的儒道两家，后来又受到外来佛教思想的影响。儒家的文艺观重在政治教化，强调美刺比兴，提倡一种社会伦理的美，这在“独尊儒术”的汉代的文学批评里表现得很突出。到了魏晋六朝，由于社会的动乱，儒家纲常名教的崩溃，社会经济和文化的重心移到南方，受南方自然山水的熏陶和文化传统的影响，人们养成了老庄那种任性旷达、崇尚自然的生活态度，对自然的美重视了起来。庄子是很喜欢自然山水的。《知北游》篇说：“山林欤，皋壤欤，使我欣欣然而乐焉！”[①]这种思想为六朝士人所继承，他们一方面谈玄论道，将《老子》《庄子》《易经》并列为三玄；一方面以超然的态度欣赏山水，把山水当作体悟道体或玄趣的桥梁。所谓“会心处不必在远，翳然林水，便自有濠濮间想也，觉鸟兽禽鱼，自来亲人”。（《世说新语·言语》）[②]当时的人物品评也多以自然景物作比，如说嵇康“肃肃如松下风，高而徐引”；王羲之“飘如游云，矫若惊龙”（《世说新语·容止》），[③]山水的气象和人物的神明得到了无间的结合。士大夫们在欣赏山水的时候，似乎也就在欣赏着自己，于是独立的山水诗与山水画出现了，产生了以自然为美的审美理想。

---

① 《庄子集释》，第765页。

② 《世说新语》，第29页。《诸子集成》八，中华书局1954年版。

③ 《世说新语》，第159页、第163页。

人与自然的审美关系，是从人类存在的那一天就开始了的，最初它反映在神话里，后来反映在诗歌上，如《诗经》中的“比兴”就反映了人与自然之间的感发关系。但当“关关雎鸠”被附会为“后妃之德”后，这种关系就被解释为政治的伦理道德了，所谓“善鸟香草，以配忠贞；恶禽臭物，以比谗佞”。（王逸《离骚经序》）诗骚的自然天趣荡然失存。只有在《庄子》里，自然与人的关系才以天人的形式表现出来，庄子讲的“天”、“天道”、“天运”、“天地“、“阴阳”等，全是指的自然。他认为“天地有大美而不言”，主张“备于天地之美，称神明之容”，人应该以自己的精神去与自然万物中的神明相交，所谓“游心于物之初”。在他看来，万物是有灵的，人也是有性灵的，所以要“以神遇，不以目视”，“神”是沟通天人之际的桥梁。因此“独与天地精神往来”就成为中国人一种独特的自然观，不是象西方人那样把自然看作与主体无关的身外之物，而是把自然视为人的朋友，其中寓有神明，可以与人相通，人也只有投入自然的怀抱，与自然融为一体，才能成为得道的“至人”。

“至人”是庄子做人的最高理想。当然，庄子的这种思想带有消极避世的色彩，后世的文人都是在仕途失意或政治黑暗时，才寄情山水，崇尚老庄，以求心灵的安慰。六朝人的向往自然，多半由于这个原因，当时的读书人谈论老庄与寄情山水是结合在一起的，玄言和山水并不矛盾。《文心雕龙·明诗》说：“庄老告退，而山水方滋。”[①] 只是表明两者的递进关系。因为要用被老庄视为“物之粗”的语言来说明不可言说的“道”，效果是不理想的，而山水本身具有自然的神明，可以“以形媚道”（宗炳《画山水序》），[②] 通

---

① 《文心雕龙注》，范文澜撰，人民文学出版社 1958 年版，第 67 页。

② 《历代论画名著汇编》，文物出版社 1982 年版，第 14 页。

过山水去体会玄言，更能达到“神超形越”的境界。所以当时的士大夫，不仅诗里写山水，画里画山水，就是在赋里或书信里也有大段的景物描写。这是一个人们对自然美普遍觉醒的时代，而造成这种觉醒的思想基础就是《庄子》里那种自然有灵的泛神观念。

以自然为美的审美理想，要求人们的艺术创造要符合自然造化，如清水出芙蓉，不事雕琢；同时，自然的景物也要能充分地心灵化、主体化，使之具有人的品格和气质，成为人的思想精神的表现。刘勰《文心雕龙》的《原道》篇说：“云霞雕色，有逾画工之妙；草木贲华，无待锦匠之奇：夫岂外饰？盖自然耳。”[①] 钟嵘的《诗品》反对过多地用典和人为的音律，也是本于“自然英旨”。由此可见当时的审美理想与《庄子》中崇尚自然的“神”的观念有关；但《庄子》中的“神”对古代文艺理论的影响，还具体地表现在下面几个以“神”字为基础而构成的文论概念上。

1．神似。这主要是针对绘画艺术而提出的要求，但也影响到诗文创作。大文学家苏轼说：“论画以形似，见与儿童邻。赋诗必此诗，定非知诗人。”（《书鄢陵王主簿所画折枝二首》其一）[②]意思是说文艺创作应追求内在的精神本质，不要局限于外表形状的相似。这种认识直接来源于《庄子》中重神轻形、以神为根本的哲学思想。在庄子看来，世间万物都有神与形两个方面，“神”与道相通，属于抽象的精神本体，不是人们的感官能直接把握的，所以是“无”。“形”属于具体的客观存在，是“有”，但这种“有”是随着时间环境而变化的，不能代表事物的本质，决定事物本质的是“神”。因此庄子非常赞赏那种最能表现人物精神风貌的“解衣般礴”式的画。所谓”大象无形”，就在于它已摆脱具体形式的局限，

---

① 《文心雕龙注》，第 1 页。

② 《苏轼诗集》，中华书局 1982 年版，第 1525 页。

直接地把握住事物的精神本质了。《淮南子·说山训》云："画西施之面，美而不可说，规孟贲之目，大而不可畏，君形者亡焉。"高诱注："生气者，人形之君。"[①]强调"君形"，就是强调绘画必须表现出人物的精神风貌，这是一个人的本质特征所在。如果没有画出"神"来，"形"画得再好也没用。顾恺之根据这种看法，提出了"以形写神"的文艺主张。[②] 杜甫在评论顾恺之的画时则说："虎头金粟影，神妙独难忘。"（《送许八拾遗归江宁觐省》）[③]"神"也成为现实主义诗人杜甫的评画标准了，其《丹青引·赠曹将军霸》一诗云"将军善画盖有神"。[④]

重神似是符合艺术创作规律的，但我们也得指出庄子重神轻形的思想对后世的消极影响。如宋元的文人画，不满于院画的以形似为工是对的，但也有片面追求神似而脱离现实的倾向。苏轼画竹不仅用墨，还用朱色，他画的枯木寒林也像其"胸中蟠郁"一样，奇奇怪怪，可谓"当其下笔风雨快，笔所未到气已吞"（见邓椿《画继》）。[⑤] 至于米芾开创的米家山水更是一片烟云雾状，令人难以捉摸了。为了突出文人清高脱俗的精神风貌，许多文人画没有准确的透视，画面迷离恍惚，带有一种脱去人间烟火的神仙味。所以有人反对苏轼"论画以形似，见与儿童邻"的看法，认为："画写物外形，要物形不改，诗传画外意，贵有画中态。"（见李贽《焚书》引晁以道语）这种看法是比较公允和正确的。

2. 神思。刘勰《文心雕龙》创作论中的第一篇就是《神思》，它的基本精神源于陆机的《文赋》。据李善《文选》注，陆机在

---

① 《淮南子》，第281页。《诸子集成》七，中华书局1954年版。

② 顾恺之：《魏晋胜流画赞》，《历代论画名著汇编》，第8页。

③ 《杜诗镜诠》，上海古籍出版社1980年版，第186页。

④ 《杜诗镜诠》，第530页。

⑤ 《历代论画名著汇编》，第130页。

《文赋》的关键地方，引用老庄来谈艺术构思和想象的有十一处之多，如“收视反听，耽思傍迅”，“精骛八极，心游万仞”，“方天机之骏利，夫何纷而不理”等，都可以在《庄子》中找到出处。庄子在一些有关精神认识活动的地方是有独到灼见的。刘勰虽是儒家信徒，主张“宗经”、“征圣”，可在探讨作家的精神活动时，却能不拘于儒家的传统思想，象陆机一样，大胆采用道家的思想来说明艺术构思的特点。如《神思》一开始讲的“形在江海之上，心存魏阙之下，神思之谓也”，就出自《庄子·让王篇》。刘勰接着又说：“文之思也，其神远矣！故寂然凝虑，思接千载；悄焉动容，视通万里。”[①] 这与庄子主张的“精冲四达并流，无所不及”，也是相通的。区别仅在于，庄子只讲“神”，强调精神的自由和想象力的发挥，而不讲“思”。他像老子一样，主张“绝圣去智”，甚至认为书本和语言都应该抛弃，只靠平静自得的精神与万物相接，主张“无思无虑始知道”，只强调精神活动中的想象力和心境的虚静。刘勰则不这样简单：他既讲“神”，又讲“思”，将想象力与认识力结合起来。在《神思》里，他一方面说精神的想象力可以超越时空，自由飞腾；另一方面又认为想象要受思想的统辖，以为“神居胸臆，而志气统其关键。”一方面他认为构思需要虚静，说“陶钧文思，贵在虚静，疏瀹五藏，澡雪精神”；另一方面又主张“积学以储宝，酌理以富才，研阅以穷照，驯致以怿辞”。[②]在中国哲学史上，有儒道互补之说，这种情况在古代文论中也存在。“神思”这一概念的产生就是很好的说明。它是刘勰将道家那种重视精神的想象和虚静的“神”的意念，与能反映儒家理性精神的“思”的意念相结合而铸成的文论概念，反映了古代文人创作构思时想象与认识、感情与

① 《文心雕龙注》，第493页。

② 《文心雕龙注》，第1页

理智、物象与心境相互统一的思维特点。

3．神韵。在古代，韵与音乐是很有关系的。李善在注《卢子谅赠刘琨诗》中的“光阐远韵”一句时说：“韵，谓德音之和也。”[①] 把声音与道德政治相联，是儒家的看法。道家则喜欢将声音与无形的精神活动连在一起，所谓“大音希声”的“大音”，就是指一种形而上的精神性的无声之乐，即后人所讲的“神韵”。它与庄子讲的抽象的“道”一样，“视乎冥冥，听乎无声。冥冥之中，独见晓焉；无声之中，独闻和焉。”[②]范晔在《狱中与诸甥侄书》中说：“弦外之意，虚响之音，不知所从而来。”[③] 大概指的就是这种音乐。左思的《招隐诗》：“非必丝与竹，山水有清音。”山水的清音是生气远出的“天籁”，如虚响之音，无形迹可寻，故也可谓之“神韵”。但“神韵”一词最早是用来品评人物的，如《全宋文》卷十顺帝的《诏谥王敬弦》里说王敬弦“神韵冲简，识字标峻”，《世说新语·任诞》评阮浑“风气韵度似父”，[④] 讲的都是人物的风神气韵。所以神韵也可称为气韵，谢赫绘画六法的第一条就是“气韵生动”。气即神气、性气等，指作家艺术家的个性特征和精神风貌，韵就是这种个性特征在作品中表现出来的生命节奏和精神旋律，没有它，作品就会失去美感力量。胡应麟在《诗薮·外篇》中说：“诗人筋骨，犹木之根干也；肌肉，犹枝叶也；色泽神韵，犹花蕊也。筋骨立于中，肌肉荣于外，色泽神韵充溢其间，而后诗之美善备。”[⑤] 很明确地把“神韵”作为诗美的重要条件。

清代神韵理论的倡导者王士禛的《论诗绝句》云：“风怀澄澹

---

① 《文选》，中华书局1977年版，第359页。

② 《庄子集释》，第411页。

③ 《宋书·范晔传》，中华书局1974年版，第1831页。

④ 《世说新语》，第190页。

⑤ 《诗薮》，上海古籍出版社1979年版，第206页。

推韦柳，佳处多从五字求；解识无声弦指妙，柳州那得并苏州？”[①]他认为严羽所讲的“空中之音”，“相中之色”，“羚羊挂角”等，就是“音流弦外之旨”，主张诗歌创作要意兴自然，不可凑泊，要以“天籁”为宫商。他的神韵说有两个特点：一是强调“虚”，因为“神”相对具体的形而言，“韵”相对丝竹宫商而言，都是虚幻而不可捉摸的，它们不是具体的形体声色，但又在那形体声色之中，所谓“不即不离，不黏不脱”。二是主张“空”，要求艺术表现如羚羊挂角，不涉理路，不落言筌。这两点是从老庄的“大音希声”中引申出来的，同时又受禅宗色空观念的影响。在艺术上，由于讲究“虚”，所以能含蕴万物，启发想象，犹如中国画中的空白、戏曲音乐中的停顿，往往有“此时无声胜有声”的艺术效果。由于讲究“空”，所以能灵气往来，旨意遥深，使创作不粘涩于具体的声色之上。这些可以说是神韵说中有参考价值的地方。但从整体来看，神韵说强调的是虚无缥缈的艺术境界，追求的是冲和淡远的艺术风貌，带有老庄思想中那种严重脱离社会政治的倾向和唯心神秘的色彩。这是需要认真批判对待的。

（原载《艺谭》1984年第2期）

---

① 《带经堂诗话》，人民文学出版社1963年版，第40页。

论“妙悟”

在中国的古代文论里，“妙悟”是一种不同于“比兴”和“神思”的艺术思维理论，它从产生、发展到完成，经历了一个较长的历史时期。

一、“妙悟”理论的产生

考查“妙悟”理论的产生，首先得注意魏晋时期人们思想上发生的巨大变化，简言之，就是玄学与经学的不同。重视内心体悟的玄学，不仅使中国人的思维方式突破了儒家注经的传统，也为佛学的输入建立起温床，使之易于生长，因为“佛”的本义就是“悟”。孙绰的《喻道论》说：“佛者梵语，晋训觉也。觉之为义，悟物之谓。”①开始，佛学的传播是以玄学为基础的，支道林的即色论就建立在郭象、向秀的庄注与佛家般若色空同异之义的融合之上；但佛学的输入，也使玄学家那一套“得意在忘象”的内省思维方法更完善了。支道林曾专门著有《切悟章》，他主张“悟群俗以妙道，渐

① 《全上古三代秦汉三国六朝文》，中华书局1958年版，第1811页。

积损以至无”，倡言“色不自有，虽色而空”，[①] 要人们通过感应物色世界的万有而达到心境的空寂。他很推崇庄子讲的“至人”，说：“夫至人也，览通群妙，凝神玄冥，灵虚响应，感通无方。建同德以接化，设玄教以悟神。”他还说：“神悟迟速，莫不缘分。分暗则功重，言积而后悟；质明则神朗，触理则玄畅。”（《大小品对比要钞序》）[②]这实际上已开始将“悟”分为渐悟和顿悟两种了。后来对谢灵运影响很大的竺道生就是力主顿悟的。佛家的顿悟，讲究除情去欲，静心凝虑，即色悟空，用心性直叩佛性，靠直觉把握事物本质。僧肇说：“观色空时，应一心见色，一心见空。”（《答刘遗民书》）[③]他还认为：”然则玄道在于妙悟，妙悟在于即真，即真则有无齐观，齐观则彼已莫二，所以天地与我同根，万物与我一体。”（《涅槃无名论·妙存第七》）[④] 所谓“即真”就是由色悟空，相当于玄学家讲的“得意在忘象”。将这种思维方法称之为“妙悟”是很恰当的。

道家常把只可意会不可言传的东西称为“妙”，佛家的真谛又叫妙谛，因此，所谓“妙悟”还含有“悟妙”的意思。这对当时艺术审美观念的影响是很大的。阮籍在《清思赋》里就说：“余以为形之可见，非色之美；音之可闻，非声之善。……是以微妙无形，寂寞无听，然后乃可以睹窈窕而淑清。”[⑤] 审美的追求已不满足于具体的声色之美，而向往于声色背后的神妙精微之旨。大画家顾恺之说：“四体妍蚩，本无关于妙处，传神写照，正在阿堵中。”（《世说新语·巧艺》）[⑥]成公绥在《啸赋》中也主张要“发妙声于丹唇”，

---

① 《全上古三代秦汉三国六朝文》，第 2366 页。

② 《全上古三代秦汉三国六朝文》，第 2366－2367 页。

③ 《全上古三代秦汉三国六朝文》，第 2411 页。

④ 《全上古三代秦汉三国六朝文》，第 2419 页。

⑤ 《全上古三代秦汉三国六朝文》，第 1305 页。

⑥ 《世说新语》，第 187 页。《诸子集成》八，中华书局 1954 年版。

因为“玄妙足以通神悟灵，精微足以穷幽测深”。[①] 对“妙”的追求，不仅是当时哲学思辨的中心，也成了艺术观赏的集中点。“妙”与“神”是不可分的，在绘画上主张“澄怀观道”和“畅神”的宗炳说：“神也者，妙万物而为言矣。”他认为“今神妙形粗，而相与为用，以妙缘粗，则知以虚缘有矣”。（《神不灭论》）[②]所谓“以虚缘有”，就是陆机在《文赋》中讲的“课虚无以责有，叩寥寞而求音”，[③] 触及的正是艺术思维里最微妙的地方。

文艺家的责任就在于以“虚”缘“有”，通过心灵的想象，创造出具体生动的艺术形象来。谢灵运说：“以妙求粗，则无往不尽；以粗求妙，则莫睹其源。”（《与诸道人辨宗论》）[④]其《田南树园激流植楥诗》又说：“赏心不可忘，妙善冀能同。”[⑤] 所谓“妙善”，出自郭象注的《庄子》，意思是说人应该独与天地精神往来，把自己的主观意识渗透于客观世界的万事万物中而得到无间的妙合，达到一种物我为一的超生死超时空的自然境界。这种境界正是魏晋以来的文人所神往的，因而山水诗成了当时最能体现人们审美追求的艺术样式。还在东晋玄言诗盛行时，陶渊明用平淡的语言描绘田园风光，郭璞借“游仙”的形式写幻想中的景物，支道林、慧远等和尚则于歌咏自然的诗中透出佛理，都已开了谢灵运山水诗的先河。如惠远的《庐山东林杂诗》：“崇岩吐清气，幽岫栖神迹。希声奏群籁，响出山溜滴。”已不乏清新空灵的韵味了，诗的最后说：“妙同趣自均，一悟超三益。”[⑥] 明确点出此诗的主旨是“悟妙”，即体悟事物之妙，达到物我合一。这样的悟妙之作在谢灵运的山水诗中很

① 《文选》，中华书局 1977 年版，第 262 页。
② 《弘明集》卷二，四部丛刊本。
③ 《文选》，第 241 页。
④ 《广弘明集》卷十八，四部丛刊本。
⑤ 《先秦汉魏晋南北朝诗》，中华书局 1983 年版，第 1172 页。
⑥ 《先秦汉魏晋南北朝诗》，第 1085 页。

多，如被传诵一时的“池塘生春草，园柳变鸣禽”，就是他触景凝思的感悟之作。叶梦得《石林诗话》说：“此语之工，正在无所用意，猝然与景相遇，借以成章，不假绳削，故非常情所能到。诗家妙处，当须以此为根本，而思苦言难者，往往不悟。”①

由于谢灵运的创作最能反映时代的风尚和士人们的心理，遂成为南朝最有代表性的大诗人。他出身名门，自幼精熟玄学，同时又“笃好佛理，殊俗之音，多所通鲜”。他的山水诗往往先从眼前景物写起，从直观的描写中感悟出某种自然的妙理，加以归纳。沈德潜说他：“山水闲适，时遇理趣，匠心独运，少规往则。”②“时遇”两字，道出了谢灵运山水诗创作的思维特点。他不是象孙绰、许询那样空谈玄理，使诗成为《老》《庄》的义疏，而是将虚寂的玄理融入生意盎然的景色中，用偶然感悟的方式表现出来，使其如“初发芙蓉，自然可爱”。理论上，谢灵运接受竺道生“悟”在一次返本的观点，主张“顿悟”。他在《答法勖问》中说：“渐悟虽可至，昧顿了之实。”③ 所谓“顿了”就是“顿悟”，着重于感悟之后的一通百通，一了全了。其《答僧维问》云：“心本无累，至夫一悟，万滞同尽耳。”④ 他认为“华人悟理无渐”，“夷人悟理有学”，为了调和华夷，他也不完全否认渐悟，以为“是故傍渐悟者，所以密造顿解”（《答法勖问》）。⑤ 主张渐悟中有顿悟。反映在创作上，就是把对自然天理的妙悟放在观赏山水的过程之中，其《从斤竹涧越岭溪行诗》云：“握兰勤徒结，折麻心莫展。情用赏为美，事昧竟谁辨。观此遗物虑，一悟得所遣。”⑥ 这观赏过程中的“一悟”，是作

---

① 《历代诗话》，中华书局 1981 年版，第 462 页。

② 《古诗源》，中华书局 1963 年版，第 232 页。

③ 《全上古三代秦汉三国六朝文》，第 2612 页。

④ 《全上古三代秦汉三国六朝文》，第 2612 页。

⑤ 《全上古三代秦汉三国六朝文》，第 2612 页。

⑥ 《先秦汉魏晋南北朝诗》，第 1167 页。

者心灵直接与物象相接触时产生的，是凝神寂照中直接把握事物内在本质的认识飞跃。它使作家的主观情怀与客观物理紧密融合，凝结为精美的诗句。如："云日相辉映，空水共澄鲜"（《登江中孤屿诗》）；"野旷沙岸净，天高秋月明"（《初去郡诗》）；"崖倾光难留，林深响易奔"（《石门新营所住四面高山迴溪石濑茂林修竹诗》）等。①

总之，在魏晋六朝，妙悟理论不仅在玄学和佛学的影响下已经产生，而且还在创作实践中得到体现，已经成为一种新的艺术思维方法了。

二、"妙悟"理论的发展

唐代诗坛，有诗佛、诗仙、诗圣之说。诗佛指王维，以他为代表的山水诗派往往在诗中用宁静恬美的自然画面表现空寂落寞的心境，创作上受佛家禅宗"妙悟"方法的影响是很明显的。

王维在为禅宗六祖慧能所撰写的《能禅师碑铭》里说："举足下足，长在道场；是心是情，同归性海。"②意思是说佛就在每个人心中，只要明心见性，即可顿悟成佛。这种成佛的方法叫做"禅"。宗密的《禅源诸诠集都序》云："禅是天竺之语，具云禅那，中华翻为思惟修，亦名静虑，皆定慧之通称也。"③ 所谓"思惟修"，指思维收敛凝集于某一境象上；"静虑"指凝集于境象后的静心思索，使智慧直接透过境象而证悟心源。《坛经》云："若悟无生顿法，见西方只在刹那。"④ 这"刹那"对僧徒来说是由色悟空后的彻底解

---

① 《先秦汉魏晋南北朝诗》，第1162页、1171页、1166页。

② 《王右丞集笺注》，中华书局1961年版，第447页。

③ 《大正新修大藏经》，卷四十八，诸宗部五（二）。

④ 《坛经校释》，中华书局1983年版，第66页。

脱，对诗人来说，则可以是促成意境诞生的灵感闪现。因为诗人只有排除杂念，凝神于境，用志不分，才能体物入微，靠直觉智慧领悟自然的天理。

窦蒙在《画拾遗》中称赞王维："诗合国风公幹之能，画关山水子华之圣。加以心融物外，道契玄微，则其用笔清润秀整，岂他人之可并哉?"[①] 这里所说的"心融物外，道契玄微"，也就相当于禅宗所讲的"思惟修"和"静虑"。王、孟一派的山水诗中多具禅境，主要就在于他们的艺术思维方式与禅宗的妙悟相通。王维在《为幹和尚进注仁王经表》中说："心静超禅，顶法悬解。"[②] 其《荐福寺光师房花药诗序》又说："道无不在，物何足忘？故歌之泳之者，吾愈见其嘿也。"[③] 特别是他在《裴右丞写真赞》中讲的"凝情取象"，[④] 更近于禅家的"定慧"。

当然，"凝情取象"，意旨并不在"象"上，而在象外之妙理。孟浩然在《陪姚使君题惠上人房》一诗中说："会理知无我，观空厌有形。迷心应觉悟，客思未遑宁。"又《来阇黎新亭作》："弃象玄应悟，忘言理必该。"[⑤] 韦应物在《乘月过西郊渡》一诗中也说："赏逐乱流翻，心将清景悟。"他的《咏声》诗是带有禅悟性质的妙语：

> 万物自生听，太空恒寂寥。还从静中起，却向静中消。[⑥]

这诗可以看作王孟一派诗歌创作的夫子自道。"静中起"是说创作时的感兴出于宁静心灵的寂观凝照，"静中消"则说明诗人的理想和热

---

① 《历代诗话》，第593页。

② 《王右丞集笺注》，第309页。

③ 《王右丞集笺注》，第358－359页。

④ 《王右丞集笺注》，第381页。

⑤ 《全唐诗》，中华书局1960年版，第1649页、第1664页。

⑥ 《全唐诗》，第1961页、第1986页。

情全部融注在对自然天理的体悟之中了。宁静之美往往是王孟一派山水诗的突出特点，所谓“诗中有画”，正是他们凝神于景、超然心悟的艺术思维特点的反映。画属于静的空间艺术，诗属于动的时间艺术，诗歌创作里的动中有静，正是直观顿悟所需要的。

“妙悟”在创作方面的表现就是直观顿悟，直观是诗人感兴的来源，也是灵感产生的条件，顿悟则是指灵感出现的状态。前者皎然称之为“取境”，后者叫做“佳句纵横”。其《答俞校书冬夜》一诗云：“月彩散瑶碧，示君禅中境。”又《支公诗》：“山阴诗友喧四座，佳句纵横不废禅。”①诗境与禅境，作诗与参禅，被视为同样的事物了。他在《诗式》中说：“取境之时，须至难至险，始见奇句。成篇之后，观其气貌，有似等闲，不思而得，此高手也。有时意静神王，佳句纵横，若不可遏，宛如神助。”②相传为王昌龄所做的《诗格》谈到“取思”时也说：“搜求于象，心入予境，神会于物，因心而得。”③ 这些说法是对王、孟一派诗歌创作经验的总结，也是妙悟理论在创作方面的发展。

由于创作是搜求于象，心入于境，在静观寂照中体悟色相世界的微妙，因而作品的具体形象画面背后就有了更深一层的旨意。如王维的《辛夷坞》写山中自开自落的红芙蓉花，《栾家濑》写秋雨中的石涧跳波和白鹭翻飞，画面的色彩和动态都很强。然而诗人要表达的却是佛家万物皆空的寂灭思想，所谓“一生几许伤心事，不向空门何处销”（《叹白发》）。因此在阅读欣赏这一类诗时，只有如皎然所说，“但见情性，不睹文字”，才能把握住那“两重意已上”的文外之旨。④司空图说：“戴容州云：‘诗家之景，如兰田日暖，

---

① 《全唐诗》，第 9173 页、第 9251 页。

② 《中国历代文论选》第二册，上海古籍出版社 1979 年版，第 77 页。

③ 《中国历代文论选》第二册，第 89 页。

④ 《诗式·重意诗例》，《中国历代文论选》第二册，第 77 页。

良玉生烟，可望而不可置于眉睫之前也。’象外之象，景外之景，岂容易可谭哉?”[1]这确是深知“诗家三味”的鉴赏家的经验之谈。

“象外之象”，也就是“味外之味”，司空图的诗歌理论就是以“味外之味”为核心建立起来的。所谓“味外之味”，也就是诗的妙处。窦蒙的《语例字格》在解释“妙”字时就说：“百股滋味曰妙。”[2]如何把握诗的“味外之味”，体悟诗境之妙，正是《二十四诗品》的主要内容。在这篇作品里，司空图将诗分为“雄浑”、“冲淡”、“自然”等二十四品。这二十四品讲的并不全是风格问题，因为诗歌之妙并不在于风格的“雄浑”或“冲淡”，只要是具有“味外之味”的诗境，都可称之为妙。要悟妙则须以具体的诗境为基础，“素处其默，妙机其微”，“是有真宰，与之沉浮”，心境完全沉浸在诗境里，类于创作时对景物的直观。同时又要“超以象外，得其环中”，透过诗境悟出诗人的旨意。读者的性灵与诗人的性灵就是这样通过诗境来沟通的。

司空图诗论中“味外之味”说的积极意义，就在于他用来把握诗歌之妙的方法，是建立在具体诗境基础上的审美观照。这告诉我们，不仅诗歌的创作需要妙悟，诗歌的欣赏也需要妙悟，由凝神于境、直观感悟创造出来的诗境，还需由直观感悟去心领神会。当然，这种忽视社会政治功利的纯艺术的审美方法是有很大局限性的，但我们不妨把它看作“妙悟”理论在鉴赏方面的发展。

三、“妙悟”理论的完成

南宋严羽的《沧浪诗话》是第一部以“妙悟”说为核心构成的

---

① 《与极浦书》，《中国历代文论选》第二册，第201页。

② 《中国美学史资料选编》上册，中华书局1980年版，第274页。

诗歌理论著作，它的出现，标志着“妙悟”理论的完成。

在《沧浪诗话》里，严羽继承了皎然、司空图等人的某些理论成果，对从谢灵运到盛唐诸公的诗歌中的“兴趣”有深切的体会和认识，独创“别才”、“别趣”之说。“别才”指特别的艺术创作才能，即诗人的“妙悟”能力；“别趣”指诗歌应具有的艺术特征，即“言有尽而意无穷”的诗歌之“妙”。对于学诗者来说，只有懂得和把握了“别趣”，才可能具备“别才”，或者说，要具备“妙悟”能力，首先得悟妙。严羽认为：

> 诗者，吟咏情性也。盛唐诸人惟在兴趣，羚羊挂角，无迹可求。故其妙处透彻玲珑，不可凑泊，如空中之音，相中之色，水中之月，镜中之象，言有尽而意无穷。①

这里，严羽把盛唐诗人那种不可凑泊的诗境当作诗歌艺术的“妙处”，用四个内涵很丰富的比喻加以说明。所谓“空中之音，相中之色”，是说这诗境不同于真实的物境，它仅存在于人们的想象之中，似有非有，不即不离，虚幻而难以捉摸。（按：“空中之音”属于老庄讲的“天籁”，是感官无法感觉到的希夷之声。“相”在释典里则指与“性”相对的不真实的虚幻世界。）但是这种诗境又可以在静观寂照中靠心灵的直觉智慧去领悟，所谓“水中之月，镜中之象”的“水”与“镜”，都是指人的心。用“水”或“镜”喻人心是释道的传统。《庄子·天道篇》说：“水静犹明，而况精神！圣人之心静乎！天地之鉴也，万物之镜也。”② 唐释玄觉的《永嘉证道歌》：“镜里看形见不难，水中捉月争拈得。”又：“一月普现一切水，一切水月一月摄。”③ 这些话头当为严羽所本。水静明物，镜

---

① 《沧浪诗话校释·诗辨》，人民文学出版社 1983 年版，第 26 页。

② 《庄子集释》，中华书局 1961 年版，第 457 页。

③ 《大正新修大藏经》，卷四十八，诸宗部五（二）。

虚映影，诗的妙境是可以通过虚静的心境去观照和证悟的。王维的诗就常予人“行到水穷处，坐看云起时”的超悟，“言有尽而意无穷”的审美兴趣正是这样产生的。

由于盛唐人的诗境不仅示人以妙，还能启人以悟，所以严羽认为学诗当以盛唐为法，再推源汉魏。他说：“夫学诗者以识为主：入门须正，立志须高；以汉魏晋盛唐为师，不作开元、天宝以下人物。”主张“博取盛唐名家，酝酿胸中，久之自然悟入。”① 正是在这个意义上，严羽主张多读书，多穷理。不过这种读书穷理应建立在对优秀诗歌境界的审美观照之上，目的是“悟第一义”。他说：“论诗如论禅：汉魏晋与盛唐之诗，则第一义也。大历以还之诗，则小乘禅也，已落第二义矣。”② “第一义”原是佛家用语，指事物的真谛。严羽用来借指汉魏盛唐诗里那种莹彻玲珑、不可凑泊的诗境的“妙处”。在宋代，学诗宗尚唐人是很普遍的现象，如王禹偁学白居易，杨亿、刘筠等学李商隐，江西诗派宗主杜甫；但他们只是从诗的格调、辞藻、声律、用典等方面学习唐人，没把注意力放在诗境上。严羽认为这是学错了地方。后来的永嘉四灵虽能从诗境上着眼，但他们学的是贾岛、卢仝，虽“稍稍复就清苦之风”，可诗境窄狭，已“落第二义”。因此严羽强调学诗要“以识为主”，从“第一义”的诗境“悟入”，这样才能获得“妙悟”的“别才”。

从创作方面来讲，严羽主张“不涉理路，不落言筌”，用禅宗那种凝神于境的直观顿悟去创造诗境。他说：“大抵禅道惟在妙悟，诗道亦在妙悟。且孟襄阳学力下韩退之远甚，而其诗独出退之之上者，一味妙悟而已。惟悟乃为当行，乃为本色。”③ 严羽的这种观点，后人颇多非议，特别是清儒冯班的《严氏纠谬》抨击得更厉

---

① 《沧浪诗话校释·诗辨》，第1页。

② 《沧浪诗话校释》，第11页。

③ 《沧浪诗话校释》，第12页。

害。因为清儒重考据，讲究训诂章句，对“禅”颇为反感。《四库总目提要》说：“禅宗如宋儒之义理，虽覃思冥会，妙悟多方，而拟议揣摩，可以臆测，其说凭虚而易骋。”① 对学问家来说，“凭虚而易骋”的“妙悟”有空浮之弊，固不足取，但对于发抒性情的诗人来说，“妙悟”多方的能力才是“当行”和“本色”。严羽以禅论诗，认为“诗有别才，非关书也”，正是从艺术的角度看问题。当然，文艺除了抒发性情外，还反映作者的志气胸襟，这与一个人的学问修养很有关系。因此严羽在讲了“非关书”后，又接着说，“然不读书不穷理则不能极其至”，立论原是很周密的。

在《沧浪诗话》里，严羽还将创作中的“悟”分为三类：“有分限之悟，有透彻之悟，有但得一知半解之悟。”② 所谓“分限之悟”是指有的人天生就有妙悟能力，眼前纯是一片天机，其诗歌完全就是从胸臆中流出一般。但严羽说这实际上已是“不假悟”了。“一知半解之悟”则指对诗歌艺术的“妙处”还未参透，创作中未能达到一通百通、头头是道的境地。以上两种悟，都非严羽主张的“妙悟”。严羽讲的“妙悟”是“透彻之悟”，即对诗歌的“妙处”有透彻了解后获得的创作自由。严羽说：“谢灵运至盛唐诸公，透彻之悟也。他虽有悟者，皆非第一义也。”③ 这里，严羽将“透彻之悟”等同于“第一义”之悟，“妙悟”与悟“妙”，创作与欣赏，成了一个问题的两面。这种认识自然也有它的道理，因为从审美的角度来看，创作的思维与欣赏的思维，只有程度的差别而无本质的不同。优秀的作家往往就是最懂艺术真谛的大批评家。但就诗歌来说，欣赏所需“妙悟”的对象是前人的作品，创作要妙悟的则是自然与社会生活，忽视了这一点，就容易倒流为源，把学习前人的作

① 《四库全书总目》下册，中华书局 1965 年版，第 1237 页。
② 《沧浪诗话校释》，第 12 页。
③ 《沧浪诗话校释》，第 12 页。

品当作创作的源头。这样，即使能从前人作品的境界“悟入”，也难免优孟衣冠的弊病。元明两代，严羽诗论的影响很大，但只是开了“诗必盛唐”的摹拟复古之风，原因也就在于此。

总而言之，严羽的“妙悟”理论有两方面的内容：一方面是指学习欣赏诗歌而言，着重于对诗歌“兴趣”和“妙处”的把握，这需要找前人的优秀作品来反复吟咏，靠的是“渐修”；另一方面是指诗歌的创作而言，只要“渐修”到了家，那么就可以在对自然和社会的直观中顿悟，产生创作的灵感。这才是真正的“妙悟”。严羽讲的“妙悟”虽然包括“渐修”，但最后的着重点还是直观顿悟，没有顿悟，渐修也就失去了意义。

至此，从魏晋六朝受玄学和佛学影响而萌芽，于唐宋在创作和欣赏两个方面得到发展的“妙悟”理论，可以说是基本完成了。它对于我们了解古代作家的艺术思维，以及建立我们今天的灵感理论，都有启发和借鉴作用。但由于受禅宗的影响，古人的“妙悟”说多偏于直观顿悟，有反理性的倾向，因此带有神秘和唯心的色彩。

（原载《文艺理论研究》1984 年第 4 期）

论“《春秋》笔法”

孔子修《春秋》是一种从秦汉以来就非常流行的传统看法，那么，孔子是如何作《春秋》的，其目的和意义何在？便成为人们解读此书时所关注的焦点问题，也是汉儒所讲的“《春秋》笔法”的具体内容。所谓“笔法”，不仅指与记事和修辞相关的“书写方法”，即书法；也包括寓含是非褒贬的“微言大义”，有义例可循。尽管这种“《春秋》笔法”属于纯粹的经学命题，但对中国古代文学创作和文学批评的影响，绝不在许多纯文学命题之下，值得作专门探讨。

一

《春秋》是编年体的史记，以年为纪录的单元，记事不记言；而且记事极为简约，每年仅若干条，每条少则几字，多也不过二十余字。这种提纲或标题式的书写方法，当为古史记事的原始方式，类于简单的“大事记”。但在后人看来，《春秋》曾经圣人手，其义蕴未必是简单的。如《左传》成公十四年，君子曰：“《春秋》之称，微而显，志而晦，婉而成章，尽而不汙，惩恶而劝善。非圣人，谁能修之?”[1] 这是最早言及《春秋》笔法的一段文字，指出其书写方法的特点是：用辞不多而意义明显，只记载史实却蕴含深意，表达婉转而顺理成章，直书事情的真实而无汙曲。并认为象这样的文章只能出于“圣人”之手，而这“圣人”，后人多以为是孔子。司马迁在《太史公自序》中说：

> 余闻董生曰：“周道衰废，孔子为鲁司寇，诸侯害之，大夫壅之。孔子知言之不用，道之不行也，是非二百四十二年之中，以为天下仪表，贬天子，退诸侯，讨大夫，以达王事而已矣。”子曰：“我欲载之空言，不如见之于行事之深切著明也。”夫《春秋》，上明三王之道，下辨人事之纪，别嫌疑，明是非，定犹豫，善善恶恶，贤贤贱不肖，存亡国，继绝世，补敝起废，王道之大者也。[2]

董生即董仲舒，他认为孔子修《春秋》有救世的目的和功效，即通过真实的历史记录，树立起对人的行为进行评判的是非准则，这种准则并非诉之于概念的空言，而是以历史人物所做的事实为依据。事实胜于雄辨。如《春秋》宣公二年，经曰：“秋九月乙丑，晋赵盾弑其君夷皋。”关于这件事，《春秋》三传的记载大体相同，而《左传》的记载较为详细，云：“乙丑，赵穿杀灵公于桃园，宣子（即赵盾）未出山而复。大史书曰‘赵盾弑其君’，以示于朝。宣子曰：‘不然。’对曰：‘子为正卿，亡不越竟，反不讨贼，非子而谁?’宣子曰：‘呜呼!《诗》曰：‘我之怀矣，自诒伊戚’。其我之谓矣。’孔子曰：‘董狐，古之良史也，书法不隐。赵宣子，古之良大夫也，为法受恶。惜也，越竟乃免。’”[3] 真正杀晋灵公的是赵

---

① 《春秋左传注》，中华书局 1981 年版，第 870 页。

② 《史记》，中华书局 1982 年版，第 3296 页。

③ 《春秋左传注》，第 662 ~ 663 页。

穿，但赵盾难逃其咎，因他逃亡而不出境，以待事变发生，返朝后又不讨贼，有意纵容赵穿。故史官董狐秉笔直书“赵盾弑其君”而表里具见，使事实真相无所隐瞒，这是孔子称董狐为良史并赞扬其“书法”的原因。这种“书法”又被称为“董狐笔”，其意义在于洞悉事物的原委，揭橥真相而深切著明，而顺理成章，让当事者无法逃避其应负的历史责任，此乃《春秋》笔法“微而显”的典范。

不隐恶抑善是《春秋》记事的基本态度，但蕴含于具体事实的陈述之中，所以被说成是“志而晦”，即作者之志乃随史实的曲折而见，应当用“以意逆志”的方法来解读《春秋》笔法。如赵盾弑君之事载于《春秋》宣公二年，但赵盾之名又复见于宣公六年的记载里，这是否意味着弑君者不当诛、不当罪呢？董仲舒据《公羊传》而申言：

> 《春秋》之好微与？其贵志也。《春秋》修本末之义，达变故之应，通生死之志，遂人道之极者也。是故君杀贼讨，则善而书其诛。若莫之讨，则君不书葬，而贼不复见矣。不书葬，以为无臣子也；贼不复见，以其宜灭绝也。①

强调《春秋》书法能曲尽事情的本末和变故，从贤者之志以达其义，从不肖者之志以著其恶，凡弑君之贼即不复见，以示其当天诛地灭。但“今案盾（指赵盾）事而观其心，愿而不刑，合而信之，非纂弑之邻也。按盾辞号乎天，苟内不诚，安能如是？是故训其终始无弑之志。挂恶谋者，过在不遂去，罪在不讨贼而已。臣之宜为君讨贼也，犹子之宜为父尝药也。子不尝药，故加之弑父；臣不讨贼，故加之弑君。其义一也。所以示天下废臣子之节，其恶之大若此也。故盾之不讨贼，为弑君也，与子之不尝药为弑父无以异。盾

---

① 《春秋繁露义证·玉杯第二》，中华书局1992年版，第38页。

不宜诛，以此参之。”[①] 以为赵盾复见于《春秋》，并非表示弑君者不当诛，而是他本无篡弑之心志，说他弑君乃极而言之，以示为臣之节。也就是说，在追究历史人物的行为责任时，要兼顾其做事时的心志，将客观效果与当事者的主观动机联系起来考察，注意史书所记史实背后的曲折意蕴。

由《春秋》书法的“志而晦”，董仲舒认为《春秋》论事重志，其序道先质而后文。如《春秋》文公二年，有“公子如齐纳币”的记载。这本只是一种事实的陈述，说鲁文公即位后与齐国行定婚的纳聘礼；可在此前三年，他有丧父的记载，故《公羊传》认为是“讥丧娶也”。但纳币只是下定亲礼，宜与迎取有别。董仲舒对此事的看法是：“《春秋》之论事，莫重于志。今取必纳币，纳币之月在丧分，故谓之丧取也。且文公以秋祫祭，以冬纳币，皆失于太蚤。《春秋》不讥其前，而顾其后，必以三年之丧，肌肤之情也。虽从俗而不能终，犹宜未平于心。今全无悼远之志，反思念取事，是《春秋》之所甚疾也。故讥不出三年于首而已，讥以丧取也。”[②] 意谓在丧服将满前纳币，可见其心志已在婚娶，故与丧娶无二。董仲舒又缘《春秋》以论礼，认为礼之所重在其志，所以说：“志为质，物为文。文著于质，质不居文，文安施质？质文两备，然后其礼成。文质偏行，不得有我尔之名。俱不能备而偏行之，宁有质而无文。……然则《春秋》之序道也，先质而后文，右志而左物。”[③] 在有关文质关系的议论中，强调质的重要性，实际上是“贵志”的另一种说法，与《春秋》之好微相关。

关于《春秋》之微，素有二说，一说为“微言”，即圣人没有明确说出来的话，指《春秋》记事不记言，却能以事明理，在事实

---

① 《春秋繁露义证·玉杯第二》，第42页。

② 《春秋繁露·玉杯第二》，第25～26页。

③ 《春秋繁露·玉杯第二》，第27页。

的陈述中含褒善贬恶之义。《荀子·儒效篇》云："《春秋》言是其微也。"杨倞注："微，谓儒之微旨，一字为褒贬，微其文，隐其义之类是也"[①]《春秋》之所以令乱臣贼子惧怕，据说就是因为它能一字见褒贬，有圣人的"微言"在。董仲舒说：

> 《春秋》分十二世以为三等，有见，有闻，有传闻。有见三世，有闻四世，有传闻五世。故哀、定、昭，君子所传闻也。襄、成、文、宣，君子之所闻也。僖、闵、庄、桓、隐，君子所传闻也。所见六十一年，所闻八十五年，所传闻九十六年。于所见微其辞，于所闻痛其祸，于传闻杀其恩，与情俱也。是故逐季氏而言又雩，微其辞也。子赤杀，弗忍书日，痛其祸也。子般杀而书乙未，杀其恩也。屈伸之志，详略之文，皆应之。[②]

以孔子生活的时代为观照点，将《春秋》242年的历史分为"有见"、"有闻"、"有传闻"三个时段，认为孔子所见的哀、定、昭三代的记载多有微辞。如鲁定公即位的定公元年，《春秋》仅书"元年春王"，不书"正月"。《公羊传》说："定、哀多微辞，主人习其读而问其传，则未知已之有罪焉尔。"[③] 没有明言者即为微辞。其缘由司马迁《史记·匈奴列传》的"太史公曰"讲得很清楚："孔氏著《春秋》，隐桓之间则章，至定、哀之际则微，为其切当之文而罔褒，忌讳之辞也。"[④] 由此可知，"微其辞"是指涉及不可书或不便书者，在行文上有忌讳，有些意思没有用语言直接表达。也就是《公羊传》闵公元年说的："《春秋》为尊者讳，为亲者讳，为贤者

---

① 《荀子集解》，第84页。《诸子集成》二，中华书局1954年版。
② 《春秋繁露·楚庄王第一》，第9～11页。
③ 《春秋公羊传注疏》，第140页；《十三经注疏》，中华书局1980年排印本。
④ 《史记》，第2919页。

讳。"[1] 如《春秋》昭公二十五年载："秋七月上辛，大雩；季辛，又雩。"于一月之内的旱灾祈雨，连书两次，可表示旱得很厉害，但《公羊传》以为一月不当再举雩，故"又雩者，非雩也，聚众以逐季氏也。"[2] 意谓季氏是无道诸侯，以至天怨人怨，宜起而逐之，只是限于为尊者讳，没有明说，而以"又雩"寓志。董仲舒说："《春秋》之书事时，诡其实以有避也。其书人时，易其名以有讳也。故诡晋文得志之实，以代讳避致王也。诡莒子号谓之人，避隐公也。易庆父之名谓之仲孙，变盛谓之成，讳大恶也。然则说《春秋》者，入则诡辞，随其委曲而后得之。"[3]凡用诡、讳之辞处，也就是《春秋》微其辞的地方，尤其是到了须拨乱反正的哀、定、昭时代，这种"微言"亦随之多了起来。

《春秋》之"微"的另一种说法，指经圣人笔削而寓意深微，能事别美恶的纤微之细，可教人防微杜渐。如为了劝忠而加罪于赵盾，将其不讨贼之过书为弑君；为了劝孝而讥文公丧娶，因其在父丧后没能做到"三年之内不图婚"。董仲舒说："孔子明得失，差贵贱，反王道之本。讥天王以致太平。刺恶讥微，不遗小大。善无细而不举，恶无细而不去。进善诛恶，绝诸本而矣。"[4] 为了说明《春秋》之文含有深意，董仲舒强调其辞能体天之微，将其义例与微渺的天志相接，并认为这是《春秋》笔法的特点。他说："《春秋》之辞，多所况，是文约而法明也。……《春秋》之用辞，已明者去之，未明者著之。"[5] 认为《春秋》行文很简洁，其义多比例而见。其用辞有简有复，凡事情美恶一见即明者决无赘言，当事嫌

① 《春秋公羊传注疏》，第 50 页。
② 《春秋公羊传注疏》，第 134 页。
③ 《春秋繁露·玉英第四》，第 82 ~ 83 页。
④ 《春秋繁露·王道第六》，第 109 页。
⑤ 《春秋繁露·楚庄王第一》，第 3 ~ 4 页。

于善或邻于恶时，则必推其隐曲，使之昭然若揭。所以说：

> 《春秋》记天下之得失，而见所以然之故。甚幽而明，无传而著，不可不察也。夫泰山之为大，弗察弗见，而况微渺者乎？故案《春秋》而适往事，穷其端而视其故，得志之君子，有喜之人，不可不慎也。①

以为《春秋》所记天下事本身，已蕴含有是非得失的判断，但其所以然之故甚幽微，后人要鉴往知来，防犯于未然，则不可不深察。在《史记·孔子世家》里，司马迁也说孔子晚年“乃因史记作《春秋》，上至隐公，下讫哀公十四年，十二公。据鲁，亲周，故殷，运之三代。约其文辞而指博。故吴楚之君自称王，而《春秋》贬之曰‘子’；践土之会实召周天子，而《春秋》讳之曰‘天王狩于河阳’：推此类以绳当世。贬损之义，后有王者举而开之。《春秋》之义行，则天下乱臣贼子惧焉。”又说孔子“为《春秋》，笔则笔，削则削，子夏之徒不能赞一辞”。② 把《春秋》的记事简略，说成是孔子有意“约其文辞”，并认为其“笔削”中含有褒贬深意。

由《春秋》之微，可证明其“婉而成章”的书法里不乏惩恶劝善之义。孟子是较早认定孔子作《春秋》并论其义者，他以为：“世衰道微，邪说暴行有作，臣弑其君者有之，子弑其父者有之。孔子惧，作《春秋》。《春秋》，天子之事也；是故孔子曰：‘知我者其惟《春秋》乎！罪我者其惟《春秋》乎！……昔者禹抑洪水而天下平，周公兼夷狄，驱猛兽而百姓宁，孔子成《春秋》而乱臣贼子惧。”（《孟子·滕文公下》）把孔子作《春秋》，看成是使天下百姓安宁的天子之事，而《春秋》是非242年之事，必以明辨是非的义为标准，用它规范历史人物的行为。汉儒之所以称孔子为素王，根据

---

① 《春秋繁露·竹林第三》，第56页。

② 《史记》，第1943～1944页。

在于孟子说的孔子作《春秋》以行天子之事，即通过陈述历史事件以褒善贬恶，在礼崩乐坏之际以此代替天子的赏罚，所以义也就是法，《春秋》之道即王道。董仲舒说：

> 然则《春秋》义之大者也。得一端而博达之，观其是非，可以得其正法。视其温辞，可以知其塞怨。是故于外，道而不显，于内，讳而不隐。于尊亦然，于贤亦然。此其别内外、差贤不肖而等尊卑。义不讪上，智不危身。故远者以义讳，近者以智畏。畏与义兼，则世逾近而言逾谨矣。此定、哀之所以微其辞。以故用则天下平，不用则安其身，《春秋》之道也。[①]

认为孔子作《春秋》以求用世，虽因内外尊卑有别而有忌讳，而有微辞，但并不隐其事，并不文过饰非。《春秋》之笔削，以立义为宗，读者应从中寻得端倪而比类博达，审是非于天下而法先王。董仲舒说："《春秋》之道，奉天而法古。……所闻天下无二道，故圣人异治同理也。古今通达，故先贤使其法于后世也。《春秋》之于世事也，善复古，讥易常，欲其法先王也。"[②] 受董仲舒的影响，司马迁《史记·十二诸侯年表》也认为："是以孔子明王道，干七十余君，莫能用，故西观周室，论史记旧闻，兴于鲁而次《春秋》，上记隐，下至哀之获麟，约其辞文，去其烦重，以制义法，王道备，人事洽。"[③] 把《春秋》义法作为王道的内容。

二

《春秋》笔法中含有微言大义，这是汉代传习《公羊传》的儒

---

① 《春秋繁露·楚庄王第一》，第12～13页。

② 《春秋繁露·楚庄王第一》，第14～15页。

③ 《史记》，第509页。

生较为一致的看法，他们以《春秋》为治世之书，甚至认为孔子作《春秋》是为汉立法，所以总是要从《春秋》那“约其文辞”的简单记述中，发掘和推衍求出种种隐藏于字里行间的王道政治的“大义”来。如《春秋》经的开始的隐公元年的第一句话是：

元年春王正月。

这是很平常简单的陈述句。《左传》的解释是：“元年春，王周正月，不书即位，摄也。”[①] 在“王正月”中加一“周”字，表明春秋用的是周代的正朔，然后又用“摄也”说明未书鲁襄公即位的原因，均属史实的补充，无义理的发挥。《公羊传》则不然，它用讲经的问答方式，对字词和句法的含义作了发挥，如云：“元年者何？君子始年也。春者何？岁之始也。王者孰谓？谓文王也。曷为先言王而后言正月？王正月也。何言乎王正月？大一统也。公何以不言即位？成公意也。何成乎公之意？公将平国而反之桓。曷为反之桓？桓幼而贵，隐长而卑，其为尊卑也，国人莫知。”[②] 在对经的诠释中，生发出原来字面上没有，至少是没明言的“大一统”思想和尊卑观念。

如果说《公羊传》的诠释离原文还不算太远，那么经学大师董仲舒进一步发挥的春秋大义，则已属自作文章了。他认为元就是一，“惟圣人能属万物于一，而系之元也。终不及本所从来而承之，不能遂其功。是以《春秋》变一谓之元。元，犹原也，其义以随天地终始也。故人唯有终始也，而生不必应四时之变。故元者为万物之本，而人之元在焉。安在乎？乃在乎天地之前。故人虽生天气及奉天气者，不得与天元本、天元命而共违其所为也。故春正月者，

---

① 《春秋左传注》，第9页。

② 《春秋公羊传注疏》，第2~3页。

承天地之所为也，继天之所为而终之也。”① 仅从“元”之一端，就引申出天地之本、天元和元命等诸多说法。而且，董钟舒认定《春秋》中的元就是元气，为天地人之本，他说：“《春秋》何贵乎元而言之？元者，始也，言本正也。道，王道也。王者，人之始也。王正则元气和顺、风雨时、景星见、黄龙下。王不正则上变天，贼气并见。”② 这样王道就与天道有了关联。他以为：

> 《春秋》之序辞也，置王于春正之间，非曰上奉天施而下正人，然后可以为王也云尔。③

意谓天道四时以春为始，是天之所施，王者应上承天之所为而下正人之所为，故将“王”字安排在“春”与“正”之间。那么，“何以谓之王正月？曰：王者必受命而后王。王者必改正朔，易服色，制礼乐，一统于天下，所以明易姓，非继人，通以已受之于天也。王者受命而王，制此月以应变，故作科以奉天地，故谓之王正月也。”④ 正月为天之所施的春之开始，又是王者受命改正朔的结果。如此推衍，《春秋》序辞所蕴涵的大义非常之丰富，不仅是出自圣人孔子，而且是本于天，故可由圣人之作上窥天意而代天立教。

董仲舒讲《春秋》大义，是想藉公羊学的以义解经，结合阴阳五行的天道观，为当时大一统的王权政治提供法理依据。由于是要古为今用，所以不能仅限于对经书作正常的解释，而是只要沾到一点边，就凭着自己的思想作发挥，以天道证人道，颇多牵强附会。他说：“古之人有言曰：不知来，视诸往。今《春秋》之为学也，道往而明来者也。然而其辞体天之微，故难知也。弗能察，寂若无；能察之，无物不在，是故为《春秋》者，得一端而多连之，见

---

① 《春秋繁露·玉英第四》，第 68 ~ 69 页。

② 《春秋繁露·王道第六》，第 100 页。

③ 《春秋繁露·竹林第三》，第 62 页。

④ 《春秋繁露·三代改制质文第二十三》，第 185 页。

一空而博贯之，则天下尽矣。”[1] 在其所讲的《春秋》“十指”中，五行的木生火、火为夏，以及灾异之变等，都被认为是“天之端”，以为《春秋》所记体现了天的微意，故专就难知的“微”或“端”入手，由原文所表达的意义，推衍出原文所没有或不能表达的至意，所谓“见斯旨者，不任其辞。不任其辞，然后可与适道矣”。[2] 他认为：

> 《春秋》至意有二端，不本二端之所从起，亦未可与论灾异也，小大微著之分也。夫览求微细于无端之处，诚知小之将为大也，微之将为著也。……是故《春秋》之道，以元之深正天之端，以天之端正王之政，以王之政正诸侯之即位，以诸侯之即位正竟内之治，五者俱正而化大行。[3]

以元为气之始、天之端，王道之本贵微重始，方能正本清源而天下大化。所以他说：“《春秋》，大义之所本耶？六者之科，六者之旨之谓也。然后援天端，布流物，而贯通其理，则事变散其辞矣。故志得失之所从生，而后差贵贱之所始矣。论罪源深浅，定法诛，然后绝属之分别矣。立义定尊卑之序，而后君臣之职明矣。”[4] 以《春秋》之义分贵贱，定尊卑，也就等于立王法，故曰：“《春秋》之法，以人随君，以君随天。……故屈民而伸君，屈君而伸天，《春秋》之大义也。”[5] 在肯定君权天授的至尊地位时，亦指出君王须顺从天意民心。“且天之生民，非为王也，而天立王以为民也。故其德足以安乐民者，天予之；其恶足以贼害民者，天夺之”。[6]

---

① 《春秋繁露·精华第五》，第96～97页。

② 《春秋繁露·竹林第三》，第51页。

③ 《春秋繁露·二端第五十》，第155～156页。

④ 《春秋繁露·正贯第十一》，第142页。

⑤ 《春秋繁露·玉杯第二》，第31～32页。

⑥ 《春秋繁露·尧舜不擅移、汤武不专杀第二十五》，第220页。

这才是真正的“大义”所在。

《春秋》是史书而非哲学讲义，只记载事实而无任何议论，可董仲舒和汉代经师却能从其书法中看出许多微言大义，并总结出一些义例来。如《春秋》隐公元年，有“夏五月，郑伯克段于鄢”的记载，郑伯指郑庄公，段指郑伯的亲弟弟共叔段，两人曾因立太子之事而不和，以至视若仇敌而兵戎相见。《春秋》在记此事时，除时间、人名和地名外，只用了一个“克”字。《公羊传》说：“克之者何？杀之也。杀之则曷为谓之克？大郑伯之恶也。”[①] 认为用“克”字能彰显郑伯之恶，责备他把弟弟当作敌人，因杀敌才叫克。这是一字见义而显褒贬。又如《春秋》定公二年，有“雉门及两观灾”的记事。《公羊传》说：“其言雉门及两观灾何？两观微也。然则曷为不言雉门灾及两观，主灾者两观也。时灾者两观、则曷为后言之？不以微及大也。”[②] 认为虽是雉门（宫门）两旁的观（台楼）遭火灾，却先记雉门而“及”两观，这就有了分别轻重的意思。再如《春秋》经之僖公十六年春正月，有这样的记载：

> 陨石于宋五。是月，六鹢退飞，过宋都。

此一义例常被用来说明《春秋》书法。《公羊传》的解释是：“曷为先言陨而后言石？陨石记闻，闻其磒然，视之则石，察之则五。……曷为先言六而后言鹢？六鹢退飞，记见也，视之则六，察之则鹢，徐而察之则退飞。五石六鹢何以书？记异也。外异不书，此何以书？为王者之后记异也。”[③] 认为这是记异以戒示王者，先写什么，后写什么都有讲究，叙事严谨，一丝不苟。董仲舒说：“《春秋》辨物之理，以正其名。名物如其真，不失秋毫之末。故名陨

---

① 《春秋公羊传注疏》，第4页。

② 《春秋公羊传注疏》，第141页。

③ 《春秋公羊传注疏》，第60~61页。

石，则后其五，言退鹢，则先其六。圣人之谨于正名如此。君子于其言，无所苟而已，五石、六鹢之辞也。”① 把书写方法的谨严与正名之义联系起来，以为名号为圣人所示天意，不可不深察也。

《春秋》笔法乃合书法和义例而言，既可作为修史的凡例，又被当作文章典范。杜预在《春秋左传序》中说：“夫制作之文，所以章往考来，情见乎辞。言高则旨远，辞约则义微。此理之常，非隐也。”② 他以“辞约义微”言《春秋》笔法，又取《左传》里君子言“《春秋》之称”的那一段话加以分疏，作为修史五例：

> 一曰微而显，文见于此，而起义在彼。……二曰志而晦，约言示制，推以知例。……三曰婉而成章，曲从义训，以示大顺。……四曰尽而不汙，直书其事，具文见意。……五曰惩恶劝善，求名而亡，欲盖而章。③

此五例既可作为史家之悬鹄，又能当成文章写作的示范。刘勰《文心雕龙·征圣》云：“《春秋》一字以褒贬，丧服举轻以包重，此简言以达旨也。”又说：“五例微辞以婉晦，此隐义以藏用也。”④ 把《春秋》的尚简和用晦，作为文章写作中处理繁简和隐显关系的准则，以为：

> 虽精义曲隐，无伤其正言；微辞婉晦，不害其体要。体要与微辞偕通，正言共精义并用；圣人文章，亦可见也。⑤

在《文心雕龙·宗经》里，刘勰进一步指出：“《春秋》五例，义既乎性情，辞亦匠于文理；故能开学养正，以详备有融。”⑥ 又说：

---

① 《春秋繁露·深察名号第三十五》，第 293 页。
② 《春秋左传正义》，第 7 页，《十三经注疏》，中华书局 1980 年版。
③ 《春秋左传正义》，第 4 ~ 5 页。
④ 《文心雕龙注》，人民文学出版社 1958 年版，第 16 页。
⑤ 《文心雕龙注》，第 16 页。
⑥ 《文心雕龙注》，第 20 页。

《春秋》辨理，一字见义，五石六鹢，以详备成文，雉门两观，以先后显旨。其婉章志晦，谅以邃矣。《尚书》则览文如诡，而寻理即畅；《春秋》则观辞立晓，而访义方隐。”[①] 称赞《春秋》精于文理，用字准确，行文婉曲，含义隐蔽而深刻，可谓“辞约而旨丰，事近而喻远”。[②] 从文章写作的角度，揭示出了春秋笔法的主要特征。

当春秋笔法由修史义例变为文章楷模后，就成为一种对中国叙事散文创作影响很大的写作范式，那就是追求行文的简洁和义蕴的丰富，寓褒贬于叙事之中，通过写什么或不写什么的选择，详略与隐显的不同，以至用词和语气的微妙差别，委婉而曲折地透露出作者的是非和爱憎。从司马迁的《史记》，到唐宋八大家的古文，以至晚清的桐城派散文，都可以看到这种笔法的运用。

（原载《文艺理论研究》2001年第4期）

① 《文心雕龙注》，第22页。

② 《文心雕龙注》，第22页。

说“美刺”

——兼谈鲁、齐、韩、毛四家诗之异同

《诗经》是中国最早的诗歌总集，又是儒家经学的重要典籍。汉儒对《诗经》的阐释，主要有鲁、齐、韩、毛四家，称为鲁诗、齐诗、韩诗和毛诗，前三家属于今文经学，后者是古文经学。四家诗的共同点是：视诗为有助于王道政治和礼教的工具，以政教言诗，以美刺言诗，将《诗》与道德上的彰善贬恶联系起来。但是，由于师法和家法的不同，四家除了在一些具体诗篇的诠释上不尽相同外，还有因解诗态度和方法不同而形成的分歧：或强调通经致用而以《诗》为谏，以为诗无达诂；或偏重于引《诗》言事而谈风雅正变，倾向于知人论世的以史证诗。其说诗方式以“诗言志”、“比兴”和“风雅正变”为理论框架，并围绕着美、刺二端展开，涉及到对诗歌本质、诗之艺术，以及诗与史关系的认识，成为中国传统诗论中最具影响力的批评理论。

一、“诗言志”与美刺

“诗言志”是中国古代诗论的开山纲领。《尚书·舜典》中的

“诗言志，歌永言”之说①，反映的是早期诗乐合一的状况，春秋时期的赋诗言志也是声义并重的。《左传》襄公二十七年，文子说的“诗以言志”，②指的是赋诗者用诗歌表达自己的情志，并不是指诗人作诗。自孔、孟以义言诗，尤其是孟子讲“以意逆志”之后，志才被普遍认为是诗人之志。《庄子·天下篇》说：“《诗》以道志”，《荀子·儒效篇》云：“《诗》言是，其志也”。又《楚辞·悲回风》：“介眇志之所惑兮，窃赋诗之所明”。均是就诗歌本身或诗人讲言志的。类似的说法在汉代也很流行，如司马迁《史记·乐书》说：“诗，言其志也。”③ 董仲舒《春秋繁露·玉杯》云：“诗道志，故长于质。”④ 最正式和简洁的表述，则见于许慎的《说文解字》：“诗，志也。”谓诗与志可以互训，含有“在心为志，发言为诗”之义。

既然“诗言志”的观念为人们所普遍接受，那么，这“志”究竟指什么？就是解诗者要弄清楚的了。在《诗》三百篇里，有一些作品表明了作诗意图，能给人以启发。如《魏风·葛屦》：“维是褊心，是以为刺。”《陈风·墓门》：“夫也不良，歌以讯之。”《小雅·节南山》：“家父作诵，以究王讻。”《小雅·四月》：“君子作歌，维以告哀。”《大雅·崧高》：“吉甫作诵，其诗孔硕。其风肆好，以赠申伯。”⑤，这些诗所讲的作意，大致可分讽刺与颂美两类，故四家诗都以为诗人言志是以美刺为具体内容的，重在政教。在保存得较为完整的毛诗里，每篇诗的小序多标明美刺，以此言政教善恶。

《凯风》：美孝子也。卫之淫风流行，虽有七子之母，犹不能安其室，故美七子能尽其孝道，以慰其母心，而成其志

① 《尚书正义》，《十三经注疏》上册，中华书局1980年版，第19页。
② 《春秋左传注》，第1135页。
③ 《史记》，第1214页。
④ 《春秋繁露义证》，第36页。
⑤ 《毛诗正义》，第89页，第110页，第173页，第195页，第299页。

尔。

《谷风》：刺夫妇失道也。卫人化其上，淫于新婚而弃其旧室，夫妇离绝，国俗伤败焉。

《北门》：刺仕不得志也。言卫之忠臣不得其志尔。

《南山》：刺襄公也。鸟兽之行，淫乎其妹。大夫遇是恶，作诗而去之。

《园有桃》：刺时也。大夫忧其君国小而迫而俭以啬，不能用其民，而无德教，日以侵削，故作是诗也。①

认为《诗》之言志不出美、刺二端，有如《春秋》之褒贬，含劝善惩恶的王道教化之义。孔颖达在为《诗大序》的“在心为志，发言为诗”作分疏时说：“诗者，人志意之所之适也。虽有所适，犹未发口，蕴藏在心，谓之为志；发见于言，乃名为诗。言作诗者所以舒心志愤懑而卒成于歌咏，故《虞书》谓之‘诗言志’也。包管万虑，其名曰心；感物而动，乃呼为志。志之所适，外物感焉。言悦豫之志则和乐兴而颂声作，忧愁之志则哀伤起而怨刺生。”② 把诗歌的吟咏性情说成言志，又以颂美和怨刺诠释言志，应该说是符合毛诗的原教旨义的。

毛诗而外，其他三家诗也都以美刺言诗。据唐晏《两汉三国学案》所言，鲁诗才是汉代诗学的正派。两汉信奉鲁诗的人最多，有近六十人，著名的有申公、孔安国、司马迁、刘向、王逸、蔡邕、王符、高诱等。齐诗在汉代也极为流行，辕固、夏侯始昌、董仲舒、翼奉、匡衡、桓宽、班伯和班固等，都属于齐诗派。但齐诗亡于魏，鲁诗亡于两晋，均未能流传下来，其遗说散见于《史记》、《说苑》、《列女传》、《春秋繁露》和《汉书》等著作里。韩诗流传

---

① 《毛诗正义》，第33页，第35页，第41页，第84页，第89页。

② 《毛诗正义》，第2页。

的著作有《韩诗外传》，创立者是燕人韩婴。《汉书·儒林传》说："婴推诗人之意，而作《内外传》数万言，其语颇与齐、鲁间殊，然归一也。"[①] 三家诗在以美刺言诗时，许多看法是比较接近的，但与毛诗有所不同，最典型的是对《关雎》的解读。毛诗以为：

> （《关雎》）后妃之德也。风之始也，所以风天下而正夫妇也，故用之乡人焉，用之邦国焉。……是以《关雎》乐得淑女以配君子，爱在进贤，不淫其色。哀窈窕，思贤才，而无伤善之心焉，是《关雎》之义也。[②]

如此说，则《关雎》是一篇颂美后妃高尚品德的作品，赞扬她心胸开阔，替夫君能与淑女相配而高兴，有如思贤若渴一般，无丝毫嫉妒之心，符合孔子的"《关雎》哀而不伤，乐而不淫"之旨。但是，据王先谦《诗三家义集疏》所言，鲁、韩、齐三家诗都以为《关雎》是刺时的作品。鲁诗曰："周道缺，诗人本之衽席，《关雎》作。"——见《史记·十二诸侯年表》。[③]齐诗说："孔子论《诗》以《关雎》为始，言太上者民之父母，后夫人之行不侔乎天地，则无以奉神灵之统而理万物之宜。"——见《汉书·匡衡传》。[④] 韩诗云："诗人言雎鸠贞洁慎匹，以声相求，隐蔽于无人之处。故人君退朝入于私宫，后妃御见有度，应门击柝，鼓人上堂，退反宴处，体安志明。今时大人内倾于色，贤人见其萌，故咏《关雎》，说淑女、正容仪，以刺时。"——见《后汉书·明帝记·李注》。[⑤] 王先谦说："综览三家，义归一致。盖康王时当周极盛，一朝晏起，应门之政不修而鼓柝无声，后夫人璜玉不鸣而去留无度，固人君倾色之咎，

---

① 《汉书》，中华书局 1962 年版，第 3613 页。

② 《毛诗正义》，第 1～5 页。

③ 《史记》，第 509 页。

④ 《汉书》，第 3342 页。

⑤ 《后汉书》，中华书局 1965 年版，第 112 页。

亦后夫人淫色专宠致然。……《毛传》匿刺扬美，盖以为陈贤圣之化，则不当有讽谏之词，得粗而遗其精，斯巨失矣。”①

《关雎》是《诗》三百的第一篇，又是风诗之首，故历来颇受关注。关于此诗的解说，王先谦以为三家诗的刺时说，远胜于毛诗的扬美之论。唐晏也认为三家诗所言较妥当，他说：“盖必为刺诗，而孔子所谓哀而不伤者，始有实际。不然《关雎》一诗，乐则有之矣，哀于何有？《毛序》不得其解，附会为哀窈窕，思贤才。夫窈窕有何可哀？思贤才更无可哀。……若如《毛序》所言，则《颂》而已，《风》于何有焉！”② 三家诗所言是否胜过毛诗，乃见仁见智之事，毛诗序多附会，三家诗的解说又何尝就是《诗》之本义？班固《汉书·艺文志》说：“汉兴，鲁申公为《诗》训故，而齐辕固、燕韩生皆为之传。或取《春秋》，采杂说，咸非其本义。与不得已，鲁最为近之。三家皆列于学官。又有毛公之学，自谓子夏所传，而河间献王好之，未得立。”③ 指出鲁、齐、韩三家言诗已采杂说，已经是“咸非其本义”了。

三家诗属列于学官的今文经学，注重通经以致用。今文经学家究心于天人之际，常用当时通行的阴阳五行思想来解释经典，要用经义为现实服务，故以宣扬圣人的微言大义为主，不拘泥于经文本身的训诂考订。这种解经方法在三家诗中都有体现，而以齐诗最为突出，传齐诗的董仲舒有“诗无达诂”之说，学鲁诗的刘向在《说苑》中也有“诗无通故”之论。三家诗之所以要将《诗》三百的第一篇就说成刺时之作，似在强调《诗》之美刺的讽谏意义，以便充分发挥其政教作用。唐晏《两汉三国学案》说：“夫《诗》有《颂》、有《雅》、有《风》、惟《颂》则有美无刺，若《雅》则已美

---

① 《诗三家义集疏》，中华书局 1987 年版，第 7 页。

② 《两汉三国学案》，中华书局 1986 年版，第 259 页。

③ 《汉书》，第 1708 页。

刺居半矣，若夫十五国之《诗》，大抵皆刺诗也。”① 汉代流行以三百篇为谏书的说法。据《汉书·儒林传》所记，汉昭帝驾崩之时，昌邑王因行淫乱被废，其属臣都下狱伏诛，惟龚遂以曾数次进谏免死。王式作为昌邑王的老师，也在伏诛之列，当治狱者问他何以无谏书时，他的回答是：

> 臣以《诗》三百五篇朝夕授王，至于忠臣孝子之篇，未尝不为王反复诵之也；至于危亡失道之君，未尝不流涕为王深陈之也。臣以三百五篇谏，是以亡谏书。②

虽纯属开脱之辞，可当政者也就相信了王式的这种说法，免除了他的死罪。这是由于《诗》在汉代确实常被作为谏言引用，许多儒臣往往用《诗》来陈往讽今、劝戒帝王。如西汉元帝即位之初，贡禹被征为谏大夫，他在奏章中说：“方今天下饥馑，可亡大自损减以救之，称天意乎？天生圣人，盖为万民，非独使自娱乐而已也。故《诗》曰：‘天难谌斯，不易惟王’；‘上帝临女，毋贰尔心’。‘当仁不让’，独可以圣心参诸天地，揆之往古，不可与臣下议也。”③ 这是引《诗·大雅·大明》中的诗句劝说元帝，认为逢灾年须减损宫中费用，救民于水火。其时匡衡以善于说《诗》著名，他在给汉元帝的上疏中说：“《诗》曰：‘商邑翼翼，四方之极；寿考且宁，以保我后生。’此成汤所以建至治，保子孙，化异俗而怀鬼方也。今长安天子之都，亲承圣化，然其习俗无以异于远方，郡国来者无所法则，或见侈靡而仿效之。此教化之原本，风俗之枢机，宜先正者也。”④ 引《诗·商颂·殷武》中的诗句，劝元帝推崇礼教。再如东汉恒帝宠爱田贵人，打算立她为后，大臣应奉以为不可，于是“上

---

① 《两汉三国学案》，第 211 页。

② 《汉书》，第 3610 页。

③ 《汉书》，第 3072 页。

④ 《汉书》，第 3335 页。

书谏曰：‘臣闻周纳狄女，襄王出居于郑；汉立飞燕，成帝胤嗣泯绝。母后之重，兴废所因。宜思《关雎》之所求，远五禁之所忌。’帝纳其言，竟立窦皇后。”[①] 这是臣子在进谏中以《关雎》为说辞，从而使帝王改变了主意的事例。

由讲“诗言志”，到强调以扬善贬恶为宗旨的《诗》之美刺，及以《诗》为谏的用诗方式，反映了汉代《诗》学以政教讽谏为目的的重功利倾向，走到极端则有讲天人感应的政治隐语——诗纬的产生。《诗纬·含神雾》云：“诗者持也。以手维持则承奏之义。”[②] 孔颖达在为郑玄的《诗谱序》作注疏时，曾综合汉代四家诗和纬书的各种看法，对“诗”的不同含义作出解释，他说：“名为诗者，《内则》说负子之礼云‘诗负之’，注云：‘诗之言承也’。《春秋·说题辞》云：‘在事为诗，未发为谋，恬澹为心，思虑为志，诗之为言志也。’《诗纬·含神雾》云：‘诗者，持也’。然则诗有三训：承也，志也，持也。作者承君政之善恶，述已志而作诗，为诗所以持人之行，使不失队，故一名而三训也。”[③] 从训诂的角度，以疏不破注的方式，将汉儒对诗之名义（言志）、宗旨（承善恶）和功能（持人性情）的认识，作了扼要的概括。

二、美刺与比兴

美刺作为汉儒《诗》说的核心观念，与“比兴”有密切的关联，这在毛诗的序里体现得很充分。如朱自清《诗言志辩》所说：“《诗序》主要的意念是美刺，风雅各篇序中明言‘美’的二十八，明言‘刺’的一百二十九，两共一百五十七，占风雅诗全数百分之

---

① 《后汉书》，第1608页。

② 《玉函山房辑佚书》，第2038页。

③ 《毛诗正义》，第1页。

五十九强。其中兴诗六十七，美诗六，刺诗六十一，占兴诗全数百分之五十八弱。美刺并不限于比兴，只一般的是诗的作用。所谓‘诗言志’最初的意义是讽与颂，就是后来美刺的意思。”[①] 换言之，美刺为诗人志之所向，贯穿风、雅、颂而与比兴相接。美刺与比兴互为表里。

虽说美刺不限于比兴，但言《诗》之美刺却离不开比兴的帮助，这是因为雅诗和颂诗中不乏讽喻、颂美之作，以美刺释之而不至于与原义相悖，而风诗里的大部分作品却看不出讽颂的意思，无法直接用美刺来解释，必须借助比兴之说作为过渡。比兴是汉儒所讲的《诗》之“六义”里的重要概念，《诗大序》云：

> 故诗有六义焉：一曰风，二曰赋，三曰比，四曰兴，五曰雅，六曰颂。上以风化下，下以风刺上，主文而谲谏，言之者无罪，闻之者足以戒，故曰风。……是以一国之事，系一人之本，谓之风。言天下之事，形四方之风，谓之雅。雅者正也，言王政之所由废兴也。政有小大，故有小雅焉，有大雅焉。颂者，美盛德之形容，以其成功，告于神明者也。[②]

此序只解释了“六义”中风、雅、颂的含义，而对赋、比、兴则无具体说明，很容易让人将后者与前者分开来看待，形成三体三用说。如孔颖达说：“然则风、雅、颂者，诗篇之异体（诗之分体）；赋、比、兴者，诗文之异辞耳（作诗之法）。大小不同，而得并为六义者，赋、比、兴是诗之所用（即作法），风、雅、颂是诗之成形（即诗体）。用彼三事，成此三事，是故同称为义，非别有篇卷也。”[③] 这是唐人的分疏，未必合于汉儒之说，所谓“非别有篇

---

① 《诗言志辩》，华东师范大学出版社 1996 年版，第 69 页。

② 《毛诗正义》，第 3～4 页。

③ 《毛诗正义》，第 3 页。

卷”，系针对“六诗”说而言的。在《周礼·春官宗伯第三》里，有大师掌六律而“教六诗：曰风、曰赋、曰比、曰兴、曰雅、曰颂”的说法，讲的似乎是以声为用的六种乐歌的名称，若如此则赋、比、兴当为三种乐歌，属于“六诗”里的三种诗体。但汉儒郑玄的权威注释是：

> 风言贤圣治道之遗化也；赋之言铺，直铺陈今之政教善恶；比，见今之失，不敢斥言，取比类以言之；兴，见今之美，嫌于媚谀，取善事以喻劝之；雅，正也，言今之正者以为后世法；颂之言诵也，容也，诵今之德，广以美之。郑司农（郑众）云：“古而自有风雅颂之名……，曰比曰兴，比者比方于物也，兴者托事于物。”①

虽是分别说明“六诗”之名，但以讲政教善恶的美刺贯穿，重在释义而非明体，分明是以义为用，故“六诗”也就可说成是“六义”了。这其中，风雅颂是古已有之的说法，而赋比兴当为汉人用来解诗的新观念。赋为直接陈述善恶，其义易明，比和兴都是比喻，主文而谲谏，具有言在此而义在彼的特点，类似可加以想象和发挥的微言大义，所以解说起来就比较复杂，容易产生分歧。

尽管郑玄已对“比兴”作了明确解释，并引郑众之说予以强调，但取比与事喻之间的界限并不明确，或者说，“比方于物”与“托事于物”实在很难区分。刘勰《文心雕龙·比兴》云：“《诗》文弘奥，包韫‘六义’；毛公述传，独标‘兴’体，岂不以‘风’通而‘赋’同，‘比’显而‘兴’隐哉？故‘比’者，附也；‘兴’者，起也。附理者切类以指事，起情者依微以拟议。起情故‘兴’体以立，附理故‘比’例以生。‘比’则畜愤以斥言，‘兴’则环譬

---

① 《周礼注疏》，《十三经注疏》上册，中华书局1980年版，第158页。

以托讽。盖随时之义不一，故诗人之志有二也。”① 所谓“畜愤以斥言”和“环譬以托讽”，是就郑玄对比、兴的注释所作的发挥，指诗人之志有二的美刺而言。比兴美刺互文见义，非谓比为刺，兴为美，兴也可以是讽刺。刘勰说清楚了“比”与“兴”作为譬喻的区别，认为比为明喻，兴为暗喻，故一显一隐。更重要的是，兴除譬喻外，还兼有发端之义，所谓“起也”，即指发端而言。

毛诗里注明“兴也”的诗有一百一十六首，其中以风诗为多，占了七十二首。毛诗的“独标‘兴’体”，通常是在每首诗之首章的第二句下，如：

> 《关雎》首章：“关关雎鸠，在河之洲”。毛传：“兴也。关关，和声也。雎鸠，王雎也，鸟挚而有别。水中可居者曰洲。后妃说乐君子之德，无不和谐，又不淫其色，慎固幽深，若关雎之有别焉，然后可以风化天下。”
>
> 《谷风》首章：“习习谷风，以阴以雨”。毛传：“兴也。习习，和舒貌。东风谓之谷风。阴阳和而谷风至，夫妇和则室家成，室家成而继嗣生。”
>
> 《南山》首章：“南山崔崔，雄狐绥绥”。毛传：“兴也。南山，齐南山也。崔崔，高大也。国君尊严，如南山崔崔然；雄狐相隋，绥绥然，无别，失阴阳之匹。”②

以上三例都取自歌谣体的风诗，如朱熹所言，凡歌谣多“托物兴词，初不取义”的；而毛诗的标明兴体，却是为了说明喻义，有意深求，难免穿凿附会。若不知诗人之志，会令人感到无从说起；故毛诗的以“兴”说诗，还须联系诗序所讲的美刺才能明白。如倘不知《关雎》诗序所赞美的“后妃之德”，则毛诗“兴也”之后的

---

① 《文心雕龙注》，人民文学出版社 1978 年版，第 601 页。

② 《毛诗正义》，第 5 页，第 35 页，第 84 页。

“若关雎之有别焉”，就成了难以理解的譬喻。《谷风》以“习习谷风”起兴，若非沿诗序所说的“刺夫妇失道”进行联想，那么“夫妇和则室家成”就纯属无中生有之辞。同样，《南山》诗若无诗序指明“刺襄公也”，那么诗传讲的“国君尊严，如南山崔崔然”的喻义，就是毫无根据的了。毛诗里多数的“传”要与“序”合看才能明白，单看则不易懂，所以美刺与比兴密不可分，如一事之两面。

“兴”兼起情和附理，故郑玄多以“兴者喻”来笺释毛传的“兴也”，兴其实也是一种譬喻，比就在兴义之中。如：

> 《凯风》：“凯风自南，吹彼棘心”。毛传：“兴也，南风谓之凯风。乐夏之长养者。”郑笺：“兴者，以凯风喻宽仁之母。棘，犹七子也。”
>
> 《北门》：“出自北门。忧心殷殷。”毛传：“兴也。北门，背明向阴。”郑笺：“自，从也。兴者，喻己仕于闇君，犹行而出北门，心为之忧，殷殷然”。①

由于指明了“兴”所比喻的事物，郑笺远比毛诗详明得多；但仍然使人感到兴诗的引类譬喻多出常情之外，若无诗序明确美刺，很难仅凭诗句以意推寻其喻义。黄侃《文心雕龙札记·比兴》指出：“若乃兴义深婉，不明诗人本所以作，而辄事探求，则穿凿之弊固将滋多于此矣。”②譬喻本为一种最基本的文学修辞手法，在诗里用得最多，而汉儒将它与有关政教的美刺附会在一起，遂使《诗》三百都成为充满劝戒的道德说教，似乎诗人的写景言情都是在讥刺他人。如《秦风·蒹葭》之：

> 蒹葭苍苍，白露为霜；所谓伊人，在水一方。

---

① 《毛诗正义》，第33页，第41页。

② 《文心雕龙札记》，华东师范大学出版社1996年版，第220页。

本为写得极富诗情画意的诗句，可毛传云：“兴也。蒹，薕；葭，芦也。苍苍，盛也。白露凝戾为霜，然后岁事成，国家待礼然后兴。”郑笺说：“蒹葭在众草之中，苍苍然强盛，至白露凝戾为霜则成而黄。兴者，喻众民之不从襄公政令者，得周礼以教之则服。”[①]非要把诗之写景言情与礼教牵扯在一起，令人一头雾水。然而，毛传、郑笺的穿凿附会都是有根据的，那就是诗序说的：“《蒹葭》，刺襄公也。未能用周礼，将无以固其国焉。”[②] 为了附合有益政教的美刺之说，将比兴作为曲意解诗的说辞，反而以为是诗人在托物言志。如此解诗，不仅把诗意都穿凿坏了，也把诗都说死了。

汉儒以美刺比兴言诗，是为了对《诗》进行系统化的道德阐释，以扬善贬恶的诗教为目的，所以把诗歌的比喻都说成与政教有关。其中固多穿凿附会，但也突出了《诗》之六义中“比兴”的作用。这对后世的以“比兴”论诗影响很大，以至使比兴成为传统诗论的核心范畴，具有道德和审美的双重含义。比喻是诗最常用的表情达意的方式，在《诗品·序》里，钟嵘以指事造形和穷情写物的五言诗为有滋味者，以为“文已尽而意有余，兴也；因物喻志，比也；直书其事，寓言写物，赋也。宏斯三义，酌而用之，干之以风力，润之以丹采，使味之者无极，闻之者动心，是诗之至也。”[③]从如何才有诗味的角度，对“兴”义作了全新的解释，强调的是诗歌作品本身的审美特征。但在《与元九书》中，白居易主张以诗歌补察时政和泄导人情，于是他“自拾遗来，凡所适、所感，关于美刺兴比者；又自武德迄元和、因事立题，题为《新乐府》者，共一百五十首，谓之‘讽谕诗’”[④] 尽管他的“讽谕诗”艺术上成功的

---

① 《毛诗正义》，第104页。

② 《毛诗正义》，第104页。

③ 《诗品注》，人民文学出版社1961年版，第2页。

④ 《白居易集》，中华书局1974年版，第964页。

不多，但作为把美刺比兴运用于具体诗歌创作，也是有积极的社会意义的。如果说钟嵘是从诗歌审美创作的角度，拓展了比兴的艺术内涵的话；那么，白居易则是就汉儒言诗的本义加以发挥，把比兴作为体现作者“兼济之志”的作诗手法。

三、美刺与风雅正变

《诗》之美刺，既可作为经义从彰善抑恶的道德教化层面加以发挥，也可落实于知人论世层面的以史证诗之中，这涉及到《诗》之“六义”里的又一重要问题，即风雅正变的区分和诗与史的关系问题。汉代的四家诗都以美刺言诗，但将诗与史联系起来而引《诗》证事或引事明《诗》的，在韩诗和毛诗里较为突出，以郑玄所作的《诗谱》最具系统。

汉代的四家诗与先秦儒家学说有渊源关系，尤其与荀学关系较直接，鲁诗、韩诗、毛诗的传授都可追溯到荀子。如鲁诗的传人申培公曾就学于荀子门人浮丘伯，传毛诗的毛亨据说是荀子的弟子；韩诗的创立者韩婴，在《韩诗外传》中引用《荀子》的文字多达五十余处。徐复观《〈韩诗外传〉的研究》说：“即《外传》表达的形式，除继承《春秋》以事明义的传统外，更将所述之事与《诗》结合起来，而成为事与诗的结合，实即史与诗，互相证成的特殊形式，亦由《荀子》发展而来。”[①] 但在《韩诗外传》中，史与诗的互证仅限于引《诗》证事，即先讲一段前言往行的故事，然后引《诗》为证，以说明一个道理。如：

> 齐桓公问于管仲曰：“王者何贵？”曰：“贵天。”桓公仰而视天。管仲曰：“所谓天，非苍莽之天也。王者以百姓为天。

① 《两汉思想史》卷三，台湾学生书局1984年版，第7页。

百姓与之则安，辅之则强，非之则危，倍之则亡。”《诗》曰：“民之无良，相怨一方。”民皆居一方，而怨其上，不亡者未之有也。①

所引诗出自《诗·小雅·角弓》，按毛诗的说法是“刺幽王”的，与韩诗所证的齐恒公的言行没有任何事实上的史的联系，而只有意义上的关联。这种事与诗的结合只是象征意义上的结合，并非严格意义的史与诗互证。《韩诗外传》毕竟属于注重经义发挥的今文经学著作，其所引述的前言往行的故事及《诗》中的诗句，都是为阐发义理服务的。

真正把《诗》三百与上古历史联系起来，使美刺的道德批评落到实处的是毛诗，以史证《诗》是毛诗的一显著特色。因上古时代诗与乐合，毛诗之《诗大序》采用《乐记》“声与政通”的说法，以为“治世之音安以乐，其政和；乱世之音怨以怒，其政乖；亡国之音哀以思，其民困。”又在讲了“诗有六义”之后接着说：

> 至于王道衰，礼义废，政教失，国异政，家殊俗，而变风、变雅作矣。国史明乎得失之迹，伤人伦之废，哀刑政之苛，吟咏情性，以风其上，达于事变，而怀其旧俗者也。故变风发乎情，止乎礼义。发乎情，民之性也；止乎礼义，先王之泽也。②

变风、变雅之主张的提出，是为了给强调诗歌美刺讽谏作用的政教说提供历史依据。作为早期的诗歌总集，《诗》三百除有五六首标明作者外，其他的作者都不详；可毛诗的诗序在谈美刺时，往往要指明所美所刺的具体人和事，具有知人论世的性质。如关于《王风·黍离》，诗序说：“闵宗周也。周大夫行役至于宗周，过故宗庙宫

---

① 《韩诗外传集释》，中华书局1980年版，第148～149页。

② 《毛诗正义》，第3～4页。

室，尽为禾黍，闵周室之颠覆，彷徨不忍去而作是诗也。"① 再如《小雅·巧言》的诗序云："刺幽王也。大夫伤于谗，故作是诗也。"② 诗序还把风诗和雅诗的绝大多数定为"刺"诗，远超出其所说的"美"诗的四倍以上，并把这说成是王道衰落的结果。所谓"变风"、"变雅"，主要是指那些下以讽刺上的风诗和雅诗而言。对于《诗》三百中具有怨刺讽谏性质的作品，毛诗从反映社会政治变化的角度予以肯定，以为是"国史明乎得失之迹"的反映事变之作，并用以史证《诗》的方式加以说明。

毛诗以史证诗的基本方法是：把《诗》的内容与历史上的具体人事联系起来论说，以知人论世的方式解诗。由于诗的表现多具象征比喻性质，一旦坐实难免有附会之嫌，如《王风·君子于役》言妻子思念出征在外的丈夫，毛诗序以为是"刺平王也。君子行役无期度，大夫思其危难以风焉"。③ 王先谦在《诗三家义集疏》中则指出："据诗文鸡栖、日夕、牛羊下来，乃室家相思之情，无僚友托讽之谊，所称'君子'，妻谓其夫，《序》说误也。"④ 不过，毛诗序的一些说法也确实于史有据，如《大雅》里的《蒸民》、《崧高》和《皇矣》等颂美之作，诗序所说与《国语》和《左传》的记载是相合的。即便是以怨刺为内容的变风、变雅，毛诗序的一些解说亦非没有根据。如关于《卫风·硕人》，诗序云："闵庄姜也。庄公惑于嬖妾，使骄上僭，庄姜贤而不答，终以无子。国人闵而忧之。"⑤ 此事见于《左传》隐公三年，据说"卫庄公娶于齐东宫得臣之妹，曰庄姜，美而无子，卫人所为赋《硕人》也。"⑥ 此处的

① 《毛诗正义》，第62页。
② 《毛诗正义》，第185页。
③ 《毛诗正义》，第63页。
④ 《诗三家义集疏》，第318页。
⑤ 《毛诗正义》，第54页。
⑥ 《春秋左传注》，第30～31页。

“赋”为创作之义，指作诗，故可证成诗序之说。又如《郑风·清人》，诗序云：“刺文公也。高克好利而不顾其君，文公恶而欲远之不能，使高克将兵而御狄于竟。陈其师旅，翱翔河上，久而不召，众散而归，高克奔陈。公子素恶高克，进之不以礼。文公退之不以道，危国亡师之本。故作是诗也。”[1] 此说的根据，见于《左传》闵公二年，谓“郑人恶高克，使帅师次于河上，久而弗召，师溃而归，高克奔陈。郑人为之赋《清人》。”[2] 惟诗序所说较史书为详，当是有所发挥。此外，毛诗对《鄘风·载驰》和《秦风·黄鸟》的历史解读，也都可以从《左传》里闵公二年和文公六年的相关记载中得到证明。

但毛诗的以史证《诗》还是零散的，泛说的多，确指的少，史与诗的全面结合和风雅正变理论系统的建立，最后是由郑玄完成的。郑玄是东汉人，早年习韩诗，至晚年又传毛诗，为毛传作笺，他出入于今文经学和古文经学，为当时最博学的鸿儒。按照《诗》三百的国别和篇次，他系统地附会有关史料而编成《诗谱》，几乎给每篇诗都确定了年代。在《诗谱序》中，他认为诗道起源的历史是很早的，《虞书》就有“诗言志”之说，而“有夏承之，篇章泯弃，靡有孑遗。迩及商王，不风不雅。何者？论功颂德，所以将顺其美；刺过讥失，所以匡救其恶。各于其党，则为法者彰显，为戒者著明”。[3] 诗歌的兴盛是在周代，所以说：

> 文武之德，光熙前绪，以集大命于厥身，遂为天下父母，使民有政有居。其时诗：风有《周南》、《召南》，雅有《鹿鸣》、《文王》之属。及成王，周公致太平，制礼作乐，而有颂

---

① 《毛诗正义》，第70页。

② 《春秋左传注》，第268页。

③ 《毛诗正义》，第1页。

声兴焉，盛之至也。本之由此风雅而来，故皆录之，谓之诗之正经。后王稍更陵迟，懿王始受谮亨齐哀公，夷身失礼之后，邶不尊贤。自是而下，厉也，幽也，政教尤衰，周室大坏。《十月之交》、《民劳》、《板》、《荡》，勃尔俱作，众国纷然，刺怨相寻。五霸之末，上无天子，下无方伯，善者谁赏，恶者谁罚，纪纲绝矣！故孔子录懿王、夷王时诗，讫于陈灵公淫乱之事，谓之变风、变雅。①

诗三百主要是周代的作品，反映的是这一时期的社会生活，故可以由王道的兴衰言风雅之正变，将顺其美，匡救其恶，使诗也像史一样，起到通鉴的作用。这是郑玄以史证诗的用心所在。“变风、变雅”之说虽是承《诗大序》而来，但将风雅之“正经”与变风、变雅对举，以此论世之盛衰，并分国别而作诗之历史谱系，则全属郑玄的创造。他在《周南、召南谱》中说：“其得圣人之化者谓之周南，得贤人之化者谓之召南，言二公之德教自岐而行于南国也。”“乃弃其余，谓此为风之正经。”② 在风诗里，郑玄仅以《周南》、《召南》为正，其它的作品全被划为变风，其根据是周代后期诸侯国政教的衰落。如《邶、鄘、卫谱》说，卫国“七世至顷侯，当周夷王时，卫国政衰，变风始作。”《齐谱》言齐国“后五世哀公政衰，荒淫怠慢，纪侯谮之于周懿王，使烹焉，齐人变风始作。”又《陈谱》云：“五世至幽公，当厉王时，政衰，大夫淫荒，所为无度，国人伤而刺之，陈之变风作矣。”③ 果如此说，诗歌创作便成为诸侯国政治好坏的晴雨表，直接反映着周代社会的历史变化。

郑玄的正变说集汉代以史证诗之大成，但他是经学家，讲风雅

---

① 《毛诗正义》，第 1~2 页。

② 《毛诗正义》，第 3 页。

③ 《毛诗正义》，第 28 页，第 80 页，第 107~108。

正变是为了强调诗歌美刺的政教作用，与后世诗人着眼于诗体正变是不同的。他在《小、大雅谱》中指出：雅诗于周代社会生活中多用于礼乐，“其用于乐，国君以小雅，天子以大雅，然而飨宾或上取，燕或下就。天子诸侯燕群臣乃聘问之宾，皆歌《鹿鸣》合乡乐。”——此为雅诗之正。而“大雅《民劳》，小雅《六月》之后，皆谓之变雅，美恶各以其时，亦显善惩过。正之次也”。[①] 对于这段文字，孔颖达《毛诗正义》的解释是：

> 《民劳》《六月》之后，其诗皆王道衰乃作，非制礼所用，故谓之变雅也。其诗兼有美刺，皆当其时，善者美之，恶者刺之，故云美恶各以其时也。又以正诗录善事，所以垂法后代。变既美恶不纯，亦兼采之者，为善则显之，令自强不息；为恶则刺之，使惩恶而不为，亦足以劝戒。是正经之次，故录之也。[②]

着重以诗歌内容的美善和刺恶阐释正变，以为两者应兼顾。风雅之“正经”，诚然能“为法者彰显”；正经之次的“变风、变雅”，亦可“为戒者著明”，同样都能起到诗歌的教化作用。此乃有关风雅正变说的正解。到了后来，昌言风雅的诗人则多从诗体正变的角度谈这个问题，如陈子昂《与东方左史虬修竹篇》说：“仆尝暇时观齐梁间诗，采丽竞繁，而兴寄都绝，每以永叹，思古人，常恐逶迤颓靡，风雅不作，以耿耿也。”[③] 用风雅指有风骨兴寄的诗歌。李白在《古风》诗中感叹“大雅久不作”，然后说：“正声何微茫！哀怨起骚人。”用正声指诗之正体。杜甫在《戏为六绝句》中有“别裁伪体亲风雅”的说法。[④] 元好问在《论诗三十首》中说：“汉谣魏

---

① 《毛诗正义》，第134~135页。

② 《毛诗正义》，第135页。

③ 《全唐诗》，中华书局1960年版，第896页。

④ 《全唐诗》，第1670页，第2453页。

什久纷纭，正体无人与细论。谁是诗中疏凿手，暂教泾渭各清浑。”[①] 这种仅就诗体发展变化立论的正变说，相对于汉儒以美刺言风雅正变的原教旨，已经是离经而不叛道了。

（原载《南开学报》2002 年第 6 期）

① 《元好问全集》（上），山西人民出版社 1990 年版，第 337 页。

论“活法”

北宋末和南宋初，是诗歌创作中江西诗风盛行的时代，同时诗歌理论批评也极为繁荣，现存的宋人诗话多数产生于此时。[①] 这个时期出现的“活法”理论，上承黄庭坚的句法之说和苏轼的自然为文之旨，是以苏、黄为代表的宋诗创作的经验总结；下启杨万里的“活法诗”而开宗唐之风，是宋诗创作发生重大转折的思想依据。无论从宋代诗风的演变，或宋代诗歌理论批评的发展来看，“活法”说都具有不可忽视的重要的历史意义。本文拟对“活法”说产生的原因、“活法”与“悟入”的关系，以及“活法”在宋诗演变过程中的作用及其理论发展等问题，作一较为全面的论述。

一

“活法”作为一种诗法理沦，与江西诗派宗主黄庭坚的句法之学有不可分割的联系，但它的提出却是为了使当时的诗歌创作从“有定法”而进入“无定法”之境，以苏轼主张的出新意妙理于法度之外的自然为文为归趋，是诗歌创作中宗黄与学苏相结合的产物。

---

① 参见郭绍虞《宋诗话考》，中华书局 1979 年版。

江西诗派得名于吕本中于北宋政和年间所作的《江西诗社宗派图》，当时在江西豫章存在着一个以黄庭坚为学习榜样的诗社组织。张元幹《苏养直诗帖跋尾六篇》，回忆早年学诗时的情形说："往在豫章，问句法于东湖先生徐师川，是时洪刍驹父，弟炎玉父，苏坚伯固，子庠养直，潘淳子真，吕本中居仁，汪藻彦章，向子湮伯恭，为同社诗酒之乐。予既冠矣，亦获攘臂其间，大观庚寅辛卯岁也。"[①] 辛卯岁即政和元年（1111），正是吕本中作宗派图的大致时间。从张元幹参加诗社活动的自述中可看出，"句法"在江西派诗学中占十分突出的位置。魏泰《临汉隐居诗话》谈到诗人造句之法贵峻洁不凡时，曾举杜甫"美名人不及，佳句法如何"为例，但真正把句法作为诗歌创作的中心问题予以强调的是黄庭坚。他在《次韵文潜立春日三绝句》中说："传得黄州新句法，老夫端欲把降幡。"《寄陈适用》云："寄我五言诗，句法窥鲍谢。"《赠高子勉》云："拾遗句中有眼，彭泽意在无弦。"《再用前韵赠子勉四首》："句法俊逸清新，词源广大精神。"[②] 山谷诗学的一个特点是将诗歌创作中较难把握的气韵、意味等落实到具体的诗歌句法上，通过炼字练句来体现。

普闻《诗论》说："诗家云炼字莫如练句，练句莫若得格，格高本乎琢句，句高则格胜矣。天下之诗，莫出二句，一曰意句，二曰境句。境句则易琢，意句难制。境句人皆得之，独意不得其妙者，盖不知其旨也。所以鲁直、荆公之诗出于流辈者，以其得意句之妙也。"[③] 所谓"得意句之妙"，普闻举黄诗《寄黄几复》中的"桃李春风一杯酒，江湖夜雨十年灯"为例，认为"春风桃李但一杯，而想象无聊屡空为甚；飘逢寒雨十年灯之下，未见青云得路之

---

① 《芦川归来集》卷九，上海古籍出版社 1978 年版。

② 《山谷集》卷十一，《山谷外集》卷四，《山谷集》卷十二，四库全书本。

③ 《说郛》卷六十七，见《说郛三种》，上海古籍出版社 1988 年版。

便，其羁孤未遇之叹具见矣。其意句亦就境中宣出。桃李春风，江湖夜雨，皆境也，昧者不知，直谓境句，谬矣。”① 就诗的“意句”而言，除了“亦就境中宣出”者外，山谷诗还有句上求远、语有余意的特点。如《听宋宗儒摘阮歌》：“寒虫催织月笼秋，独雁叫群天拍水。”《弈棋二首呈任公渐》：“心似蛛丝游碧落，身如蜩甲化枯枝。”《光山道中》：“梦幻百年随逝水，劳歌一曲对青山。”② 这些诗句，语虽平易而立意精深，推源其用心，不外乎要标新立异，出奇制胜，因此在用词造句和音律运用方面也力求不同凡熟。如五言诗的正格是上二下三，而黄诗则有上一下四或上三下二的句式：“吞——五湖三江”，“牛砺角——尚可”，这种通过句子组织上的变更而使文气反常的句子称为“拗句”。此外还有“拗律”，即在一句之中使平仄互换，造成音调的突兀。在黄庭坚的三百一十余首七律里，拗体就占了一百五十余首，达总数的一半以上。这说明句法不仅是黄庭坚学习前人艺术经验的入口，也是他自己在创作中推陈出新的重要方面。

黄庭坚对句法问题的重视和强调，对江西诗学的形成和宋诗的发展有极深刻的影响。范温《潜溪诗眼》用“有余意之谓韵”发挥黄庭坚“句中有眼”的思想，偏重于从创作主体的命意立格谈诗，强调学诗“要先以识为主”。只有能见出诗人命意运思的深密之处，方能概考作诗法度。但他又说：“句法之学，自是一家工夫。”“句法以一字为工，自然颖异不凡，如灵丹一粒，点铁成金也。”③ 这样就把诗人的命意和运思，归结为具体的句法结构和精当字词的选择。其积极意义在于，学诗者通过句式的变换或新警字眼，可消除因句式和意象沿袭而产生的思维惰性，重新获得对表现对象和诗歌

① 《说郛》卷六十七，见《说郛三种》，上海古籍出版社 1988 年版。
② 《山谷集》卷四，《山谷外集》卷七、卷十二。
③ 《宋诗话辑佚》，中华书局 1980 年版，第 330 页，第 333 页。

语言的新鲜感受，在艺术表现上翻新出奇。但这种倾向也蕴含着一种危险，即单纯从语句的表现功能方面看待诗歌创作，过分注重炼字琢句和使事用典，而忽略了诗歌意味的追求。惠洪《冷斋夜话》说：“山谷云：诗意无穷而人之才有限，以有限之才，追无穷之意，虽渊明、少陵，不得工也。然不易其意而造其语，谓之换骨法；窥入其意而形容之，谓之夺胎法。”[①] 所谓“换骨”、“夺胎”，基本上是就用典时如何化用前人成词着眼，偏重于从用语造句方面来谈论诗歌创作。惠洪说：“句法欲老健有英气，当间用方俗言为妙。”又说：“用事琢句，妙在言其用，不言其名。”这被他称为“象外句”。还有“对句法”，“诗人穷其变，不过以事以意以出处具备谓之妙。”

此外，他还总结出了词序倒置的“错综句法”，未咏落叶而人一见之自然知为落叶的“影略句法”等。[③]这样一来，所谓“句法”，就偏于有关用词造句的纯语言形式的表现技巧了。

这种诗学理论上的倾斜亦在创作中体现出来。江西诗派自吕本中作宗派图后，作诗奉守“无一字无来处”和“点铁成金”的师训，习惯于由黄庭坚上窥杜甫。山谷诗讲究瘦硬，有具体的句法和“拗句”、“拗律”、“换骨”、“夺胎”等规则可遵循，便于学习，易形成风格相近的诗派。但也极易让人受法的束缚，亦步亦趋，不离规矩。而且江西派作诗有避世倾向，讲究淡泊自甘的格高，上者平淡奇峭，冷然世外；次者琢刻字句，尖巧僻涩，琢句愈工离真性情愈远，失却作诗的本意。对于这种江西诗风在社会上流行而带来的弊端，南北宋之际的不少诗话著作都有批评。叶梦得在《石林诗话》中说：“诗人以一字为工，世固知之，惟老杜变化开阖，出奇无穷，殆不可以形迹捕。……今人多取其已用字模放用之，偃蹇狭

---

① 《冷斋夜话》卷二，《笔记小说大观》第八册，江苏广陵古籍刻印社 1983 年版。
② 《冷斋夜话》卷四。
③ 《诗人玉屑》卷三，“句法”条，上海古籍出版社 1978 年版。

陋，尽成死法。不知意与境会，言中其节，凡字皆可用也。”[①] 这种对“死法”的批评，已开启了在诗歌创作中重活法的先声。吴可《藏海诗话》亦云：“用工夫体学杜之妙处恐难到，用功而效少。”他主张“学诗当以杜为体，以苏黄为用，拂拭之则自然波峻，读之铿锵。盖杜之妙处藏于内，苏、黄之妙发于外。”[②] 也就是说，作诗除宗黄外，还要学苏，否则易流于滞涩生硬。

正是有鉴于江西派诗人无人不谈句法而尽成死法，追求瘦硬而流于尖生僻涩，吕本中晚年称宗派图“乃少时戏作耳”，[③] 颇有后悔之意。与早年一味宗黄不同，他强调作诗文要向苏轼学习，因苏轼那种极富才情的清旷放达的创作风格，能使人摆脱各种法的束缚。曾季貍《艇斋诗话》说：“吕东莱喜令人读东坡诗。”[④] 吕本中南渡后作诗即以苏诗那种自然浑成、不见斧凿痕为榜样，追求自然清新和流转圆美，与当时规行矩步学山谷的江西诗风形成对照，透露出南宋诗风转变的消息。陈岩肖《庚溪诗话》说：“吕居仁作《江西诗社宗派图》，以山谷为祖，宜其规行矩步，必踵其迹。今观东莱诗，多浑厚平夷，时出雄伟，不见斧凿痕。”[⑤] 陆游《吕居仁集序》也说吕本中，“诗文汪洋闳肆，兼备众体，间出新意，愈奇而愈浑厚，震耀耳目，而不失高古，一时学士宗焉。”[⑥] 南宋绍兴年间，吕本中已成为执诗坛牛耳的领袖人物。绍兴元年（1131），他在《与曾吉甫论诗第一帖》里向曾几传授诗法时指出：作诗除了学杜甫、黄庭坚以知“法度所在”和“冶择工夫”外，还须“波澜之阔”和“规模令大”。他说：“如东坡、太白诗，虽规摹广大，学

---

① 《历代诗话》，中华书局 1981 年版，第 420 页。

② 《历代诗话续编》，中华书局 1983 年版，第 331 页。

③ 范季随《陵阳先生室中语》，见《说郛》卷四十三。

④ 《历代诗话续编》，第 282 页。

⑤ 《历代诗话》，第 182 页。

⑥ 《渭南文集》卷十四，见《陆游集》，中华书局 1977 年版。

者难依；然读之使人敢道，澡雪滞思，无穷苦艰难之状，亦一助也。要之，此事须令有所悟入，则自然越度诸子。”又说：“近世江西之学者，虽左规右矩，不遗余力，而往往不知出此，故百尺竿头，不能更进一步，亦失山谷之旨也。”① 主张通过类于黄诗那种知法度所在的句法训练而达到“悟入”之后苏诗那种波澜壮阔、无丝毫艰涩之状的自然为文之境，已初步体现出了其“活法”说的基本精神。

促使吕本中进一步提出较为完整的“活法”理论的一个直接原因，是张戒对江西诗风的彻底批判。张戒论诗不谈句法而力主言志，重情味而归于思无邪，有正本清源的深意。其《岁寒堂诗话》对江西诗法深致不满，认为“诗人之工，特在一时情味，固不可预设法式也”。批判的矛头越过学生而直指老师。他说：“诗妙于子建，成于李、杜，而坏于苏、黄。余之此论，固未易为俗人言也。子瞻以议论作诗，鲁直又专以补缀奇字，学者未得其所长，而先得其所短，诗人之意扫地矣。”② 这种主张虽语涉过激，但确有警时骇众之效，刺激了吕本中对“活法”的深入思考。这一点，在《岁寒堂诗话》里即有反映，张戒在谈到“子美之诗，得山谷而后发明”时说：

> 往在桐庐见吕舍人居仁，余问：“鲁直得子美之髓乎?”居仁曰：“然。”“其佳处焉在?”居仁曰：“禅家所谓死蛇弄得活。”余曰：“活则活矣，如子美‘不见旻公三十年，封书寄与泪潺缓。旧来好事今能否？老去新诗谁与传。’此等句鲁直少日能之。‘方丈涉海费时节，玄圃寻河知有无。桃源人家易制度，橘州田土仍膏腴。’此等句鲁直晚年能之。至于子美‘客

① 《苕溪渔隐丛话》前集卷四十九，人民文学出版社 1962 年版。
② 《历代诗话续编》，第 455 页。

从南溟来’，‘朝行青泥上’，《壮游》、《北征》，鲁直能之乎？如‘莫自使眼枯，收汝泪纵横。眼枯却见骨，天地终无情’。此等句鲁直能到乎？”居仁沈吟久之曰：“子美诗有可学者，有不可学者。”①

张戒在桐庐见吕本中为绍兴初年，正值吕本中“活法”说形成之时。吕本中所说的“死蛇弄得活”，指黄庭坚作诗善于吸收前人句法神髓而翻空出奇，规矩备具而能出于规矩之外。但这还只是其“活法”说的一个层面，即有定法而“可学者”的一面。江西诗派作诗大多停留在这个层面上。通过与张戒的交锋，吕本中意识到诗还有无定法而“不可学者”，即诗之韵气，它自诗人胸臆流出，产生于作诗时的一时情味，不可预设法式。如陈与义《春日二首》所言：“忽有好诗生眼底，安排句法已难寻。”② 吕本中在《童蒙诗训》里也说作诗“惟不可凿空强作，出于牵强，如小儿就学，俯就课程耳。”③ 江西派诗人潘大临认为“七言诗第五字要响”，“五言诗第三字要响”；吕本中则说：“窃以为字字当活，活则字字响。”④诗中某一字响，可以通过炼字琢句来实现，字字响则需气韵贯注，无定法可言。所谓“无定法”实际上是指创作主体对诗法的超越，以达率情任性、变化不测而不背于规矩的自然为文之境，这是吕本中“活法”说的更深一层的内容。对此把握得较准确的是张元幹，他在吕本中去世后作的《亦乐居士集序》里说：“前辈尝云诗句当法子美，其他述作无出退之韩杜门庭，风行水上，自然成文，俱名活法。”其《跋苏诏君赠王道士诗后》又说：“文章盖自造化窟中来，元气融结胸次，古今谓之活法。所以血脉贯穿首尾，俱应如常

---

① 《历代诗话续编》，第463页。

② 《陈与义集》卷十，中华书局1982年版。

③ 《宋诗话辑佚》，第596页。

④ 《宋诗话辑佚》，第587页。

山蛇势；又如风行水上，自然成文。”[①] 在宋代诗人里，苏轼那种自由挥洒、随物赋形的创作个性，最能体现这种自然成文的活法，故吕本中一再强调要学苏轼。

“活法”说的完整表述，见于绍兴三年（1133）吕本中所作的《夏均父集序》：

> 学诗当识活法。所谓活法者，规矩备具而能出于规矩之外，变化不测而亦不背于规矩。是道也，盖有定法而无定法，无定法而有定法，知是者则可以与语活法矣。谢玄晖有言：“好诗流转圆美如弹丸。”此真活法也。近世惟豫章黄公首变前作之弊，而后学者知所趣向，毕精尽知，左规右矩，庶几至于变化不测。然予区区浅末之论，皆汉魏以来有意于文者之法，而非无意于文者之法也。[②]

自北宋末年起，江西诗派作诗专以黄庭坚为宗，故有别于苏诗。但到了南宋绍兴年间，宋诗创作发展的实际证明苏、黄是不可分的。黄诗那种规矩备具、用功深刻的诗格，若无苏诗那种变化不测的自然气韵贯穿，很容易流于尖巧生涩。事实上，黄庭坚作诗也以苏轼那种无意为文的自然境界为努力方向，既讲“句中有眼”，复云“意在无弦”。以有规矩入，成无规矩出，是其“句法”理论的两个重要环节。苏轼的“出新意于法度之中，寄妙理于豪放之外”，也并非完全没有规矩法度，苏轼的自然为文只是创作主体获得创作自由后对规矩法度的一种超越。苏、黄诗学，同源而异流，亦应殊途同归；吕本中“活法”说的提出，满足了宋代诗学发展的这种要求。它将以黄诗代表的江西诗派的“有意于文者之法”，和苏轼在创作中体现出来的“无意于文者之法”，辩证地统一起来，既讲

---

① 《芦川归来集》卷九。

② 《历代诗话续编》，第485页。

"规矩具备"的诗法，也讲反映主体创造精神的"变化不测"。承认作诗"有定法"的一面，也不否定其"无定法"的一面，比较全面地反映了以苏、黄为代表的宋代诗学的精神，预示着此后诗歌创作的发展方向。

二

"活法"乃相对于"死法"或"死句"而言。所谓"活"与"死"，关键在于学诗或作诗过程中是否能有所"悟入"。曾几《读吕居仁旧诗有怀其人作诗寄之》云："学诗如参禅，慎勿参死句。纵横无不可，乃在欢喜处。人如学仙子，辛苦终不遇。忽然毛骨换，政用口诀故。居仁说活法，大意欲人悟。常言古作者，一一从此路。"① 由此可见，"活法"与"悟入"是连在一起的，而且语意都源于禅宗。要理解"活法"的精神实质，必须从当时盛行的以禅喻诗的思想文化背景入手。从受不同禅门宗风影响的诗人"悟入"方式的差异，或可看出学诗与作诗的不同，即有所依傍与自家作主的区别，从而加深对"活法"性质的理解。

许顗在南宋建炎二年（1128）所撰的《许彦周诗话》里说："诗话者，辨句法，备古今，纪盛德，录异事，正讹误也。"② 这个有关诗话的最简明的定义，把"辨句法"作为诗话的首要内容提出来，表明此时的诗话著作与早期诗话那种记录诗人轶闻趣事以资闲谈的随笔已有所不同，由述事记言转为考辞论意，着重于探讨学诗和作诗的句法问题。因此，尽管活法说的正式提出比较晚，但活法理论的两种基本要求：规矩备具而能出于规矩之外，和变化不测亦

---

① 《茶山集）卷七，丛书集成初编本。

② 《历代诗话》，第378页。

不背于规矩，实际早已在两宋之际的许多诗话作者"辨句法"的批评实践中有所体现。与此相关，"悟入"说亦成为当时诗歌批评的重要内容和有机组成部分。曾季貍《艇斋诗话》说：

> 后山论诗说换骨，东湖论诗说中的，东莱论诗说话法，子苍论诗说饱参，入处虽不同，然其实皆一关捩，要知非悟入不可。①

两宋之际，论诗讲悟入的远不止上述诸人，惠洪、范温、叶梦得、王直方、吴可、周紫芝等一批诗话作者也都把悟入作为学诗的条件或目的。当时佛学的禅宗思想已直接渗入社会生活和思想文化的各个领域，外儒内佛成为许多文人学士的基本精神风貌，居士佛在士大夫阶层十分流行，为诗人的以禅入诗和以禅喻诗创造了条件。宋初以来禅文学的发展，诗僧的不断涌现，文字禅的流行，也从另一个方面加深了人们对诗与禅关系的认识。如云门宗的雪窦重显禅师编《颂古集》，用诗偈的形式对被称为公案或古则的禅问答进行解释，从文字上追求禅意。其后临济宗杨歧派禅师克勤编《碧岩录》，对《颂古集》里的"颂古百则"作出提示，加以评唱，自撰颂语，进一步使禅宗走向舞文弄墨之途，揭示了习禅与作诗的内在联系。这些对于诗歌批评中的以禅喻诗也有促进作用。

禅宗对文学批评的影响是多方面的，江西诗派的建立就受禅宗分门别派的影响。这种宗门意识体现在诗歌批评上就是强调师友渊源的重要，而这种渊源关系主要通过句法的传授和印可来体现。徐俯的诗歌创作成就并不高，但在江西诗派里却有较高的声誉，当时许多人作诗向他请教句法。原因在于他曾亲炙山谷，受到过黄庭坚的表彰。韩驹说："作诗文当得文人印可，乃不自疑。"②这是句法

---

① 《历代诗话续编》，第 296 页。

② 《能改斋漫录》，上海古籍出版社 1979 年版，第 282 页。

之学受到高度重视的一个重要因素。曾几《李商叟秀才求斋名于王元渤以养源名之求诗》云："老杜诗家初祖，涪翁句法曹溪。尚论渊源师友，他时派列江西。"① 以杜甫比达摩，黄庭坚比惠能，后来方回的江西诗派一祖三宗之说即导源于此。张表臣《珊湖钩诗话》举杜甫诗"惟有摩尼珠，可照浊水源"，"欲闻第一义，回向心地初"为例，认为此"乃佛乘之义耶"。② 其实，真正能在文学创作中发挥佛乘之义的不是杜甫，而是苏轼。黄庭坚评苏轼游庐山东林作的《题西林壁》等诗时说："此老人于般若横说竖说，了无剩（一作刺）语，非其笔端有舌，安能吐此不传之妙。"③

值得注意的是，苏轼、黄庭坚、秦观等元祐文人所交往的高僧都属临济宗，他们亦被视为本宗的俗弟子。黄庭坚就是在临济宗的黄龙山僧舍临摹古人法帖，忽然领悟"草书三昧"而创"句中有眼"之说的。但是，吕本中所作江西宗派图里的诗人多受云门宗的影响。如饶节《寄夏均父二首》云："故人若问别来事，举似云门第二关。"④ 韩驹《谢彰上人远自云门见访》说："君参云门禅，不远为君说。"⑤ 吕本中本人参禅学道也主要接受云门宗的影响。周紫芝《竹坡诗话》说："吕舍人作江西宗派图，自是云门、临济始分矣。"⑥ 临济、云门同出曹溪南宗禅，思想渊源基本相同，但由于接引后学的方式有差异而形成不同的宗风。以此或可看出受不同宗门禅学影响的诗人在"悟入"方式上的差别来。

临济的宗风是大机大用，单刀直入，常用棒喝的形式使人猛然自悟。它发扬了马祖"平常心是道"的思想，把禅悟加以彻底的主

---

① 《茶山集）卷七，丛书集成初编本。
② 《历代诗话》，第453页。
③ 《苕溪渔隐丛活》前集卷三十九。
④ 《倚松老人诗集》卷二，清宣统庚戌刻本。
⑤ 《陵阳先生诗》卷二，清宣统癸丑刻本。
⑥ 《历代诗话》，第355页。

体化、行为化、世俗化，看作现实人生行为的直观 体认。如临济宗黄龙派的“黄龙三关”，即是在提出“人人尽有生缘，上座生缘在何处?”的问题后，用伸手垂脚的方式问：“我手何似佛手?”“我脚何似驴脚?”① 意在用奇特的动作和峻烈的机锋语，使人自己触机顿悟。这种悟不假修持，毫无依傍，灵心一动，头头是道；通之于诗，正可以用来说明诗人“悟入”时灵感涌现、一通百通的自由创造境界。如《冷斋夜话》评陶渊明诗：“大率才高意远，则所寓得其妙，造语精到之至，遂能如此。似大匠运斤，不见斧凿之痕。不知者困疲精力，至死不悟。”② 《潜溪诗眼》评杜甫《樱桃》诗说：“如禅家所谓信手拈来、头头是道者。直书目前所见，平易委曲，得人心所同然。但他人艰难，不能发耳。”③《石林诗话》评谢灵运诗“池塘生春草、园柳变鸣禽”时说：“此语之工，正在无所用意，猝然与景相遇，借以成章，不假绳削，故非常情所能到。诗家妙处，当须以此为根本，而思苦言难者，往往不悟。”④

这些诗评里所讲的悟，如大匠运斤、信手拈来、不假绳削等，形容的都是创作主体那种破弃拘执，随机触发，活泼天然，变化多方的自主精神。正如《临济录》所言：“向外作工夫，总是痴顽汉，尔且随处作主，立处皆真。”⑤ 周紫芝《竹坡诗话》所记苏轼论作诗之语：”冲口出常言，法度去前轨。人言非妙处，妙处在于是。”⑥ 体现的正是这种临济宗风。黄庭坚的句法之学，点铁成金之论，被后学奉为作诗的法式窠臼，但在他自己原是力主自成一家、超凡入圣的。张元幹《跋山谷诗稿》说：“山谷老人此四篇之

① 《五灯会元》，中华书局1984年版，第1108页。

② 《冷斋夜话》卷一。

③ 《宋诗话辑佚》，第314页。

④ 《历代诗话》，第426页。

⑤ 《大正新修大藏经》第四十七卷，日本大正一切经刊行会刊印本。

⑥ 《历代诗话》，第348页。

稿，初意虽大同，观所改定，要是点化金丹手段。又如本分衲子参禅，一日悟入，举止神色顿觉有异，超凡入圣，只在心念间，不外求也。句中有眼，学者领取。”①

“只在心念间，不外求”的句中有眼，对于一般钝根的学诗者来说是很难理解的，惠洪就曾有“句中眼者，世尤不能解”的感叹。范温用“韵”来解说句中眼，认为“山谷之悟入在韵，故开辟此妙，成一家之学，宜乎取捷径而迳造也。如释氏所谓一超直入如来地者。”② 这讲的是顿悟。但他告诫后学的却是有依傍、有渐次的“悟门”。他说：“识文章者，当如禅家有悟门。夫法门百千差别，要须自一转语悟入。如古人文章，直须先悟得一处，乃可通其他妙处。”③ 这实际上讲的是一种渐悟了。叶梦得《石林诗话》用云门宗的“云门三种语”喻杜诗，也含有示人以门径而层层悟入的意思。他说：

> 禅宗论云门有三种语：其一为随波逐浪句，谓随物应机，不主故常；其二为截断众流句，谓超出言外，非情识所到；其三为函盖乾坤句，谓泯然皆契，无间可伺。其深浅以是为序。余尝戏谓学子言，老杜诗亦有此三种语，但先后不同。以“波漂菰米沉云黑，露冷莲房坠粉红”为函盖乾坤句；以“落花游丝白日静，鸣鸠乳燕青春深”为随波逐浪句；以“百年地僻柴门迥，五月江深草阁寒”为截断众流句。若有解此，当与渠同参。④

“云门三句”，是云门宗的开宗禅师文偃用来启悟后学的接引方式。他说：“我有三句语示汝诸人：一句函盖乾坤，一句截断众流，一

① 《芦川归来集》卷九。

② 《宋诗话辑佚》，第 372 页。

③ 《宋诗话辑佚》，第 328 页。

④ 《历代诗话》，第 406 页。

句随波逐浪。怎么生辨？若辨得出，有参学分；若辨不出，长安路上辊辊地。”[①] 意思是只要能辨出这三句的含意，即可求得解悟。但这三句含意的浅深是不同的，需要一个“参”的过程。与临济宗直接借助生活中的动作和机锋语截断常识的情解而使人触机顿悟不同，云门宗用诗的形象性的象征性语言暗示某种禅理，人们可以借助它提供的语言形象获得内心的神秘感悟。但禅悟讲究的是以心传心，言语断道，故文偃在讲述了云门三句后即告诫道：“便参活句，莫参死句。”[②] 所谓“活句”，类于后来吕本中讲的“活法”。正如吕本中讲活法是教人不受诗法规矩的束缚而有所自得一样，“参活句”也是要人摆脱语言的牢笼而自悟，得鱼忘筌，舍筏登岸。但既言“参”，则这种自悟并不废学的功夫，这是云门宗与临济宗的不同之处。吕本中《童蒙诗训》说：“作文必要悟入处，悟入必自工夫中来，非侥悻可得也。”[③] 正可用来解释“参活句”。江西派诗人学诗讲“饱参”，以此作为辨句法和悟入的方式，可以说是从云门宗来的。

由此我们可见出诗人“悟入”方式的不同：一种是无所依傍、自家作主的顿悟，眼处生心句自神，故能在诗歌创作中独树一帜，自成一格，为后人留下无数作诗法门；另一种是有所依傍、真积力久的渐悟，即在向前人学习的过程中领悟作诗之道而有所成就。这也是作诗与学诗的不同。作诗须自家作主，学诗则不妨有所依傍，但两者间并无严格界限。

宋人作诗，除极少数一开始就能凭借天才，随机触发，兴到诗成外，多数都要经历一个向前人学习，由工夫中悟入的渐修阶段。

---

① 《五灯会元》，第935页。关于“云门三句”和叶梦得举“云门三旬”论杜诗，张伯伟在《禅学与诗话》一文中有深入细致的讨论。

② 《五灯会元》，第935页。

③ 《宋诗话辑佚》，第594页。

学诗过程也就是作诗过程，本不易强加分别。所以当时诗人用禅学的“悟入”喻诗，乃兼指顿悟与渐悟、作诗与学诗而言；更何况禅宗发展到这时已趋于整合，临济、云门两派悟入方式的不同，在临济宗的杨歧派那里已合二为一了。如克勤的《碧岩录》即是在云门宗禅师重显的“颂古百则”的基础上编撰的，书中既体现了临济宗那种随处作主、触机顿悟的思想，也讲“须参活句，莫参死句。活句下荐得，永劫不忘；死句下荐得，自救不了。”[1] 江西诗论的总结者方回在为此书作序时认为，其中“有深得吾诗家活法者”。[2]

南宋诗家在以禅喻诗的过程中，多数把“参”与“悟”连在一起，也体现了融云门、临济为一体的思想倾向。如韩驹在《赠赵伯鱼》中说：“学诗当如初学禅，未悟且遍参诸方；一朝悟罢正法眼，信手拈出皆成章。”[3] 再如吴可的《学诗诗》：

> 学诗浑似学参禅，竹榻蒲团不计年。直待自家都了得，等闲拈出便超然。
>
> 学诗浑似学参禅，头上安头不足传。跳出少陵窠臼处，丈夫志气本冲天。
>
> 学诗浑似学参禅，自古圆成有几联。春草池塘一句子，惊天动地至今传。[4]

这三首论诗诗可视为与“活法”相连的“悟入”说的全面概括：第一首讲学诗的“悟入”需建立在熟悉诗歌定法而又能超越于定法的基础之上；第二首强调学诗者的“悟入”应具有自己作主的创造精神，反对因袭摹拟；第三首认为作诗要有随机触发的圆成顿悟，这样才能文成法立，为后人树立榜样。

---

① 《大正新修大藏经》第四十八卷。

② 同上。

③ 《陵阳先生诗》卷一。

④ 《诗人玉屑》卷一。

在学诗过程中，要规矩备具而出于规矩之外，需要遍参诸方并有所“悟入”；而诗人在创作中要进入变化不测亦不背于规矩的自由境界，更需要“悟入”。吴可《藏海诗话》说：“凡作诗如参禅，须有悟门。”① 无论学诗和参禅，“悟”都是一种实践性的行为，是一种直接的感受而非抽象的理论玄想，它只对具体的现实的东西感兴趣。禅学自五代后，已不再向思想方面发展了，从具体事物而不是从既定原理出发开始思考，是宋以后佛学的思维特点。宋代流行的大量僧人语录或传灯录，即为僧人日常对话的片断汇集。在《景德传灯录》一类的僧人著作里，思想并非抽象的概念存在，而是寓于日常事物之中，体用不分，用中见体。耐人寻味的是，这种思维方式亦体现在这个时期出现的大量诗话和诗歌批评中，批评家的论诗宗旨是通过具体的“辨句法”体现出来，贯穿于最寻常的与学诗或作诗相关的实践性行为的片断描述中，没有建立理论体系所必须的概念抽象过程。诗歌思想没有体系的逻辑，只有实践的逻辑，而实践的作用是使人“悟入”，除此之外，并无其他思想形式。因此，“活法”说并非抽象玄想的诗歌理论，而是一种具有实践性品格的诗学方法。它要求作诗者在具体的学诗过程中掌握诗歌创作的定法，并通过参“活句”获得启悟，从而在诗歌创作中能摆脱依傍，妙悟天成而自出机杼，进入无定法的自由境界。其关键在于，作者是否真能在实践中有所“悟入”，有悟则成活法，无悟尽为死句。

三

诗人的“悟入”虽需从工夫中来，是“饱参”的结果，但最根本的却在于作诗时的妙悟天成、自得于心。这对于克服严羽在《沧

---

① 《历代诗话》，第341页。

浪诗话》里批评的宋人“以文字为诗，以才学为诗，以议论为诗”而产生的非诗之诗的弊端，使诗歌创作由重才学功力转向强调自然天成，由主气格重理趣变为重情感尚兴趣，无疑具有十分重要的作用。以“悟入”为关键的“活法”说的提出，不仅是宋诗发展到成熟阶段的产物，也是此后诗歌创作发生重大变化的依据。南宋中兴时期有成就的作家，能走出以江西诗派为代表的宋诗旧格而各自树立，均得力于前辈作家吕本中倡导的“活法”说。

就南宋异军突起的豪放派作家而言，已体现了重天成自得的活法精神。张孝祥《题杨梦锡客亭类稿后》云：“为文有活法，拘泥者窒之，则能今不能古。”① 辛弃疾在《水调歌头·赋松菊堂》里也有“诗句得活法，日月有新功”的说法。② 陆游《赠应秀才》诗云：“我得茶山一转语，文章切忌参死句。”③ 忌参死句，也就是说要悟活法。他们的创作突破了以往宋人作诗讲究才学功力的限制，向注重自然天成方面发展。韩元吉为张孝祥所作的《张安国诗集序》说：“自唐以来诗人寖盛，有得于天才之自然者，有资于学问而成之者。……呜呼，若吾安国之诗，其几于天才之自然欤。”④ 谢尧仁《张于湖先生集序》也说：“文章有以天才胜，有以人力胜。出于人者可以勉也，出于天者不可强也。”⑤ 所谓以天才胜，就是在创作中重天成、重自然，情之所至，一挥而就，心手相得，势若风雨。如辛弃疾《满江红》词所说：“天与文章，看万斛、龙文笔力。”⑥ 相同的意思，陆游在诗中亦屡屡道及，如《文章》：“文章本天成，妙手偶得之。”《即事》：“诗情随处有，信笔自成章。”《题

---

① 《于湖居士文集》卷二十八，四部丛刊本。

② 《稼轩词编年笺注》，上海古籍出版社 1978 年版，第 453 页。

③ 《剑南诗稿校注》四，上海古籍出版社 1985 年版，第 2115 页。

④ 《于湖居士文集》卷首。

⑤ 同上。

⑥ 《稼轩词编年笺注》，第 71 页。

庐陵萧彦毓秀才诗卷后》："法不孤生自古同，痴人乃欲镂虚空。君诗妙处吾能识，正在山程水驿中。"[①]只有在实际生活中有所悟入而自得于心，方能满眼生机，兴会标举，写景叙事言情毫不费力，给人以自然天成之感。陆游在《颐庵居士集序》中说："文章之妙，在有自得处，而诗其尤者也。舍此一法，虽穷工极思，直可欺不知者。有识者一观，百败并出矣。"[②]

在此创作思想和诗风转变之际，被公认为实践了吕本中活法思想，在诗歌创作中别开生面的，是以杨万里的诚斋体为代表的"活法诗"。张镃《携杨秘监诗一编登舟因成二绝》云："造化精神无尽期，跳腾踔厉即时追。目前言句知多少，罕有先生活法诗。"[③] 他在《诚斋以南海朝天两集诗见惠因书卷末》中又说："笔端有口古来稀，妙悟奚烦用力追。南纪山川题欲遍，中朝文物写无遗。"[④]用"妙悟"来形容诚斋诗的活法，可谓别具慧眼。刘克庄在《江西诗派·总序》里也说："后来诚斋出，真得所谓活法，所谓流转圆美如弹丸者，恨紫微公不及见耳。"[⑤] 尽管杨万里本人并没有直接对活法表示什么意见，但他创作的那些充满活泼天机和幽默风趣的作品，却实在是深悟活法，并因之走出江西的最好说明。如《小池》：

> 泉眼无声惜细流，树阴照水爱晴柔。小荷才露尖尖角，早有蜻蜓立上头。

《晓行望云山》：

> 霁天欲晓未明间，满目奇峰总可观。却有一峰忽然长，方

---

① 《剑南诗稿校注》，第4469页，第3640页，第3021页

② 《渭南文集》附录，见《陆游集》，中华书局1977年版。

③ 《南湖集》卷七，知不足斋丛书本。

④ 《南湖集》卷六。

⑤ 《后村先生大全集》卷九十五，四部丛刊本。

知不动是真山。①

用主观色彩很淡的自然的眼光观察日常生活和身边景物，触物起兴，自出机杼，敏捷地捕捉到别人未曾注意到的新奇点，兔起鹘落，手到擒来。活泼的思绪造成语流的跳跃，畅快、灵活，描景叙事言情浑然一片，不时爆发出机智幽默的火花。这种妙悟天成的“活法诗”的出现，改变了宋诗主气格、重理趣的旧格局，给诗坛带来一股充满日常生活小情趣和兴致的新鲜空气。

杨万里的活法诗表明，“活法”有可能赋予作家一种自辟新境的创作自由；可要达此境，首先得经过一番艺术上的多方学习和艰苦探索。杨万里《诚斋荆溪集序》云：“予之诗始学江西诸君子，既又学后山五字律，既又学半山老人七字绝句，晚乃学绝句于唐人。学之愈力，作之愈寡。……戊戌三朝时节赐告少公事，是日即作诗，忽若有寤，于是辞谢唐人及王、陈江西诸君子皆不敢学，而后欣如也。”② 从绍兴三十二年（1162），杨万里将自己少时所作的千余篇江西体诗付之一炬，又经过十多年的多方学习探索，至淳熙五年（1178），方才忽若有悟而获得创作上随心所欲而不逾矩的“欣如”。自此，杨万里的诗歌创作就进入了独具面目、自成一家的成熟阶段，被人们称之为“诚斋体”。诚斋体的突出特点是：活、新、奇、趣，不仅七律短章充满跳动明快的勃勃生机，较长的五、七言古体诗也写得迅疾飞动，层次曲折而变化莫测。仿佛笔端有口，想怎么写就怎么写，给人以自然圆转、毫不费力的感觉，为时人所神往。周必大《跋杨廷秀石人峰长篇》认为这是“真积力久，乃入悟门”的缘故。③

① 《诚斋集》卷七、卷三十二，四部丛刊本。
② 《诚斋集》卷八十。
③ 《文忠集》卷四十九，四库全书本。

真积力久的学习，只是获得创作自由的一种必要的入门步骤；作诗者若要真能在创作中“悟入”，还需具备“自作诗中祖”的独创精神，能真接从生活和自然中获得属于自己的艺 术发现。杨万里《和李天麟二首》云：“学诗须透脱，信手自孤高。衣钵无千古，丘山只一毛。”又：“句法天难秘，工夫子且加。参时且柏树，悟罢岂桃花。”[1] 诚斋体的“活”，主要体现为摆脱一切依傍和执著，不受前人句法的影响，以透脱的胸襟和自然的眼光，直接从现实生活中获取灵感。他在《下横山滩头望金华山》里说：“闭门觅句非诗法，只是征行自有诗。”[2] 杨万里论作诗，特别强调“兴”的重要，其《答建康府大军库监门徐达书》说：

> 大氐诗之作也，兴上也，赋次之，赓和不得已也。我初无意于作是诗，而是物是事适然触乎我，我之意亦适然感乎是物是事，触先焉，感随焉，而是诗出焉。我何与哉，天也。斯之谓兴。[3]

杨万里讲“兴”，专意于“出乎天”，故一则曰“我初无意于作是诗”，二则曰“我何与哉，天也”。这种以自然天机为贵的“兴”，能恢复诗人感官的天真状态，便于诗人作诗时直接从日常生活和身边景物“悟入”，获取创作灵感。不依傍前人陈言，彻底摆脱各种诗歌定法的束缚，物触感随，妙悟天成，进入笔端有口、想怎么写就怎么写的自由创造之境，表现属于作者自己的独特的艺术发现和生活情趣。

这种重感兴、尚情趣的作诗态度和方法，与以往宋人以意为诗和以才学为诗时的主气格、重理趣不同，更近于唐人的以兴趣为

---

① 《诚斋集》卷四。

② 《诚斋集》卷二十六。

③ 《诚斋集》卷六十七。

诗。故杨万里在《读唐人及半山诗》中说："半山便遣能参透，犹有唐人是一关。"[①] 较早明确提出向唐人学习的问题。但应该注意到，杨万里这里所说的唐人，实际上是指晚唐诗人，其《答徐子材谈绝句》说"受业初参且半山，终须投换晚唐间"，[②] 即可为证。学唐人而偏于晚唐，原因在于代表唐诗最高成就的盛唐兴趣，是处于国势衰弱、时运不济的宋代诗人根本无法企及的，而"夕阳无限好，只是近黄昏"一类的晚唐诗的情思和韵味，则较为切合宋人心境。杨万里对晚唐诗人陆龟蒙淡泊情思中饶有缥缈韵味的诗作极为欣赏，他在读《笠泽丛书》中说："笠泽诗名千载香，一回一读断人肠。晚唐异味同谁赏，近日诗人轻晚唐。"[③]

在南宋"中兴四大家"（尤袤、范成大、杨万里、陆游）的诗歌创作中，只有陆游一人善为悲壮，诗风豪放，其他两位的创作风格和审美趣味与杨万里十分接近。范成大的代表作《四时田园杂兴》，在重感兴、尚情趣方面，与杨万里的活法诗别无二致。如："梅子金黄杏子肥，麦花雪白菜花稀，日长篱落无人过，惟有蜻蜓蛱蝶飞。"[④] 诗人物触兴起，以思绪的游动牵动语流，熨贴出即目所见的村居情事，清新活泼浅近，在写法和语言风格上都与诚斋体相类。这表明体现了"活法"神髓的杨万里的诗歌创作，反映了当时人们的一种共同的艺术追求，因而受到了人们的普遍推崇。姜特立《谢杨诚斋惠长句》说："今日诗坛谁是主？诚斋诗律正施行。"[⑤] 可见诚斋诗的地位和影响。陆游《谢王子林判院惠诗编》也说："文章有定价，议论有至公；我不如诚斋，此评天下同。"[⑥]

---

① 《诚斋集》卷八。

② 《诚斋集》卷三十五。

③ 《诚斋集》卷二十七。

④ 《范石湖集》卷二十七，上海古籍出版社 1981 年版。

⑤ 《梅山续稿》卷一，四库全书本。

⑥ 《剑南诗稿校注》，第 3119 页。

在南宋中后期诗风和创作思想的演变过程中，杨万里的诚斋体“活法诗”及论诗主张起了关键性的作用，那就是以妙悟天成走出江西诗派代表的宋诗旧格，又因追求兴趣韵味而入于晚唐。从光宗绍熙元年（1190），杨万里在《朝天续集》里感叹“晚唐异味谁同赏”起，到宁宗嘉定四年（1121），叶适于《徐道晖墓志铭》中表彰“四灵”学唐诗，不过二十余年光景，晚唐诗风即风靡诗坛。此后的江湖诗派，也多以唐人为学习榜样，宗唐之风愈甚。本属江湖诗人的严羽，在其诗论著作《沧浪诗话》里，一方面对以江西诗派为代表的宋诗进行批判，一方面提出作诗要以盛唐为法，尊唐抑宋之旨甚为明显。

对于这种由体现了“活法”精神的杨万里的诚斋体诗及其论诗主张所引起的南宋诗风和创作思想的一系列巨大变化，是“活法”说的倡导者吕本中所未能想见的。但从宋代诗歌理论的发展来看，从“活法”说的提出，两宋之际诗话作者对与活法相关的“悟入”说的普遍重视，到妙悟天成的诚斋体“活法诗”所体现的创作风格和作诗态度的重大转变，再到严羽《沧浪诗话》以“妙悟”说和“兴趣”说为核心建立的诗歌理论体系，其发展演变的脉络是十分清楚的。作为宋诗创作经验总结的“活法”理论，推动了诗歌创作的发展变化；而诗歌创作的发展变化，又产生出新的以唐人为法的诗歌理论。但由于过去人们对“活法”说的重要性及其在诗歌创作中的作用注意不够，孤立地研究宋人诗话，而在诗话中又只强调《沧浪诗话》，把它直接与司空图的《二十四诗品》相联系，没有看到严羽诗论实际上是对宋诗创作和理论批评的批判性总结。严羽讲的“妙悟”和“兴趣”，与其说是承司空图而来，不如说是宋代诗论自身发展的结果，而在宋代诗歌理论的发展过程中，“活法”说无疑具有十分重要的承上启下的地位和作用。

（原载《中国诗学》第二辑，南京大学出版社 1992 年出版）

论“以物观物”

自从王国维在《人间词话》里将中国古典诗词的艺术境界分为“有我之境”与“无我之境”之后，人们常用西方的移情说解释“以我观物，故物皆著我之色彩”的“有我之境”，而对“以物观物，故不知何者为我，何者为物”的“无我之境”缺少比较深入的具体分析。其原因恐在于产生“无我之境”的“以物观物”是中国古代思想文化传统中孕育出来的审美观念，很难用西方的和现代的文艺理论术语作简单的比附。本文试图结合中国古代文学创作与哲学思想发展的实际，从以下三个方面对“以物观物”作初步的探讨。

一、“言志”、“缘情”与“以物观物”

中国古代的诗歌创作，一开始，实用的“言志”色彩就很重。在人们的观念里，诗与志常常是连在一起的。除了《尚书·尧典》中有“诗言志”的说法外，还可以举出《荀子·儒效篇》里的“诗言是，其志也”。《庄子·天下篇》也说：“诗以道志。”《楚辞·悲回风》：“介眇志之所惑兮，窃赋诗之所明。”这些看法表明了一个基本事实，即诗最早是人们在实际交际活动中为了表达思想意图的需要而运用的一种形式。与人类初期抽象思维还不发达相适应，并且也是为了便于记忆，人们在运用这种形式时喜欢使用形象的比喻和象征，并加上韵脚。因此有韵的诗的产生是早于无韵的散文的，《诗经》产生之前，我们就可以在《周易》的爻辞中看到诗的萌芽。如《鼎·九四》："鼎折足，覆公悚，其形渥。凶。"[①] 在这段爻辞里，足、悚、渥韵脚相同，念起来很上口；而鼎足折了，粥打翻后遍地乱流的形象，象征着事物的"凶"。"凶"就是这段爻辞所要表达的思想意图，亦即我们所说的"志"，由于这"志"通过象征和押韵的方式表达，具备了诗的形象性和节奏感。

但是，诗之为诗，除了用形象表达思想意图外，还必须传递感情。如果说在诗歌舞三位一体的原始时期，以及在民歌里，作为歌辞的诗可以只起提示象征的作用，感情的传递大部分可以靠长言的歌咏或手之、足之的舞蹈承担的话，那么到了诗与歌舞分离，成为单独的文人创作时，感情的因素就很重要了。诗要成为独立的艺术，其思想意图的表达须具有浓郁的感情色彩，语言的形象和节奏要反映出情感的变化。也就是说，"言志"还须"缘情"。如屈原的《离骚》，被司马迁誉为"其志洁，其故称物也芳"，[②] 可与日月争光；但若没有屈子那种"虽九死其犹未悔"的强烈情感灌注其中，是成不了千古绝唱的。"缘情"是诗的生命，可汉儒讲诗的比兴，只是从"言志"的角度出发，强调诗的功利目的。这使得汉代除了乐府民歌和受乐府民歌影响产生的《古诗十九首》外，基本上没有优秀的诗歌作品出现。到了魏晋时期，建安七子在诗歌创作中，将慷慨多气的志向与感时伤乱的情怀融为一体，铸成"建安风骨"，使诗坛放出异彩。随着这种文学的自觉，陆机在《文赋》中提出"诗缘情而绮靡"的理论。从积极方面说，陆机的"缘情"说确立

---

① 《周易正义》，第 49 页。《十三经注疏》上册，中华书局 1980 年版。

② 《史记·屈原贾生列传》，中华书局 1959 年版，第 2482 页。

了诗的内在本质特征，有利于诗的发展；但也容易使诗人忽视具有社会意义的“志”在创作中的统摄作用，偏重于小己之情的抒写，使诗在彩色相宜、烟霞交映、风流婉丽的道路上发展，出现了“缘情”与“言志”的对立。

在文学史上，“缘情”与“言志”的对立是相对的和短暂的，并没有形成贯穿于整个文学发展过程中的两种不同的文学思想。因为从作家的审美创造活动来看，其想象构思伴随着强烈的感情活动；同时，一定的思想意志在当中起着制约引导作用。“缘情”和“言志”在诗人的创作活动中是可以统一也必须统一的，诗人的思想意志要化为情思才具有审美价值，而他的感情又得受思想的制约才不会流于放荡。二者可以兼有而不能偏废。所以孔颖达在《毛诗正义》中明确提出“情志一也”的观点，[①] 这是符合诗歌创作实际的。值得注意的是，在诗歌创作中，存在着一种与“言志”、“缘情”绝然不同的审美方式，这就是“以物观物”。

“以物观物”是相对于“以我观物”而言的，“言志”和“缘情”都属于“以我观物”。在物我关系上，“以我观物”强调的是主观情志的表现，客观外物只是主观情志的比喻和象征，如“昔我往矣，杨柳依依；今我来思，雨雪霏霏。”虽然此诗有以乐景写哀，以哀景写乐，倍增其哀乐之妙，但诗人笔下的“杨柳”和“雨雪”等事物自身的特点并没有得到表现，人情与物理缺乏有机的联系，诗味也就显得不足。而且，在审美创造中，如果诗人胸中先塞有某种主观的情志，那“观物”时想象的自由就很有限，容易使诗流于简单的比附。所以陆机除了强调“诗缘情”外，还主张“虚己应物”，其《演连珠》云：“镜无畜影，故触形则照。是以虚己应物，

① 《毛诗正义》，第2页。《十三经注疏》上册，中华书局1980年版。

必究千变之容；挟情适事，不观万殊之妙。”① 这里，陆机用镜子比喻做为“观物”主体的“我”，如果“我”心中本来就有情志在，就有如镜中有畜影一样，不可能再映照万物了。只有“虚己应物”才能究千变之容，观万殊之妙。而所谓“虚已”，就是在“观物”过程中屏除主观的情志，做到不“挟情适事”。我们知道，人之别于物，就在于人有思想有感情，如果屏除了思想感情，使之“形如枯木，心同死灰”，那么“观物”的“我”也就与“物”无异，所谓“虚己应物”也就成了“以物观物”。有时它能洞烛事物之妙，曲达人情之微，以至于超凡脱俗，妙造自然。在六朝诗人中，陶渊明的部分诗作就具备这样的特点，如“倾耳无希声，在目皓已洁”。状雪而得其神，可谓天籁。再如被王国维例为“无我之境”的“采菊东篱下，悠然见南山”，诗中的“我”冲淡而超脱，似乎已与自然同化而不复存在了，那还有什么功名富贵、七情六欲呢！魏了翁在《费元甫陶靖节诗序》中说：“以物观物而不牵于物，吟咏情性而不累于情，孰有能如公者乎?”②

文学创作中，“以物观物”的产生，有着个人和时代的双重原因。钟嵘《诗品》称陶渊明为“古今隐逸诗人之宗”，③ 对此后人颇多非议，因陶诗中不乏“言志”、“缘情”的作品，表明诗人并没有完全忘怀时事。但陶诗中对后代影响较大的还是诗人归隐田园后创作的那些“以物观物而不牵于物，吟咏情性而不累于情”的平淡隽永之作。一个人，只有当他想脱离社会政治而归隐时，才可能收拾壮心，淡泊情志，具备“以物观物”的胸襟。叶燮在《原诗》中说：“陶潜胸次浩然，吐弃人间一切，故其诗俱不从人间得，诗家

① 《文选》下册，中华书局 1977 年版，第 765 页。

② 《重校鹤山先生大全文集》，卷五十二，四部丛刊本。

③ 《诗品注》，人民文学出版社 1961 年版，第 41 页。

之方外，别有三昧也。”[1] 沈德潜的《说诗晬语》也说：“陶诗胸次浩然，其中有一段渊深朴茂不可到处。唐人祖述者，王右丞有其清腴，孟山人有其闲远，储太祝有其朴实，韦左司有其冲和。”[2] 这已把陶诗的特点和影响讲得很清楚了。所谓“胸次浩然”，也就是说诗人能除情去欲，不为物牵，不为情累，吐弃人间俗务，这是审美创造活动中“以物观物”的心理基础。唐代的王维、孟浩然、储光羲、韦应物等诗人，之所以能写出具有清腴、闲远、朴实、冲和等特点的作品，就在于他们从不同角度继承了陶诗的“胸次”。倘若说诗歌创作中的“言志”、“缘情”，需要以积极入世的生活态度为基础；那么“以物观物”的产生，则与消极避世的隐逸态度有关。就某个人来看，当他心存天下时，其作品中“以我观物”的“言志”、“缘情”之作就会多一些；当他想独善其身时，就会写出“以物观物”的作品。一个社会也是如此，当它处于上升阶段时，“言志”、“缘情”的诗就比较多，所谓“盛唐之音”就反映了当时诗人们普遍企求建功立业的壮志高情；而当社会走下坡路时，“以物观物”的作品就日益被人重视，陶诗自宋代经苏轼宣扬后地位越来越高，与宋以后封建社会进入后期有很大的关系。

从“言志”、“缘情”到“以物观物”，反映了中国古代作家审美态度和审美方式的变化，即由带有实用和入世特点的能动地审美表现，过渡到与现实保持一定心理距离的超凡脱俗的审美静观。这种变化是随着社会的发展而历史地形成的，但也不排除有的作家（如陶渊明等）能得风气之先。问题仅在于，既然我们承认情感是文艺创作的内在生命，作家的思维要受意志的支配，有一定的功利目的；那么，除情去欲的“以物观物”有无积极意义？就很值得怀

---

① 《清诗话》下册，上海古籍出版社 1978 年版，第 602 页。

② 《清诗话》下册，第 535 页。

疑了。因为严格地说，一切文艺创造作为作家主观见之于客观的审美活动，都属于“以我观物”，所谓“以物观物”，其理论根据究竟何在？要回答这个问题，就有必要联系中国古代的哲学思想，对“以物观物”中的“物”与“观物”作认真的剖析。

二、“物”与“观物”

哲学上，“物”是相对于认识主体“我”而言的，当人能意识到“我”的时候，也就意识到与“我”相关的“物”的存在。《孟子》说“万物皆备于我”，意思就是说万物是通过我的主观感觉和认识而存在的。这就导致了“以我观物”的思维方法的出现，即以我的主观心灵作为万物的尺度，用抽象的语言概念规范事物的性质和关系，让自然的逻辑服从于主观的实践理性的目的。但在道家看来，自然事物是独立于主观感觉之外的，无需依赖人的语言概念而活泼泼地存在着。《老子》第二十五章：”有物混成，先天地生，寂兮寥兮，独立而不改，周行而不殆，可以为天下母。吾不知其名，字之曰‘道’。”[①] 老子讲的“有物”不仅不以人的心意为转移，而且是混然一体的无声音、无形体（河上公注：寂者，无声音，寥者，空无形。）的存在，不能靠感官把握，也不能用语言概念去支解，只有以无言而物化的精神去静观寂照。所谓“无言”指初民或儿童才具有的那种天真未凿浑然无知的意识状态，“物化”则指屏弃人世贪欲和智巧后的与物同体。与儒家思想不同，道家反对用人为的理智和机心规定自然事物的属性，不相信与情欲相连的感官能把握事物的本质，主张返朴归真，即返本于最初那种天真未泯的自然无知的状态，与自然同化而得其真髓。这就是后人所说的“以物

① 《老子注》，第14页。《诸子集成》三，中华书局1954年版。

观物”。

从古代最初的思想实际来看，“以物观物”的“物”，不是指具体的客观事物，而是指认识主体无言而物化后的精神境界。此境界的主要特征是“虚静”。在老庄哲学里，“虚静”既是万物的本体，也是人要认识自然本质、达到天人合一时所必需的精神修养。庄子《天道篇》说：“夫虚静恬淡寂漠无为者，万物之本也。”① 《老子》第十六章：“至虚极，守静笃，万物并作，吾以观复。”王弼注：“以虚静观其反复。凡有起于虚，动起于静，故万物虽并动作，卒复归于虚静，是物之极笃也。”② 人要达到这种“物之极笃”的精神境界，就必须“离形去知”，“除情去欲”，使精神脱离与肉欲相连的感官形体和知识成见的执着，以达到物我一体、物我两忘的境界。即《庄子·天地篇》说的：“忘乎物，忘乎天，其名为忘己。忘己之人，是之谓入于天。”③ “入于天”，也就是入于自然而和光同尘。人的修养到达此境，已不知何者为物，何者为己，因此所谓“观物”也就不再是以“我”为主的解说，而是物物之间在虚静状态下的交流应和。亦即庄子在《天道篇》中所说：“言以虚静推于天地，通于万物，此之谓天乐。”“知天乐者，其生也天行，其死也物化。静而与阴同德，动而与阳同波。”④

显然，“以物观物”的认识态度，直接来源于老庄哲学中那种自然无为的天道观念。因为主张无为，所以要除情去欲；因为强调自然，所以把人摆到与万物等同的地位。“物”与“我”是同体的，“物”并不因为有“我”才存在。相反，自我主观意志高度发展了的“我”，只有返回到万物之本的虚静状态时，才能获得真实的存

① 《庄子集释》，中华书局1961年版，第457页。
② 《老子注》，第9页。
③ 《庄子集释》，第428页。
④ 《庄子集释》，第463页、462页。

在，才能物物相应，贯彻万象，感受到自然的生命和力量。这种哲学意识，自先秦之后，一直对中国人的思想有深刻的影响，成为中华民族心理构成的一部分。但“以物观物”作为一个与“以我观物”相对应的哲学概念的出现，却是宋代的事。北宋哲学家邵雍在他以“观物”名篇的著作《皇极经世》中说：“圣人之所以能一万物之情者，谓其能反观也。所以谓之反观者，不以我观物也。不以我观物者，以物观物之谓也，既能以物观物，又安有我于其间哉?”[①] 邵雍这里讲的“反观”，亦即老庄离形去智、返朴归真的意思。所谓“物”，指除情去欲后的虚静精神，因此“观物”也就是一种超乎利害之上的物物相应了。其《伊川击壤集序》云：“以心观身，以身观物，治则治矣，然犹未离乎害者也；不若以道观道，以性观性，以心观心，以身观身，以物观物，则虽欲相伤，其得乎!”[②] 就这些话来看，邵雍讲的“物”与“观物”，还未超出老庄思想的范畴，如他自己所说，“庄子雄辩，数千年一人而已。”[③]

但是，人们的思想认识是随着社会的发展而变化的，与宋代社会儒释道三教合流的历史趋势相适应，在邵雍的哲学著作中，“物”与“观物”的含意已不限于道家自然无为的天道观，而有了新的内容。首先，受儒家以人为本的思想的影响，邵雍所讲的“物”，有时是指“万物之灵”的人，并且肯定作为认识主体的人的心智和感觉的意义。他在《观物内篇》中说：“人者，物之至灵者也。物之灵未若人之灵，物尚由是道而生，又况人灵于物者乎？是知人亦物也，以其至灵故特谓之人也。”[④] 又：“人之所能灵于万物者，谓其目能收万物之色，耳能收万物之声，鼻能收万物之气，口能收万物

---

① 《皇极经世·观物篇六十二》卷十二，四库全书本。

② 《伊川击壤集》卷首，四部丛刊本。

③ 《皇极经世·观物外篇》卷上，四库全书本。

④ 《皇极经世·观物篇五十九》卷十二。

之味。”① 因此，所谓“观物”，也就是象他在《乐物吟》一诗中说的：“物有声色气味，人有耳目口鼻；万物于人一身，反观莫不全备。”② 既然人能以一身而兼万物，那么“以物观物”，也就可以等同于人自己的“以身观身”和“以心观心”了。邵雍的“观物”说之所以对后来陆、王心学有影响，原因也就在于此。其次，邵雍讲的“以物观物”还兼有从人性中领悟天理的意思，这显然是受禅宗顿悟说的影响。他说：“以物观物，性也；以我观物，情也。性公而明，情偏而暗。”③ 他认为“人之类备乎万物之性”，在《观物吟》一诗中主张“尽物之性，去己之情”。④ 在宋代理学家看来，情是人欲，性则为“理”或“天理”，邵雍就说过：“命之在我谓性，性之在物谓理。”⑤ 所谓“以物观物，性也”，也就是要存天理而去人欲，这与佛教把人欲看作万恶之源的思想是相通的，也是宋代理学“格物致知”的目的。

在中国古代哲学思想里，“以物观物”是一个具有高度统摄力的概念，它既是以往老庄哲学中返朴求真、虚静无为思想的概括，又与封建社会后期的“理学”和“心学”有密切的联系。作为一种世界观和方法论的理论，它不仅是人们精神生活某一方面的抽象总结，还直接影响着当时和后代的精神生产。如北宋山水画中表现出来的整体浑然的“无我之境”，宋人诗歌中的“理趣”，以及明代文学中对“性灵”的重视，都可以从“以物观物”的认识方法和审美态度中得到理论上的说明。因为“以物观物”的“物”，作为认识主体和审美主体，至少有以下三种含意：一、无言而物化的虚静精

---

① 《皇极经世·观物篇五十二》卷十一。
② 《伊川击壤集》卷十九。
③ 《皇极经世·观物外篇》卷上。
④ 《伊川击壤集》卷十七。
⑤ 《皇极经世·观物外篇》卷下。

神，二、万物之灵的人，三、具有天理的人性。由“物”的这三层意思可引出三种“观物”方法：一是物我两忘的寂观静照；二是“反观”自身时的“以心观心”；三是于人性中领悟天理。这三种认识方法都是唯心主义的，但在封建士大夫阶级的认识活动和审美创造中却颇有代表性。

三、美学意义及其局限

在古代，“以物观物”基本上还只是一个哲学概念，自从近代王国维在《人间词话》中用它来解释古代的文艺现象后，才具有了美学意义。美学是人们对已往的审美经验和文艺现象的哲学反思。王国维在中国美学史上的贡献，并不仅仅由于他能引用西方叔本华、尼采等人的哲学思想来解释中国古代的文艺现象；还在于他用来概括和总结中国古代文艺现象普遍规律的一些概念和范畴，如“境界”、“古雅”、“以物观物”等，多半根源于中华民族的传统精神和哲学智慧。

但是，由于王国维的文学批评采用的还是中国古代文论那种传统的点悟方式，“以物观物”的问题，他只是点到而已，要领悟其中蕴含着的美学意义，必须结合着中国的传统文化来考察。据我们初步的体会和认识，“以物观物”的美学意义有以下几个方而：

1. 从传统精神来看，“以物观物”主要属于道家思想，是由老庄哲学中那种自然无为的世界观派生出来的认识方法和审美态度。与积极入世的“言志”、“缘情”不同，它带有消极避世的静观审美性质，它所倡导的那种无言而物化的虚静精神，有时有助于感情和灵魂的净化，使艺术家在审美创造过程中能够凝神于物，将自我溶于物象中作自由的兴观。“写气图貌，即随物而宛转”，个人的心律既与自然的气韵吻合，并以物象的自然形态（所谓“第二自然”）

现出来，往往具有自然的天趣。如苏轼在《书晁补之所藏与可画竹三首》中所说："与可画竹时，见竹不见人。岂独不见人，嗒然遗其身。其身与竹化，无穷出清新。庄周世无有，谁知此疑神。"[①]这种遗其自身，化为描写对象的"以物观物"，往往能深入自然的本质，得其神韵，受其气象。神韵、气象可感而不可见，只可意会，具有"无言"之美。可正是这种"无言"之美能引导人们"超以象外，得其环中"，不拘于事物表面的形似，着力于"神似"的把握。这样能使精神飞升到清明的境界，有利于高雅的审美情趣的培养。

2. 同"以我观物"相比较，由于作家"以物观物"时态度比较客观，因此感情的表现是与对自然本质和事物规律的体悟结合在一起的，这样往往能使作品具有"理趣"。所谓"理趣"，就是作品除了能在感情上感染人外，还能给人以某种人生哲理的启示。如苏轼《题西林壁》的"不识庐山真面目，只缘身在此山中"，诗的美感中渗有理性精神，使诗味更加隽永。严羽在《沧浪诗话》中说："本朝人尚理而病于意兴，唐人尚意兴而理在其中。"[②] 把宋诗与唐诗的区别讲得很清楚。为什么唐诗多风神情韵，宋诗却以筋骨理趣见长？后人多从意境风格来解释，而实际上更深刻的原因却在于诗人审美态度的变化上。当"以物观物"作为一种认识把握世界的方式正式提出来后，穷理尽性的观物态度，必然促使文学创作由唐代那种想象的青春性过渡到理性的成熟性。当然，理性太强了，容易把诗美杀掉，理学家们对文艺的否定就是极端的例子。如果诗的"情韵"能与"理趣"相配合，无疑将有助于审美创造的深度和广度。

---

① 《苏轼诗集》，中华书局 1982 年版，第 1522 页。

② 《沧浪诗话校释》，人民文学出版社 1983 年版，第 148 页。

3．以人为本位是中国古代文化传统的核心。孔孟的“仁学”可抽象地说成是“爱人”，老庄虽强调自然，目的也在于劝人修身养性，以终天年。因此即使承认人是自然的产物，主张“以物观物”，也仍然要把人看成是万物之灵。所谓“以物观物”，说穿了还是“以我观物”，但它已不是孟子那种“万物皆备于我”式的主观精神的简单扩张，而是将我“物化”为自然，从整体自然的角度把握物我之间的内在联系。自觉或不自觉地将人生的体验与对自然事物的认识结合在具体的感受和意象之中，用自然的方式表露出来，也就是王国维所推崇的“以自然之眼观物，以自然之舌言情”。这样，在艺术创作中就有了“不知何者为我，不知何者为物”的“无我之境”的产生。但所谓“无我”，只不过是“我”已融入自然物象的兴观之中，不易看出来罢了。如王国维用来标举“无我之境”的两句诗：“寒波澹澹起，白鸟悠悠下。”“波”而曰“寒”，不正是诗人自我的感受么？鸟飞之“悠悠”则反衬出诗人归家时心意的急迫。当然，在这类作品里，由于“我”已融汇在自然物象的神韵气象之中，需要透过具体的物象去揣摸体悟，因此在诗歌的意境上，与那种“以我观物”的作品相比，还是有着深浅隐露的细微差别的。署名为樊志厚的《人间词》甲乙两稿序云：“原夫文学之所以有意境者，以其能观也。出于观我者，意余于境。而出于观物者，境多于意。然非物无以见我，而观我之时，又自有我在。故二者常互相错综，能有所偏重，而不能有所偏废也。”① 这是比较通脱的看法。

总而言之，中国古代文艺创作中的“无言之美”、“理趣”、“无我之境”等富于审美特征的现象，都与“以物观物”这种认识和把握世界的思维方式和审美态度有密切联系。在中国古典美学里，

---

① 《惠风词话·人间词话》，人民文学出版社1960年版，第256页。

“以物观物”可作为一个重要的审美范畴来加以研究。但必须指出的是，在文学创作中，“以物观物”实际上是古代作家逃避社会政治的隐逸态度的审美表现。从哲学上看，“以物观物”属于一种唯心主义的认识方法，它的所谓“观物”完全是从不同的角度，说明主体心灵在认识观和审美过程中应有的态度，丝毫没有涉及到客观事物和社会发展对人的思维的决定作用。不过这种阶级和时代的局限，并不妨碍我们从这一概念本身的考察中，认识古代文艺发展过程中的某些普遍联系和美学特征，这对于我们今天建立有自己民族特色的美学范畴，还是有一定的借鉴作用的。

（原载《文艺理论研究》1993 年第 6 期）

第二辑

南北文学的合流与初唐诗歌

唐代是祖国统一、民族团结、经济文化繁荣的盛世，孕育出合南、北文学之两长而非同凡响的盛唐之音。在走向盛唐的过程中，经历了初唐近百年的时间，这是唐诗发展史上非常重要的一个准备阶段。在这个阶段，既消化吸收了南朝诗歌讲究藻饰声调的咏物写景手法和声律技巧，使律诗得以定型；又继承了北歌的慷慨情怀和悲壮刚烈气概，音情顿挫而骨气端翔，呈现出唐诗风骨。加之在创造兴象玲珑而韵味无穷的纯美诗境上所取得的进展，初唐诗歌在词采、声律和情思、意境等方面，为有唐一代健康而瑰丽的文学的产生奠定了基础。

一

永嘉南渡之后，北方势族南迁，江南文化得到了迅速发展，南朝文学成为中国文学发展的主流。当起于北方的隋唐政权重新统一中国后，如何融合南、北文学之所长，并在此基础上创造新时代的文学，就成为文学进一步发展首先必须解决的问题了。这个问题的解决，经历了初唐近百年的漫长探索过程。

在南、北文学由对立走向融合的历史进程中，初唐的贞观时期是一个重要的发展阶段。主掌贞观诗坛的，是唐太宗李世民（598－649）及其身边的北方文士和南朝文人。北方文士以关陇士人为主，入唐后多为史臣，他们的文学主张，受儒家崇古尚质的诗教说的影响较大，对南朝齐、梁文风持批判态度，但没有因此而否定文学的声辞之美，从而为唐诗艺术上的发展和新变留下了余地。魏征《隋书·文学传序》说：

> 江左宫商发越，贵于清绮；河朔词义贞刚，重乎气质。气质则理胜其词；清绮则文过其意。理深者便于时用，文华者宜于咏歌。此南北词人得失之大较也。若能掇彼清音，简兹累句，各去所短，合其两长，则文质斌斌，尽善尽美矣。

这种对南、北文学不同艺术特色的清醒认识，和“各去所短，合其两长”文学主张的提出，是贞观时期唐太宗及其史臣们在总结历史经验时形成的对文学发展方向的一种共识。[①] 所谓“贵于清绮”，是对追求声律辞藻的南朝诗风的概括，偏重于诗的声辞之美而言，宜于歌咏是其所长，缘情绮靡而流于轻艳纤弱则为其所短。重乎“气质”，指北朝诗歌特有的真挚朴野的情感力量和气势，贞刚壮大是其所长，而表现形式的简古质朴或理胜其辞，则是一种缺憾。如何用南朝文学的声辞之美，来表现能体现新朝恢弘气象的刚健开朗的健康情思，是初唐诗人面临的课题，也是南、北诗风融和的关键。

---

① 《贞观政要·文史》记太宗对房玄龄说：“比见前、后汉史载录扬雄《甘泉》、《羽猎》，司马相如《子虚》、《上林》，班固《两都》等赋，此皆文体浮华，无益劝诫，何假书之史册？”但他也高度评价陆机的华美文采。姚思廉既批评宫体“伤于轻艳”，又赞赏徐陵的文章“颇变旧体，缉裁巧密”。魏征称赞江淹、沈约等人的文章“缛彩郁于云霞，逸响振于金石，英华秀发，波澜浩荡，笔有馀力，词无竭源”（《隋书·文学传序》）。令狐德棻等人在《周书·王褒庾信传论》中也提出文以气为主，要调远、旨深、理当、辞巧的主张。他们这些主张的实质，就是合南北文学之两长。

唐初的诗歌创作，主要是以唐太宗及其群臣为中心展开，一开始多述怀言志或咏史之作，刚健质朴；而贞观诗风的新变，则起于对六朝声律辞采的模仿和拾掇，两者间的融而未和是十分明显的。在太宗的诗里，常常壮大怀抱与华采并存，如其作于贞观四年(630)的《经破薛举战地》言："昔年怀壮气，提戈初仗节。心随朗日高，志与秋霜节。"气格刚健豪迈。但诗中"浪霞穿水净，峰雾抱莲昏"一联，带着六朝雕琢辞采的痕迹，与全诗的气格颇不协调。[①] 他的一些诗，如《采芙蓉》、《咏雨》、《咏雪》等，则完全是南朝风调。杨师道和李百药是具有贞刚气质的北方文人，早年作诗善于吸收南朝诗歌的艺术技巧，较少和而未融的弊病。杨师道的《陇头水》《奉和圣制春日望海》，李百药的《咏蝉》，都是写得较为成功的作品。但他们后来成为唐太宗器重的宫廷诗人，把诗作为唱和应酬的工具而琢磨表现技巧，多奉和应制之作，在声律辞藻的运用方面日趋精妙，在风格趣味方面已日益贵族化和宫廷化了。[②]

贞观诗风的宫廷化倾向，与受南朝文学的影响有很大的关系。太宗李世民是个爱好文艺的君主，现存的太宗诗里，感时应景，吟咏风月的多达五十余首。上有所好，下必甚焉。虞世南等人所编的《北堂书抄》、《文思博要》和《艺文类聚》等类书，成为宫廷诗人的作诗工具，以便于在应制咏物时摭拾辞藻和事典，把诗写得华美典雅。这原为南朝文士作诗的积习，在虞世南和许敬宗等人的创作中均有所反映。尤其是许敬宗的诗，对仗虽工而流于雕琢，文彩虽丽而无生气，缺乏美的情思意味。

但在贞观后期，介于贞观、龙朔之间，诗坛出现了一位重要诗

---

① 《全唐诗》收唐太宗诗98首，其中写得较好的诗，如《春日望海》、《辽东山夜临秋》和《咏风》等，也都存在这种弊病。

② 李百药的《火凤词二首》和《寄杨公》，在声律形式上已符合五律的"粘对"要求，可内容情调却近于梁代宫体诗。

人上官仪，形成一种诗风“上官体”。上官仪（608？—664），陕州（今河南陕县）人，贞观初进士及第，召授弘文馆直学士；高宗朝官至三品西台侍郎，地位很高名躁一时。他在贞观年间所作的应制诗，就以属对工切和写景的清丽婉转而显得很突出。如《早春桂林殿应制》中的“风光翻露文，雪华上空碧”一联，即体现出诗人的杰出写景技巧和善于营构明秀灵动的诗境的能力。再如《奉和山夜临秋》：

殿帐清炎气，辇道含秋阴。凄风移汉筑，流水入虞琴。云飞送断雁，月上净疏林。滴沥露枝响，空濛烟壑深。

此诗虽为奉和之作，但诗人有意摆脱从类书掇拾辞藻的陈规旧习，注重即目时的细致体察，自铸新词以状物色。通过物色的动态变化，写出情思的婉转，从而构成情隐于内而秀发于外的绵缈空朦的诗境。这种笔法精细而秀逸浑成的诗作，把五言诗的体物写景技巧大大地推进了一步，成为人们模仿取法的一种新的诗体。《旧唐书·本传》说：上官仪“工于五言诗，好以绮错婉媚为本。仪既贵显，故当时多有效其体者，时人谓为上官体”。

上官体的“绮错婉媚”，具有重视诗的形式技巧、追求诗的声辞之美的倾向。上官仪提出的“六对”、“八对”之说，以音义的对称效果来区分偶句形式，已从一般的词性字音研究，扩展到联句的整体意象的配置。[①] 在他的作品里，有不少通过精妙对法来写景传神的佳句，如《奉和秋日即目应制》：“落叶飘蝉影，平流写雁行。”《入朝洛堤步月》：“鹊飞山月曙，蝉噪野风秋。”缘情体物，密附婉转而绮错成文，音响清越，韵度飘扬，有天然媚美之致。体现了一

---

① 上官仪有《笔札华梁》二卷，已佚。日僧空海《文镜秘府论》引录了其中部分内容。宋李淑《诗苑类格》引有其中的“六对”、“八对”说。王梦鸥《初唐诗学著述考》（台湾商务印书馆 1977 年版），对此有考辨；张伯伟《全唐五代诗格校考》（陕西人民教育出版社 1996 年版），以《文镜秘府论》所引为据，对残文进行校考，可参阅。

种较为健康开朗的创作心态和雍容典雅的气度，成为代表当时宫廷诗人创作最高水平的典型范式。在唐诗发展史上，它上承杨师道、李百药和虞世南，又下开“文章四友”和沈、宋。

上官仪对诗歌体制的创新，主要在体物图貌的细腻、精巧方面，他以高度纯熟的技巧，冲淡了齐梁诗风的浮艳雕琢。但诗的题材内容还局限于宫廷文学应制咏物的范围之内，缺乏慷慨激情和雄杰之气。由于宫廷诗人大多功成名就，志得意满，生活接触面也比较狭窄，这方面的变革只能由处于社会中下层的一般士人来承担。

二

初唐的一般士人中，王绩（589－644）是诗风较为独特的一位。[①] 他是隋朝大儒王通的弟弟，在隋、唐之际，曾三仕三隐，心念仕途，却又自知难为高官，故归隐山林田园，以琴酒诗歌自娱。自谓“此日长昏饮，非关养性灵。眼看人尽醉，何忍独为醒。”（《过酒家五首》其二）他的诗歌创作，是其冷眼旁观世事时化解心中不平的方式创造出了一种宁静淡泊而又朴厚疏野的诗歌境界。其代表作为《野望》，以平淡自然的话语表现自己的生活情感，写得相当真切，有一种不施脂粉的朴素美。

这种平浅自然的隐逸诗风，是易代之际都会有的，并不构成初唐诗发展的一个环节。在当时，真正能反映社会中、下层一般士人的精神风貌和创作追求的，是被称为“初唐四杰”的王勃（650－676）、杨炯（650－693）、卢照邻（634？－683）和骆宾王（619－

---

① 王绩字无功，号东皋子，绛州龙门（今山西河津）人。今人韩理洲有会校本《王无功文集》，上海古籍出版社1987年版。

684? ）。[1]

“四杰”大都生于唐贞观年间，卢、骆生年较早，约比王、杨长十余岁。四人的创作个性是不同的，所长亦异，其中卢、骆长于歌行，王、杨长于律诗。但他们都属于一般士人中确有文才而自负很高的诗人，官小而才大，名高而位卑，心中充满了博取功名的幻想和激情，郁积着不甘居人下的雄杰之气。“四杰”的创作活动集中在唐高宗至武后时期，当他们以才子齐名出现于文坛而展露头角时，怀着变革文风的自觉意识，有一种十分明确的审美追求：反对纤巧绮靡，提倡刚健骨气。杨炯在《王勃集序》中说：“尝以龙朔初载，文场变体，争构纤微，竞为雕琢。揉之以金玉龙凤，乱之以朱紫青黄，影带以徇其功，假对以称其美，骨气都尽，刚健不闻。思革其弊，用光志业。”强调作诗要有刚健骨气，是针对争构纤微的上官体的流弊而言的，这是当时诗风变革的关键，也是以“四杰”为代表的一般士人的诗风与宫廷诗风的不同所在。

“四杰”作诗，重视抒发一己情怀，作不平之鸣，因此在诗中开始出现了一种壮大的气势，一种慷慨悲凉的感人力量。如王勃《游冀州韩家园序》所说：“高情壮思，有抑扬天地之心；雄笔奇才，有鼓怒风云之气”。这种壮思和气势，在他们创作的较少受格律束缚的古体和歌行中表现得尤为充分。特别是卢、骆的七言歌行，气势宏大，视野开阔，写得跌荡流畅，神采飞扬，较早地开启了新的诗风。如卢照邻的《行路难》：

君不见，长安城北渭桥边，枯木横槎卧古田。昔日含红复含紫，常时留雾亦留烟。春景春风花似雪，香车玉舆常阗

---

① “四杰”生卒年，由于史料缺乏，歧见甚大。王勃，绛州龙门（今山西河津）人，有《王子安集》；杨炯，华州华阴（今陕西华阴）人，有《盈川集》；卢照邻，幽州范阳（今北京大兴）人，有《幽忧子集》；骆宾王，婺州义乌）人，有《骆临海集》。

咽。若个游人不竞攀，若个娼家不来折！娼家宝袜蛟龙被，公子银鞍千万骑。黄莺一一向花娇，青鸟双双将子戏。千尺长条百尺枝，月桂星榆相蔽亏。珊瑚叶上鸳鸯鸟，凤凰巢里雏鹓儿。巢倾枝折凤归去，条枯落叶任风吹，一朝憔悴无人问，万古摧残君讵知？……

诗人从渭桥边枯木横槎所引发的联想写起，备言世事艰辛和记别伤悲，蕴含着强烈的历史兴亡之叹。其眼光已不局限于宫廷而转向市井，其情怀不局限于个人生活而进入沧海桑田的感慨，进而思索人生的哲理。所以此诗的后半部以“人生贵贱无始终，倏忽须臾难久持”的议论为转折，跨越古今，思索历史和人生，夹以强烈的抒情。将世事无常和人生有限的伤悲，抒写得淋漓尽致，胸怀开阔了，气势壮大了。

卢照邻的《长安古意》也写得很出色，借对古都长安的描写，慨世道之变迁而伤一己之湮滞。骆宾王的《帝京篇》的描写内容和抒情结构亦复如此，可思路更为开阔，诗从当年帝京长安的壮观与豪华写起，首叙形势之恢宏、宫阙之壮伟，次述王侯、贵戚、游侠、倡家之奢侈无度；但很快就进入议论抒情，评说古今而抒发感慨：

古来荣利若浮云，人生倚伏信难分；始见田窦相移夺，俄闻卫霍有功勋。未厌金陵气，先开石椁文。朱门无复张公子，霸亭谁畏李将军。相顾百龄皆有待，居然万化咸应改。桂枝芳气已销亡，柏梁高宴今何在？春去春来苦自驰，争名争利徒尔为。……已矣哉，归去来，马卿辞蜀多文藻，扬雄仕汉乏良媒。三冬自矜诚足用，十年不调几邅回。汲黯薪逾积，孙弘阁未开，谁惜长沙傅，独负洛阳才！

以浓烈的感情贯注于对历史人生的思索之中，从而使诗的抒情深化，带有更强的思想力量，形成壮大的气势。在诗中，作者还直接抒发了自己沉沦下僚而“十年不调”的强烈不满，这种愤愤不平，使诗的内在气势更加激越昂扬。宫廷诗人应制咏物时以颂美为主的写诗倾向，至此完全转向了独抒怀抱的慷慨多气。

七言歌行是七言古诗与骈赋相互渗透和融合而产生的一种诗体，在发展过程中又吸收了南朝乐府和近体诗的一些影响，其以五、七言为主而夹杂少量三言的体式，本身就有一种流动感，骈赋中间的蝉联句式，往往能使全篇的气势为之一振。所以“四杰”中的卢、骆、王等人往往用它来铺写抒情，夹以议论，情之所至，笔亦随之，篇幅可长可短，句式参差错落，工丽整炼中显出来流宕和气势。不仅实现了描写场景和题材由宫廷走向市井的转变，而且出现了壮大的气势和力量。这是一种更适合于表现他们所追求的刚健骨气的抒情载体。

相对于歌行体而言，当时渐趋于成熟的五言律，因追求对偶的整齐和声律的谐调，常表现出一种感情的相对稳定。但是，“四杰”所写的五言律，也透露出一种非常自负的雄杰之气和慷慨情怀，这主要反映在他们的羁旅送别的诗和边塞诗中。“四杰”的送别诗，于伤别之外，有一种昂扬的抱负和气概，使诗的格调变得壮大起来。王勃的《送杜少府之任蜀川》，是“四杰”送别诗中最有名的一首，虽意识到羁旅的辛苦和离别的孤独，但没有伤感，没有惆怅，只有真挚的友情和共勉，所谓“海内存知己，天涯若比邻”。心境明朗，感情壮阔，有种好男儿志在四方的英雄气概。

五言律在宫廷诗人手里，多用于唱和和咏物，而到了王、杨时代，创作题材已从台阁移至江山与塞漠。[1] 边塞是当时士人幻想建功立业的用武之地，尽管“四杰”中的王、杨、卢都从未到过边

---

① 参见闻一多《唐诗杂论·四杰》，收入《闻一多全集》，上海开明书店 1948 年版。

塞，然而他们在诗中表现的立功边塞的志向和慷慨情怀，却显得十分强烈，如杨炯的《从军行》说："宁为百夫长，胜过一书生。"《出塞》云："丈夫皆有志，会见立功勋。"这种激扬文字的书生意气，是构成其诗歌"骨气"的重要因素，也是"四杰"诗风与宫廷诗风迥然有异的内在原因。但"四杰"诗风亦属"当时体"，并没有完全摆脱当时流行的宫廷诗风的影响。他们的一些作品，讲究对偶声律，追求词采的工丽和韵调的流转，不免有雕琢繁缛之病。杨炯是"四杰"中以五律见长的诗人，其现存的十四首五言律，完全符合近体的粘式律，[①] 不能不说是一种有意的追求，在促成五言律的定型化方面，他与杜审言以及沈、宋等台阁诗人所起的作用是相同的。

三

唐高宗、武后时期，以主文词为特点的进士科的勃兴，为一般士人中有文才者的升迁创造了条件，与"四杰"同时或稍后的一批初唐著名诗人，如杜审言、李峤、宋之问、沈佺期等，[②] 都是由进士科及第而先后受到朝廷重用的士人作家。他们入朝做官时写的那些分题赋咏和寓直酬唱之类的"台阁体"诗，虽在内容上与以前的宫廷诗人的作品无太大差别，但在诗律和诗艺的研炼方面有很大进展，为唐代近体诗的定型做出了贡献。

杜审言、李峤与苏味道、崔融并称"文章四友"，四人中，数

---

① 刘宝和《律诗不完成于沈、宋》对此有论述，见《中州学刊》1984年第3期。

② 杜审言（646？～708）字必简，襄阳（今湖北襄阳）人，今存诗43首；李峤（644～713），赵州赞皇（今河北赞皇）人，今存诗二百余首；宋之问（656？～712），虢州弘农（今河南灵宝）人，今存诗近二百首；沈佺期（656？～714），相州内黄（今河南内黄）人，今存诗一百五十余首。

杜审言最有诗才。胡应麟《诗薮》说："初唐无七言律，五言亦未超然。二体之妙，杜审言实为首倡。"杜审言现存的二十八首五言律，除一首失粘外，其余的完全符合近体诗的粘式律。他在五律方面的成就已超过了杨炯，使五言律的创作首先达到了较高的艺术水准。杜审言最有名的五律，是他早年在江阴任职时写的《和晋陵陆丞早春游望》：

独有宦游人，偏惊物候新。云霞出海曙，梅柳渡江春。淑气催黄鸟，晴光转绿萍。忽闻歌古调，归思欲沾巾。

把江南早春清新秀美的景色写得极为真切，由此引起的深厚的思乡之情，全融入明秀的诗境中，显得极为高华雄浑。尤其是颈联的"云霞出海曙，梅柳渡江春"，生动地写出了春的气息，给人以华妙超然之感。

李峤的诗歌创作，因重技巧而乏情思，藻丽有余而雄浑不足，总的说来不如杜审言，这与他一生仕宦显达而较少挫折不无关系。李峤的诗，以工整的五言律为主，在这方面下过很深的工夫。他的一百二十多首五言咏物诗，多为奉命或应制之作，故缺乏新意，无多少可取之处；但这些诗大都是合律的，且十分讲究修辞技巧，在当时五言律的发展过程中起到普及作用。

五律的定型，是由宋之问和沈佺期最后完成的。他们的生年晚于李峤和杜审言，因文才受到赏识而选入朝中做官，是武后时期有代表性的台阁诗人。置身宫禁而悠游卒岁的馆阁生活，使他们的诗歌创作多限于应制酬唱和咏物、赠别，点缀升平，标榜风雅，难免以词藻文饰内容贫乏之弊。同时，也使他们有较为充余的时间琢磨诗艺，于诗律方面精益求精，回忌声病，约句准篇。除了一联之中轻重悉异之外，还要求上一联的对句与下一联的出句平仄相粘，并把这种粘对规律贯穿全篇，从而使一首诗联与联之间平仄相关，通篇声律和谐。283 元稹《唐故工部员外郎杜君墓系铭序》说："唐兴，官学大振，历世之文，能者互出。而又沈、宋之流，研练精切，稳顺声势，谓之为律诗。”这是最早有关“律诗”定名的记载，故沈、宋之称，也就成为律诗定型的标志。

之所以如此，是因为以遵守粘对规则为声律格式的五言律的定型，在唐代近体诗的演变过程中，实具有关键性的意义。它不仅完成了由永明体的四声律到唐诗平仄律的过渡，有易于识记和掌握运用之便；而且具有推导和连类而及的作用，是一种可以推而广之的声律法则。如在五言近体的范围内，即可由五言律，推导出五言排律和五言绝句的体式。更为重要的是，可以在五言律的基础上，推导出一个近体七言诗的声律格式，如七律、七绝等。所以，在五言律趋于定型后，杜、李、沈、宋等人即成功地把这种律诗的粘对法则应用于七言体诗歌，于中宗景龙年间完成了七言律体式的定型。①

各种律诗体式的定型，为诗歌艺术的发展创造了有利条件。尽管沈、宋等人在任职馆阁期间所写的应制五律和七律鲜有可观者，但磨炼出了一套律诗的声律技巧，一旦他们因政治变故而遭谪贬，有了不吐不快的真情实感之后，就容易写出情韵具佳的优秀的作品。杜审言写得最好的五律，是在中宗复位时，他因曾依附武后男宠二张（张昌宗、张易之）而被流放峰州后创作的。与此同时，宋之问和沈佺期也因相同的缘由而被流放岭南，他们同样也写出了较好的作品。如宋之问的五律《度大庾岭》：

度岭方辞国，停轺一望家。魂随南翥鸟，泪尽北枝花。山雨初含霁，江云欲变霞。但令归有日，不敢恨长沙。

未到贬所而先想归期，一种含泪吞声的感怆情思表现得真切细腻，

---

① 见赵昌平《初唐七律的成熟及其风格溯源》，载《中华文史论丛》1986年第4期。何伟棠《永明 体到近体》，广东高等教育出版社1994年版。

见不到任何着意文饰的痕迹，尽管诗律和对仗是十分的工整。他的《渡汉江》亦复如此：

岭外音书断，经冬复历春，近乡情更怯，不敢问来人。

这是一首写得十分精彩的五绝，具有声情并茂、意在言外的艺术感染力，与后来盛唐诗人的作品已相去不远了。

在当时，七言律写得较好的是沈佺期。他的成名作是写思妇的七律《古意赠补阙乔知之》，辞采华丽，声韵流转，粘连对仗的技巧很高，但有拼凑痕迹。其艺术感染力远不如他于流贬途中写的《遥同杜员外审言过岭》：

天长地阔岭头分，去国记家见白云。洛浦风光何所似，崇山瘴疠不堪闻。南浮涨海人何处，北望衡阳雁几群。两地江山万余里，何时重谒圣明君。

与他流放岭南所作的五言律相同，此诗表达一种无可奈何的伤感心境，无意修饰，却写得有情有景。声律调谐流畅而蕴含深厚，是早期七言律的成熟之作，被后人称为初唐七律的样板。

总之，经过杜、李、宋、沈等人的不懈努力，在武后至中宗景龙年间，唐代近体诗的各种声律体式已定型，出现了一批较为成功的作品。

四

陈子昂是一位对唐诗发展有重大影响的诗人。武则天临朝称制的永淳二年（683），他得中进士，释褐授将仕郎。由于两次上谏疏直陈政事，受到武则天的赏识，擢为秘书省正字，官至右拾遗。他曾慷慨从军，随乔知之北征同罗、仆固，跃马大漠南；后又随武攸宜军出击契丹。作为在武后时期才登上诗坛而展露头角的诗人，陈子昂与沈、宋等人同属于受重视的新进庶族士人，有着相同的被起用的社会政治文化背景；然而，当馆阁诗人醉心于应制咏物、寻求诗律的新变时，他的诗歌创作却表现出明显的复古倾向，要恢复古诗比兴言志的风雅传统。这使他的诗呈现出与当时朝中流行的馆阁体完全不同的精神风貌。

复归风雅，是陈子昂振起一代诗风的起点，集中体现为他创作的三十八首《感遇》诗。这些诗非一时一地之作，但基本上都作于诗人入仕之后，其中有很多首与作者的政治活动有直接的关系，具有强烈的政治倾向。如武后时期重用酷吏，大开告密之门，朝臣中往往有因一言失慎而被杀者，弄得人人自危。陈子昂在《谏刑书》和《谏用刑书》里对此加以劝谏，认为滥杀无辜将酿成祸乱。他的《感遇诗》之四："乐羊为魏将，食子殉军功。骨肉且相薄，他人安得忠?"就是指斥这种现象的。《感遇诗》之十二："呦呦南山鹿，罹罟以媒和"。则是用讽喻手法，表达对酷吏用诱鹿方式罗织冤狱的愤慨和忧虑。当然，他是从"达则匡救于国"的忠义立场进行创作的，被杜甫称之为"千古立忠义，感遇有遗篇"。

陈子昂是个政治色彩很浓的诗人，借《感遇》来恢复风雅比兴美刺的兴寄传统，使诗歌创作具有较强的思想性和干预现实的作用，这是其所得。其失则在于这种复古，易重蹈古诗以喻论理寄概的构思方式，简单地将抽象思辩附著于感性形象之上，以诗言理而缺乏艺术感染力。①

在《感遇》诗里，有一部分是表现陈子昂侠肝义胆的述怀言志之作，作者将匡时济世的人生抱负化为慷慨悲歌的情思，具有昂扬壮大的感情气势。如《感遇》之三十六：

---

① 参见葛晓音《论初、盛唐诗歌革新的基本特征》，载《中国社会科学》1985年第2期。

本为贵公子，平生实爱才。感时思报国，拔剑起蒿莱。西驰丁零塞，北上单于台。登山见千里，怀古心悠哉。谁言未忘祸，磨灭成尘埃。

此诗作于陈子昂第一次随军北征期间，他亲临沙场，有感于心，情动于中而形于言。这种兴寄方式，已突破了古诗美刺比兴的传统局限，直接建安诗人的梗慨多气，虽在表现形式上带有受阮籍《咏怀》诗影响的痕迹，但没有兴寄无端的苦闷，而是蕴藏着壮伟情怀，展现出不甘平庸、积极进取的精神风貌。从"四杰"开始的那种渴望建功立业的昂扬情调，在陈子昂的这类兴寄之作里更显激越，带有壮怀激烈，拔剑而起的豪侠之气。

为实现自己建功立业的理想，陈子昂曾两次从军。神功元年(697)，他随建安郡王武攸宜北征契丹，军次渔阳。由于建议未被采纳而钳默下列，因登蓟北城楼，有感于从前此地曾有过的君臣际遇的往事，他写了题为《蓟丘览古赠卢居士藏用》的组诗。慨叹时光流逝，古人的不朽功业已为陈迹，而往时的种种际遇难见于今世。有种抱负无法实现的悲愤。在写这组诗的同时，在北方，他写下了千古绝唱《登幽州台歌》：

前不见古人，后不见来者，念天地之悠悠，独怆然而涕下。

在天地无穷而人生有限的悲歌中，回荡着目空一切的孤傲之气，形成反差强烈的情感跌宕。自悠悠天地而言，将与英雄业绩同其长久；而自己人生有限，一旦抱负落空，只能空留遗恨而已，于是产生了怆然涕下的巨大悲哀。这种一己的悲哀里，蕴含着得风气之先的伟大孤独感，[①] 透露出英雄无用武之地、抚剑四顾茫茫而慷慨悲

① "得风气之先的伟大孤独感"的观点，是李泽厚在《美的历程》（文物出版社1981年版）中首先提出来的。

歌的豪侠气概。

壮伟之情和豪侠之气，最能体现陈子昂诗歌创作的个性风采，这正是被称为唐诗风骨的东西，也是他倡导的风雅兴寄中能反映这一时代士人精神风貌的新内容。提倡风骨和兴寄，对于当时诗风的变革有积极的推动作用，陈子昂较早地在创作中自觉到了这一点，并有十分明确的理论表述。他在《与东方左史虬修竹篇》里说：

> 文章道弊五百年矣。汉魏风骨，晋宋莫传，然而文献有可征者。仆尝暇时观齐梁间诗，彩丽竞繁，而兴寄都绝。每以咏叹，思古人，常恐逶迤颓靡，风雅不作。以耿耿也。一昨于解三处，见明公《咏孤桐篇》，骨气端翔，音情顿挫，光英朗练，有金石声。遂用洗心饰视，发挥幽郁，不图正始之音，复睹于兹，可使建安作者，相视而笑。

在这篇诗序里，陈子昂第一次将汉魏风骨与风雅兴寄联系起来，反对没有风骨、没有兴寄的作品。这样，复归风雅的目的就不只是美刺比兴，而是要追踪多悲凉慷慨之气的建安风骨，寄托济世的功业理想和人生意气。与片面追求藻饰的齐梁宫廷诗风彻底地划清了界限。其次，他提出了一种“骨气端翔、音情顿挫，光英朗练”的诗美理想，要求将壮大昂扬的情思与声律和词采的美结合起来，创造健康而美丽的文学。

陈子昂的诗歌创作和理论主张影响了有唐一代，他对风骨的追求，他提出的诗美理想，对于唐诗的变革具有关键性的意义。这为后来唐代文学的进一步发展所证实，成为盛唐诗歌行将到来的序曲。

五

经过九十余年的发展，初唐诗歌在题材范围的扩大、体物写景技巧的成熟、声律的完善和风骨的形成等诸多方面，为唐诗艺术的繁荣奠定了基础。与此同时，在诗歌意境的创造方面，张若虚和刘希夷的诗歌提供了成功的经验。

张若虚是初、盛唐之交的一位诗人，大致与陈子昂等人同时登上诗坛。由于史传无确载，其生平事迹不详，只知他是扬州人，做过兖州兵曹，与贺知章、张旭和包融齐名，被称为“吴中四士”。他的诗仅存两首，但一篇《春江花月夜》就奠定了他在唐诗史上的大家地位。这是一首长篇歌行，采用的是乐府旧题，可作者已赋予了它全新的内容，将画意、诗情与对宇宙奥秘和人生哲理的体察融为一体，创造出情景交融、玲珑透彻而无迹可寻的诗境。诗人先从春江月夜的宁静美景入笔：

> 春江潮水连海平，海上明月共潮生。滟滟随波千万里，何处春江无月明！江流宛转绕芳甸，月照花林皆似霰；空里流霜不觉飞，汀上白沙看不见。

月色中，烟波浩淼而透明纯净的春江远景，展示出大自然的神奇美妙。诗人在感受这美丽景色的同时，沉浸于对似水年华的体认之中，情不自禁地由江天月色，引发出对美好人生的思索：

> 江天一色无纤尘，皎皎空中孤月轮。江畔何人初见月？江月何年初照人？人生代代无穷已，江月年年只相似；不知江月待何人，但见长江送流水。

由时空的无限，遐想到了生命的无限，感到神秘而亲切，表现出一种更深沉、更寥廓的宇宙意识。[①] 诗人似乎在无须回答的天真提问中得到了满足，然而也迷惘了，因为光阴毕竟如流水，一去难复

---

① 参见闻一多《唐诗杂论·宫体诗的自赎》；程千帆《程千帆诗论选集·张若虚〈春江花月夜〉的被理解与被误解》，山西人民出版社 1990 年版；罗宗强、郝世峰主编《隋唐五代文学史》上册第二编第二章，高等教育出版社 1990 年版。

返。所以从“白云一片去悠悠，青枫浦上不胜愁”开始，转而叙写人间游子思妇的离愁别绪，明净的诗境中，融入了一层淡淡的忧伤。这种从优美而来的忧伤，随月光和江水流淌着，徐缓迷人。当全诗以“不知乘月几人归，落月摇情满江树”收束时，持一种令人回味不尽的绵邈韵味。

相类似的诗境创造，在刘希夷的诗里亦能见到。他的代表作《代悲白头翁》，触景生情，以落花起兴：“洛阳城东桃李花，飞来飞去落谁家！洛阳女儿好颜色，坐见落花长叹息。今年花落颜色改，明年开花复谁在?”在深微的叹息声中，有一种朦胧的生命意识的觉醒，由对自然的周而复始与青春年华的转瞬即逝的领悟，诗人写出了千古传诵的名句：

年年岁岁花相似，岁岁年年人不同。

花相似而人不同的意象，深藏着诗人对生命短促的悼惜之情。这种带有青春伤感的情思贯穿全篇，并通过对红颜美少年和鹤发白头翁的对比描写而愈显浓烈，创造出兴象鲜明而韵味无穷的诗境。

张若虚和刘希夷在诗歌意境创造上取得的进展，如将真切的生命体验融入美的兴象，诗情与画意相结合，浓烈的情思氛围，空明纯美的诗境等，表明唐诗意境的创造已进入炉火纯青的阶段。那种兴象玲珑、不可泊的盛唐诗的随之出现，也就是十分自然的了。

（原载《南开学报》1999年第6期）

王维与盛唐山水诗的明秀空静之美

王维是中国最负盛名的山水田园诗人，他与孟浩然等追求创造明秀诗境的盛唐士人一道，将山水诗的创作由早期的巧为形似之言，变为兴象玲珑的意境创造，神会于物而超入禅境。王维擅长于表现空山的宁静之美，孟浩然则在写澄淡纯净的水乡景色方面更胜一筹，以王、孟为中心，形成了诗风相近的盛唐山水诗派。他们的诗歌创作受隐逸之风和禅宗思想的影响较大，自甘寂寞的山水情怀与禅的静观默照合而为一，能于空静中传出动荡，平淡里透出幽深，有一种冲淡空灵的飘渺神韵。本文拟对有关他们诗歌风貌及审美意识的几个问题，作一较为全面的描述和具体的阐释。

一、王、孟诗风之异同

与当时许多想建功立业以扬名不朽的才士一样，王维早年对功名亦充满热情和向往，持一种积极进取的生活态度。他在《少年行》中说："孰知不向边庭苦，纵死犹闻侠骨香。"其《送张判官赴河西》诗则云："沙平连白雪，蓬卷入黄云。慷慨倚长剑，高歌一送君。”声调高朗，气魄宏大。王维赴河西节度使幕时到过塞外，[①] 他出塞前后写的诗，如《从军行》、《观猎》、《出塞外》、《送元二使安西》等，洋溢着壮大明朗的情思和气势。其《使至塞上》云：

单车欲问边，属国过居延。征蓬出汉塞，归雁入胡天。大漠孤烟直，长河落日圆。萧关逢候吏，都护在燕然。

以英特豪逸之气融贯于出色的景物描写之中，形成雄浑壮阔的诗境。那无尽的长河、广阔地平线上的落日、大漠孤堡上的烽烟，透露出诗人走马西来天尽头的豪迈气概。

但奠定王维在唐诗史上大师地位的，是其抒写隐逸情怀的山水田园诗。他精通音乐，又擅长绘画，[②] 在描写自然山水的诗里，创造出“诗中有画，画中有诗”的明秀诗境，兴象玲珑而难以句诠。如《山居秋暝》：

空山新雨后，天气晚来秋。明月松间照，清泉石上流。竹喧归浣女，莲动下渔舟。随意春芳歇，王孙自可留。

在清新宁静而生机盎然的山水中，感受到了万物生生不息的生之乐趣，精神升华到了空明无滞碍的境界，自然的美与心境的美完全融为一体，创造出如水月镜花般不可凑泊的纯美诗境。

空明境界和宁静之美，是王维山水田园诗艺术的结晶。因心境空明，他对自然的观察极为细致，感受非常敏锐，像画家一样，善于在动态中捕捉自然景物的光和色，表现出极丰富的色彩层次感，如：

日落江湖白，潮来天地青。（《送邢桂州》）

---

① 此据清人赵殿成所撰《王右丞年谱》的旧说。关于王维的生平的考证，近人颇多新说，如有人考证王维享年七十左右，但嫌证据不足，难以推翻旧说。详见陈铁民《王维生年新探》，载《文史》第30期。

② 参见金学智《王维诗中的绘画美》，《文学遗产》1984年第1期。

泉声咽危石，日色冷青松。（《过香积寺》）

荆溪白石出，天寒红叶稀。山路元无雨，空翠湿人衣。（《山中》）

白云回望合，青霭入看无。分野中峰变，阴晴众壑殊。（《终南山》）

日落昏暗，愈显江湖之白色；潮来铺天，仿佛天地也弥漫潮水之青色。一是色彩的相衬，一是色彩的相生。日色本为暖色调，因松林青浓绿重的冷色调而产生寒冷的感觉，这是条件色的作用。红叶凋零，常绿的林木更显苍翠，这翠色充塞空间，空蒙欲滴，无雨而有湿人衣之感，这也是条件色的作用。至于“白云回望合，青霭入看无”，“江流天地外，山色有无中”，则淡远迷离，烟云变灭，如水墨晕染的画面。王维以他画家的眼睛和诗人的情思，写出了自然山水的物态天趣，宁静优美而神韵缥缈。

在当时，与王维齐名而同样以写自然山水见长的诗人是孟浩然。他的生、卒年均早于王维，但成名却在王维之后。①

在他人眼中，孟浩然是位地道的隐逸诗人。李白说：“吾爱孟夫子，风流天下闻。红颜弃轩冕，白首卧松云。”（《赠孟浩然》）其实，孟浩然并非无意仕进，与盛唐其他诗人一样，怀有济时用世的强烈愿望，其《临洞庭湖赠张丞相》诗云：

八月湖水平，涵虚混太清。气蒸云梦泽，波撼岳阳城。欲济无舟楫，端居耻圣明。坐观垂钓者，徒有羡鱼情。

这首诗是赠张九龄的，“临渊羡鱼”而坐观垂钓，把希望通过张九龄援引而一登仕途的心情表现得很迫切，有一种不甘寂寞的豪逸之

① 关于孟浩然的生平事迹及交游，详见陈贻焮《孟浩然事迹考辨》，载《唐诗论丛》，湖南人民出版社 1982 年版；王达津《孟浩然生平续考》，载《唐诗丛考》，上海古籍出版社 1986 年版。

气。诗写得境界宏阔、气势壮大，尤其是“气蒸云梦泽，波撼岳阳城”一联，是非同凡响的盛唐之音。

孟浩然禀性孤高狷洁，虽始终抱有济时用世之志，可又不愿折腰曲从。张九龄可举荐王维，却无法举荐他。当他求仕无门，而且应举落第后，就高吟“不才明主弃，多病故人疏”，放弃仕宦而走向山水，以示不同流俗的清高。他在《夏日南亭怀辛大》中说：

> 山光忽西落，池月渐东上。散发乘夕凉，开轩卧闲敞。荷风送香气，竹露滴清响。欲取鸣琴弹，恨无知音赏。感此怀故人，中宵劳梦想。

抒发自己独自乘凉时的感慨，一句“恨无知音赏”，表明了诗人清高自赏时的寂寞心绪。以山水自适的情怀，融入池月清光、荷风暗香和竹露清响的兴象中后，顿觉清旷爽朗。净化了的情思，用提纯的景物表现，有种单纯明净的美。①

同样是创造明秀诗境，由于生活环境和性格气质的不同，在诗的写法和艺术风格方面，孟浩然与王维是有区别的。他的山水田园诗，更贴近自己的生活，“余”、“我”等字样常出现在诗里。如《过故人庄》：“故人具鸡黍，邀我至田家。绿树村边合，青山郭外斜。”又如《与诸子登岘山》：“人事有代谢，往来成古今。江山留胜迹，我辈复登临。”出现在孟浩然诗里的景物描写，常常就是他生活环境的一部分，带有即兴而发、不假雕琢的特点。如《春晓》：

> 春眠不觉晓，处处闻啼鸟。夜来风雨声，花落知多少。

写自己春晓时的感觉，不经意的猜想中透露出明媚宜人的大好春光，似有惋惜之情，却无迹可寻。诗语自然纯净而采秀内映，相较

---

① 净化和提纯问题，参见罗宗强《隋唐五代文学思想史》第三章第二节，上海古籍出版社 1986 年版。

而言，似比王维的诗更显淳朴，更接近陶渊明诗豪华落尽见真淳的境界。

孟浩然一生多次出游，而且偏爱水行，在乘舟漫游吴越水乡的过程中写了不少山水诗。遇景入咏时，常从高远处落笔，自寂寞处低徊，随意点染的景物与清淡的情思相融，形成平淡清远而意兴无穷的明秀诗境。如《宿建德江》：

移舟泊烟渚，日暮客愁新。野旷天低树，江清月近人。

再如《耶溪泛舟》：

落景馀清辉，轻桡弄溪渚。澄明爱水物，临泛何容与。白首垂钓翁，新妆浣纱女。相看似相识，脉脉不得语。

前一首写日暮泊舟时的"客愁"，寂寞惆怅的孤独心绪，因野旷天低、江清月近而愈显清远无际。后一首表现傍晚泛舟时的散淡逸兴，老翁与少女相对视，落落大方，脱尽凡俗之气。语句平淡，淡得几乎看不到作诗的痕迹，而诗味却很醇厚。如果说王维的山居歌咏长于表现空山的宁静之美的话，那么孟浩然的乘舟行吟之作，则给人以洗削凡近之感，情思的净化、语言的清省和诗境的明秀融为一体，将淡泊纯净的山水之美透彻地表现了出来。

自然平淡是孟浩然山水诗的风格特点，尽管他的诗中也有刻划细致、用字精审的工整偶句，如"天边树若荠，江畔舟如月"（《秋登兰山寄张五》）；"风鸣两岸叶，月照一孤舟"（《宿桐庐江寄广陵旧游》）。但非有意于模山范水，只是一时兴到之语。观其全诗，多以单行之气运笔，一气浑成，无刻画之迹；妙在自然流走、冲淡闲远，不求工而自工。

二、盛唐其他山水田园诗人

王维和孟浩然在盛唐诗坛享有盛誉，影响很大。崔兴宗称王维为“当代诗匠，又精禅理”（《酬王维》诗序）。王士源说孟浩然的五言诗“天下称其尽美矣”（《孟浩然集序》）。当时，以王、孟为中心，还有一批诗风与他们相近的诗人，如裴迪、储光羲、刘昚虚、张子容、常建等。①

裴迪曾与王维一起隐居终南山，在生活情趣和创作风格方面受王维的影响很深。他的《辋川集二十首》就是两人的唱和之作。如《华子冈》：

落日松风起，还家草露稀。云光侵履迹，山翠拂人衣。

这是他写得较好的一首诗，虽远不能与王维同题之作相比，但力求把诗写得明净一些的创作倾向，还是比较明显的。

储光羲的生活经历较为曲折。登进士第后任安宜等地县尉，不久辞官归乡，曾与王维等人隐居终南山多年。旋又出仕，在安史之乱中被叛军俘虏，接受伪职。后因此而被贬窜南方。卒于贬所。他的诗留存下来的比较多，《同王维偶然作十首》、《田家杂兴八首》、《田家即事》等，是直接写田园生活的代表作。在这些诗中，由于作者想表达的是返朴归真、养性怡情的思想，言玄理的成分较多，艺术上并不成功。储光羲写得较好的诗，是《杂咏五首》、《江南曲四首》等表达隐逸情趣的作品。如《杂咏五首》里的《钓鱼湾》：

垂钓绿湾春，春深杏花乱。潭清疑水浅，荷动知鱼散。

---

① 裴迪，生卒年不详，关中（今陕西）人，一说闻喜（今属山西）人，天宝中，与王维、崔兴宗隐居终南山。储光羲（约706760），润州延陵（今江苏丹阳）人，开元十四年（726）登进士第，曾任安宜、汜水、下邽尉。开元二十一年前后辞官归乡，后入秦，隐终南山。刘昚虚，生卒年不详，字金乙，江东（今浙江一带）人。开元十一年登进士第，与孟浩然、王昌龄友善。张子容，生卒年不详，襄阳（今湖北襄樊）人。早年隐居襄阳，与孟浩然友善。先天元年（712）登进士第，开元中谪为东城尉。又曾官晋陵尉。常建，生卒年和籍贯均不详。开元十五年（727）登进士第，任盱眙尉。天宝中，曾寓居鄂渚。

日暮待情人，维舟绿杨岸。

由杏花春水和潭荷游鱼构成的明秀小景，融进诗人的敏锐感受和怡静心情，确有一种“格高调逸，趣远情深”（殷番《河岳英灵集》中的评语）的韵味。在风格的自然淡远方面，与孟浩然的诗十分接近。

刘眘虚和张子容也是诗风与孟浩然相近的诗人。他们都是孟浩然的朋友，彼此之间常有唱和，同气相求，同声相应。如刘眘虚的《暮秋扬子江寄孟浩然》：

木叶纷纷下，东南日烟霜。林山相晚暮，天海空青苍。暝色空复久，秋声亦何长。孤舟兼微月，独夜仍越乡。寒笛对京口，故人在襄阳。咏思劳今夕，汉江遥相望。

一种绵长的思友之情，寄寓于水长天阔的遥望之中，诗境澄淡清远。

张子容也有类似的诗作，如《除夜乐城逢孟浩然》、《送孟浩然归襄阳直首》等，写得较好的是《泛永嘉江日暮回舟》：

无云天欲暮，轻鹢大江清。归路烟中远，回舟月上行。傍潭窥竹暗，出屿见沙明。更值微风起，乘流丝管声。

写行舟江上时所见的景色，诗境清逸淡雅，与孟浩然的诗相似，但气味较薄而终逊一筹。

与王、孟诗风相近的诗人中，常建的创作成就最高。他中进士后曾当过一段时间的县尉，但大部分时光隐居于终南山和武昌江渚。他写归隐生活的山水田园作品，多孤高幽僻的隐逸风调，其灵慧秀雅和空明寂静，与王维诗十分相近。如《题破山寺后禅院》：

清晨入古寺，初日照高林。竹径通幽处，禅房花木深。山光悦鸟性，潭影空人心。万籁此都寂，但余钟磬音。

把深山古寺的清幽和山光潭影的空明，写得极为真切，通于微妙至深的禅境。心无纤尘的幽远情思，融入万籁俱寂的宁静之中；而清润悠扬的钟磬声，又显出了静中之动，传达出生气远出的缥缈韵味。

这种表里澄澈的明秀诗境，不仅使山水虚灵化了，也情致化了。如常建在《江上琴兴》一诗中所说："江上调玉琴，一弦清一心。泠泠七弦遍，万木澄幽阴。能使江月白，又令江水深。始知梧桐枝，可以征黄金。"清心澄虑，静观山水而生情，情具象而为景，景中有情，情中有景，交融互渗而构成晶莹美妙的诗境。

三、隐逸情结与山水情怀

盛唐山水田园诗的大量出现，与隐逸之风的盛行有直接的关系。这一时期的诗人，多有或长或短的隐居经历；即便身在仕途，也向往归隐山林和泛舟江湖的闲适逍遥，有一种挥之难去的隐逸情结。

盛唐士人中，那种消极遁世的为隐居而隐居的纯粹隐者是没有的。有人以归隐作为入仕的阶梯，于是有"终南捷径"之说。但更多的是将归隐视为傲世独立的表现，以入于山林、纵情山水显示人品的高洁；进而把返归自然作为精神的慰藉和享受，寻求人与自然融为一体的纯美天地。大自然的山水之美，确具有某种净化心灵的作用，能涤污去浊、息烦静虑，使人忘却尘世的纷扰，产生忘情于山水而自甘寂寞的高逸情怀。

这种山水情怀对于明秀诗境的创造十分重要。因唯有甘于寂寞，才能对自然有细致的观察和敏锐的感觉，才能以一种虚灵的胸襟去体悟山水，由实入虚，一片空明，向外发现了山水的美，向内发现了自己的真性情。孟浩然的纵情山水，不时流露出深感寂寞的孤独；王维晚年的归隐，确已达到了他在《裴右丞写真赞》里说的“气和容众，心静如空”的“无我”境界。因此，在表现自然山水的宁静之美方面，王维诗的心态更具典型意义。

王维《山居即事》说：“寂寞掩柴扉，茫然对落晖”。这是其独自隐居山中时的心态写照。由于生性好静而自甘寂寞，他能把独往独来的归隐生活写得很美，其《酬张少府》说：“晚年惟好静，万事不关心。自顾无长策，空知返旧林。松风吹解带，山月照弹琴。君问穷通理，渔歌入浦深。”无心于世事而归隐山林，与松风山月为伴，不仅没有丝毫不堪孤独的感觉，反而流露出自得和闲适。

著名的《辋川集二十首》，是王维晚年隐居辋川别业写的一组小诗，将诗人自甘寂寞的山水情怀表露得极为透彻。在明秀的诗境中，让人感受到一片完全摆脱尘世之累的宁静心境，似乎一切情绪的波动和思虑都被净化掉了，只有寂以通感的直觉印象，难以言说的自然之美。如：

空山不见人，但闻人语响，返景入深林，复照青苔上。（《鹿柴》）

独坐幽篁里，弹琴复长啸。深林人不知，明月来相照。（《竹里馆》）

木芙芙蓉花，山中发红萼。涧户寂无人，纷纷开且落。（《辛夷坞》）

一则说“不见人”，再则云“人不知”，复又说“寂无人”，在常人看来，该是何等的孤独寂寞！而王维则不然，因他所欣赏的正是人在寂寞时方能细察到的隐含自然生机的空静之美。那空山青苔上的一缕夕阳、静夜深林里的月光、自开自落的芙蓉花，所展示的无一不是自然造物生生不息的原生状态，不受人为因素的干扰，没有孤独，也没有惆怅，只有一片空灵的寂静，而美的意境就产生于对这自然永恒的空、静之美的感悟之中。

在王、孟等人的隐逸心态里，有一种脱情志于俗谛桎梏的意蕴，其心无滞碍、天机清妙的精神境界，比前人单纯心系归隐的山林歌咏要高一个层次。这也使他们向往的隐逸，超出了一般意义上苟全性命的避世隐居，具有更为丰富和新鲜的思想文化蕴含。

四、禅宗思想的影响

王维很早就归心于佛法，精研佛理，受当时流行的北宗禅的影响较大，晚年思想又接近南宗禅，撰写了《能禅师碑》。[①] 孟浩然、裴迪、储光羲、刘昚虚、常建等人，也都与禅僧往来很密切，作诗深受禅风的熏染。他们的山水诗创作，从观物方式到感情格调，都带有受禅宗思想影响的文化意蕴，饶有禅意和禅趣。

佛禅思想对王、孟等人的影响是多方面的，但最主要的是“无生”观念。王维作于早年的《哭殷遥》诗云“忆昔君在日，问我学无生”。直至晚年，他在《秋夜独坐》中还说：“欲知除老病，惟有学无生”。同样，孟浩然《还山贻湛法师》说：“幼闻无生理，常欲观此身。”其《游明禅师西山兰若》则云：“吾师往其下，禅坐证无生”。此外，储光羲在《同王十三维哭殷遥》诗中亦说：“故人王夫子，静念无生篇。哀乐久已绝，闻之将泫然。”“无生”之说，出于佛典里的大乘般若空观，是“寂灭”和“涅盘”的另一种表述方式，流行于唐代士人中的《维摩诘经》里，就有“无生无灭是寂灭义”的说法。学无生所要达到的是一切毕竟空的“无我”之境。在《能禅师碑》中，王维说六祖慧能“乃教人以忍曰：忍者无生，方得无我。”孟浩然《陪姚使君题惠上人房》则云：“会理知无我，观

---

① 关于王维与禅宗的关系，可参阅陈允吉《唐音佛教思辨录·论王维山水诗中禅宗思想》，上海古籍出版社 1988 年版；孙昌武《佛教与中国文学》第二章，上海人民出版社 1988 年版。

空厌有形。迷心应觉悟，客思未遑宁。”他们学无生的具体方法是坐禅，即静坐澄心，最大限度地平静思想和情绪，让心体处于近于寂灭的虚空状态。这能使个人内心的纯粹意识转化为直觉状态，如光明自发一般，产生万物一体的洞见慧识和浑然感受，进入物我冥合的“无我”之境。

这种以禅入定、由定生慧的精神境界，是中国人接触佛教大乘教义后体悟到的一种心灵状态，对王、孟等人的艺术思维和观物方式影响极大。当他们从坐禅的静室中走出来，即习惯于把宁静的自然作为凝神观照而息心静虑的对象，从而独具慧眼，使山水诗的创作由早期的写气图貌和巧为形似之言，进入到“搜求于象，心入于境，神会于物，因心而得”（王昌龄《诗格》语）的意境创造。六朝晋宋以来用玄学意味体会自然的山水审美意识，演进为以禅趣为主而超入禅境，禅境常通过诗境来表现。如王维《终南别业》里的“行到水穷处，坐看云起时”。水穷尽处，自然也就是深山空静无人处，人无意而至此，云无心而出岫，可谓思与境偕，神会于物。诗人着重写无心，写偶然，写坐看时无思无虑的直觉印象，那无心淡泊、自然闲适的“云”，是诗人心态的形象写照。[①] 对境观心而道契玄微，静极生动、动极归静、动静不二的禅意，渗入到了山情水态之中，化作天光云影，空灵而自然。

与坐禅相关连，王、孟等人多喜欢写独坐时的感悟，将禅的静默观照与山水审美体验合而为一，在对山水清晖的描绘中，折射出清幽的禅趣。如王维《秋夜独坐》中的“雨中山果落，灯下草虫鸣”。《过感化寺昙兴士人山院》里的：“野花丛发好，谷鸟一声幽。夜坐空林寂，松风直似秋。”以果落、虫鸣、鸟声反衬山林的静谧，寄寓诗人的幽独情怀。再如孟浩然的《万山潭作》：“垂钓坐盘石，

---

① 参见葛兆光《禅意的云》，《文学遗产》1990年第3期。

水清心亦闲。鱼行潭树下，猿挂岛藤间。”又《武陵泛舟》：“水回青嶂合，云度绿溪阴。坐听闲猿啸，弥清尘外心”。所写景物虽有不同，但都笼罩着一层淡淡的清幽寂静的情思氛围。类似的感情格调，亦多见于与王、孟诗风相近的其他诗人的作品中，形成了偏于表现自然山水宁静之美的清淡诗风。

拈花微笑的空灵境界，是禅的最高境界，也是王、孟等人在山水诗创作中所追求的艺术极境。在他们创造的明秀诗境中，既有澄澹精致的宁静画面，又有绵缈灵动的情韵，能于空静中传出动荡，平淡里透出幽深。倡导神韵说的王士禛，说王、孟等人的诗多入禅之作，所举诗句为：“明月松间照。清泉石上流”（王维）；“松际露微月，清光犹为君”（常建）；“樵子暗相失，草虫寒不闻”（孟浩然）；“时有落花至，远随流水香”（刘昚虚）等。认为其“妙谛微言，与世尊拈花，迦叶微笑，等无差别”（《带经堂诗话》卷三）。其实，这些诗句表现的是诗人静观寂照时感受到的自然界的轻微响动，以动写静，喧中求寂，超以象外而入于诗心，显示出心境的空明与寂静。此外，王、孟等人还善于写静中之动，如静谧山林里的一声鸟叫、清潭中的游鱼、深山古寺的几杵疏钟等，能于空寂处见生气流行，清幽禅趣转化为诗的悠远情韵，更显冲淡空灵。

值得一提的是，虽然盛唐山水田园诗人的作品多带有禅意和禅趣，但象王维那样直接契入空灵禅境的并不很多。王维诗独具特色的宁静之美和空灵境界，奠定了他在中国山水田园诗发展史他人难以企及的正宗地位。

（原载《南开学报》1997年第6期）

李白诗歌的性格魅力

李白是盛唐文化孕育出来的天才诗人，其非凡的自负和自信，狂傲的独立人格，豪放洒脱的气度和自由创造的浪漫情怀，充分体现了盛唐士人的时代性格和精神风貌。盛唐诗歌的气来、情来、神来，在李白的乐府歌行和绝句作品中，发挥得淋漓尽致。他的诗歌创作，充满了李白式的发兴无端的澎湃激情和神奇想象，既有气势浩瀚、变幻莫测的壮观奇景，又有标举风神情韵而自然天成的明丽意境，美不胜收。李白诗歌的性格魅力，就是盛唐的魅力。①

盛唐气象与李白人格

经过百年的发展，到唐玄宗开元年间，唐朝成为当时世界上经济富庶、社会安定、国力强盛的巍巍大国。四邻向慕，国威远扬。由此产生的民族自豪感和自信心，激发起了人们积极入世的热情和进取功名的理想。抱负远大而狂放不羁，纵情恣意，自由舒展个性，成为一时的社会风尚，在士人中形成一种群体性的豪侠气质，充满了浓厚的青春浪漫气息。或读书山林，以期一鸣惊人；或南北

---

① 详见袁行霈先生《李白诗歌与盛唐文化》，《文学遗产》1986年第1期。

漫游，笑傲江湖。这一时期，以雄豪贞刚气质见长的北方文化，与明丽清新的南方文化彼此交融而合其两长，达到了完美的程度。中外文化的交流活动，也以长安为中心，遍及洛阳、扬州和广州等地，胡乐、胡舞等流行于宫廷和民间。各种外来宗教的输入和传播，有利于思想活跃和开放。故盛唐士人具有兼容并蓄的宏大气魄和自由创造精神，能广泛地吸收各种民族文化和传统思想而推陈出新。诸子百家，为我所用，儒、道、佛思想，各取所需。这是一个崇尚个体生命价值和思想自由的时代，因循守旧是没有出路的，唯有不断地开拓和创新，才有可能成为体现时代精神的非凡人物。

李白正是这样的人物。他的青少年时代是在蜀中度过的，博览群书，喜作辞赋。为人豪侠仗义，性嗜酒，向慕神仙之说，曾隐居岷山之阳的大匡山，从赵蕤学纵横之术。二十五岁时，他离开蜀地，开始仗剑辞亲远游，出三峡，游洞庭、历襄汉、金陵、扬州等地。在湖北安陆与故宰相许圉师的孙女结婚，并以安陆为中心，展开了近十年的漫游。其间曾西入长安求仕，又北游太原；后迁居山东任城，隐于徂徕山。天宝元年（742），他奉召第二次入长安，供奉翰林，因其狂放的性格和行为触怒了朝中权贵，三年后被迫离开长安。他寄家东鲁，开始了第二次漫游。可以说，追求功名、漫游山水和求仙学道，伴随了李白的一生，他的理想抱负、生活情趣和性格气质，在这些方面得到了不同侧面的表现。

与一般盛唐士人一样，李白是个功名心很强的诗人，有着强烈的“济苍生”、“安社稷”的儒家用世思想，可他又看不起白发死章句的儒生，不愿走科举入仕之路。而是想象古代策士那样“编干诸侯”、“历抵卿相”，寄希望于风云际会，立登要津。或者如豪侠之士平交王侯，行侠仗义，建立盖世功名后再归隐江湖。这种人生设计，尽管充满了济世热情，却未免过于高傲自负，过于理想化，在现实生活中是很难实现的。李白性格狂放，四处漂泊，一辈子做不醒的策士、侠客梦。安史之乱暴发后，他怀着报国之心加入永王磷的幕府，却在永王与肃宗争位失败后，以反叛罪被捕入狱，长流夜郎。当他遇赦放归后流寓南方，闻知李光弼出征东南，又想从军报国，无奈半道病还，并于次年病逝。终其一生，李白的功名理想从未实现过，昂扬向上的精神亢奋中，时有悲愤、不平和失望的痛苦。他常常借酒浇愁，狂饮高歌，笔惊风雨而诗泣鬼神，毫无顾忌地渲泄激情，那么自信，那么不可一世。

在李白狂傲不羁的性格和飘逸洒脱的气质中，有一种常人所没有的仙气，人称酒仙或诗仙，他自己也以"谪仙人"自居。这种文化性格，与其道教信仰不无关系。李白在《感兴》诗中曾说"十五游神仙，仙游未曾歇"。或许在他十五岁时，就正式入道了。[①] 李白出蜀后，在江陵遇到著名道士司马承祯，他一见面就夸李白"有仙风道骨，可与神游八极之表"(《大鹏赋序》)。道家思想和道教信仰的影响，使李白有一种极强的解脱能力，失意时仍能纵酒放歌，尽管他在诗歌中常流露出人生如梦、及时行乐的感慨，其实是出于内心深处对不受约束的自由人生的向往，渴望任随自然、融入自然。在李白的性格中，有一种与自然的亲和力，他漫游山水和企慕神仙，目的是要达到一种"与天地并立，与万物为一"的逍遥游的人生自由境界。在诗中，李白常通过对仙境和神仙生活的描绘，表达对自由的向往和傲世独立的人格精神，以神仙的洒脱快活，表示对现实世俗的反抗；于飘飘欲仙的奇异想象中，将强烈的自我意识、天真的自命不凡和与众不同的个性，充分表现了出来。

盛唐气象，是当时强盛的泱泱大国焕发出的人们的一种精神风貌，诸如积极进取，乐观开朗，雄浑刚健，充满自信和青春活力。

---

① 此说见罗宗强先生《李白的神仙道教信仰》，载《中国李白研究》，江苏古籍出版社 1993 年版。

这些在李白的生活和诗歌创作中，得到了充分的体现。

飞扬跋扈的抒情方式

李白是个非常自负的诗人，在《古风》其一中，他有感于“大雅久不作，吾衰竟谁陈，”认为“自从建安来，绮丽不足珍”，说“我志在删述，垂辉映千春。希圣如有立，绝笔于获麟”。因此，继承汉魏乐府感于哀乐、缘事而发的优良传统和诗歌风骨，就成为他振起诗道的革新手段，主要体现在他大力拟作古乐府的创作实践中。

李白的乐府诗大量地沿用乐府古题，或用其本意，或翻案另出新意，能曲尽拟古之妙。[①] 其创新意识主要表现在两个方面：一方面是借古题写现事，具有鲜明的时代精神。如《上之回》、《丁都护歌》、《出自蓟北门行》、《侠客行》等，均属于缘事而发之作，与《古风》诗一样，表达的是作者对现实生活的感受，具有深刻的寓意和寄托。再一方面，则是用古题写己怀，因旧题乐府蕴含的主题和曲名本事，在某一点引发了作者的感触和联想，用它来抒写自己的情怀。

这后一方面的乐府诗，因偏重于主观抒情，更能体现李白诗歌创作发兴无端、气势壮大的个性特色。其妙处常在可解与不可解之间，既可以说它有寄托，也可以说它只是抒写感慨，想落天外，奇之又奇。如《蜀道难》的古辞寓有功业难成之意，正是这一点，触动了李白初入长安追求功业未成时的悲愤。他用这一古题抒发自己

---

① 可参阅：詹瑛先生《李白乐府探源》，载《李白诗论丛》，作家出版社 1957 年版；王运熙先生《略谈乐府诗的曲名本事与思想内容的关系》，载《汉魏六朝唐代文学论丛》，上海古籍出版社 1981 年版；郁贤皓先生《论李白乐府的特质》，载《李白学刊》第一辑，上海三联书店 1989 年版。

的感叹，于诗中再三嗟呼“蜀道之难，难于上青天”。“上有六龙回日之高标，下有冲波逆折之回川。黄鹤之飞尚不得过，猿猱欲度愁攀援。”对于蜀道高峰绝壁、万壑转石的险难的渲染，也是诗人对于世道艰险的体认的渲染。再如《将进酒》的乐府旧题，含有以饮酒放歌为言之意。李白据此进行联想，将及时行乐的狂饮写得激情澎湃，所谓“人生得意须尽欢，莫使金樽空对月。天生我才必有用，千金散尽还复来。烹羊宰牛且为乐，会须一饮三百杯。”全诗具有大河奔流的气势和力量，不仅把原曲的主题发挥到淋漓尽致、无以复加的地步，还充分展示出诗人狂放自信的人格风采。

李白的这一类乐府诗，虽说是拟古，却处处有“我”在，呈现出无法摹拟的个性特色。如《梁甫吟》中的“我欲攀龙见明主，雷公砰訇震天鼓。帝傍投壶多玉女，三时大笑开电光，倏烁晦冥起风雨。阊阖九门不可通，以额扣关阍者怒。”又如《行路难》里的“大道如青天，我独不得出。”以第一人称的抒怀和议论表达主观感受，完全打破了传统乐府用赋体叙事的写法。诗人在选择乐府旧题抒写己怀时，常根据这个题目在古辞中的寓意和情感倾向，进行创造性的生发和联想，运用大胆的夸张和巧妙的比喻突出主观感受，以纵横恣肆的文笔形成磅礴的气势。李白将自己的浪漫气质带进乐府，从而使古题乐府获得了新的生命，把乐府诗创作推向了无与伦比的高峰。

当李白把自己的个性气质融入乐府诗的创作中后，便形成了行云流水的抒情方式，有一种奔腾回旋的动感。这种动感，见诸于字句音节时，表现为句式的参差错落和韵律的跌宕舒展，在杂言体的乐府中尤为明显。李白乐府的代表作，如《蜀道难》、《将进酒》、《梁甫吟》和《行路难》等，大都是以五、七言为主的杂言体。这种杂言体乐府，在体制和格调方面，与唐代盛行的歌行体几乎没有什么实质性的差别。李白的乐府诗创作，实已完成了从汉魏古体到唐体歌行的根本性转变。

李白歌行的创作成就比乐府高，但两者之间的界限是不容易划清的。① 一般将李白古诗中以歌、行、吟、谣等为题的纵情长歌，作为其歌行的代表作，诸如《襄阳歌》、《扶风豪士歌》、《西岳云台歌送丹丘子》、《少年行》、《古朗月行》、《江上吟》、《玉壶吟》、《梁园吟》、《梦游天姥吟留别》、《庐山谣寄卢侍御虚舟》等。在这些作品里，抒情的意味更浓，诗人以主观情感和意向为轴心展开篇章，飞腾想象，虚实相间，笔势大开大合，有时顺流直下，有时大跨度跳跃，既不讲平仄，也不求对仗，想怎么写就怎么写。从语调到气势，完全是李白式的，如《玉壶吟》："烈士击玉壶，壮心惜暮年。三杯拂剑舞秋月，忽然高咏涕泗涟。"又如《梦游天姥吟留别》："我欲因之梦吴越，一夜飞度镜湖月。湖月照我影，送我至剡溪。……且放白鹿青崖间，须行即骑访名山。安能摧眉折腰事权贵，使我不得开心颜。"

这种李白式的抒情，似暴风急雨，骤起骤落，如行云流水，一泻千里，像是从胸中直接奔涌喷吐出来。其《陪侍御叔华登楼歌》云：

> 弃我去者，昨日之日不可留；乱我心者，今日之日多烦忧。长风万里送秋雁，对此可以酣高楼。蓬莱文章建安骨，中间小谢又清发。俱怀逸兴壮思飞，欲上青天揽明月。抽刀断水水更流，举杯消愁愁更愁。人生在世不称意，明朝散发弄扁舟。

---

① 如胡应麟《诗薮·内编》说："七言古诗，概曰歌行。"又说"唐人李、杜、高、岑，名为乐府，实则歌行。"这实际上是未加区别了。但若把不用乐府旧题的七言古诗称为歌行，将采用乐题的一律算作乐府，则又与唐人的创作实际不堪相符。关于这个问题的讨论，至今学术界还无定说。参见罗宗强、郝世峰先生主编《隋唐五代文学史》上册，高等教育出版社 1990 年版。

此诗作于李白二入长安、被以“赐金放还”的名义废逐之后，高傲自负而不为世所容，一种难以抑制的悲愤之情如火山爆发。强烈的不平和愤懑并未减弱其不可一世的自命不凡，反而是“抽刀断水水更流”，悲感之极而以豪逸出之，更加慷慨激昂。诗人竟能将失意的哀感，也表现得如此淋漓酣恣，如此气势凌厉，悲中见豪，令人心醉神迷，又感到振奋。这是其超于常人的不可及之处。

李白的歌行，完全打破诗歌创作的一切固有格式，空无依傍，笔法多变，达到了任随性情之所之而变幻莫测、摇曳多姿的神奇境界。不仅感情一气直下，而且还以句式的长短变化和音节的错落，来显示其回旋振荡的节奏旋律，造成诗的气势，突出诗的力度，呈现出豪迈飘逸的诗歌风貌。李白独特的艺术个性，及其非凡的气魄和生命激情，在他的歌行中全都飞扬跋扈地展露出来，充分体现了盛唐诗歌气来、情来而蓬勃向上的时代精神，具有壮大奇伟的阳刚之美。唐文宗曾下诏：“以（李）白歌诗，裴旻剑舞、张旭草书为三绝”（《新唐书·李白传》）。因这三者都是盛唐艺术追求浪漫个性的典型代表。

自然清新的爽朗风神

除大气磅礴、豪放飘逸外，李白的性格还有天真爽朗的一面，这主要体现在他那些随口而发、自然明快、颇多神来之笔的近体绝句里。

由于李白主要以乐府与歌行一类的古体诗震动诗坛，人们遂以为他于近体并不擅长，这是不确切的。因少年李白在蜀中所作的都是格律诗，表明他学做诗也是从近体开始，先从格律入，语句对偶工整。[①] 然后再加以突破，或以律入乐府，或以古诗体势入律，灵活运用，不拘一格。其《塞下曲》里的“五月天山雪，无花只有寒”等，虽用乐府旧题，实为李白五言律的成功之作。但就艺术表现力而言，李白的五绝写得更具特色，往往有一种明快的格调，能以明白晓畅的语言，表现出无尽的情思韵味。如《独坐敬亭山》：

众鸟高飞尽，孤云独去闲。相看两不厌，只有敬亭山。

这是一首写片刻超然意趣的绝句佳作。一人独坐时的寂寞心情与寂静的山景忽然冥会，感受到与自然相亲近的温暖，人与山刹那间灵性相通，浑然一体了。诗人将这种心领神会的感受信口说出，仿佛毫不费力，但在相看两不厌的人与山的冥会中，似有未曾说出且不必说出的无限情思在其中。再如《劳劳亭》：

天下伤心处，劳劳送客亭。春风知别苦，不遣柳条青。

通过春风有情来写离别之苦，说春风吹过而柳色未青，似乎是有意不让人折柳枝送别。话语极为明白易晓，景物很简单，情思也只是灵心一闪的感悟，蕴含却委曲深长。

绝句体制短小，适于写一地景色、一时情调，可它离首即尾，易流于浅露，所以贵在简练含蓄；但若刻意锤炼，又易流于斧凿，故以自然天成为上。要求在极短的篇幅内，表达出尽可能多的情思意蕴。李白的五绝，能以简洁明快的语言，表达出无尽的情思，随口说出而趣味丛生，既自然，又含蓄，真实简练而蕴涵丰富。这是绝句的最高境界。

李白的绝句境界清新，而内蕴飘逸潇洒的风神。他爽朗的性格、自由自适的气质，反映到他的绝句里，就形成清新俊逸的情思

---

① 见刘开扬先生《李白在蜀中的生活和诗歌创作》，载《唐诗论文集续集》，上海古籍出版社 1987 年版。

韵味。如《陪族叔刑部侍郎晔及中书贾舍人至游洞庭五首》其二：

南湖秋水夜无烟，耐可乘流直上天。且就洞庭赊月色，将船买酒白云边。

把一个水、月、白云连成一体的琉璃世界，和在这个世界里产生的奇妙想象，写得那样明净秀美，如入神仙境界。其五：

帝子潇湘去不还，空馀秋草洞庭间。淡扫明湖开玉镜。丹青画出是君山。

美的湖，美的传说，空灵、明净；如画的境界，表现出一种超脱于尘世之外的皎洁明净的心境。

李白的七绝，以山水诗和送别诗为多，也写得最出色。他有一种与天地自然融为一体的气质，以其天真纯朴的童心与山水冥合，触发出新奇灵感，无论写景言情，都具有一气流贯的俊逸风神和爽朗情韵。如：

日照香炉生紫烟，遥看瀑布挂前川；飞流直下三千尺，疑是银河落九天。（《望庐山瀑布》）

天门中断楚江开，碧水东流至此回；两岸青山相对出，孤帆一片日边来。（《望天门山》）

朝辞白帝彩云间，千里江陵一日还。两岸猿声啼不住，轻舟已过万重山。（《早发白帝城》）

故人西辞黄鹤楼，烟花三月下扬州。孤帆远影碧空尽，惟见长江天际流。（《黄鹤楼送孟浩然之广陵》）

问余何事栖碧山，笑而不答心自闲。桃花流水杳然去，别有天地非人间。（《山中问答》）

类似的七绝佳作，在李白诗中不胜枚举。这些作品，多写诗人在大自然怀抱和日常生活中获得的审美感悟及片刻情思，属兴到神会、一挥而就的自然天成之作。那一时的感悟，那隽永的馀味，所表现的是自然的美和普通的人性、人情，平易真切，极富生活情趣，反映出李白的纯真童心，别有一种“清水出芙蓉，天然去雕饰”的美。

李白的绝句，特别是七言绝，带有以古入律、自由发挥的特点，融入了乐府歌行开合随意而以气贯穿的表现手法。许学夷《诗源辩体》说：“太白七言绝句，多一气贯成者，最得歌行之体”。

李白绝句受乐府民歌的影响极为明显，在他一百五十九首绝句（五绝七十九首，七绝八十首）里，拟乐府民歌的作品约四十五首，占了近三分之一。[①] 其中颇多脍炙人口之作。如《静夜思》的“床前明月光，疑是地上霜。举头望明月，低头思故乡。”一时感悟，明快说出，道出了浓郁的思乡之情中最动人的那一点，遂引起千载之下人们的普遍共鸣。再如《秋浦歌》其十五：“白发三千丈，缘愁似个长。不知明镜里，何处得秋霜。”虽然夸张，却十分自然真切，兴到语绝，令人叹服。此外，象《玉阶怨》、《越女词五首》、《巴女词》、《襄阳曲四首》、《横江词六首》等，也都是李白拟乐府作品里的绝句佳作，多具有清新纯朴的民间气息和活泼生动的民歌情调。如《越女词五首》其三：“耶溪采莲女，见客棹歌回。笑入荷花去，佯羞不出来。”象这种类于民歌出口成章、纯赖兴会或灵感的天然句式，在李白的五、七言绝句中是最多的。就作品的自然天成和清新明快而言，李白绝句的成就无人可比。

绝句是李白感情世界的瞬间呈现，其开朗的性格、率真的情感，以及洒脱的气质，全都灵光一闪地反映了出来，脱口即成绝唱，代表了唐人绝句的最高水平。在盛唐诗人中，王维、孟浩然长于五绝，王昌龄七绝写得好，兼长五绝与七绝而并至极境的，只有李白一人。胡应麟《诗薮．内编》说：“太白五、七言绝，字字神

---

① 此据清人王琦《李太白全集》注本的分类加以统计。

境，篇篇神物。”

丰富多采的艺术个性

在盛唐诗人中，李白是艺术个性最为鲜明的一位，体现在他诗歌创作的各个方面。

李白的诗歌创作带有强烈的主观色彩，主要表现为侧重抒写豪迈气概和激昂情怀，很少对客观物象和具体事件做细致的描述。李白作诗，常以奔放的气势贯穿，讲究纵横驰骋，一气呵成，具有以气夺人的特点。如《上李邕》：“大鹏一日同风起，抟摇直上九万里，假令风歇时下来，犹能簸却沧溟水。”以大鹏自喻，可已非庄子式的逍遥以自适，而是要引起震动惊怪，足见其气势不凡。在这不凡的浩大气势里，体现出傲世独立的气概和人格力量，李白诗之所以惊动千古者在此。如他在《江上吟》诗中所说：“兴酣落笔摇五岳，诗成笑傲凌沧洲。”

由于气势浩大，李白诗的主观抒情也就很不一般，往往是喷发式的，一旦感情兴发，就毫无节制地奔涌而出，宛若天际的狂飚和喷溢的火山。如《行路难》其一：“金樽清酒斗十千，玉盘珍羞直万钱。停杯投箸不能食，拔剑四顾心茫然。欲渡黄河冰塞川，将登太行雪满山。闲来垂钓碧溪上，忽复乘舟梦日边。行路难，行路难，多歧路，今安在！长风破浪会有时，直挂云帆济沧海。”抒写志士失意的悲愤，大气磅礴而慷慨激昂。用抑扬顿挫的语调和节奏变换，追摹情绪冲动时情感喷发奔涌的起伏跌荡，让人直接感受到心灵的震撼，在惊异之中产生悲壮崇高的美感。这种情感表达方式，完全是李白式的。

李白诗歌的想象也很有特色，发想无端而变幻莫测，带有狂想性质。如云：“北溟有巨鱼，身长数千里，仰喷三山雪，横吞百川水。”（《古风》其三十三）巨鱼之典，出自《庄子．逍遥游》，但说它喷气成雪、横吞百川之水，则全属劈空而来的天仙之语了。李白诗的想象，既有庄子式的汪洋恣肆，又有楚辞的浪漫神奇，还带有一种随意生发的狂放精神。如同是想象黄河之水天上来，其《西岳云台歌送丹丘子》说：“西岳峥嵘何壮哉！黄河如丝天际来，……巨灵咆哮擘两山，洪波喷流射东海。”已够恣肆的了。可《赠裴十四》所说的更为奇特：“黄河落天走东海，万里写入胸怀间。”设想黄河泻入胸怀，远远超出一般人的想象，真是匪夷所思。

在李白诗的狂想中，充满了大胆的夸张比喻，以及跳跃性的意象连接。如：“我寄愁心与明月，随风直到夜郎西。”（《闻王昌龄左迁龙标遥有此寄》）。“燕山雪花大如席，片片吹落轩辕台”（《北风行》）。“白发三千丈，缘愁似个长”（《秋浦歌》）。都是合于情而悖于事理的夸大之辞，纯系主观情思流动的象喻。其想象常随情思的流动而变化万端。如在《梦游天姥吟留别》里，忽而“半壁见海日，空中闻天鸡”；忽而“千岩万转路不定，迷花倚石忽已暝”，一个想象与紧接着的另一个想象之间，跳跃极大，意象的衔接组合也是大跨度的，奇离惝恍，纵横变幻，极尽才思敏捷之所能。

与作诗的气魄宏大和想象力丰富相关联，李白诗中颇多吞吐山河、包孕日月的壮美意象。李白对体积巨大的壮观事物似乎尤为倾心，大鹏、巨鱼、长鲸，以及大江、大河、沧海、雪山等，都是他喜欢吟咏的对象，将它们置于异常广阔的空间背景下加以描绘，构成雄奇壮伟的诗歌意象。如《庐山谣寄卢侍御虚舟》中的“登高壮观天地间，大江茫茫去不还。黄云万里动风色，白波九道流雪山。”雄奇壮美的意象组合，给人以一种崇高感。又如《渡荆门送别》：“山随平野尽，江入大荒流。月下飞天镜，云生结海楼。”意象亦极为阔大壮观。

李白诗里亦不乏清新明丽的优美意象。如“人行明镜中，鸟度屏风里”(《清溪行》)。“渌水净素月，月明白鹭飞”(《秋浦歌》十三)。“竹色溪下绿，荷花镜里香”(《别储邕之剡中》)。“玉阶生白露，夜久侵罗袜。却下水精帘，玲珑望秋月”(《玉阶怨》)。这此由清溪、明月、白鹭、竹色、白露等明净景物构成的清丽意象，极大地丰富了李白诗歌的艺术蕴含。李白诗的意象，有壮美与优美两种类型。

李白在《望终南山寄紫阁隐者》一诗中说：“有时白云起，天际自舒卷。心中与之然，托兴每不浅。”他对白色的透明体，有一种本能的喜欢，最感亲切的东西是月亮，其《月下独酌》云：“举杯邀明月，对影成三人。月既不解饮，影徒随我身。暂伴月将影，行乐须及春。我歌月徘徊，我舞影零乱。”他的两个儿子，一个唤做“明月奴”，一个叫做“颇黎”(即玻璃)，似也说明了他对透明而具有光辉的事物的偏爱。在李白诗里，用得最多的色彩字是“白”，其次是金、青、黄、绿、紫等。①他天性开朗，喜欢明丽的色调，不喜欢灰暗色。李白诗歌的语言风格，具有清新明快的特点，明丽爽朗是其词语的基本色调。他那些脱口而出、不加雕饰的诗，常呈现出透明纯净而又绚丽夺目的光彩，反映出其不肯苟同于世俗的皎洁人格。

诗仙的地位与影响

李白是时代的骄子，一出现就震惊了诗坛。他气挟风雷的诗歌创作，及其天才大手笔，当时就征服了众多的读者，朝野上下，许为奇才，享有崇高的声誉和地位。如益州长史苏颋说：“此子天才

---

① 在李白诗中，这些字的出现频率为：“白”463次，“金”333次，“青”291次，“黄”183次，“绿”128次，“紫”128次。参见中岛敏夫先生《对李白诗中色彩字使用的若干考察》，载《中日李白研究论文集》，中国展望出版社1986年版。

英丽，下笔不休。”安陆郡马都督对李京说：“诸人之文，犹山无烟霞，春无草树。李白之文，清雄奔放，名章俊语，络绎间起，光明洞彻，句句动人。”（均见于李白《上安州裴长史书》）李白对此亦极为自负，他在《代寿山答孟少府移文书》中说：“近者逸人李白自峨眉而来，尔其天为容，道为貌，不屈己，不干人，巢、由以来，一人而已。”

如果说，以上意见因出自李白的转述和自述，难免大言欺人之嫌的话；那么，“诗圣”杜甫对李白的推崇，则是完全可以说明问题的了。天宝三年（744），杜甫在赴长安的途中结识李白，竟改变自己的路线，随之东下；别后又终生念念不忘，写了许多有关李白的诗。他在《春日忆李白》中说：“白也诗无敌，飘然思不群。清新庾开府，俊逸鲍参军。”由衷地赞美李白诗歌创作的“飘然思不群”，认为他的诗具有“清新”、“俊逸”的风格特点，天下无人可比。杜甫在《寄李十二白二十韵》里又说：“昔年有狂客，号尔谪仙人。笔落惊风雨，诗成泣鬼神。声名从此大，汩没一朝伸。文采承殊渥，流传必绝伦。”指出李白诗歌有盖世绝伦的神奇艺术感染力，其诗仙的巨大声名将流传后世。

杜甫对李白诗歌艺术和历史地位的准确评价，是建立在对李白狂傲的个性人格有深入了解的基础之上的。他在《饮中八仙歌》中说：“李白斗酒诗百篇，长安市上酒家眠。天子呼来不上船，自称臣是酒中仙。”当李白沉浸在笑傲王侯、蔑视世俗礼仪的狂饮放歌之中，而且一再碰壁也未能醒悟时；杜甫对这种狂放不羁的独立人格之不能见容于世，已有清楚的认识。他在《赠李白》诗中说：“痛饮狂歌空度日，飞扬跋扈为谁雄？”其《不见》诗云：“不见李生久，佯狂真可哀。世人皆欲杀，吾意独怜才。敏捷诗千首，飘零酒一杯。”不胜感慨之至。

若论当时所获得的声名，杜甫远在李白之下；但就对后世的影响而言，似乎李白不如杜甫。自宋以后，人们对“诗圣”杜甫多持崇拜之情，研究杜诗的人很多，有千家注杜之说。而对于李白的评价，却时有批评贬抑之辞，注李诗者，传世的仅杨齐贤和萧士赟的《分类补注李太白诗》、胡震亨的《李诗通》、王琦的《李太白全集辑注》等少数几家。这里面的社会历史原因很复杂，但有一点几成共识，即杜甫诗以学力胜，有法可寻，是可学的；而李白的诗以天分胜，其天才纵逸和兴会标举处，非学可至。换言之，李白的诗歌创作如天马行空，其“斗酒诗百篇”纯属天才的表现，具有不可重复性。正如盛唐气象在封建社会后期再未出现过一样，诗仙李白在中国古代也只有一个，可望而不可即，难以为继。

李白对后世的巨大影响是不容忽视的，这主要指其诗歌作品中反映出来的人格力量和个性魅力而言。他那“天生我才必有用”的非凡自信，那“安能摧眉折腰事权贵”的独立人格，以及他吟咏的“床前明月光”等，激动过无数代读者的心。尤其是在中国古代封建社会那种个体人格意识受到正统思想压抑的文化传统中，李白狂放而纯真的个性风采，“天子呼来不上船”的离经叛道之举，确乎能使许多人产生“虽不能至，心向往之”的景仰之情。在阅读李白作品的过程中，可体验到自由痛快、飘飘欲仙的滋味，获得美的享受，得到某种程度的心理补偿。李白是不朽的，如韩愈在《调张藉》中所说：“李、杜文章在，光焰万丈长”。

（原载《文学语言学论集》，南开大学出版社 1999 年出版）

尚“气”、明“志”和凝于“神”

——论韩、柳“古文”理论的实践品格

在中国古代的诗文创作中，诗歌重“意境”，散文则尚“文气”。尽管“文以气为主”之说早已流行，但文气在散文创作中所起的决定性作用，至韩、柳等古文家出始大明于天下，尤以韩愈“气盛言宜”的文气说具纲领意义。韩愈是名为“古文”的各种成体之文的创造者，能将诗赋之情趣风神纳于短篇应用散文之中；而柳宗元则是不可或缺的开拓者，在文气辨析和纯文学散文的创作等方面有独特的贡献。柳宗元“凡为文以神志为主”的主张，较韩愈的“气盛”说更进了一层，因“志”为气之帅，“神”为气之精，二者在著述兼比兴的短篇散文创作中起着重要的决定作用。柳宗元运用比喻和寓言所写的大量书愤明志的杂文，以及他那些“悠然而虚者与神谋”的山水游记，也较韩文更具纯文学的性质而饶有神韵荡漾的诗意。

一

尚“气”的思想古已有之，但气有自然“元气”与人生“血

气”之别，“文气”说的气与人生的血气相关。血气指人身上的血脉气息，是一种与人之个性情感相关的生命现象。孔子曰：“君子有三戒：少之时，血气未定，戒之在色；及其壮也，血气方刚，戒之在斗；及其老也，血气既衰，戒之在得。”（《论语·季氏篇》）[①]血气的盛衰反映生命力的强弱，而与人之性情相关，故以表情为本质特征的文学创作的气多指血气而言。曹丕《典论·论文》说：“文以气为主，气之清浊有体，不可力强而致。譬诸音乐，曲度虽均，节奏同检，至于引气不齐，巧拙有素，虽有父兄，不能以移子弟。”[②] 认为文章的体貌风格是由反映作者生命个性的气所决定的，并用音乐作譬喻说明作者气质与文体风貌的关系。刘勰《文心雕龙·体性篇》也说：“若夫八体屡迁，功以学成，才力居中，肇自血气；气以实志，志以定言，吐纳英华，莫非情性。”[③] 以刚柔言气质，并认为情与气偕，作者的才力、血气皆为情性的表现。

气是活动的生命力，能赋予文章生气，文气贯穿是善于作文的标志。韩愈继承前人论文尚气的思想，进一步倡言为文“养气”的重要。孟子曾有知言养气之说，主张通过“集义”的功夫，使人问心无愧，就能变换气质，养成至大至刚的浩然之气，具备判断各种言说是非得失的智慧。这种养气说对韩愈的影响极大，其《答李翊书》云：“将蕲至于古之立言者邪？则无望其速成，无诱于势利，养其根而俟其实，加其膏而希其光。根之茂者其实遂，膏之沃者其光晔；仁义之人，其言蔼如也。”[④] 认为立言者要以道德人格的涵养与学识的积累为根本，做仁义之人。因仅凭一时“血气”冲动写不出好文章，为文还须与博学相结合的修养工夫，要培养良知良能

---

① 刘宝楠：《论语正义》，《诸子集成》一，中华书局 1954 年版，第 359 页。
② 郭绍虞：《中国历代文论选》，上海古籍出版社 1979 年版，第 158～159 页。
③ 范文澜：《文心雕龙注》，人民文学出版社 1958 年版，第 506 页。
④ 马其昶：《韩昌黎文集校注》，上海古籍出版社 1987 年版，第 169 页。

和具备丰富学识，以学养变化气质，才能达到气与才相融而盛大充盈的精神状态，养成类于孟子所讲的那种充塞于天地的浩然之气。如此则品格高尚而才气横溢，学养深厚而精力充沛，理直气壮，心手相应，此乃立言的最佳状态。

以“气”论文与孟子讲的“养气”本无关联，前者着眼于文体的个性特征和艺术性，后者是配道与义的品格修养；但韩愈将两者结合起来讲气盛，追求行文的浩乎沛然之气势与人格美的统一。他在《答尉迟生书》中说：“夫所谓文者，必有诸其中，是故君子慎其实；实之美恶，其发也不掩：本深而末茂，形大而声宏，行峻而言厉，心醇而气和；昭晰者无疑，优游者有馀；体不备不可以为成人，辞不足不可以为成文。”[①] 强调文、人合一。文品由人品所决定，只有加强道德修养，方能显示文章的风格之美，或浑浩流转，或从容不迫，无不气盛情深。因气须与才融合方具有表现力，故积学以富才是气盛的必要条件。韩愈《进学解》说：“先生口绝吟于六艺之文，手不停披于百家之编；记事者必提其要，纂言者必钩其玄；贪多务得，细大不捐，焚膏油以继晷，恒兀兀以穷年：……先生之于文，可谓闳其中而肆其外矣。”[②] 其进学同时兼顾求道与习文两个方面。如果说孟子的“养气”只是讲仁义的道德修养工夫，那么韩愈讲“气盛”则是要把以学养变化气质落实在为文上。气经由学养与才相融而成为“才气”后，方能贯注于语言文字中，形成浩乎沛然的文章气势。

言气之何以盛，涉及作者个人的气禀和气质修养，属文学理论问题；而从气盛到言宜，主要是一个创作实践过程。韩愈《答李翊书》说：“气，水也；言；浮物也。水大而物之浮者大小毕浮，气

① 《韩昌黎文集校注》，第145页。

② 《韩昌黎文集校注》，第45~46页。

之与言犹是也，气盛则言之短长与声之高下者皆宜。”① 以水浮物为喻，说明“气盛”与“言宜”的关系。他所讲的“言宜”，落实在古文创作上有两点非常关键：一是由言之短长所构成的行文气势和节奏，二是由声之高下所组成的自然语调和文章气韵。如何在文章的构思和表达中营造气势属于语言艺术，是一种把握写作技巧的才能，需要广泛持久的学习积累和作文练习才能奏效。

文气是无形而可感的，凝集着代表作者生命律动的强烈的情感，以及反映作者品行的深厚学养，如贯注于字里行间，则能发挥具汉语特色的抒情形式之美。韩愈之提倡“古文”，是为了矫正骈体文的浮靡卑弱，创造丰约适度而挺拔流动的新文体，所以文气问题受到了特别的重视，要在创作实践中掌握行文的气势和节奏。骈文家讲究辞藻、骈偶和声律，尽力发挥构成汉语文字之美的因素以求有文采，以至藻饰的文句过多，并形成较为固定的四六对称的骈偶句式，瘠义肥辞，使文气不畅而负声无力。韩愈革新文体的目标之一，便是用长短不齐的奇句打破偶句的整齐划一，以散代骈，追求文气的磅礴而出和流动变化，以气盛为美。如其《送董邵南序》说：“燕赵古称多感慨悲歌之士。董生举进士，连不得志于有司，怀抱利器，郁郁适兹土，吾知其必有合也。董生勉乎哉！夫以子之不遇时，苟慕义强仁者皆爱惜焉，矧燕赵之士出乎其性者哉？”② 这是一篇充满感慨和兴寄的短文，因骈体的固定句式难以自由抒发郁积的情气，所以有意把句式写得参差不齐而富于变化，文气亦因语句多变而显著，产生活动的美感。

韩愈文章的气势多由长短错综的单行奇句来表现，以字句的流动变化顺应气盛状态时的情感变化，故每句都在变化，并在变化中

---

① 《韩昌黎文集校注》，第 170 页。

② 《韩昌黎文集校注》，第 247 页。

形成生气贯注的节奏。如《张中丞传后叙》记安史之乱中张巡等人死守睢阳的事迹，其中一段叙写张巡部将南霁云向贺兰求援时的义勇刚烈：“霁云慨慷语曰：‘云来时，睢阳之人不食月馀日矣！云虽欲独食，义不忍；虽食，且不下咽。’因拔所佩刀，断一指，血淋漓，以示贺兰。一座大惊，皆感激为云泣下。”① 内容相同的记述，又见于《旧唐书·张巡传》：“霁云泣告之曰：‘本州强寇凌逼，重围半年，食尽兵穷，计无从出。……霁云既不能达主将之意，请啮一指，留于大夫，示之以信，归报本州。’”② 后者的文字受骈体的影响较深，多工整的四言句式，不免负声无力的缺陷，难以体现人物大义凛然的气概；而韩愈的文章句式随语气的变化而长短不齐，语言简练明快，笔端带有感情，气势和力度非同寻常。如果说以整齐的四字句和六字句为主的骈体偶句多给人以凝重之感，可表现气之平和的话；那么韩愈古文的单行奇句则更能反映不平之气的起伏，于节奏紧迫的自由流动和富于变化中呈现浩然气势。

除了用参差错落的句式增加文章气势外，韩愈还用以单行之气运排偶之句的骈散相间的方式，构成变化多端而又铿锵有力的文章节奏，使文气既贯穿又舒展。运用排偶构成意义相关而声律协调的行文节奏，是骈文写作中可资借鉴的艺术经验，韩愈在以散代骈、革新文体的同时，也于文章中合理运用了大量排偶。如《柳子厚墓志铭》：“呜呼！士穷乃见节义。今夫平居里巷相慕悦，酒食游戏相征逐，诩诩强笑语以相取下，握手出肺肝相示，指天日涕泣，誓死不相背负，真若可信；一旦临小利害，仅如毛发比，反眼若不相识，落陷阱不一引手救，反挤之又下石焉者，皆是也。”③ 先以感叹奇句激扬文字，又于由“今夫”领起的长句里杂以骈俪句法，使

① 《韩昌黎文集校注》，第76页。
② 刘昫等《旧唐书》，中华书局1975年版，第4901页。
③ 《韩昌黎文集校注》，第513页。

激昂的气势得以顿蓄，并用顿数相同和相似的句式重复形成节奏。就整个长句而言，是以单行之气贯穿，但全句中有排偶成分，用来协调文章节奏，文气便有了起伏顿挫。散文的文气要落实于由言之短长组成的句式及行文节奏上方易把握。

二

古文创作的尚“气”，不仅体现于文体和句式等表现形式上的诸多变化，也使散文除通常的叙事、言理之外，能将纯文学诗赋的情趣风神纳于短篇成体之文中，具有浓郁的抒情意味，形成不平则鸣的自然声调。由“气盛”的起伏顿挫，到“不平则鸣”的声之高下，存在着相得益彰的内在联系，那就是情与气偕，情浓则气盛，若胸中郁积不平之气，善鸣者就能够一鸣惊人。

倡言“气盛言宜”说的第二年，韩愈在《送孟东野序》中说：“大凡物不得其平则鸣：草木之无声，风挠之鸣；水之无声，风荡之鸣。”所以说：“人之于言也亦然：有不得已者而后言，其诗也有思，其哭也有怀，心出乎口而为声音，其皆有弗平者乎！”① 一切声音言辞的产生原因，从自然界的风声到人的语言，都可以归结为“不得其平”。在文学创作上，“不平”指内心的不平静而言，无论什么样的感情都可以使人失去平静，产生不平之气，最常见的是对比鲜明而大起大落的两极：欢心鼓舞和哀怨不满。因此韩愈将从古至今“不平之鸣”的著作概分为“鸣国家之盛”与“自鸣其不幸”的两种类型，既有功成名就者的欢愉之辞，也有时运不济者的穷苦之言，如以儒家传统的文艺观言之，则不出颂美与怨刺二端。在韩愈看来，处盛世而以颂圣述德的方式讴歌国家的盛明固然是明道，

① 《韩昌黎文集校注》，第233页。

未得位的思愁之士亦可修辞以明其道，二者之间本无高下之别，究竟如何？取决于国家的盛衰和个人的际遇，乃命运使之然。但由于人对于痛苦的感受远较欢愉来得深刻和丰富，人之生气多出于“意有所郁结”的穷愁潦倒，所以他在《荆潭唱和诗序》中说：“夫和平之音淡薄，而愁思之声要妙；欢愉之辞难工，而穷苦之言易好也。是故文章之作，恒发于羁旅草旅；至若王公贵人气满志得，非性能而好之，则不暇以为。”① 从文穷而工的事实出发，指出身处逆境之人易写出好文章，而达官贵人多无佳作，充分肯定了自鸣其不幸的穷苦怨刺之作的艺术价值，以为远胜于歌功颂德而情味淡薄的作品。

如此说来，“不平则鸣”的“不平”虽也包含喜悦欢愉之情，但更偏重于指怨愤不满的感情抒发。韩愈古文里的杂著、记序、碑、志、祭文等，多是为同道和自己不得其位而鸣不平的作品，含有非常生气而怨愤愁恨的感情色彩。如《送李愿归盘谷序》：“穷居而野处，升高而望远，坐茂树以终日，濯清泉以自洁。……大丈夫不遇于时者之所为也，我则行之。伺候于公卿之门，奔走于形势之途，足将进而趦趄，口将言而嗫嚅，处秽污而不羞，触刑辟而诛戮，侥幸于万一，老死而后止，其于为人贤不肖何如也?”② 以诗之唱叹情韵化入序文中，又穿插议论，遂形成融抒情、记事和议论为一的成体之文。其《进学解》、《师说》、《杂说》、《医穷文》、《毛颖传》、《送孟东野序》等，也都是感激怨怼的刺世之作，笔端带有感情。韩愈将诗赋缘情写怀的方式融入短篇散文中，使叙事、论理的应用散文兼备文学的抒情笔法，具有以诗为文的特点。这种“古文”既不同于讲究辞藻、声律和对偶的骈体文，也与叙事性和论理

① 《韩昌黎文集校注》，第262~263页。

② 《韩昌黎文集校注》，第224页。

性占优势的秦汉著述散文有区别，它具有取材广泛，长短自如，表现形式多样的特点，能充分地表现作者的学识、气度和内心感情。

同样是抒写不平之气，也有善鸣与不善鸣的区别。韩愈说："维天之于时也亦然，择其善鸣者而假之鸣；是故以鸟鸣春，以雷鸣夏，以虫鸣秋，以风鸣冬，四时之相推夺，其必有不得其平者乎！其于人也亦然：人声之精者为言，文辞之于言，又其精也，尤择其善鸣者而假之鸣。"① 善鸣者乃道、技两进者。其《送高闲上人序》说："往时张旭善草书，不治他伎，喜怒窘穷，忧悲愉佚，怨恨思慕，酣醉无聊不平，有动于心，必于草书焉发之。观于物，见山水崖谷，鸟兽虫鱼，草木之花实，日有列星，风雨水火，雷霆霹雳，歌舞战斗，天地事物之变，可喜可愕，一寓于书：故旭之书，变动犹鬼神，不可端倪。"② 以为张旭草书技艺的高超，乃中得心源和外师造化的结果，只有技进乎道，才能情积于中而气发于外，做到情深而文明——可喜可愕寓于书，气盛而化神——变化不测而不可端倪。为文亦如此。

中国古代散文本来就有一种以文气寄寓感情的倾向，即便是单纯的议论文，只要有文气贯穿，亦不失为第一流的文字，故没有形象而有文气也是有感染力的好作品。韩愈在将秦汉散体文的著述体裁变为类于诗赋之篇什体裁的短篇散文时，将古文的这种特点发扬光大，以气盛体现学养和情感，让生命的节奏和感情的抑扬展现于短小篇幅之中，出入有度而神气自流，语言精炼，文辞优美，具有很强的艺术性。

在古文创作中，文章的情感气势与声调是相通的，生命的节奏可直接由语气的轻重来反映。在传情达意方面，古文的声调与骈文

---

① 《韩昌黎文集校注》，第 233 页。

② 《韩昌黎文集校注》，第 270 页。

的声律具相同的性质，不同处在于骈文家利用文字的特点完成人为的音律，而古文家则是借自由流转的语气显自然声调之长。这是一种接近自然的语言声调，故表达语气作用的虚词的灵活运用尤显重要，在韩愈古文里，之、乎、者、也、呜呼等与情感表达关系密切的虚词的运用是很讲究的。如《杂说》其四："马之千里者，一食或尽粟一石；食马者，不知其能千里而食也；是马也，虽有千里之能，食不饱，力不足，才美不外见，且欲与常马等，不可得，安求其能千里也！"① 痛愤当权者无知人善任之明和养士之心，由语助虚词所传达的语气及语调轻重，形成了抑扬顿挫的声调，其中蕴含流动鼓荡的不平之气，具有感人的力量。

虚词在骈文里多具一般语言的语法意义，而在韩愈开创的"古文"中，其特殊的表达语气的作用得到了充分的发挥，成为文章中表达感情声调的手段，更能体现"气盛"的奇妙。韩愈古文特异于骈文的地方，除了用实词造句形成的言之短长外，还有因擅长用虚词斡旋，由语气的轻重缓急或语调的抑扬顿挫所形成的声之高下。由声之高下言文气，较奇句单行的言之短长，更能见出古文在表达情感时气势的起伏跌荡。

三

继韩愈因尚气而在古文创作中纳入诗赋的风神情韵之后，柳宗元将"诗言志"与"文以明道"合而论之，欲合经史著述的辞令褒贬与诗赋的导扬讽谕为一体。他认为作者的志气在文章写作中起着决定性的作用，主张志为本而气从之，要以志帅气。

柳宗元一生以志于道自命，他在《送薛判官量移序》中说：

---

① 《韩昌黎文集校注》，第35页。

“君子学以植其志，信与笃其道，有异于恒者，充而大之。苟推是以往，虽欲辞显难矣。”①人贵有志，立大志才能信道笃。其《答吴武陵论非国语书》说：“仆之为文久矣，然心少之，不务也，以为是将博弈之雄耳。故在长安时，不以是取名誉，意欲施之事实，以辅时及物为道。”② 认为文学是将“辅时及物”之志立言以垂后的事业，但对其社会作用不宜作狭隘的理解，文学除了褒贬讽谕的社会政治功用外，还是为文者主观情志的表现，所以应当是“理备”与“意美”的结合。柳宗元《杨评事文集后序》说：“文有二道：辞令褒贬，本乎著述者也；导扬讽谕，本乎比兴者也。著述者流，盖出于《书》之谟、训，《易》之象、系，《春秋》之笔削，其要在于高壮广厚，词正而理备，谓宜藏于简册也。比兴者流，盖出于虞、夏之咏歌，殷、周之风雅，其要在于丽则清越，言畅而意美，谓宜流于谣诵也。”③ 若仅就“文之用”而言，著述体的辞令褒贬与比兴体的导扬讽谕是一样的，都可起到辅时及物的作用；但就在文体风格和表现方式看，二者却有显著的区别。

本乎著述的经史文章重在即事明理，直接指陈得失，故义正词严理备；本乎比兴的诗赋重在言志抒情，用物象寄托美刺讽谕，韵调流转而言畅意美。唐以前能兼备二体之长的作者并不多。柳宗元认为唐兴以来陈子昂、张说、张九龄等人为文，已是著述与比兴皆擅长了。但是，真将诗赋言志体物的方式和兴寄讽喻融入文章中而能自成一体者，当自韩、柳始。如韩愈的《毛颖传》，通过对毛笔的拟人化的形象描写，用类于诗的比兴方式，寄寓士人始终不被信用的感慨，属蓄愤讽谕的言志之作。柳宗元《读韩愈所著<毛颖传>后题》说：“韩子穷古书，好斯文，嘉颖之能尽其意，故奋而为

---

① 《柳宗元集》，中华书局 1979 年版，第 618 页。

② 《柳宗元集》，第 824 页。

③ 《柳宗元集》，第 579 页。

之传，以发其郁积，而学者得以励，其有益于世欤！”[1] 在他看来，能即事明理而明辨是非的作品固然是明道，含有兴寄讽谕的言志述怀之作也同样有益于世道人心，故《毛颖传》并非于世无补的游戏笔墨。

尽管韩愈已有纳诗赋之情趣风神的短篇散文作品，但却是柳宗元明确提出文兼比兴与著述的创作追求，并有意识地加以实践。像《毛颖传》一类的杂传，在韩愈不过是偶尔为之；而在柳宗元的文集里，却有较多以社会下层人民为传主的传记作品，借以针砭时弊，寄寓改革社会的理想，具有借传言志、讥世刺俗的兴寄特征。如《捕蛇者说》通过捕蛇者不畏毒蛇的亲身诉说，揭露统治者的赋敛之毒远甚于蛇毒，所以“予闻而愈悲，孔子曰：‘苛政猛于虎也。’吾尝疑乎是，今以蒋氏观之，犹信。呜呼！孰知赋敛之毒有甚于是蛇者乎？故为之说，以俟夫观人风者得焉。”[2] 对苛政的不满溢于言表。尤其是他那些书愤明志的杂记和寓言作品，将诗歌用比喻和物象导扬讽谕的方式移入散文，更是托兴深微而极具讽刺性的感激怨怼之作。所谓“嘻笑之怒，甚乎裂眦，长歌之哀，过乎恸哭。”[3] 在柳宗元古文的叙事论理中，常杂有嘲谑讥刺之笔，以表现强烈的愤慨之情。

依柳宗元之意，要恢复古代的散体文，不一定要摹仿著述体的经史著作，而可兼采诗赋本乎比兴的篇什之体，所以在他的散文中言志抒情的成分加重了，心志对气的统摄作用也就显得重要起来。其《送萧炼登第后南归序》云：“君子志正而气一，诚纯而分定，未尝摽出处为二道，判屈伸于异门也。固其本，养其正，如斯而已

---

① 《柳宗元集》，第 571 页。

② 《柳宗元集》，第 248 页。

③ 《柳宗元集》，第 362 页。

矣。”① 主张以志为本而气从之，贯彻于为文之中便是以志帅气。他在《答韦中立论师道书》中说：“故吾每为文章，未尝敢以轻心掉之，惧其剽而不留也；未尝敢以怠心易之，惧其驰而不严也；未尝敢以昏气出之，惧其昧没而杂也；未尝敢以矜气作之，惧其偃蹇而骄也。抑之欲其奥，扬之欲其明，疏之欲其通，廉之欲其节，激而发之欲其清，固而存之欲其重，此吾所以羽翼夫道也。”② 突出“志正”的重要，以为写文章首先要端正心态，在主观上做到严肃认真和清醒谦虚，不能稍存轻率、怠堕之心，要除掉昏愦、骄矜之气。行文之际要尽心竭力，合理运用抑与扬、疏与廉、激而发之与固而存之等写作技巧，从而使文章有气势而条理畅达，恣肆纵横而多奇趣，既深入凝重，又清新明朗，或兴寄幽微，峻峭雅洁。

四

若进一步探讨柳宗元有关人之心志和神明的认识，可知其创作思想虽以士志于道的文以明道为首务，却包容了诸子学说和佛说，已在仁义道德的心性根源之地有了某种转换，故能超越儒家带有社会政治功利目的道德境界，入于与自然冥合而志远神悠的天人境界。这是他在山水游记的创作中取得卓越的艺术成就的一重要因素。

孟子曾说：“有天爵者，有人爵者。仁义忠信，乐善不倦，此天爵也；公卿大夫，此人爵也。古之人，修其天爵，而人爵从之。”（《孟子·告子上》）③ 以仁义忠信为“天爵”，意谓人之性善乃天生的，含有天命之谓性的意思。柳宗元虽接受性善之说，但更倾向于

① 《柳宗元集》，第602页。

② 《柳宗元集》，第873页。

③ 焦循《孟子正义》，《诸子集成》一，中华书局1954年版，第469页。

就人的自然气禀立论，其《天爵论》云：“刚健之气，钟于人也为志；得之者，运行而可大，悠久而不息，拳拳于得善，孜孜于嗜学，则志者其一端耳。纯粹之气，注于人也为明；得之者，爽达而先觉，鉴照而无隐，盹盹于独见，渊渊于默识，则明者又其一端耳。明离为天之用，恒久为天之道，举斯二者，人伦之要尽是焉。故善言天爵者，不必在道德忠信，明与志而已矣。”[①] 由气禀谈人之心志，以孟子的性善论为本，但又融合了《易传》的天道观和《庄子》的自然说。他以纯粹之气属于明，并以“鉴照”和“独见”解释明，所用的概念和思想材料全来自庄子。《庄子·天道篇》说：“水静犹明，而况精神！圣人之心静乎！天地之鉴也，万物之镜也。”[②] 以水镜喻人心的鉴照，“明”指精神的作用，要在收视返听的冥观默识，所谓“视乎冥冥，听乎无声。冥冥之中，独见晓焉；无声之中，独闻和焉。故深之又深而能物焉，神之又神而能精焉。”（《庄子·天地篇》）[③] 此种“独与天地精神往来”的独见之明，以神遇而不以目视，类于承蜩者的“用志不分，乃凝于神”（《庄子·达生篇》）[④] 可达到无名“游心于淡，合气于漠，顺物自然而无容私”（《庄子·应帝王篇》）[⑤]的天人合一境界。

柳宗元在《天爵论》中说：“庄周言天曰自然，吾取之。”[⑥] 他认为“各合乎气”的“志”与“明”方可说成是“天爵”。所谓“志”，指合于刚健中正之气的志气，于人性言是善根；所谓“明”，乃合于纯粹之精气，属于人心的精神作用，故可称为神明。人之志气和神明乃为文的基础。其《与杨京兆凭书》云：“宗元自小学为

---

① 《柳宗元集》，第 79 页。
② 郭庆藩《庄子集释》，中华书局 1961 年版，第 457 页。
③ 《庄子集释》，第 411 页。
④ 《庄子集释》，第 641 页。
⑤ 《庄子集释》，第 294 页。
⑥ 《柳宗元集》，第 80 页。

文章，中间幸联得甲乙科第，至尚书郎，专百官章奏，然未能究知为文之道。自贬官来无事，读百家书，上下驰骋，乃少得知文章利病。……凡为文，以神志为主。自遭责逐，继以大故，荒乱耗竭，又常积忧恐，神志少矣，所读书随又遗忘。一二年来，痞气尤甚，加以众疾，动作不常。眊眊然骚扰内生，霾雾填拥惨沮，虽有意穷文章，而病夺其志矣。”① 柳宗元年青时以善写骈体文著名，谪贬永州之后才大力从事“古文”创作，以为作家除须知文章利病外，保持健康的志气和精神尤为关键，如志散神疲，则无文章可言。

在散文创作中，柳宗元强调“神志”的重要，较韩愈的“气盛”说要进了一层，而这在很大程度上不得力于其“统合儒释”的思想。他在《曹溪第六祖赐谥大鉴禅师碑》中说，惠能教人“始以性善，终以性善，不假耘锄，本其静矣。”铭辞云：“达摩乾乾，传佛语心，六承其授，大鉴是临。”② 指出曹溪禅的教义是劝人为善，合于儒家孟子的性善论。他又赞赏以止观双修的中道学说为教义的天台宗，其《南岳文明寺律和尚碑》云：“儒以礼立仁义，无之则坏；佛以律持定慧，去之则丧。是故离礼于仁义者，不可与言儒；异律于定慧者，不可与言佛。”③ 佛学传入中土，以定为善念，慧指智慧，均就人之心性而言，但各派说法不同，与禅宗标榜单传心印、不立文字有别，天台宗主定慧双修、禅义兼弘。柳宗元讲志气是一种求善的本性，而明照是一种智识本能，能兼顾心之体用，与他所理解的佛之定慧异曲同工。或者说，受禅之传佛语心和天台定慧说的启发，柳宗元才会以志气言性善，以神明指心之作用，并就二者的气禀做分析说明，使文气的思想深入到了心性论的层面。

受佛道思想影响，柳宗元的诗文所言之志，不仅有辅时及物的

---

① 《柳宗元集》，第 789 ~ 790 页。

② 《柳宗元集》，第 150 ~ 151 页。

③ 《柳宗元集》，第 170 页。

用世之心，亦有志乎物外者。他在《送玄举归幽泉寺序》中说："佛之道，大而多容，凡有志乎物外而耻制于世者，则思入焉。"①持用世之心的士人，一入于仕途就难免为功名所累，或因正直而被贬失官，或爱官争能而困于名缰利锁，均要受制于人；唯存闲云野鹤之志者，往往有超尘出世之思而心量广大。如柳宗元本人"思入"佛道的《江雪》诗："千山鸟飞绝，万径人踪灭。孤舟蓑笠翁，独钓寒江雪。"鸟飞绝迹的意象，源自天台宗的重要典籍《摩诃止观》卷五，所谓"如鸟飞空，终不住空；虽不住空，迹不可寻。虽空而度，虽度而空"② 以此喻示由因缘合成的性空与假有统一的中道义。作者以心境本空与鸟飞无迹之浑然一体的意象入诗，是为了突出甘于寂寞的渔翁之志的高洁，其独立寒江的伟大静默有如禅定，以山水为观照对象而全身心地融入自然，神凝心释，忘却一切尘世的纷扰。柳宗元谪贬到永州之后，颇有这种超然物外之志，并把游观山水作为息心静虑的修养方式。其《零陵三亭记》云："夫气烦则虑乱，壅则志滞。君子必有息之物，高明之具，使之清宁平夷，恒若有馀，然后理达而事成。"③ 以为游观可除闷气、舒心志。

山水游记在柳宗元的古文创作中占有重要地位，且多具神思清旷的空灵意境，其精神与自然的冥合显得十分突出。在永州八记第一篇的《始得西山宴游记》中，柳宗元说："悠悠乎与颢气俱，而莫得其涯，洋洋乎与造物者游，而不知其所穷。引觞满酌，颓然就醉，不知日之入。苍然暮色，自远而至，至无所见，而犹不欲归。心凝形释，与万化冥合。"④ 只有这样全身心地投入自然山水中，

---

① 《柳宗元集》，第 682 页。

② 智顗《摩诃止观》，《大正新修大藏经》第四十六卷，台北佛陀教育基金会出版部 1990 年版，第 56 页。

③ 《柳宗元集》，第 737 页。

④ 《柳宗元集》，第 763 页。

才能真正体验到人与天地万物在精神上的契合。如《钴母潭西小丘记》所言："则山之高，云之浮，溪之流，鸟兽之遨游，举熙熙回巧献技，以效兹丘之下。枕席而卧，则清冷之状与目谋，营营之声与耳谋，悠然而虚者与神谋，渊然而静者与心谋。"① 用志不分，乃凝于神。再如《圣小丘西小石谭记》所写："潭中鱼可百许头，皆若空游无所依。日光下澈，影布石上，怡然不动；叔尔远逝，往来翕忽，似与游者相乐。潭西南而望，斗折蛇行，明灭可见。其岸势大牙差互，不可知其源。坐潭上，四面竹树环合，寂寥无人，凄神寒骨，悄怆幽邃。"② 无论是悠悠与颢气俱的神与物游，还是对高山流云和溪水潺潺的直观感受，以及人在虚静状态下的悠然神远，水中游鱼似与人相乐的往来出没，都体现了庄子崇尚自然的天人合一思想。柳宗元用慧眼观赏自然，善于捕捉事物最精微的情态变化和富有诗意的瞬间，以简练、空灵的笔调描写出来，其为文的神思已达到"与万化冥合"的地步，对自然美的把握妙入微茫，意境单纯、宁静、清幽，神韵荡漾。

山水游记是韩、柳古文创作里最具诗意的文学作品。这说明要将纯文学言志咏怀的风神情韵真正纳入短篇散文的文体中，须具备某种超功利的纯艺术精神，柳宗元以儒学为主而吸纳佛老庄禅的"统合儒释"做到了这一点，所以能在文学散文的创作中取得卓越的成就。当然这只是就为文而言，倘若着眼于儒家之道的发展，柳宗元于心性的层面谈人的心志和神明，并在这个问题上出入于佛老庄禅的做法，亦有助于新儒学思想内在超越之发展理路的形成。

（原载《南开学报》2003 年第 3 期）

① 《柳宗元集》，第 766 页。

② 《柳宗元集》，第 767 页。

北宋初期的文学思想

公元960年春，后周归德军节度、检校太尉赵匡胤在北上抵御契丹入寇的途中，于陈桥驿发动兵变，回师京城，推翻后周，建立了宋朝，在此后的十六年时间内，平定了西蜀和南唐。嗣后，宋太宗赵炅又平定了北方，完成了统一中国的大业。鉴于晚唐五代以来藩镇割剧、武将专权的历史教训，在建国的第二年，赵匡胤就用“杯酒释兵权”的计谋解除了武将石守信等人的兵权，在灭蜀时又说：“作相须读书人。”[①] 他给宋朝规定的基本国策是重文轻武，对内着重于防止叛乱，对外采取守势。宋太宗在南方割剧势力消灭之后，曾两次北伐，均被辽军打败，也放弃了向北拓边的努力。他对近臣说：“国家若无外忧，必有内患。外忧不过边事．皆可预防；惟奸邪无状，若为内患，深可惧也。帝王用心，常须谨此。”[②] 为了清除内患，宋初统治者采取了兵与将分、官与职分、优待士人等一系列政治措施，建立更为彻底的中央集权制度。这样做，防止将领拥兵叛变的目的是达到了，可军队也失去了战斗力，在与契丹和女真的战争中一直处于劣势，只好贡币求和。用退让妥协的方法求

① 《宋史》，中华书局1977年版，第50页。

② 《续资治通鉴长编》，上海古籍出版社1986年版，第277页。

得边境的安宁，这固然有利于社会的稳定和生产的发展，但也使宋代的国势从一开始就处于衰弱状态，远不及唐代。政治的保守，军事的无力，使得整个封建集团再也没有唐人那种追求建功立业的宏伟气魄，没有“宁为百夫长，胜作一书生”，“万里不惜死，一朝得成功”的豪迈气概。时代精神趋于向内收敛而不是向外扩张，士人心理喜于深微澄静而不是广阔飞动。因此五代的柔弱文风和芜鄙之气，在宋初的太祖、太宗、真宗三朝始终无法革除。

除了平定南方和恢复中原之外，宋初统治者在武功方面就没有什么可以称道的了，但在文治方面却做了大量的工作。重文轻武的国策，使宋代统治者把文化建设放在十分重要的位置，每年科举考试录取的人数远远超过唐代，而且还采取了殿试、糊名等手法，取消门第、乡里的限制，扩大仕途，使地主阶级知识分子的数量迅速增加。这对文化事业的繁荣无疑是有推动作用的。另外，宋初的统治者还十分重视图书的收集、编纂和整理。太祖建隆初年，三馆藏书仅一万二千余卷，十五年后增至四万五千卷，又下诏广开献书之路，使三馆藏书初具规模。太宗即位后，重建三馆，并令属下将三馆所藏书籍与唐开元四部书目比较，“据见阙者，特征搜访”。[①] 与此同时，他还下诏命文臣编纂图书，先后编成《太平御览》、《文苑英华》、《太平广记》等。这些大型类书的编纂，是一种大规模的文化整理工作，不仅保存了大量的历史文献，也为宋代文化的发展，奠定了坚实的基础。宋初文人与唐代文人相比，知识学问远为丰富，经、史、子、集无所不读。反映在创作上，有一种理性自觉，有意无意地以儒学为主包容释、道，或者口头上反对释、道，暗地融合释、道，试图在一个更高的文化层次复兴儒学，重建“道统”和“文统”。这种倾向在一批主张写作古文的作家身上表现犹为突

---

① 《宋会要集稿》，中华书局 1957 年版，第 2237 页。

出，形成了宋初文学思想发展中的一个重要方面。

五代以来，士风浇薄，文人学士急于官位利禄，往往不顾名节，传统的儒家伦理道德观念十分淡薄，表现在君臣关系上，就是不以再事新朝为耻。在宋初，这种情况依然存在，即便是一些主张恢儒学传统的作家，也表现出为了官名利禄而随风转舵，缺乏气节。这对于封建统治显然有不利的一面，因此宋初统治者在扩大仕途，增加官位以优待士人的同时，也没有忘记对那些淡于名利、洁身自好的山林隐士的推崇和表彰，而且在政治上也主张清静无为，黄老思想一度很流行。如淳化四年（993），宋太宗在一次上殿时说："清静致治，黄老之深旨也。夫万务自有为，以至于无为，无为之道，朕当行之。"[①] 当时的参知政事吕端也说："国家若行黄老之道以致升平，其效甚速。"[②] 在这种社会背景下，过去在朝代更迭之际都会出现的、反映清静无为的人生态度的隐士文学，在宋初得到了特殊的发展，不仅山林隐士们的诗作带有淡泊尘世的情调，一些身在仕途的文人创作也以清冷古朴为尚，贵意态隽永而屏除雕琢藻饰，形成一种追求平淡清远的文学思想倾向。

一、向内收敛的创作心态

五代的柔弱文风，在宋初的七十余年间始终无法根除，这与当时文人的创作心态趋于向内收敛有关。宋初一批身居高位而对文坛有直接影响的作家，在创作中要么回避社会矛盾，写身边琐事和宴饮生活，要么沉缅于个人的娱悦，互相唱和酬答，文学成了娱乐和排遣的工具。由此带来作品题材的狭窄，思想内容的单薄，艺术形

---

① 《续资治通鉴长编》卷三十四，第 291 页。
② 同上。

式和表现手法方面也缺乏创新，带有很重的摹仿痕迹。但也有作家在抒情词的写作中，着力于内心幽约细美的感情刻划，使向内收敛的创作心态找到了一种完美的艺术表现形式。

(一)

宋初向内收敛的创作心态，首先表现为一部分作家回避社会现实问题，仅从自身利益和兴趣写作诗歌。或取悦君王，粉饰太平；或吟玩性情，自我愉悦。这种思想倾向反映在创作上，便是唱和诗的盛行。

最初把唱和诗带到宋初文坛上来的，是由五代入宋的一批文人，如徐铉、杨徽之、李昉、宋白等，他们是宋初文化建设的主要力量，也是当时文风和文学思想的代表人物。宋太祖建国的建隆元年（960），徐铉已四十四岁，杨徽之四十岁，李昉三十六岁，宋白二十五岁。也就是说，他们的思想和创作早在五代时期就已成熟和定型，因此当他们进入宋朝后，自然而然地也就把五代时期文学思想的影响带到了宋初。如徐铉在仕南唐时写过不少奉和御制诗，他在《北苑侍宴诗序》中说："圣藻先飞，雷动风行，君唱臣和，故可告于太史。"① 入宋后，他又写了大量奉和御制之作，如《奉和御制打球》、《奉和御制春雨》、《奉和御制烟》等。类似的诗作，也出现在杨徽之、李昉、宋白等人笔下。如杨徽之的《禁林宴会之什》：

> 星移岁律应青阳，得奉群英集玉堂。龙凤双飞观御札，云霞五色咏天章。禁林渐觉清风暖，仙界元知白日长。诏出紫泥封去润，朝回莲烛赐来香。二篇称奖恩尤重，万国传闻道更

① 《徐文公集》卷十八，四部备要本。

光。何幸微才逢盛事，愿因史册纪余芳。①

此诗作于太宗淳化二年（991）十二月，是唱和诗盛行后之一代表作。当时杨徽之与苏易简、梁周翰，李至等文臣同观太宗手书的"玉堂之署"四字，"上闻之，赐上尊酒，大宫设盛馔，丕等各赋诗，以记其事。宰相李昉、张齐贤，参知政事贾黄中、李沆亦赋诗以贻易简，易简悉以奏御"。② 苏易简上奏的这些名臣唱和的作品，名为《禁林宴会集》，收于洪遵编的《翰苑群书》中，是现存宋人唱和诗集中结集最早的一种。在参加唱和的文臣里，杨徽之是最负诗名的一位。太平兴国初，太宗诏李昉等编《文苑英华》时，"以徽之精于风雅，分命编诗为百八十卷"。③ 但是就这首诗本身来看，带有应酬奉承的消遣性质，虽能取悦君王，却没有多少艺术价值可言。

宋初唱和诗的盛行，一方面反映了由五代入宋的一批文人为了自身仕途的需要，而将诗歌作为君臣相娱的工具，使创作流于肤浅庸俗；另一方面也是由于统治者的喜好和提倡，宋初的三个皇帝，太祖、太宗、真宗，均十分喜爱文艺。太祖平定西蜀后，曾召花间词的代表作家欧阳炯到宫中演奏长笛，此事虽因大臣直谏而作罢，但也说明太祖对西蜀词曲还是喜爱的，只是鉴于西蜀君臣耽于娱乐而亡国的教训，方才有所克制。到了太宗朝，国内的形势基本稳定，五代时期遭到破坏的生产也有一定程度的恢复，帝王的心思就转到文艺娱乐方面来了。《石林燕语》说："太宗当天下无事，留意文艺，而琴棋亦皆造极品。时从臣应制赋诗，皆用险韵，往往不能成篇，而赐两制棋势，亦多莫究所以故，不得已相率上表，乞免

① 《宋诗纪事》，上海古籍出版社 1983 年版，第 52 页。

② 《续资治通鉴长编》，第 280 页。

③ 《宋史》，第 9867 页。

和，诉不晓而已。”据《续资治通鉴长编》所载；雍熙元年（984）春，太宗“召宰相近臣赏花于后苑。上曰：‘春风暄和，万物畅茂，四方无事，朕以天下之乐为乐，宜令侍从词臣各赋诗。’赏花赋诗自此始。”① 次年春，太宗又“召宰相参知政事，枢密三司使，翰林枢密直学士，尚书省四品，两省五品以上，三馆学士，宴于后苑，赏花钓鱼，张乐赐饮，命群臣赋诗习射。自是每岁皆然”。② 到了真宗朝，君臣间的赋诗唱和就更为频繁了。天禧二年（1018），龙图阁侍制李虚已应诏编群臣所和御制诗为《明良集》，竟有五百卷之多。

在封建时代，帝王的爱好和提倡，往往能对某种文学风气的形成有直接的推动作用；但是一种文学创作倾向能成为思想潮流，还与当时士人的心理状态有直接的关系。在宋初，唱和诗的形成有两种情况，一是君臣间的御制奉和，一是臣僚间的酬答唱和。如果说在前一种情况下，文臣的创作主要是为了迎合皇帝，个人心态未能得到反映的话，那么在后一种情况下，文臣们的创作心态就能自然流露出来。如太宗端拱元年（988）至淳化二年（991），李昉在与李至唱和的作品中就流露出“荣名厚禄都来足，酒兴诗情积渐疏”，“万事不关思想内，一心长在咏歌中”的内敛心态。③ 他在《辄歌盛美献秘阁待郎》中说：

> 济世才略本纵横，翻向文章振大名。政事堂中辞重位，图书阁下养闲情。高高节行将谁比，的的襟怀向我倾。吟得新诗只相寄，心看轩冕一铢轻。④

宋初，以史馆、昭文馆、集贤院为三馆，皆寓崇文院。太宗端拱元

---

① 《续资治通鉴长编》，第219页。
② 《续资治通鉴长编》，第227页。
③ 《二李唱和集》，宸翰楼丛书本。
④ 同上。

年，诏就崇文馆中堂建秘阁，择三馆真本书籍万余卷及内出古画、墨迹藏其中。李昉此诗就是写给秘阁待郎李至的。宋代的文人最重馆职，因为三馆号为储才之地，一登馆职，遂为名流，而且馆阁学士与翰林学士知制诰一样，都是皇帝身边的近臣，位重而责轻，禄丰而身闲。所谓“秘阁清虚地，深居好养贤。不闻尘外事，如在洞中天。日转迟迟影，炉梦袅袅烟。应同白少傅，时复枕书眠”。①宋初文人向往的就是这样一种生活境界，他们宁愿“辞重位”而“养闲情”，心态趋于清静内向而乏飞动壮阔之势。正如李昉与李至唱和时所说：“清静僧家亦未如，绿葵红稻饱餐馀，逢人不喜谈时事，养性惟便读道书。”又说：“自喜身无事，闲吟适性情，……临轩瞑目坐，神思当时清。”②

李昉与李至两人的唱和诗，收在李昉自己编定的《二李唱和集》中。太宗淳化四年（993），李昉在为此诗集写的序中说：“南宫师长之任，官重而身闲，内府图书之司，地清而务简。朝谒之暇，颇得自适，而篇章和答，仅无虚日。缘情遣兴，何乐如之。”又说：“昔乐天梦得有刘白唱和集，流布海内，为不朽之盛事。公此诗安知异日不为人之传写乎。”③ 此序有两点值得注意：一是表明当时臣僚间的唱和诗多为达官贵人们消遣时日的自娱之作；二是指出唱和诗在艺术上学的是白居易。李至在唱和时也说：“实喜优闲之任，居常事简，得以狂吟，成恶诗十章，以蓬阁多馀暇冠其篇而为之目，亦乐天‘何处难忘酒’之类也。”他还说：“意转新而韵皆紧，才益赡而调弥高。始知元白之前贤，虚擅车斜之美誉。”④白居易与元稹的唱和诗多为独善其身的消遣之作，思想格调不高，

① 《二李唱和集》。
② 同上。
③ 同上。
④ 同上。

情俗词浅；而宋初李昉等人的唱和诗也具有这样的特点，所以被称之“白体”或“元白体”。如田锡在《览韩偓郑谷诗因呈太素》一诗中就说：“顺熟合依元白体，清新堪拟郑韩吟。”360 至道二年(996)，李昉去世，王禹偁在悼念他的《司空相公挽歌二首》中说：“须知文集里，全似白公诗。”[①] 吴处厚《青箱杂记》亦云：“昉诗务浅切，效白乐天体。晚年与参政李公至为唱和友，而李公诗格亦相类，今世传《二李唱和集》是也。”

由于时风所向，所谓“白体”诗派在宋初流行了近五十年，就连王禹偁早期的诗歌创作也多受其影响。如太宗太平兴国八年(983)，王禹偁在成武县任主薄时，与罗处约唱和的作品就有一百多首，学的也是白居易。即他自己在《酬安秘丞见赠长歌》中说的：“还同白傅苏杭日，歌诗落笔人争传。”[②] 淳化二年（991），王禹偁因抗疏为徐铉辨诬而被贬商州，李昉之子李宗谔写信给他，劝他“看书除庄、老外，乐天诗最宜枕籍”。[③] 这一年，王禹偁又写了上百篇唱和诗，编为《商于唱和集》，比《二李唱和集》编成的时间还要早。当然，王禹偁的文学思想与李昉等人是有很大差别的，他本人的诗风在后期亦发生了变化，由学白居易转而学杜甫，所谓“本以乐天为后进，敢期子美是前身”。[④] 他的一些较成功的诗作，如《新秋即事三首》、《春日杂兴》、《村行》等，就带有学杜的痕迹，其写情的真挚，意境的深远，都不是当时迷恋忘返于唱和酬答中的白体派诗人所能企及的。王禹偁自己晚年编定《小畜集》时，于早期的唱和之作极少收入，也说明了他创作思想上的变化。

---

① 《小畜集》卷十，四部丛刊本。

② 《小畜集》卷十三。

③ 《得昭文李学士书报以二绝》，《小畜集》卷八。

④ 《前赋春居杂兴诗三首，间半岁不复省视。因长男嘉祐读杜工部集，见语言颇有相类者，咨于予，且意 予窃之也。予喜而作诗，聊以自贺》，《小畜集》卷九。

但这种情况在当时是个别的，没有形成思想潮流，就连一度被王禹偁认为“其诗类杜甫”的丁谓，入仕之后也一改初衷，参加到西昆派的酬唱之中去了。

（二）

从主要写唱和诗的“白体”诗派，到西昆体诗派的出现，反映了宋初文学思想的某种发展变化；但是若从创作心态来看，两者又有着明显的承袭和相似之处。

西昆派指的是参加西昆酬唱的一批诗人，除了杨亿、刘筠和钱惟演外，还有李宗谔、陈越、李维、刘骘、丁谓、刁衎、张咏、钱惟济、任随、舒雅、晁迥、崔遵度、薛映、张秉等人。这批诗人大都出生于赵宋建国之后，成长于政治环境相对稳定、经济建设和文化建设初步繁荣的时期，因此他们的作品带有升平时期雍容典赡的景象，没有五代以来的那种衰飒之感。与由五代入宋的前辈作家相比，这些新生代作家在知识积累和文化素养方面都有明显的优势。他们不满于前辈诗人那种流连光景、情俗词浅的白体，在创作时以李商隐为榜样，重视藻饰，讲究用典和声韵，追求一种华丽典雅的风格。杨亿在其《武夷新集序》中说：“精励为学，抗心希古，期漱先民之芳润，思觌作者之壶奥。”[①]所以他们在唱和时，往往能够“争奇逞妍，更赋迭咏，铺锦列绣，刻羽引商，灿然成编”。[②]如《四库全书提要》指出的：“大致宗法李商隐，而时际升平，舂容典赡，无唐末五代衰飒之气。田况儒林公议，称亿在两禁变文章之体，刘筠、惟演辈皆从而学之，时号‘杨刘’。三人以诗更相属和，极一时之丽。”

---

① 《武夷新集》卷首，四库全书本。

② 《广平公唱和集序》，《武夷新集》卷七。

杨亿、刘筠和钱惟演是西昆派的代表作家，他们的唱和之作收于杨亿编的《西昆酬唱集》里。此集编成于真宗大中祥符元年(1008)，这时，徐铉、李昉等前辈作家均已去世，杨亿等人又身居清要显美之职（杨亿是翰林学士户部郎中知制诰，刘筠为大理寺丞秘阁校理，钱惟演是太仆少卿直秘阁知制诰），为文人士子们所向往，具有号召力，因此自然而然地成为新的文坛盟主，成为当时文学思想的代表人物。欧阳修在《六一诗话》中说："杨大年与钱、刘数公唱和，自西昆集出，时人争效之，诗体一变。"①《西昆酬唱集》共收诗二百五十首，杨亿、刘筠、钱惟演三人就有二百零二首，占了五分之四。杨亿在《西昆酬唱集序》中说：

> 时今紫微钱君希圣，秘阁刘君子仪，并负懿文，尤精雅道，雕章丽句，脍炙人口。予得以游其墙藩而咨其模楷。二君成人之美，不我遐弃，博约诱掖，置之同声。因以历览遗编，研味前作，挹其芳润，发于希慕，更迭唱和，互相切劘②

这是西昆体的创作宣言，反映了西昆派诗人文学思想的主导倾向。从中可以看出，西昆诗人把"雕章丽句"作为诗之正道，在创作中主张"历览遗编，研味前作"。他们创作的出发点不是现实社会生活中的实际感受，而是前人作品中的"芳润"之辞。诗人只要多读书，熟悉前人作品，将其词句和意象根据需要重新加以组合变化，就可以做出词采华丽、声韵流转的诗歌来。因而作诗也就不再是"缘情遗兴"了，而是一种理智的安排、用词的技艺，即使同一题目，也可以由于用词和用典的不同而翻衍变化出多首诗来，达到更迭唱和、互相切劘的目的。为了说明问题，不妨举杨亿和钱惟演唱和的两首《无题》诗为例：

---

① 《历代诗话》，中华书局1981年版，第270页。

② 《西昆酬唱集》，上海古籍出版社1985年版，第3～4页。

巫阳归梦隔千峰，辟恶香销翠被浓。桂魄渐亏愁晓月，蕉心不展怨春风。遥山黯黯眉长敛，一水盈盈语未通。谩托鹍弦传恨意，云鬟日夕似飞蓬。——杨亿①

绛缕初分麝气浓，纭声不动意潜通。园蟾可见还归诲，媚蝶多惊欲御风。纨扇寄情虽自洁，玉壶盛泪祇凝红。春窗亦有心知梦，未到鸣钟已旋空。——钱惟演②

两首诗都在摹仿李商隐的《无题》诗，词采的华丽，对仗的工稳，用典的繁多，音韵的流转圆润，均达到了惟妙惟肖的地步。但诗的语言和意象却是前人早已用过了的，可以看出着意拼凑的痕迹，缺乏李商隐无题诗那种独特的心理感受和细美幽约的情致，有如一具缺乏血肉的躯体披了一件华丽的外衣，虽然美丽，却无生气。这说明中国古代诗歌发展到唐代之后，诗的语言和意象由于诗歌创作经过一个高度繁荣时期已达到纯熟的地步，有些甚至定型化了，以致后来者即便没有作诗的激情，没有现实生活的实际感受，也有可能根据自己的作诗意图和题目，从前人的作品中找到同类的语言和意象，加以组合拼凑而写出诗来，从而使诗歌创作变为一种语言运用的技艺，可以用来作为消遣应酬的工具。在杨徽之、李昉等人的唱和诗中已经可以感受到这种创作倾向，而在杨亿、钱惟演等人的酬唱中，表现得就更为明显了。从这个意义上说，所谓昆体与白体在本质上是相通的，它们的区别仅在于语言风格的追求有浅近与华丽的不同。

再从诗歌的题材内容来看，西昆派诗人在酬唱中除了摹仿李商隐的《无题》诗外，所写多为《禁中庭树》、《槿花》、《馆中新蝉》、《鹤》、《萤》、《荷花》、《梨》、《柳絮》、《霜月》等前人写滥了的日

① 《西昆酬唱集》，第183页。
② 《西昆酬唱集》，第184页。

常景物，以及《南朝》、《汉武》、《明皇》、《宋玉》等咏史诗和一些送别之作，与当时社会现实相关的诗一组也没有。他们的创作视野与前辈唱和诗人一样，是十分狭窄的，心胸也不开阔，缺乏宽广的空间意识和浓郁壮大的情思，习惯于面向书本和过去，在狭窄的时间线上寻觅词句和典故。创作心态也趋于向内收敛而不是向外扩张，诗歌作品自然也就缺乏风骨气势，达不到唐人那种情景交融、篇终接混茫的浑成境界，仅止是徒具华美外表而已。五代的芜鄙之气虽然被掩盖住了，但骨子里柔弱无力的情态则无法改变。这一点与前辈诗人也是相似的。因为他们所处的社会地位和生话环境基本上是一样的，而且西昆派诗人与白体派诗人间有的还有直接的传承关系，如李宗谔是李昉的儿子，杨亿少年失怙，曾往依从祖杨徽之。另外，从当时整个封建统治集团的精神状态来看，也没有向外扩展的勇气而满足于内心的自我安慰。如景德元年（1004），辽大举攻宋，宋王朝有力量组织抵御，可不少大臣却主张逃跑，由于寇准力谏，真宗不得已亲征。但就在有可能取胜的情况下，还向辽贡币求和，于是有“澶州之盟”。事后为洗雪耻辱，伪造天书搞封禅闹剧，自欺欺人，以求得内心的平衡和满足。从某种意义上说，西昆体回避现实、向内收敛的创作心态，不过是当时时代精神的一种反映。

当然，由于知识水平和文化素养的不同，虽然同样是回避现实、向内收敛的创作心态，在白体派诗人和西昆体派诗人的创作中，具体表现方式却有不同。如前所述，李昉等白体诗人向内收敛的创作心态，主要表现为吟玩性情、自我愉悦；而杨亿等西昆体诗人的向内收敛，则表现为“历览遗编，研味前作”。这种创作心态虽难以产生出优秀的作品，但若训练有素，倒也便于应举时的写诗作文。西昆体之所以一出现就风靡一时，并统治文坛达二三十年之久，这是一个重要因素。

（三）

向内收敛的创作心态还有一种表现方式，就是着眼于幽约细美的内心情感的抒写，这主要是通过词的创作来体现的。

抒写细腻深微的内心情感，追求幽约细美的情致，本是李商隐诗歌的本质特色，可西昆派诗人在学李商隐时却丢掉了这本质的一面，只注意到辞藻、声律和用典，从而使他们的诗歌缺乏动人的美感力量。当然，如果还想像李商隐那样，用整齐严谨的律句来表现曲折细腻的内在情思，没有相当杰出的艺术才能是办不到的。但晚唐五代以来，一种新的抒情诗体——词的成熟，却为表现类于李商隐无题诗那种真挚细腻的内心情感，提供了一种方便的艺术形式。所谓五代文风，除了柔弱绮艳的一面外，在词的创作中还有真情流露的一面，这真情流露的一面，应该得到充分肯定。

在宋初较长的一段时间内，词的创作是比较沉寂的，王禹偁、丁谓、杨亿、钱惟演等虽也写过情致深婉的小词，但只是偶尔为之，影响不大，直到晏殊出来，情况方有所改变。晏殊是宋初影响较大的词人，生于太宗淳化二年（991），晚于范仲淹、张先、柳永等人，但他七岁即能属文，十四岁以神童召试，受到真宗的嘉赏，赐同进士出身，从此即步入文坛，并受到当时文坛领袖杨亿等人的推崇。如景德三年（1006），杨亿在《晏殊奉礼归宁》一诗中称赞晏殊是："垂髫婉娈便能文，骥子兰筋迥不群。南国生刍人比玉，梁园修竹赋凌云。"[①] 而这时杨亿等人的《西昆酬唱集》还未结集。也就是说，晏殊开始文学活动的时间应在西昆体流行之前，远远早于范仲淹、张先等人，以至有人把晏殊也归入西昆派中。如刘攽的《中山诗话》说："祥符天禧中，杨大年、钱文僖、晏元献、刘子仪

① 《武夷新集》卷五。

以文章立朝，为诗皆宗尚李义山，号‘西昆体’。”[①] 但晏殊并没有参加当时的西昆酬唱，他的诗虽然在风格上与西昆体接近，也学李商隐，但其注意力已从外表的辞藻，声律和用典转到了幽约深婉的内心情感的抒写上了，如《无题》：

油壁香车不再逢，峡云无迹任西东。梨花院落溶溶月，柳絮池塘淡淡风。几日寂寥伤酒后，一番萧瑟禁烟中。鱼书欲寄何由达，水远山长处处同。[②]

此诗写怀人，着重于内心思念之情的刻画。这种思念之情不是一般的离别之情，不是简单表面的悲哀和忧伤，而是一种交织着失望和希望、伤感和怅惘的复杂情感，沉绵深挚而又难以明信。显得深曲隐约，迷离要眇，很有几分李商隐无题诗的韵味了。而这种幽约之情、要眇之境，用词来表达则更为轻便得当，如《鹊踏枝》：

槛菊愁烟兰泣露，罗幕轻寒，燕子双飞去。明月不谙离别苦，斜光到晓穿朱户。昨夜西风凋碧树，独上高楼，望尽天涯路。欲寄彩鸾无尺素，山长水阔知何处。[③]

晏殊的这首词也是写怀人的，所要表达的情思与前面的诗相同，但却显得摇曳多姿，深微精美，更具艺术表现力。因为词在当时是配乐的，为了符合音乐的节律和便于演唱，形成了富于音乐感的长短参差的句法。这种句法本身就有一种曲折委婉的性质，能将无法言说的细腻感情通过错落有序的音节传达出来。而且在整齐严谨的律句中插入四字句和五字句，也使词体较诗更显轻灵，富于变化，因而也就更能表现幽约之情和要眇之境。如同样是写思念中孤独寂寞的心理感受，“独上高楼，望尽天涯路”，就比“几日寂寥伤酒后，

① 《历代诗话》，第 287 页。

② 《元献遗文》一卷，四库全书本。

③ 《珠玉词》一卷，四部备要本。

一番萧瑟禁烟中”，更显得情长意远、要眇迷离。无限深情和难言想思，尽在一望之中。

词与诗的这种差别，使得词在表现人类幽约细美的情感方面，具有诗所无法完全替代的性质。王国维在《人间词话》中说：“词之为体，要眇宜修。能言诗之所不能言，而不能尽言诗之所能言。诗之境阔，词之言长。”① 所谓“要眇”是一种美，一种幽微深隐的纯情之美。这种美，李商隐在无题诗中以其高度的艺术才华已表现得登峰造极了，以致后人很难学步，但它在晚唐五代词里却有充分的表现。如南唐的李煜词和冯延巳词即是。他们在一些优秀词作中所表现的情，已不是过去诗中常见的与是非道德判断相关的喜怒哀乐，而是内心深处的怅惘、凄迷、孤寂等很难说清而又需要表达的真挚情思和细腻感受，而这种情思和感受又是用一些细巧精美的语言意象来表达，所以显得“要眇”而“宜修”，在表现人的内在真情方面开拓出了诗所未达的深度和领域。

晏殊的词正是率先在这些方面继承了五代文风。刘攽的《中山诗话》说：“晏元献尤喜江南冯延巳歌词。其所自作，亦不减延巳。”②刘熙载《艺概》亦云：“冯延巳词，晏同叔得其俊。”③ 据晏殊的门生宋祁《笔记》所云，晏殊写的诗超过万首，可绝大多数都没能流传下来，而他的《珠玉词》中的一百多首词作则基本上都保存下来了。这说明晏殊文学创作的成就是词而不是诗，他对幽约细美的内心情感的抒写，主要反映在词的创作里。如：《清平乐》：“红笺小字，说尽平生意。鸿雁在云鱼在水，惆怅此情难寄。”《诉衷情》：“流水淡，碧天长，路茫茫。凭高目断，鸿雁来时，无限思量。”《谒金门》：“秋露坠，滴尽楚兰红泪。往事旧欢何限意，思量

① 《蕙风词话·人间词话》，人民文学出版社 1960 年版，第 226 页。
② 《历代诗话》，第 292 页。
③ 《艺概》，上海古籍出版社 1978 年版，第 107 页。

如梦寝。”《踏莎行》：“细草愁烟，幽花怯露，凭栏总是销魂处。日高深院静无人，时时海燕双飞去。”《采桑子》：“梧桐昨夜西风急，淡月胧明。好梦频惊，何处高楼雁一声。”《浣溪沙》：“无可奈何花落去，似曾相识燕归来。小园香径独徘徊。”① 等等。其中，“无可奈何花落去．似曾相识燕归来”一联，亦见于晏殊的《假中示判官张寺丞王校勘》一诗中，字句完全一样，但艺术效果则诗不如词。张宗橚说：“情致缠绵，音调谐婉，的是倚声家语。若作七律，未免软弱矣。”②

词的这种特性，正好适应了宋初向内收敛的创作心态的需要。由于向内收敛，宋代文人的心理一开始就往细腻、敏感、深微处发展，不似唐人的豪放、自信和开朗，有一种回避现实返归内心的倾向。因此花间酒下，一往情深，感触于中，凄迷幽约，非要眇宜修的词体，不足于表达其情思。词这一种艺术表现形式之所以能继诗之后在宋代放出异彩，这也是一个重要原因。

二、道统、文统的重建

宋初文学思想的发展，存在着不同思想倾向并存的局面。向内收敛的创作心态，使得宋初文坛上一批占主导地位的作家对社会现实不大关心，儒家传统的道德伦理观念和积极入世的精神在其作品中缺乏表现，五代以来那种浮艳轻丽的文风，和片面追求辞藻音律的倾向相沿不衰，成为习俗。与此同时，也有一些作家反对五代旧习，力图改革文风。他们以写作“古文”相号召，想重建儒家的“道统”和“文统”，主张文由道出，以矫舍本逐末之弊。但由于他

---

① 《珠玉词》。

② 《词林纪事》，成都古籍书店 1982 年版，第 74 页。

们对“道”的理解和认识不尽相同，因此在重建道统与文统的过程中形成两种不同的走向：一是由学韩愈古文，直接先秦儒家的思孟学派，以心性的道德修养为“道”之根本，以六经为文章模式，强调的是文学的道德教化作用；一是对儒家道统持开放性态度，以儒家为主，包容老庄，在创作中以儒家的道德理想融和道家的艺术精神，在一定程度上避免了传统儒学的理性偏执。

（一）

在中国文学思想史上，韩愈是一位承先启后的重要人物，他第一次全面系统地提出“道统”和“文统”问题，以鲜明坚决的态度倡明儒道，反对佛老，在古文写作上亦取得很高成就。苏轼说他“文起八代之衰，道济天下之溺”（《潮州韩文公庙碑》）。[①] 以致后代凡是要想在文学上恢复儒家道统和文统者，首先都要举起这面旗帜作为号召。

柳开是宋初最早学习韩愈和提倡古文的代表作家之一，生于后晋开运三年（947）。宋太祖建国后的乾德元年（963），柳开年仅十七岁，从老儒赵先生手中得到韩文，“遂酷而学之，故慕其古而乃名肩矣”（《答梁拾遗改名书》）。[②] 在当时，一般人都研习骈丽之文，不知有韩愈，更不知何谓“古文”，因此柳开学习韩文全靠自己揣摸，“朝暮不释于手，日渐自解”，于是乎“深得韩文之要妙，下笔将学其文”（《东郊野夫传》）。[③] 在他二十岁左右写的《天辨》、《海说》、《经解》等文章中，就可以看到韩愈古文的明显影响。如《海说》云：

① 《苏轼文集》，中华书局 1986 年版，第 509 页。

② 《河东先生集》卷五。

③ 《河东先生集》卷二。

夫地之气结为山，融为川。结为山者，古有所定，大小高卑，名教无所改易；融为川者，则流动不止，浩浩奔涌。岂融为川者即往而忘反，结为山者凝而能定之乎？[①]

文章气势灌注，该辨宏远，讲究理正意高而不专注于刻削声律，与五代以来讲究藻饰华美而体卑气弱的时文是完全不同的。但是这种“古文”并未得到当时人的理解和赞同，反而遭到责难。柳开在《应责》中说：“子责我以好古文，子之言何谓为古文？古文者，非在辞涩言苦，使人难读诵之，在于古其理，高其意，随言短长，应变作制同古人之行事，是谓古文也。子不能味吾书，取吾意，今而视之，今而诵之，不以古道观吾心，不以古道观吾志。吾文无过矣，吾若从世之文也，安可垂教于民哉。”[②] 这里，柳开明确了“古文”的具体含意，指出写作古文的目的是垂教于民，并且说：

吾之道，孔子孟轲扬雄韩愈之道；吾之文，孔子孟轲扬雄韩愈之文。[③]

道统和文统的问题，继韩、柳之后，再次被明确地提出来了。在宋初，写作古文的不止柳开一人，《宋史·梁周翰传》说：“五代以来，文体卑弱，周翰与高锡、柳开、范杲习尚淳古，齐名友善，当时有‘高、梁、柳、范’之称。”[④] 但在这些人中，只有柳开在理论上提出道统和文统问题，为古文的写作指出方向，因此人们谈宋初的古文运动往往要从柳开开始。倡导“道统”的人，喜欢把自己当作“道”的直接传承者，韩愈如此，柳开亦然。尽管柳开的道统和文统是由学韩文而提出来的，可到他写作《东郊野夫传》和《补亡先

---

① 《河东先生集》卷一。

② 《河东先生集》卷一。

③ 《应责》，《河东先生集》卷一。

④ 《宋史·梁周翰传》，第页。

生传》的开宝年间，柳开就不再以“肩愈”自命，而改名为“开”，字“仲塗”，“其意谓将开古圣贤之道于时也”。[①] 柳开自己在解释这种变化时说：“或曰：子何始尚而今弃之。对曰：孟、荀、扬、韩，圣人之徒也。将升先师之堂，入乎室必由之，未能者或取一家以往，可及矣。吾以是耳。”[②]

柳开的这种变化，并非个人的兴趣转移，而是出于在新的时代重建儒家道统的需要。韩愈所讲的道统，主要指儒家的仁义教化，但自晚唐五代以来，所谓仁义教化早已流为虚假的说教，即便十分荒淫的国君，也没有忘记空喊仁义教化。若要真正重建儒家道统，就不能停留在韩愈的理论水平上，必须升堂入室，直接从先秦儒家的心性理论中寻找思想材料。用柳开的话来说，就是“大探六经之旨，已而有包括杨孟之心”。[③] 韩愈在《原道》篇中说：“博爱之谓仁，行而宜之之谓义；由是而之焉之谓道。”[④] 把仁义看作道的本体。柳开在《上王学士第三书》中则说：“仁义礼智信，道之器也。”[⑤] 那么道是什么呢？柳开在《续师说》中谈到古今学者的不同时说：“古之以道学为心也”，“今之以禄学为身也”。[⑥] 以道学为心是说要把道德落实到心性上，以别于当时社会上那种为了自身的利益、追求外在享受的禄学。也就是说心性的道德修养是道的本体，要从内心的道德修养入手，儒家的道统才有可能落实到实处，而不是空洞的教条。

这一点是从先秦的思孟学派发展而来的。孟子讲性善，实际上是心善，他从人的“恻隐之心”来说明性善，认为“恻隐之心，仁

① 《补亡先生传》，《河东先生集》卷二。
② 《东郊野夫传》，《河东先生集》卷二。
③ 《补亡先生传》，《河东先生集》卷二。
④ 《韩昌黎文集校注》，上海古籍出版社 1987 年版，第 13 页。
⑤ 《河东先生集》卷五。
⑥ 《河东先生集》卷一。

之端也，羞恶之心，义之端也”（《孟子·公孙丑章》）。又说：“养心莫善于寡欲”（《孟子·尽心章》）。柳开所说的“古之以道学为心”，当指孟子这种清静寡欲的心性说而言。而心性再落实一步，就是子思《中庸》篇里说的“率性”和“明诚”了。继柳开之后，赵湘在谈到儒家道统问题时说：“道之为物也，无常名，圣人之所存者七。《中庸》曰：‘率性之谓道，修道之谓教。’而其具有五，曰：仁、义、礼、智、信。合而言之为七，七者皆道之所由生也。”又说：“故曰教者本乎道，道本乎性情，性情本乎心。”（《原教》）[①] 这里，赵湘进一步指明仁义等有常名的东西皆为道之所生，而非道本身；道是一种形而上的无常名的东西，必须从心性根源上去把握。从而揭示了“道”的本体性质。穆修则直接将“道”的本体归结到心性诚明上来，他在《静胜亭记》中说：“夫静之阃．仁人之所以居心焉。在心而静，则可以胜视听思虑之邪，邪斯胜，心乃诚，心诚性明而君子之道毕矣。”[②]

由于柳开等人把“道统”由外在的仁义教化，一步步归结到心性诚明的本体上来，因此传统儒家的道德实践理性变为内省的修身养性，要求在人之心性保持除去情感欲望的静默本体，而不去追求事功方面的道德实践。柳开在《默书》中说：“夫有命有性，有性有情，得其性理之静。至动至忧，至常忘机，至乐忘宁。求有于无，无不有也。”[③] 心动情生，心静性明，动则忧，静则乐。宋人喜静不喜动，内向、封闭、保守的文化心态，在道统问题上也表现了出来。这使得柳开等人在“文统”的看法上，也带有保守封闭的性质。柳开在《上王学士第四书》中说：“文不可遽为也，由乎心智而出于口，君子之言也。”“心正则正矣，心乱则乱矣。发于内而

---

① 《南阳集》卷四。

② 《河南穆公集》卷三，四部丛刊本。

③ 《河东先生集》卷一。

主于外，其心之谓也；形于外而体于内，其文之谓也。心与文者一也。”① 柳开讲的“心正”，指屏除了情动而乱的“性理之静”而言。“性理之静”既是他所说的道的本体，也是他所说的文之本体，此本体发于内为心，形于外则为文，所谓“心与文者一也”。赵湘在《本文》中亦说：

> 灵乎物者，文也；固乎文者，本也。本在道而通乎神明，随发以变，万物之情尽矣。
>
> 传曰：夫子之文章，可得而闻也；夫子之言性与天道，不可得而闻也。大哉，夫子之言皆文也，所谓不可得而闻者，本乎道而已矣。后世之谓文者，求本于饰，故为阅玩之具，竞本而不疑，去道而不耻，淫巫荡假，磨灭声教。
>
> 其圣贤者，心也。其心仁焉、义焉、礼焉、智焉、信焉、孝悌焉，则圣贤矣。以其心之道，发为文章，教人于万世，万世不泯，则固本也。②

这是说文的本体为道，而道须从心性根源上去把握，不能仅从外表的文饰去求道，而要从内在的心性道德出发。这就是“固本”。赵湘说：“孔子之礼乐，丘明之褒贬，垂烛万祀，赫莫能灭，非固其本，则湮乎一息焉。”又说：“周礼之后，孟轲扬雄颇为本者，是故其文灵且久。”③ 在这里，“固本”成为文统的重要内容，文章的好坏，有没有流传的价值，都被归结到心性本体的道德修养上来。这种固执于道德理性的看法，极易形成对文学创作中人的欲望情感的否定，抑开等人正是从这一点来反对五代文风和时文的。但只强调性理之静而反对情感之动，也易造成生命情调的萎缩，其结果必然

① 《河东先生集》卷一。

② 《南阳集》卷四。

③ 《本文》，《南阳集》卷四。

导致否定文学自身。

这一弱点在柳开本人的创作中就很明显。在柳开的《河东先生集》里，言情之作极少，仅有的两首诗也乏情寡采，味如嚼蜡。他的文章开始学韩愈，有气势流贯之美；但后来"所著文章与韩渐异，取六经为式"。[①] 一味追求简古淳净，不仅当时流行的骈丽之文要坚决反对，甚至连经史百家之言也在排除之列。他认为"君子之文简而深，淳而精，若欲用其经史百家之言则杂也"(《上王学士第四书》)。[②] 又说："文章为道之筌也，筌可妄作乎，筌之不良，获斯失矣。女恶容之厚于德，不恶德之厚于容也。文恶辞之华于理，不恶理之华于辞也。"(《上王学士第三书》)[③] 这种执著于道德理性来反对文辞华美的偏颇，亦反映在姚铉编的《唐文粹》里。《唐文粹》编成于大中祥符四年（1012），正是西昆体盛行之时，为了矫正习俗，姚铉于文赋只取古体，骈体四六一概不收，诗歌也只录古体，五七言近体一首不取。原因在于唐人的古体多用来叙事议论，文辞朴实；而近体则多用来写情，文辞华美。但就诗歌创作来说，唐人的优秀之作多集中在抒情性的近体里，而姚铉于近体一概不录，未免失之偏狭。

总之，从柳开、赵湘、穆修等人身上，可看出宋初古文家在重建儒家道统和文统过程中的一种走向，即将儒家的道统由外在的仁义教化归结到内在的心性本体。用赵湘的话说就是："古之人将教天下，必定其家，必正其身。将正其身，必治其心。将治其心，必固其道。道且固矣，然后发辞以为文，无凌替之惧，本末斯盛，虽曰未教，吾必谓之教矣。"[④] 这种由外向内的心性道德本体的追求，

---

① 《东郊野夫传》，《河东先生集》卷二。

② 《河东先生集》卷五。

③ 《河东先生集》卷五。

④ 《本文》，《南阳集》卷四。

与宋初那种向内收敛的创作心态，在思维取向和文化品格上是一致的，因此当柳开等人想用这种新的“道统”之说去改革文风时，犹如以水济水，无济于事。由于他们过分执着于道德理性，把心性的道德本体直接当作文学的本体，视道统与文统为一，把道德与文章等同起来，反对和排斥文学创作中非道德的情感因素，因此其“文统”观也无益于当时的文学创作，只是开了后来理学家文论的先河。

（二）

要克服由于偏执于道德理性而带来的文学思想方面的缺陷，使儒家道统和文统的重建有益于实际的文学活动，就必须借重道家的自然哲学和艺术精神，对道统和文统持开放包容的态度。在宋初，这种文学思想倾向是通过田锡、王禹偁等人的理论和创作表现出来的。

田锡也是宋初大量写作古文的作家，他生于后晋天福五年(940)，比柳开年长七岁；但他三十八岁之前在家博通群书，太平兴国三年（978）方考中进士，比柳开中进士要晚五年，其在文坛活动的时间，也比柳开为迟而与王禹偁等人同时。他的文学思想倾向，从大的方面来说，与柳开等人是一致的：崇尚韩柳，提倡道统和文统；但已经没有柳开等人那种执着于道德理性而反对情感和词采的偏颇。如他在《贻陈季和书》一文中说：

> 夫人之有文，经纬大道。得其道则持政于教化，失其道则忘返于靡漫。孟轲、荀卿，得大道者也，其文雅正，其理渊奥。厥后扬雄秉笔，乃撰《法言》；马卿同时，徒有丽藻。迩来文士，颂美箴阙，铭功赞图，皆文之常态也。若豪气抑扬，逸词飞动，声律不能拘于步骤，鬼神不能秘其幽深，放为狂歌，目为古风，此所谓文之变也。李太白天付俊才，豪侠吾

道。观其乐府，得非专变于文欤！乐天有《长恨歌》、《霓裳曲》，五十讽谏，出人意表，大儒端士，谁敢非之！何以明其然也？世称韩退之、柳子厚，萌一意，措一词，苟非颂美时政，必激扬教义，故识者观于韩、柳，则警心于邪僻。抑末扶本，跻人于大道可知矣。然李贺作歌，二公嗟赏，岂非艳歌不害于正理，而专变于斯文哉！①

此文讲文以明道，讲持正于教化，反对徒有丽藻，都与柳开相同，就是文中列举的属于道统和文统的作家顺序也与柳开近似。但田锡并不由此而把文学限制在"宗经"的狭窄范围内，也没有以"性理之静"的文之常态，反对情气飞动的文之变态，在肯定韩、柳的同时也赞扬李白、李贺，甚至认为"艳歌不害于正理"。对此，他曾用水来作比喻，说："亦犹水之常性，澄则鉴物，流则有声，深则窟宅蛟龙，大则包纳河汉。激为惊潮，勃为高浪，其进如万蹄战马，其声若五月丰隆；驾于风，满于空，突乎高岸，喷及大野，此则水之变也。"② 古人常用水喻人心，心分性情，水静喻性，性明鉴物；水动喻情，情感气成。性情相合，文章才可能有生气，有变化，执着于其中的任何一端，都有可能妨碍真实性情的自然流露，对文学创作都是有害的。田锡主张："但为文为诗为铭为颂为箴为赞为赋为歌，氤氲吻合，心与言会，任其或类于韩，或肖于柳；或依希于元、白，或仿佛于李、杜；或浅缓促散，或飞动抑扬。但卷舒一意于洪濛，出入众贤之阃阈，随其所归矣。使物象不能桎梏于我性，文彩不能拘限于天真，然后绝笔而观，澄神以思，不知文有我欤，我有文欤。"③

---

① 《咸平集》卷二，四库全书本。

② 《贻宋小著书》，《咸平集》卷二。

③ 《咸平集》卷二。

很显然，田锡对于“文”或“文统”的看法是开放性的，与柳开等人有很大的不同。这种不同源于他们对“道”或“道统”的认识并不一样。尽管田锡也主张“在君子以道为心”，把道归之于心性本体；但他对心性的看法并不局限于儒家的道德理性，而是融和了道家的自然哲学和艺术精神，指明创作心性应该是自由的，“任运用而自然”的精神本体。田锡在《贻宋小著书》中说：

> 禀于天而工拙者，性也；感于物而驰骛者，情也。研《系辞》之大旨，极《中庸》之微言，道者，任运用而自然者也。若使援毫之际，属思之时，以情合于性，以性合于道，如天地生于道也，万物生于天地也。随其运用而得性，任其方园而寓理。亦犹微风动水，了无定文，太虚浮云，莫有常态，则文章之有声气也，不亦宜哉！比夫丹青布彩，锦绣成文；虽藻缛相宣，而明丽可爱。若与春景似画，韶光艳阳，百卉青苍，千华妖冶，疑有鬼神潜得主张，为元化之杼机，见昊天之工巧，斯亦不知其所以然而然也。①

此段文字首言性情，意味着道体就在心体之中，但田锡没有象柳开那样用道德理性来规定心体、而是用道家“任运用而自然”的观点来解释心体。“任运用”是指性情的自由发抒，“自然”是不知其所以然而然的意思；“了无定文”、“莫有常态”，则是用来形容心体活动不受干扰、摆脱限制后的状态。这种状态既非实用理性，也不是得其“性理之静”的道德修养，而是自由活泼的艺术精神，所以田锡是从作家“援毫之际，属思之时”来谈这个问题。也就是说，他是从艺术创作角度来谈道和道统问题，这样有助于克服仅从道德修养角度谈文学的道和道统所易产生的理性偏见。

需要指出的是，田锡从艺术角度来谈道或道统，仅仅是为了说

---

① 《咸平集》卷二。

明“文之变态”；若就“文之常态”而言，他主张的“得其道则持政于教化”的“道”，显然属于道德理性的范畴。而且就儒家道统而言，后者才是主要的，前者只是一种补充。但在田锡的文学思想里，这两者常常又混合在一起，不容易截然分开。类似的情况也反映在王禹偁的文论和创作中。

王禹偁是田锡的朋友，两人同为宋初有名的直臣。王禹偁在《酬赠田舍人》一诗中回忆两人的友谊时说：“一言得意便定交，数日论文暗相许。”[①] 两人的文学思想倾向是一致的。王禹偁对道的认识，也有儒道两家思想相兼容的情况。如淳化五年（994），他在《答张扶书》中说：“夫文传道明心也。古圣人不得已而为之也，且人能一平心至乎道，修身则无咎，事君则有立。及其无位也，惧乎心之所有不得明乎外，道之所畜不得传乎后，于是乎有言焉。又惧乎言之易泯也，于是乎有文焉。”[②] “传道明心”是王禹偁古文写作中的重要观点，而这里说的“道”，关乎修身和事君，自然是就儒家的道德理性而言。但在此前一年，王禹偁于《日长简仲感》一诗中则说：

子美集开诗世界，伯阳书见道根源。[③]

“伯阳书”指老子的著作《道德经》，后一句诗的意思是说在老子书中能见到道的根源。所谓“道根源”，当为老子《道德经》第十六章“归根”篇所说的“至虚极，守静笃”，似指一种清净自然的生活态度和虚静自得的心理状态。这种生活态度和虚静心态能使作家超越于是非道德判断之上，用艺术眼光看待事物，使心性本体具备艺术精神，从而写出清新幽雅、闲和趣远的抒情作品。如王禹偁的

---

① 《小畜集》卷十二。
② 《小畜集》卷十八。
③ 《小畜集》卷九。

古文名篇《黄州新建小竹楼记》：

> 作小楼二间，与月波楼通，远吞山光，平挹江濑，幽阒远敻，不可具状。夏宜急雨，有瀑布声；冬宜密雪，有碎玉声。宜鼓琴，琴调虚畅；宜咏诗，诗韵清绝；宜围棋，子声丁丁然；宜投壶，矢声铮铮然，皆竹楼之所助也。公退之暇，披鹤氅，戴华阳巾，手执《周易》一卷，焚香默坐，销遣世虑江山之外，第见风帆、沙鸟、烟云、竹树而已。待其酒力醒，茶烟歇，送夕阳，迎素月，亦谪居之胜概也。410

这样的文章，在柳开等执着于儒家道德理性而没有受到道家艺术精神熏染的古文家笔下是无法见到的，文中流露出的生活情趣和虚静心态，只有从老庄思想中才能看出它的“道根源”来。

在当时，于“道”的问题上混合儒道两家的思想倾向，在王禹偁的文友罗处约的有关论述中表现得更为清楚。罗处约与王禹偁是同年进士，两人交往十分密切，淳化元年（990），王禹偁在为罗处约文集写的《东观集序》中，说罗处约“所为文必臻乎道”。[①] 罗处约的《东观集》今已佚，但《宋史》里保存了他的一篇《黄老先六经论》。论云：“道者何？无之称也，无不由也，混成而仙，两仪至虚而应万物，不可致诘。……六经者，《易》以明人之权，而本于道；《礼》以节民之情，趣于性也；《乐》以和民之心，全天真也；《书》以叙九畴之秘，焕二帝之美；《春秋》以正君臣而敦名教；《诗》以正风雅而规戒，是道与六经一也。”又云：“老聃世谓方外之教，然而与六经皆足以治国治身，清净则得之矣。”[②] 罗处约并没有讲清道家之道与六经的关系，但“道与六经一也”的观点却十分明确，而且他用“无”来定义道，持的是道家一派的立场。

---

① 《小畜集》卷十九。

② 《宋史》，第13032～13033页。

因此，王禹偁说他“所为文必臻乎道”的“道”，自然也就不限于六经所言的儒道，而是包容了道家思想在内的。

从上述论说可以看出，在宋初重建道统和文统的过程中，田锡、王禹偁等人的走向与柳开等人是很不一样的。首先就道统来说，柳开等人提倡道统，有排斥异端的意思在，而且释道均在排斥之列。如柳开自称是柳宗元的后代，但谈到韩、柳时却先韩后柳，他说：“吾祖多释氏，于以不追韩也”（《东郊野夫传》）。[①] 把道或道统严格限制在儒道的范围内，造成思想上的封闭和保守。而田锡、王禹偁所说的道或道统，并不限于儒道，而是包容了道家思想在内的，甚至还有包容释家思想的意思。如王禹偁就认为：“禅者，儒之旷达也”（《黄州齐安永兴禅院记》）。[②] 包容即超越，它使田锡、王禹偁等人的思想，超越了儒道自身的限制而具开放性质，他们对道体的认识也就比柳开等人全面些。与道体有关的是心体，把道体归结到心体，并把心体作为文学的本体，主张“心与文者一也”和“传道明心”，反映了宋人由外向内的文化性格的发展趋向。但心体含性、情、理、气等内容，柳开等人过多地执着于性理之静而反对与欲望相连的情气，难免造成生命情调的萎缩和理性的偏执；而田锡和王禹偁在理论和创作中都肯定了情气，从而使他们的创作心体和文学思想远比柳开等人丰富，符合文学发展的实际。

与道统相连的是对文统的认识。柳开等人的文统观不仅局限在“古文”的范围内，还进一步归结到“宗经”上去，趋于复古保守；而田锡、王禹偁的文统观，既包括“文之常态”，也包括“文之变态”，趋于开放创新。如王禹偁的古文，既有严肃的有关教化的政论，也有轻松活泼的抒情小品，《录海人书》带有寓言性质，《唐河

---

① 《河东先生集》卷二。

② 《小畜集》卷十七。

店妪传》含传奇色彩。就是被柳开等人坚决反对的骈体文，王禹偁也有出色之作，其《黄州谢上表》就是宋初的四六名篇。正因为如此，在宋初古文家中，王禹偁的创作成就远远超过柳开等人。

三、追求平淡清远的文学思想倾向

北宋初期，由于刚经历了五代十国之乱，儒家的纲常各教名存实亡，一时不易恢复；而统治者又大力提倡道、释，对隐居山林的道士僧人予以特殊的恩宠，主张三教合流。因此道家那种自然无为、存神养气的生活态度，和释家那种心性本觉、随缘自适的禅悦情趣，对知识分子的心理和思想有很深的影响，养成一种清净平和的文化性格和自然适意的人生情趣。反映在文学创作上，形成了一种追求平淡清远的思想倾向。

（一）

宋初追求平淡清远的文学思想倾向，首先表现在一批受道家思想影响的隐士文人的诗歌创作中。

陈抟是宋初隐居华山的著名道士，对宋代的思想文化有很大影响。他的思想反映了道教向老庄复归的历史性变化。道教和道家思想，有区别又有联系，特别是到了宋初，宣扬长生不死、养寿颐年的道教，已由讲究服食“外丹”而变为重视养气练神的“内丹”，于思想上就更多地吸收了道家养生理论中自然无为的一面加以发展。如陈抟在《阴真君还丹歌注》中说：“无质生质还是丹，凡汞凡砂不劳弄。”又说：“若逢此歌，免妄为诸事，遂默心修炼、静意保持。不退初心，勤进前志，方乃炼之饵之，成真仙耳。”[1] 所谓

---

① 《道藏》成上，第五十九册。

"默心修炼．静意保持"，与庄子说的"心斋"已相去无几，成就的是一种自然无为、虚静玄远的人生境界。文学创作中平淡清远的山林精神，正是此人生境界的一种升华。如太平兴国初，宋太宗招陈抟入见，陈抟有《辞上归进诗》，诗云："三峰千载客，四海一闲人。世态从来薄，诗情自得真。"① 后两句道出了其诗歌创作避世淡泊的自得情怀。我们再看他的《西峰》诗：

为爱西峰好，吟头尽日昂。岩花红作阵，溪水绿成行。几夜碍新月，半山无夕阳。寄言嘉遁客，此处是仙乡。②

诗写得并不好，但一种平淡情思和自得安然的心境却甚为分明，与沉湎于宴饮唱和的五代文风是很不一样的。值得注意的是，同样情调的诗境也出现在当时一些达官贵人的笔下。如宋白的《一春》：

一春情调淡悠悠，闲倚书窗背小楼。暖日只添酒中睡，晚风频动惜花愁。莺冲舞蝶侵人过，絮逐天丝触处游。已为韶光发惆怅，可堪家近白苹洲。③

写春情，但没有生机勃发的感觉，在一丝淡淡的为时光流逝而惆怅的情思中，亦表现出一种淡逸平静的心态。

如果说平淡情思在陈抟、宋白的上述诗中，只是某种心态的自然流露的话；那么在潘阆、魏野等诗人的创作里，就是一种有意的追求了。如潘阆的《望湖楼上作》：

望湖楼上立，竟日懒思还。听水分他浦，看云过别山。孤舟依岸静，独鸟向人闲。回首重门闭，蛙鸣夕照间。④

---

① 《宋诗纪事》，第132页。
② 《宋诗纪事》，第133页。
③ 《宋诗纪事》，第39～40页。
④ 《逍遥集》一卷，四库全书本。

潘阆，又称潘逍遥，其诗集就叫《逍遥集》，思想上受道家的影响是很明显的。他的这首诗写隐居的闲适生活，有一种淡泊尘世的味道。但他比较注意练句琢字，如“听水分他浦，看云过别山”的“分”和“过”就下得很讲究，非人人意中所能到者；而且在选词上避免用肥腻的字眼，在平淡之中又往往给人一种清远的感觉。他自己就说过：“发任茎茎白，诗须字字清。”① 他的诗和为人在当时都不同一般，因此颇为人们所推崇。宋白就曾有诗云：“宋朝归圣主，潘阆是诗人。”② 魏野在《赠潘阆》一诗中说：“昔年放志多狂怪，若比来今总未如。从此华山图籍上，又添潘阆倒骑驴。”③ 把潘阆看作华山道士陈抟一流的人物。

魏野是潘阆的朋友，彼此间有诗赠答，创作思想和人生态度也很接近。同时人薛田说他“秉心孤高，植性冲淡，视浮荣如脱屣……旧有《草堂集》行在人间，传之海外，真可谓一代名流”。④魏野的《草堂集》已佚，如今流传的是经他儿子魏闲重编的《东观集》，从集中作品看，他的人生态度不仅近于道家一流，还受到禅宗的影响。如其《间居书事》云：“无才动圣君，养拙住山村。临事知闲贵，澄心觉道尊。”《故山》：“水声山色为声色，鹤性云情是性情。四皓云间寻旧友，三清路上指前程。”⑤ 所谓“养拙”、“澄心”，也就是陈抟讲的默心静意；“四皓”是道籍所推崇的神仙人物，“上清路”即成仙之路。再如《赠惠崇上人》诗：“是非言语徒喧世，赢得长如在定中。”⑥ “定”即禅定，讲究的是屏除杂念的静默通慧。他在《书润师白莲堂》一诗中又说：“野人禅客合相陪，

---

① 《逍遥集》。

② 《宋诗纪事》，第127页。

③ 《东观集》卷一，四库全书本。

④ 《东观集》卷首。

⑤ 《东观集》卷一、卷二。

⑥ 《东观集》卷二。

渐老诗心亦共灰。”[1] 上述人生态度和思想倾向，使他的诗歌创作带有冲淡闲逸的情韵。如《秋霁草堂闲望》：

> 草堂高回胜危楼，时节残阳向晚秋。野色青黄禾半熟，云容黑白雨初收。依依永巷闻村笛，隐隐长河认客舟。正是诗家好风景，懒随前哲却悲愁。[2]

情思由于淡泊名利而显得纯净，显得自然，因而带有山林间的清逸之气；平淡之中，隐隐约约可以感受到精神挣脱名缰利索后的自由和舒展，表露出澄静趣远之心。所谓“达人轻禄位，居处傍林泉。洗砚鱼吞墨，烹茶鹤避烟”（《书友人屋壁》）。[3] 这种人生情趣，是形成平淡清远诗风的重要因素。

（二）

宋初追求平淡清远的文学思想的形成，还与僧人诗的流行和禅悦之风渐盛有关。

佛教传入中国后，僧人诗历代皆有，但象宋初这样形成诗派的并不多。宋初的九僧诗派由希昼、保暹、文兆、行肇、简长、惟凤、惠崇、宇昭、怀古等九人组成，他们的诗收在《九僧诗》里，共一百三十五首。其中写得较早的有怀古的《送田锡下第归宁》，当写于田锡中举（978）以前；而惠崇的《书林逸人壁》，则应写于林逋结庐西湖的孤山（1008）之后。前后约有三十年，与潘阆、魏野创作活动的年代大致相同，而且在审美追求和创作倾向方面也是一致的。

僧人诗在宋初的大量出现，与佛教的完全中国化和僧人的士大

---

① 《东观集》卷八。

② 《东观集》卷三。

③ 《东观集》卷六。

夫化是连在一起的。在宋初，以“心性本觉”为主旨的禅宗极为流行，而且与初期禅宗“教外别传”、“不立文字”相反，出现了“文字禅”，采用偈语、诗歌等文人学士也喜爱的体裁来宣传禅理，产生了与老庄玄学相结合的趋向。禅宗那种保持内心精神宁静的自我解脱，与士大夫“独善其身”时崇尚清淡闲逸的老庄思想相结合，就产生了一种共同的追求平淡清远境界的审美情趣。不仅和尚作诗的多了，文人学士参禅学佛的也很普遍，亦僧亦俗，亦俗亦僧，彼此往来酬答，成为文坛佳话。九僧诗正是产生于这样的文化背景之上。

作为出家之人，九僧与宋初的隐士文人在生活态度上极为相近，一般都视荣华富贵为过眼烟云，淡泊情志，不为利禄官位劳心费神，而是放荡于山林江湖，过着与世无争的闲散生活。因而他们的诗歌作品的情思，往往有平淡宁静的味道。如保暹的《早秋闲寄宇昭》：

窗虚枕簟明，微觉早凉生。深院无人语，长松滴雨声。诗来禅外得，愁入静中平。远念西林下，相思合慰情。①

再如行肇的《送希昼之九华》：

忽起尘外心，迹谢人中境。云去竹堂空，鹭下秋池静。野宿清溪深，月在诸峰顶。日暮立长江，遥看片帆影。②

两首诗的格调都很平淡，淡得近乎无味。所写不过是高蹈尘世后的心闲意静，甚至缺少潘阆和魏野诗中那种野逸之气，多读几首就味同嚼蜡。由于情思淡薄，只好属思于常见的云雨花木和星月溪水等自然景观，此外似无作诗材料了。欧阳修《六一诗话》说：“当时有进士许洞者，善为辞章，俊逸之士也。因会诸诗僧分题，出一

---

① 《九僧诗》一卷，清道光十五年刻本。

② 《九僧诗》。

纸，约曰：‘不得犯此一字。’其字乃山、水、风、云、竹、石、花、草、雪、霜、星、月、禽、鸟之类，于是诸僧皆阁笔。”①

但九僧诗里，也有清新意远、可供传诵的诗句。大约僧人讲究禅悟，认为“诗禅同所尚”。文兆的《赠天桂山昕禅老》诗云：“禅心混沌先，诗思云霞际。”② 把诗思与禅心相提并论，而“心性本觉”的禅悟常发生在心与景会的一刹那，可以成就佳句。如希昼的“春生桂岭外，人在海门西”（《怀广南转运陈学士状元》）；宇昭的“马放降来地，雕闲战后云”（《塞上赠王太尉》）；惟凤的“岸尽吴山谷，潮平越树低”（《送人归天台》）；惠崇的“云归树欲无，潮落山疑长”（《剡中秋怀书师》）；简长的“露冷蛰声咽，风微叶影翻”（《书行肇行壁》），③ 等等。这些诗句，感情总是平淡的，意态是清冷的，所写自然景物多为岭外桂枝，天边云霞，湖岸低树，风中叶影，审美情趣趋于冲和、清远、静寂。正如柳开门人张景在为简长诗作序时所说：“上人之诗，始发于寂寞，渐进于冲和，尽出于清奇，卒归于雅静。”④

九僧诗所反映出来的创作倾向和审美情趣，并不是一种孤立的文学现象，除前面提到的潘阆、魏野等隐士文人的创作倾向与九僧相同外，一些受禅宗思想影响的官宦文人的诗作也流露出类似的思想倾向。在当时，僧人不仅游历名山大川，也出入豪门官府，与士大夫们结友，写诗作画，在生活情趣和学问素养方面都士大夫化了。如僧人智园自序《闲居编》云：“于讲佛教外，好读周、孔、扬、孟书，往往学为古文以宗其道，又爱吟五七言诗以乐其性。”⑤

---

① 《历代诗话》，第266页。

② 《九僧诗》一卷，清道光十五年刻本。

③ 《九僧诗》。

④ 《宋诗纪事》，第2165页。

⑤ 《闲居编》卷首，四库全书本。

与此同时，士大夫们也研习禅理，禅悦之风渐盛，做为仕途失意时的精神解脱。如王禹偁在受贬后写的《朝簪》诗："一载朝簪已十年，半居谪宦半荣迁。壮心无复思行道，病眼唯堪学坐禅。"① 其《睡十二韵》又说："滞寂通禅理，无何等道人，……东窗一丈日，且作自由身。"② 他遭贬后写的一些作品也带有平淡清远的格调。如《村行》：

> 马穿山径菊初黄，信马悠悠野兴长。万壑有声含晚籁，数峰无语立斜阳。棠梨叶落胭脂色，荞麦花开白雪香。何事吟余忽惆怅，村桥原树似吾乡。③

此诗写村行时的野兴，语调平淡而意态幽远，即情即景，物我相映，显得清新可喜。虽然没有僧人诗那种空寂的禅趣，但也表现出一种随缘自适、宁静安详的情态。这种创作思想倾向反映在其诗歌理论上，就是主张诗歌应有清远的格调。王禹偁在《潘阆咏潮图赞并序》中称赞潘阆是"清气未尽，奇人继生。…趣尚自远，交游不群。松无俗姿，鹤有仙格"。④ 在《桂杨罗君游太湖洞庭诗序》中，他明确提出诗歌创作要"清其格态，幽其旨趣"。⑤ 清即清淡，幽即幽远，王禹偁自己的某些诗歌作品是做到了这一点的。

在当时，诗歌创作受禅悦之风影响的不止王禹偁一人。如杨亿也曾"留心释典禅观之学"，他在《答史馆查正言书》中说自己："反本循元，修天台之止观，专曹溪之无念。"⑥ 从他留存下来的诗歌看，不全是华丽典重之作，也有一些平淡清远的诗句。如"凉风

---

① 《小畜集》卷十。
② 《小畜集》卷八。
③ 《小畜外集》卷九。
④ 《小畜外集》卷十。
⑤ 《小畜外集》卷十三。
⑥ 《武夷新集》卷十八。

卷雨忽中断，明月背云还倒行”（《夜怀》）；[①]“梅花绕槛惊春早，布水当帘觉夏寒”（《偶书》）。[②] 但宋初诗人的创作受禅悦之风的影响并不很明显，真正能把禅趣和禅理与老庄思想融合在一起，于文学创作中翻新出奇的，还是后来苏轼等人出现之后的事。

同样是追求平淡清远，可一些受传统儒家思想影响较深的作家的作品，却表现出与方外之士不尽相同的境界。或者由于不能完全忘怀时事，而在平淡之中隐含伤感，有一种风雨黄昏、寂寞销魂的情调；或者持守个人节操，追求人格的独立和完美，于是清远之中透出高洁明瑟的纯美。

这里首先应提到的是寇准，他是宋初有名的儒臣，真宗朝曾官至宰相。如他自己在《述怀》诗中所说：“吾家嗣儒业，奕世盛冠裳。”[③] 但他于诗酷爱王维和韦应物，平常喜欢与惠崇、魏野、林逋等隐逸之人相来往，彼此有诗赠答，诗风亦极为相近，但也有所不同。如《春日登楼怀归》

> 高楼聊引望，杳杳一川平。远水无人渡，孤舟尽日横。荒村生断霭，深树语流莺。旧业遥清渭，沉思忽自惊。[④]

春日登高望远，远水、孤舟，薄雾荒村，来入眼底，闲适之中，有几分无所系念，又有几分寂寞情怀。这些都与方外之士的作品相近似。不同的是，在这一片平淡寂寞的情思深处，有一种难以除去的伤感。又如《夏夜闲书》：

> 雨濛村落野梅黄，茅阁长吟水气凉。幽鸟远声来独树，小荷疏影占前塘。闲心终不忘鱼钓，澹水真宜习老庄。报国自知

---

① 《宋诗纪事》，第240页。

② 《武夷新集》卷一。

③ 《忠愍公诗集》卷上，四部丛刊本。

④ 《忠愍公诗集》卷中。

无世用，烟蓑何日卧清漳。[①]

一种真挚情怀，沉浸在如许宁静，如许秀美，又如许闲适的境界里；但就在这一切上面，又是一重淡淡的而又难以除去的伤感。他的许多作品都如此，具有象征意味的"残阳"或"夕照"等意象，大量出现在他的诗中。如：《暮秋感兴》："苒苒前期远，穷途一可伤。有时闻落叶，不语立残阳。"《送人下第归吴》："白鸟迷幽浦，寒猿叫夕阳。离怀休堕泪，春草正茫茫。"《江南春》："波渺渺，柳依依，孤村芳草远，斜日杏花飞。"《池上秋书》："霜叶声乾飘夕照，露荷香冷泣秋风。"《海康西馆有怀》："海云销尽金波冷，半夜无人独凭栏。"《金陵怀古》："迟迟独回首，落日一蝉幽。"《秋怀》："落日留不住，默然空泪零。"[②] 等等。

冠准的诗反映了当时士大夫文人"出世"与"入世"的心理矛盾。由于国势衰弱，蓬勃向上的"盛唐气象"已不可能在宋代出现，因此即便是象冠准这样能身居相位的文人，也有"报国自知无世用"的感慨。人生价值难于通过建功立业来体现，于是转向山林隐逸寻求寄托，向老庄和禅宗思想靠近，追求平淡清远的人生境界和艺术境界。但又不能完全象方外之士那样超脱尘世，忘却物我，于是平淡中有伤感，清远里有愁怅，给人以寂寞黄昏、风雨销魂的感觉。

与冠准不同，林逋的诗没有伤感愁怅的情调，没有出世与入世的矛盾。他的思想虽然也以孔、孟为主，但他终身不仕，隐居江湖，不屑于外在的功名，而是追求一种理想的人格美。这种人格美曾被孟子描述为"富贵不能淫，威武不能屈"，有至大至刚之气。无私则大，无欲则刚，因此这种人格美与道家那种主张除情去欲、

① 《忠愍公诗集》卷中。

② 《忠愍公诗集》卷中、卷下。

自然无为的人生态度，和禅宗那种性自清净的禅悦并不矛盾。在林逋身上，儒家的道德完善与道释清净无为的人生态度相表里，表现出一种清高脱俗的节操和高雅闲逸的人格。智园在《赠林逋处士》中称他是“深居猿鸟共忘机，荀孟才华鹤氅衣”。① 苏轼在《书林逋诗后》亦说：“先生可事绝伦人，神清骨冷无尘俗。”② 这种超凡脱俗的理想人格反映在其诗歌创作中，就给人一种清远明瑟、平淡邃美的感觉。正如梅尧臣在《林和清先生诗集序》中所说：“其谈道，孔、孟也；其语近世之文，韩、李也。其顺物玩情为之诗，则平淡邃美，咏之令人忘百事也。”③《四库全书总目提要》亦云：“其诗澄澹高逸，如其为人。”如《湖村晚兴》：

沧洲白鸟飞，山影落晴晖。映竹犬初吠，弄舡人合归。水波随月动，林翠带烟微。寺近疏钟起，萧然还掩扉。④

再如《池阳山居》：

数家村店簇山旁，下马危桥已夕阳。惊鸟忽冲漫霭破，暗花闲堕暂风香。时闲盘泊心犹恋，日后寻思兴必狂。可惜迥头一声笛，酒旗摇曳出疏篁。⑤

两首诗都是写薄暮时分的景色，但没有夕阳落山的伤感和愁怅，而是一片澄静平淡的心境，水月的波动或山鸟的惊飞，使此一心境愈显深微幽远和从容泰然。因而诗中的情思也就显得明净纯美，高逸清远，非汲汲于是非名利的世俗之人所能具备。

自然，最能反映林逋的理想人格和诗歌风格的还是他的咏梅之

---

① 《林和靖集》附录，清同治十二年刻本。

② 《苏轼诗集》，第5344页。

③ 《林和靖集》卷首。

④ 《林和靖集》卷一。

⑤ 《林和靖集》卷二。

作。林逋喜爱梅，有“梅妻鹤子”之说。梅花在他笔下，实际上已成为一种高洁人格的象征。他的咏梅诗不仅写出梅的形状特征，更能写出梅之精神。如《山园小梅》：

> 众芳摇落独喧妍，占尽风情向小园。疏影横斜水清浅，暗香浮动月黄昏。霜禽欲下先偷眼，粉蝶如知合断魂。幸有微吟可相狎，不须檀板共金尊。①

这是林逋现存的六首写梅花的作品里，最有代表性的一首，而诗中写得最好的，又是颈联的两句，即“疏影横斜水清浅，暗香浮动月黄昏”。前一句写梅花之形，是通过横斜在水中的倒影来写，水木清华，相映成趣，梅的孤傲雅洁全都表现出来了。后一句写梅花之精神，也是通过水来表现，梅花的香气在水面上浮动，与水中昏黄的月影交叠，引发人的想象，呈现出一种澄淡纯美的艺术境界。就整首诗来说，格调的清冷，意态的隽永，都反映出了作者平淡自然、高雅清远的人生境界和艺术追求。

综上所述，从宋太祖建隆元年（960）宋朝建立，到宋仁宗天圣十年（1 032），欧阳修等作家登上文坛，前后七十余年，是北宋文学思想发展的初期。这个时期的文学思想的发展，首先值得注意的是创作心态的向内收敛，它使得作家的心灵趋于狭窄、敏感、细腻，缺乏理想的热情和浓郁壮大的情思，作品的内容和题材陷于日常生活中的唱和应酬，及花间酒下的男欢女爱。但也有一些作家想改革文风，提倡写作有益教化的古文，力图重建儒家的道统和文统。他们要么以心性的道德修养为文学的根本，要么以儒道为主包容道家艺术精神，使传统的儒家文学思想具有新的时代特点。在宋初，构成中国思想文化支柱的儒、道、释三家进一步合流蜕变，受其影响，一批作家的人生态度和生活情趣趋于清净无为、自然适

---

① 《林和靖集》卷二。

意，在文学上形成了追求平淡清远的思想倾向。宋人的审美情趣也就从唐人那种热情奔放、色彩明丽和雄浑豪放，变为平淡清冷、朴质自然和幽远高雅，作家留意的不是外在的事功，而是内心的宁静和精神的解脱。此一时期文学思想的发展，带有由外向内收的特点。

（原载《南开文学研究》，天津古籍出版社 1988 年出版）

对理趣与老境美的追求

——宋文化成熟时期文学思想的特征

宋文化的思想渊源可上溯到中唐韩、柳等人的古文运动，但复兴于庆历年间欧阳修等人倡导的诗文革新，其成熟则在元祐年间。从庆历到元祐，经世致用的理性思潮在政治改革失败后，演变为自觉的理性反省，重在治心养气，格物致知。于是有以二程为代表的理学，和以苏、黄为代表的诗学出现，两者同为反省思考的文化精神的产物，走的是援佛道入儒学的路子。但理学所言之“理”或“天理”，为心性道德的形而上本体，通向抽象的人伦说教，无助于生命意识的自觉，带有反文艺的倾向。苏、黄诗学虽讲求理智之沉思，亦重情气之灌注，追求的是自然之理和人生哲理融为一体的理趣。其妙处在于物我为一的证悟自得，证悟贵在超越直觉而冥合自然，非单纯的直觉意象的呈现，故不尚藻饰；自得出于内观之深邃，于外唯见其平淡，平淡而高远。因此，欧、梅诗学韩愈，以气格为主而渐造平淡，荆公诗学老杜，精严深刻，而寓悲壮于闲淡之中，皆为苏、黄诗学的前导，最终所要达到的是一种绚烂之极归于平淡的老境美，一种外枯而中膏、似癯而实腴的成熟之美。

一

对自然之理和理趣的重视，是这一时期文学思想发展的特点之一。

以二程为代表的“洛学”，把“理”或“天理”作为天地万物的根源，是抽象思维才能把握的本体。他们对道德伦理的强调和重视，远远超过对自然之理的认识，以为“穷理尽性至命，只是一事”，① 主张“性即是理”，② 于是物理也就成了性理。格物的目的在于明性，明性则需除情去欲，这就是所谓“存天理，灭人欲”。他们明确提出天理是“公心”，人欲是“私心”，提倡将维护公共群体利益的社会道德伦理，作为心灵的理性主宰意识，对于个体的感性存在，包括生理需要、情感、意志等个性特征等，持否定态度，因而得出“作文害道”的结论，③ 反对作诗。对此，苏轼是不以为然的，他在《韩愈论》中说：“儒者之患，患在于论性，以为喜怒哀乐皆出于情，而非性之所有。”④《答刘巨济书》又说：“近时士人多学谈理空性，以追世好，然不足深取。”⑤

苏轼在《上曾丞相书》里主张：“幽居默处而观万物之变，尽其自然之理，而断之于中。”⑥ 他说的自然之理寓于事物的变化之中，是具体的能为人直接感知的存在。他还从艺术创造的角度，把物理与人情看成是互相关连的。如他在《净因院画记》中认为“山石竹林，水波烟云，虽无常形，而有常理”，说“与可之于竹石枯

---

① 《二程集》，中华书局 1981 年版，第 193 页。
② 《二程集》，第 204 页。
③ 《二程集》，第 239 页。
④ 《苏轼文集》，中华书局 1986 年版，第 114 页。
⑤ 《苏轼文集》，第 1433 页。
⑥ 《苏轼文集》，第 1379 页。

木，真可谓得其理者矣”。[①] 其《墨君堂记》称竹为“竹君”，说“与可之于君，可谓得其情而尽其性矣”。[②] 苏轼说文与可画竹时的“得其理”，实际上是艺术家在把握物理的基础上，寓性情于物象之中，情和理不仅不是对立的，而且可以互相发明，如竹子虚心劲节之物理，正可体现君子高洁刚正的情性。他在《书黄道辅品茶要录后》里说：

> 物有畛而理无方，穷天下之辩，不足以尽一物之理。达者寓物以发其辩，则一物之变，可以尽南山之竹。学者观物之极，而游于物之表，则何求而不得。故轮扁行年七十而老于斫轮，庖丁自技而进乎道，由此其选也。[③]

苏轼不承认有什么固定不变万世皆准的“天理”存在，肯定事物存在变化的多样性和复杂性，意识到人们的思想和语言有其局限性，难以完全把握事物变化的自然之理。这种认识源于《庄子》，故苏轼用《庄子》里“轮扁斫轮”和“庖丁解牛”的典故，来说明“寓物以发其辩”的道理。所谓“寓物以发其辩”，就是通过事物自身来说明某种道理，用形象来表达思想，这是《庄子》文章的特色，也是苏轼文章的特色。如苏轼的《滟滪堆赋》：“天下之至信者，唯水而已。江河之大与海之深，而可以意揣。唯其不自为形，而因物以赋形，是故千变万化而有必然之理。”[④] 这是用水的形象来说明事物变化的必然之理。又因水的“因物赋形”与苏轼自己文章写作的道理相通，故在《与谢民师推官书》里用流水喻示其“文理自然，姿态横生”的创作思想；再如《日喻》通过盲人问日和南人习水两件事，从正反两方面说明“道可致而不可求”的道理；《文与

---

① 《苏轼文集》，第 367 页。
② 《苏轼文集》，第 356 页。
③ 《苏轼文集》，第 2067 页。
④ 《苏轼文集》，第 1 页。

可画筼筜谷偃竹记》用“兔起鹘落，少纵则逝”说明创作灵感的性质，等等。[①] 在苏轼的文章里，道理总是与具体的物象和比喻结合在一起，而且带有作者的情感体验和认识，因而所言之理往往具有生动、形象、感人的特点，也就是说具有理趣。

理趣是由形与神、情与理结合而产生出来的，已不是单纯的物理，更不是二程所说的那种除情去欲后的抽象性理。苏门一派的文人在创作中强调“以理为主”时，总是将其与具体可感的“气”连在一起。如苏辙在《诗病五事》中批评李白“华而不实，好事名，不知义理之所在”，指出诗文创作应当“如连山断岭，虽相去绝远而气象联络，观者知其脉理之为一也。盖附离不以凿枘，此最为文之高致耳。”[②] 黄庭坚在《与王观复书》中说：“好作奇语，自是文章病。但当以理为主，理得而辞顺，文章自然出群拔萃。”又说：“文章盖自建安以来，好作奇语，故其气象衰苶，其病至今犹在。”[③] 合而观之，黄庭坚所说的”理得辞顺”，实际上就是韩愈讲的“气盛言宜”。这一点秦观在《会稽唱和诗》中讲得比较明白，他说：“事谬则语难，理诬则气索，人之情也。二公内无所激，外无所夸，其事核，其理当，故语与气俱足，不待繁于刻划之功，而固已过人远矣。”[④] 张耒《与友人论文因以诗投之》亦云：“我虽不知文，尝闻于达者。文以意为车，意以文为马。理强意乃胜，气盛文如驾。”[⑤] 他们都主张在文章写作中，带有规律法则意味的“理”，必须和具有个性特征和生命运动感的“情气”相结合；这与理学家用道德性理抑制个体感情欲望的主张是背道而驰的。理学家

---

① 《苏轼文集》，第 1418 页、第 1981 页、第 365 页。

② 《栾城第三集》卷八，四部丛刊本。

③ 《豫章黄先生文集》卷十九，四部丛刊本。

④ 《淮海集》卷三十九，四部丛刊本。

⑤ 《柯山集》卷九，武英殿聚珍版书。

反对作文即与此有关。

在当时，苏门一派对理趣的追求，更多地体现在诗歌创作里；苏轼那种将自然之理与人生哲理融为一体的理趣诗，就深受人们的喜爱。严格地说，苏轼算不上擅长思辨的哲人，但他能从实际生活和自然景观中，直接了当地把握事物的特点和人生的底蕴，其睿智的理性风范令人折服。如《题西林壁》："横看成岭侧成峰，远近高低各不同，不识庐山真面目，只缘身在此山中。"① 在即目所见的自然事物中，写出了寓意深远的人生哲理。又如《题沈君琴》："若言琴上有琴声，放在匣中何不鸣；若言声在指头上，何不于君指上听。"② 藉琴声的产生有赖于琴和指的合作之事，表明事物相互依存的辩证关系，形象具体而意味隽永。

当然，在诗歌创作中追求理趣，也易产生"以议论为诗"的弊端，严羽在《沧浪诗话》里就有"本朝人尚理而病于意兴"的批评。这是因为诗的意境构成兼有兴象与词理两方面的内容，就直觉兴象而言，唐代诗人几已写尽，在自然景观和社会生活环境大致相同的情况下，宋人要在这方面超过唐人是很困难的；但在词理思考方面，宋人以其多方面的知识准备和文化素养，自有优于唐人的地方。故唐诗重情，宋诗重意，唐诗重写境，宋诗重写心。苏轼《和陶读<山海经>》云："口耳固多伪，识真要在心。"③《次韵江晦叔二首》说："浮云时事改，孤月此心明。"④ 心明则理得，理得则意畅，意畅则情随。由于重视理趣，苏、黄等人在诗歌创作中追求的，已不是盛唐诗人那种带有青春热情和天真的兴象玲珑之美，而是襟怀淡泊、思致细密、情意深邃的老境美。

---

① 《苏轼诗集》，中华书局 1982 年版，第 1219 页。

② 《苏轼诗集》，第 2535 页。

③ 《苏轼诗集》，第 2133 页。

④ 《苏轼诗集》，第 2445 页。

二

从艺术表现来看，老境美是一种绚烂之极归于平淡的美。苏轼《与二郎侄书》说："凡文字，少小时须令气象峥嵘，采色绚烂，渐老渐熟乃造平淡；其实不是平淡，绚烂之极也。"①黄庭坚《与洪驹父书》亦云："学功夫已多，读书贯穿，自当造平淡。"② 无论苏、黄，都把"平淡"作为作家艺术成熟的标志，所谓"渐老渐熟"，所谓"功夫已多"，都指作家在"造平淡"之前，须有一番陶洗冶炼的功夫。正如葛立方《韵语阳秋》所说："大抵欲造平淡，当自组丽中来，落其华芬，然后可造平淡之境。"③ 这样方能化巧为拙，藏深于朴，用自然朴素的表观形式反映出蕴意深远的人生感悟，以达豪华落尽见真淳的艺术极境。

由于重理趣，宋人作诗多从有意为诗始，然而他们却把陶渊明诗那种直写襟怀、无意于诗之工拙的自然平淡，作为最终的艺术追求。苏轼谪贬黄州后所作的《江城子》词云："梦中了了醉中醒，只渊明，是前生。"④ 这是因为苏轼此时的心境，与陶渊明那种"纵浪大化中，不喜亦不惧"（《神释》）的人生态度相通的缘故。由心境相通而喜爱陶诗，进而喜爱陶诗的艺术表现。元祐以后，苏轼开始了大量和陶诗的创作，其《和陶咏二疏》云："神交久从君，屡梦今乃悟。渊明作诗意，妙想非俗虑。"⑤ 所谓"妙想"，与"俗虑"相对，指由彻悟人生之后而形成的淡泊高远的襟怀。有此襟怀

---

① 《苏轼佚文汇编》卷四，《苏轼文集》，第2523页。

② 《山谷外集》卷十，四库全书本。

③ 《历代诗话》，中华书局1981年版，第483页。

④ 《东坡乐府》卷下，上海古籍出版社1979年版。

⑤ 《苏轼诗集》，第2184页。

则作诗不烦绳削而自合，无意于工而自工。晁补之《题陶渊明诗后》说："记在广陵日见东坡云：陶渊明意不在诗，诗以寄其意耳。'采菊东篱下，悠然望南山。'则既采菊，又望山，意尽于此，无馀蕴矣，非渊明意也。'采菊东篱下，悠然见南山。'则本身采菊，无意望山，适举首而见之，故悠然忘情，趣闲而心远。此未可于文字精确间求之。"① 黄庭坚在《论诗》中也说："谢康乐庾义城之于诗，炉锤之功，不遗力也；然陶彭泽之墙数仞，谢、庾未能窥者何哉？盖二子有意于俗人赞毁其工拙，渊明直寄焉耳。"② 大约平淡之为美，讲究雕琢复朴、饰终反素，重在胸襟的自然流露，陶诗那种"此中有真意，欲辩已忘言"（《饮酒诗》）的内省观照方式和作诗态度，最能反映这种诗之真美。苏轼《与子由书》说："吾于诗人，无所甚好，独好渊明之诗。渊明作诗不多，然其诗质而实绮，癯而实腴，自曹、刘、鲍、谢、李、杜诸人，皆莫及也。"③ 黄庭坚《宿旧彭泽怀陶公》诗亦云："欲招千载魂，斯文或宜当。"④ 由于推崇陶诗，形成了重襟怀直寄而不重具体物象刻画的创作思想。诗人所着意的不是外在形象的直观，也不是情绪的感染，而是心灵的证悟自得；故不尚雕琢和饰藻，主张以简御繁，以淡寓浓。黄庭坚《与王观复书》说："简易而大巧出焉，平淡而山高水深。"⑤ 晁补之《题张文潜诗册后》云："君诗容易不著意，忽似春风开百花。"⑥ 黄裳《和张仲时次欧阳文公览李白集之韵》："重与论文不须细，且贵胸襟写来易；易中自有惊人词，绳墨空高何足贵。"⑦

① 《济北晁先生鸡肋集》卷二十三，四部丛刊本。
② 《山谷外集》卷九。
③ 《苏轼佚文汇编》卷四，《苏轼文集》，第2515页。
④ 《豫章黄先生文集》卷四。
⑤ 《豫章黄先生文集》卷十九。
⑥ 《济北晁先生鸡肋集》卷十八。
⑦ 《演山集》卷三，四库全书本。

都把出自胸臆的自然平淡做为艺术创作的最高境界。

一般说来，诗人创作的“渐老渐熟”和“乃造平淡”，是与直观感受力的淡化和青春血气的衰减同步的，艺术表现上的成熟，亦含有缺乏创造激情的因素。苏轼在《雪后书北台壁》中，就有“老病自嗟诗力退，空吟《冰柱》忆刘叉”[1] 的慨叹。平淡是一种老境美，梅尧臣、欧阳修、王安石以至苏轼等人的“造平淡”都在晚年。陶诗的平淡能成为许多文人的审美兴趣所在，与当时士人心态趋于老境有关。黄庭坚《书陶渊明诗后寄王吉老》云：“血气方刚时读此诗，如嚼枯木。及绵历世事，如决定无所用智，每观此篇如渴饮水，如欲寐得啜茗，如饥啖汤饼。今人亦有能同味者乎，但恐嚼不破耳。”[2] 陶诗表现形式的自然素朴与内在情思的淡泊是连在一起的，他将老庄顺应自然的思想和儒家的安贫乐道融为一体，用般若空观化解世俗的情结，追求静穆心境与自然意趣的和谐。只有当人们在绵历世事而无所用智的晚年，方能领略其中的无味之味而不觉其枯淡。苏轼的和陶诗大量地作于晚年，就很可说明问题。当时，不为物累、不为情牵的清旷，已成为作家们较为一致的品格追求；而禅宗的流行，又以空静自悟的观照方式影响了作家的思维。苏轼的和陶诗就带有引陶人禅的时代特点。如《和陶饮酒二十首》其十三：“醉中虽可乐，犹是生灭境。云何得此身，不醉亦不醒。”[3] 在类如陶诗那种齐物我、了生死的老境中，融进了性自清净的禅悦，促进了平淡美的发展。

但是，陶诗落尽豪华的平淡，出于淡泊胸襟的自然流露，实际上是不可从艺事上求之的。苏轼晚年学陶，而作诗没有老人的衰飒，盖由其天分极高，有“气象峥嵘，采色绚烂”的才情做基础。

---

① 《苏轼诗集》，第 605 页。

② 《山谷外集》卷九。

③ 《苏轼诗集》，第 1888 页。

不然始于平淡而迄于平淡，无乃太淡乎！苏轼对其后辈说："汝只见爷伯而今平淡，一向只学此样，何不取旧日应举时文字看，高下抑扬，如龙蛇捉不住，当且学此。"① 黄庭坚晚年作诗直逼陶、杜无意为文之境，以至"人间识与不识，为君折意消魂。"② 但这种有意识地追求无意于诗，与真正的无意于诗并非一回事，陶诗的平淡出于自然，而苏、黄则难免有"造"的痕迹，而且造的方式并不一样。苏诗的"造平淡"由气象峥嵘、色采绚烂中来，是渐老渐熟后的自然结果，是饱经忧患后老年心境的流露。本于诗人的个性气质，故后人很难学步。黄诗的"造平淡"是由"功夫已多，读书贯穿"而来，取法于老杜的"晚节渐于诗律细"和"无一字无来处"，以词理的细密和风格的瘦硬为特征，讲究语意老重和规模宏远。与苏轼相比，黄庭坚的这种造平淡的方式不仅易为后人学步，而且更能反映当时文学创作中重理性内省的思维特点和宋诗风貌。

在诗歌创作中，黄庭坚把陶、杜作为自己学习的榜样，其《赠高子勉》诗云："拾遗句中有眼，彭泽意在无弦。"③ 但他是个气质个性偏于内向的诗人，故作诗讲究"曲折三致意"的深思和沉郁拗健的顿挫，有陶诗的精神，但没有它的冲淡恬远。学杜诗的博大，可仅于命意立言上力求沉着，着力于向内心深处抉剔和透视，偏于哲人的探索，以理蕴丰富和思致细密见长。如《元丰癸亥行石潭寺见旧和栖蟾诗，甚可笑，因削拊灭稿别和一章》：

> 千里追奔两蜗角，百年得意大槐宫。空馀祇夜数行墨，不见伽黎一臂风。俗眼只如当日白，我颜非复向来红。浮生不作游丝上，即在尘沙逐转蓬。④

---

① 《与二郎侄》，《苏轼文集》，第2523页。

② 惠洪《悼山谷五首》其一，《石门文字禅》卷十四，四部丛刊本。

③ 《豫章黄先生文集》卷十二。

④ 《豫章黄先生文集》卷七。

《登快阁》：

> 痴儿了却公家事，快阁东西倚晚晴。落木千山天远大，澄江一道月分明。朱弦已为佳人绝，青眼聊因美酒横。万里归船弄长笛，此心吾与白鸥盟。①

前一首写浮生漂泊的感叹，后一首表达弃官归隐的愿望，既有老庄向往自然的思想，又有儒家安贫乐道的精神。从精神旨意上看，与陶诗有一致的地方，但就诗境的构成而言，决非淡泊襟怀的自然流露，而是以幽眇的思路体验事物和观照自我，出之以奇思、奇语、奇境。如“两蜗角”而言“千里追奔”，“槐宫”而谓“百年得意”，化用前人典故来写人世功名的虚幻，着眼于语意的新奇，其神兀傲，其气崛奇，但未流于险怪。用典的精妙隐密，反映了诗人思力的深微，往往于一事中可令读者联想到许多。如“痴儿”句用《晋书·傅咸传》上的典故，包括了自嘲、自许、自放、自快等多重意思。从运思上看，前一首由功名的虚幻迷悟，转到人世的炎凉和老年的衰朽，归结到人生的艰难飘荡；后一首从公事完毕后的“倚晚晴”写起，由眼前景物转到伯牙、子期和阮籍等历史人物，最后回到“此心吾与白鸥盟”上，均有曲折三致意之妙。就章法而言，乍一看，句与句之间象是散漫不联贯，由此造成了诗的顿挫和语意的沉郁，但是却如画家作画，有墨断意连之妙。只要领会了诗人的立意，即可看出各句之间似断实连的细密理脉。又由于追求不俗，造语时力求“自铸伟辞”，“故不惟凡近浅俗气骨轻浮不涉毫端句下，凡前人胜境，世所程式效慕者，尤不许一毫近似之，所以避陈言、羞雷同也。而于音节，尤别创一种兀傲奇崛之响，其神气即随此以见。”② 凡此种种，非到“功夫已多，读书贯穿”的老年，似不易

---

① 《豫章黄先生文集》卷七。

② 方东树《昭昧詹言》，人民文学出版社1961年版，第225页。

做到。黄庭坚山谷诗拨去浮言腴语的瘦硬，可视为宋人“造平淡”的一种特殊方式，其意蕴丰富和思致细密亦属老境美之特点。正如钱钟书先生《谈艺录》所说：“一生之中，少年才气发扬，遂为唐诗；晚节思虑深远，乃染宋调。”

三

就更深一层次的情感意蕴而言，老境美所反映的是一种人世沧桑的凄凉和强歌无欢的沉郁，它源于当时作家心理感情中普遍存在的“忧患”意识。苏轼在《南华寺六祖塔功德疏》中说自己“一生忧患，常倍他人”，[①] 故于诗中屡屡提及。如《王颐赴建州钱监求诗及草书》：“迩来忧患苦摧剥，意思萧索如霜蓬。”《舟中夜起》：“此生忽忽忧患里，清境过眼能须臾。”《石苍舒醉墨堂》：“人生识字忧患始，姓名粗记可以休。”《次韵郑介夫二首》其二：“一生忧患萃残年，心似惊蚕未易眠。”《和子由苦寒见寄》：“细思平时乐，乃为忧所缘。”[②] 类似的心态亦出现在当时许多作家的诗里，如黄庭坚的《寄黄几复》：“想得读书头已白，隔溪猿哭瘴溪藤。”[③]《寄贺方回》：“少游醉卧古藤下，谁与愁眉唱一杯。解作江南断肠句，只今惟有贺方回。”[④] 又如陈师道的《夏日书事》：“花絮随风尽，欢娱过眼空。穷多诗有债，愁极酒无功。”[⑤] 在诗人语意凄凉的陈述中，不难感受到其深藏心底的忧患。这种忧患与思虑渐深是连在一起的，属于一种带有理性批判否定精神的情感判断。

---

① 《苏轼文集》第1904页。

② 《苏轼诗集》，第237页，第942页，第235页，第2406页，第215页。

③ 《豫章黄先生文集》卷九。

④ 《豫章黄先生文集》卷十一。

⑤ 《后山先生集》卷五，四部备要本。

否定性的情感判断易产生出诸如人生如梦、世事空无一类的消极情绪，更适宜于用词体来表达，故凄凉之感弥漫在当时许多诗人的词作中。如苏轼的《西江月》："世事一场大梦，人生几度秋凉。夜来风叶已鸣廊，看取眉头鬓上。"① 《醉落魂》："分携如昨，人生到处萍飘泊。偶然相聚还离索，多病多愁，须信从来错。"② 即便是被人们普遍誉为"豪放"的《念奴娇·赤壁怀古》词，在"乱石穿空，惊涛拍岸"的壮观景色背后，依然是"人生如梦，一樽还酹江月"的凄凉。心绪凄凉，语转平淡，淡而履深，情溢语外，出之以超然和旷达。如《采桑子》："多情多感仍多病，多景楼中，尊酒相逢。乐事回头一笑空。"《醉蓬莱》："笑劳生一梦，羁旅三年，又还重九。华发萧萧，对荒园搔首。"③ 感情的表达已由花间酒下的男欢女爱，上升到人世空漠的叹喟，举凡宇宙人世间的事物，凡能触发性灵情绪者，无不可写于词中。词境扩大了，感情的份量也加重了，加之苏轼以诗入词，将诗之气格运之于词，给人以天风海雨逼人的印象；故能一新世人耳目，指出向上一路，这在词的发展过程中无疑是一变革。

苏门一派的文人，虽因各人性分才情不同而词风各异，然而在此词风转变之际，均可看到苏轼的影响。黄庭坚青少年时期的词作有极纤秾俚俗者，近于柳永一流，从苏轼交游后词风大变，其《定风波》云："莫笑老翁犹气岸，君看，几人黄菊上华巅。戏马台前追两谢，驰射，风情犹拍古人肩。"又《鹧鸪天》："身健在、且加餐，舞裙歌板尽情欢。黄发白发相牵挽，付与旁人冷眼看。"④ 老年沉郁之情，一以空灵疏宕之笔出之，旷达几近于苏轼。再如秦

---

① 《东坡乐府》卷上。

② 《东坡乐府》卷下。

③ 《东坡乐府》卷上。

④ 《山谷词》，《宋六十名家词》本。

观，就其《淮海词》而言，儿女柔情之作为多，得《花间》、《尊前》遗韵而出之以清婉，能于柳永、苏轼之外别树一帜。如《浣溪沙》：

漠漠轻寒上小楼，晓阴无赖似穷秋。淡烟流水画屏幽。自在飞花轻似梦，无边丝雨细如愁。宝帘闲挂小银钩。①

融情景于一炉，会意趣于两得，清新之中有深婉不迫之趣。在当时的词人里，除晏几道和贺铸之外，他人未能有此境界。然苏轼犹以气格病之，戏云："山抹微云秦学士，露华倒影柳屯田。"(《避暑录话》）以秦、柳并提，暗含规劝之意。元丰年间秦观拜见苏轼时，苏轼说："不意别后，公却学柳七作词！"秦观答："某虽无学，亦不如是。"苏轼说："'销魂当此际'，非柳七语乎！"(《高斋诗话》）张耒、晁补之亦云："少游诗似词，先生词似诗。"（《王直方诗话》)。③ 苏、秦词风之异，由此可见一斑。但是，我们在秦观词那种淡烟丝雨式的清婉中，亦不难感受到人世的凄凉，这与苏轼词旷达背后的凄凉，实有相通之处。苏轼于"苏门四学士"中，与秦观最为亲近；而秦观既以苏轼为师，亦不免潜移默化。特别是当他晚年受苏轼的牵连而贬谪在外，屡遭忧患之后，词境遂由清婉入于凄怆。如《踏莎行》：

雾失楼台，月迷津渡，桃源望断无寻处。可堪孤馆闭春寒，杜鹃声里斜阳暮。　驿寄梅花，鱼传尺素，砌成此恨无重数。郴江幸自绕郴山，为谁流下潇湘去？④

《千秋岁》：

---

① 《淮海居士长短句》卷上，上海古籍出版社 1985 年版。

② 《宋诗话辑佚》，中华书局 1980 年版，第 497 页。

③ 《宋诗话辑佚》，第 102 页。

④ 《淮海居士长短句》卷上。

水边沙外，城郭春寒退。花影乱，莺声碎。飘零疏酒盏，离别宽衣带。人不见，碧云暮合空相对。 忆昔西池会，鹓鹭同飞盖。携手处，今谁在？日边清梦断，镜里朱颜改。春去也，飞红万点愁如海。[①]

如此悲苦凄怆之情，千回百折而出之，已非“儿女柔情”所能范围了，气格之高，渐与苏轼为近。苏轼曾书《踏莎行》的后阕于扇面，云：“少游已矣，虽万人何赎！”[②] 秦观词为苏轼及朋辈所推重即在此。晁补之说：“比来作者，皆不及秦少游。如‘斜阳外，寒鸦数点，流水绕孤村。’虽不识字人，亦知是天生好言语。”（《侯鲭录》卷八）黄庭坚倾倒于秦观的《千秋岁》词，爱其“飞红万点愁如海”句，而觉得难以属和（《能改斋漫录》卷十六）。苏轼读秦观梦中作的《好事近》词，至“醉卧古藤阴下，了不知南北”而流涕不已。[③] 盖因秦观的这类词，深刻地表达了当时身处忧患的知识分子的凄凉悲怆，最能引发士人的感情共鸣。这种带有暮年色彩的人世凄凉，远胜于不知愁滋味的少年哀怨。此种情感虽也能于当时诗人的诗里见到，但远不如词中所表现的如此真切，如此曲折，如此凄清苍凉。无怪孔平仲读《千秋岁》词至“镜里朱颜改”而惊呼：“少游盛年，何为言语悲怆如此！”（《独醒杂志》卷五）。当时，秦观的《千秋岁》词，孔平仲、黄庭坚、苏轼等先后和之，皆因受其感发之故。《四库提要》说：“观诗格不及苏、黄，而词则情韵兼胜，在苏、黄之上。”从表情的角度而言，当属不易之论。

老境美的情感表达，除了人世凄凉的悲怆外，还有挺拔顿挫的沉郁。这后一种情感表达，于诗以黄庭坚为代表，于词则当推周邦

---

① 《淮海居士长短句》卷上。

② 《苕溪渔隐丛话》，人民出版社 1962 年版，第 339 页。

③ 《书秦少游词后》，《苏轼文集》卷六十八。

彦。陈廷焯《白雨斋词话》说："词至美成，乃有大宗，前收苏、秦之终，复开姜、史之始，自有词人以来，不得不推为巨擘。后之为词者，亦难出其范围。然其妙处，亦不外沈郁顿挫。顿挫则有姿态，沈郁则极深厚。既有姿态，又极深厚，词中三昧，亦尽于此矣。"又说："美成词极其感慨，而无处不郁，令人不能遽窥其旨。"如《兰陵王》：

> 柳阴直，烟里丝丝弄碧，隋堤上，曾见几番，拂水飘绵送行色。登临望故国，谁识京华倦客。长亭路，年去岁来，应折柔条过千尺。　闲寻旧踪迹，又酒趁哀弦，灯照离席，梨花榆火催寒食。愁一箭风快，半篙波暖，回头迢递便数驿。望人在天北。　凄恻，恨堆积。渐别浦萦回，津堠岑寂，斜阳冉冉春无极。念月榭携手，露桥闻笛。沉思前事，似梦里，泪暗滴。[2]

此词当作于周邦彦游学汴梁、当"京华倦客"的元丰元祐年间，与《六丑》、《大酺》等作相类，同为周词里的代表作。其中的"登临望故国，谁识京华倦客"为一篇立意处，而"隋堤上，曾见几番，拂水飘绵送行色"等语，则已交待了"倦客"之由，于此可见其思致的细密。接下去的"长亭路，年去岁来"等句，抒发久客京师的羁旅之感，只写眼前景物，不写羁旅淹留之故，而凄恻愤闷之情则时时隐现，无一语不吞咽出之，并不直白道破。至结尾方说"沉思前事，似梦里，泪暗滴"。陈廷焯说："妙在才欲说破，便自咽住，其味正自无穷。"[3]梁启超在《中国韵文里头所表现的情感》一文里，将这种表情法称为"吞咽式"，以为"他们在饮恨的状态底下，

---

① 《白雨斋词话》，人民文学出版社1959年版，第16页。

② 《清真集》卷下，中华书局1981年版。

③ 《白雨斋词话》，第17页。

情感才发泄到喉咙，又咽回肚子里去了。所以音节很短促，若断若续”。[①] 周邦彦词的音节短促，与词的曲调有关，亦来自笔力的“奇崛”。王灼《碧鸡漫志》认为：周邦彦的“《大酺》、《兰陵王》诸曲最奇崛。或谓深劲乏韵，此遭柳氏野狐涎吐不出者也”。[②] 所谓“奇崛”、“深劲乏韵”，与黄庭坚作诗同一路数，盖出于思虑深远。但就表情的“吞咽”而言，词的合乐体制显然给予了词作者以方便。不过，由于在这种表情的“沉郁”中融进了理智的“沉思”，虽在写儿女离情和羁旅之感时，能笔力挺拔，幽咽而不流于绮靡；但却不如专主情致的悲怆吐露更能打动人心。这也正是周词不如秦词处。

（原载《南开学报》1992年第5期）

① 《饮冰室合集》文集第13册，中华书局1936年版，第80页。

② 《词话丛编》第一册，中华书局1986年版，第84页。

清旷之美

——苏轼的创作个性、文化品格及审美取向

苏轼是宋代以至整个中国封建社会后期文艺思想演变过程中最具代表性的关键人物。其创作个性、文化品格和审美取向所体现出来的清旷之美，改变了一时文学的创作风尚，推动着文学思想的发展，并影响了当时及后代许多作家的审美追求。其意义是十分重大的。

一

胸次清旷，无意为文而文已工，此为文学创作的高境。

宋代诗人中，能达此高境者，苏轼当推第一。他的诗歌创作，在前期以豪迈为主，多清雄之气；后期趋于自然平淡，表清远旷达之意味，一以贯之的是清澈坦荡的胸襟和自由洒脱的个性。其过人之处在于：他的人生虚幻和痛苦的体验比一般人要深微沉重，却没有陷入厌世伤感，始终保持着心灵主体潇洒自如的气度和乐观旷达的情怀。他通过作品反映出来的人生思考比他的前辈和同时代人远为丰富、复杂、深刻。这一点在苏轼前期的诗歌创作中即有体现，

如《和子由渑池怀旧》："人生到处知何似？应似飞鸿踏雪泥。泥上偶然留指爪，鸿飞那复计东西。"① 不仅表现出诗人初入仕途时的迷惘，也写出人生的偶然无常和不可捉摸；但没有因此而气馁，而是充满了不惧艰难向前奋飞的自信。又如《凤翔八观》中的《石鼓歌》："兴亡百变物自闲，富贵一朝名不朽。细思物理坐叹息，人生安得如汝寿。"在人生短暂的叹息中，透露出对超越生死的精神不朽的追求。其《维摩像、唐杨惠之塑，在天柱寺》云："今观古塑维摩像，病骨磊嵬如枯龟。乃知至人外生死，此身变化浮云随。"② 在《王维吴道子画》中，他既称赞吴道子那种"笔所未到气已吞"的雄放，更推崇王维那种"得之于象外"的清且敦，对王维诗画合一的艺术创作中超越形迹之外的空无寂静的人生体验，有更多的认同。

在苏轼早期诗歌创作中，用庄禅思想来化解人生忧患的倾向并不十分明显。《腊日游孤山，访惠勤、惠思二僧》一诗，名为找僧人谈禅，实为到孤山寻诗，所谓"作诗火急追亡逋，清景一失后难摹。"③ 苏轼真正醉心于庄禅，在生活中冷静地探索人生问题，创作心态和文学思想发生重大变化，还是"乌台诗案"发生之后的事。不过在此之前，苏轼就已敏锐地预感到了政治生活的险恶，和命运之神的飘忽无常，力求在纷纭复杂的现实社会中保持住清醒的主体意识。如元丰元年（1 078），苏轼在徐州任上写的《百步洪》诗，以雄健清逸的气势，连珠频发的联想，生动奇特的比喻，写出急流飞舟的壮观奇景，而其中暗喻的却是诗人"险中得乐虽一快"的政治生活。故诗的后半透出了诗人对党争将导致的社会动乱的感慨："纷纷争夺醉梦里，岂信荆棘埋铜驼。"在涛声喧哗中已有一片

---

① 《苏轼诗集》，中华书局 1982 年版，第 97 页。
② 《苏轼诗集》，第 105 页、第 110 页。
③ 《苏轼诗集》，第 318 ~ 319 页。

空漠之感。看岸边苍石，篙眼如蜂窠，古往今来，政治激流中的拼博多么不易！而人生短暂，忧患日深，怎么办？苏轼的回答是："但应此心无所住，造物虽驶如吾何！"① 案："无所住"语出释典，《金刚经》云："应如是生清净心，不应住色生心，不应住声香味触法生心，应无所住而生其心。"所谓"此心无所住"，就是在纷纭世态中保持住超越于是非利害得失之上的清净心，这样就能随缘自适，虽寓意于物而不留意于物，从而获得逍遥物外的精神自由。苏轼胸次的清旷实由此而来。

庄、佛对苏轼文学思想的影响极为深刻而隐蔽，一开始主要是通过心态的变化在创作中反映出来。苏轼幼年曾就学于道士张易简，深受老庄思想的薰陶。《庄子》里描写的那种主体心灵在虚构的精神领域内任意驰骋想象的逍遥之游，不仅对苏轼思路开阔、纵横恣肆的文风有直接的影响，还促使他在创作中重视自我心灵的体认和内省。其《读道藏》云："至人悟一言，道集由中虚。心闲反自照，皎皎如芙蕖。"《石苍舒醉墨堂》说："自言其中有至乐，适意无异逍遥游。"《送文与可出守陵州》谓："清诗健笔何足数，逍遥齐物追庄周。"②这个时期士人对于《庄子》的重视，尤在逍遥、齐物二义；此二义归根于虚无，与佛家言空之理相通，同为士人面临人生忧患时思想自我解脱的出路。由庄学再向上一关，便是禅。

《庄子》是苏轼入禅的捷径，这也决定了他所理解的禅，在骨子里带有任性逍遥的庄学思想。三教合流、庄禅不分，是这一时期士人思想发展的趋向，故原本不可言说的禅也可以用来言诗。元丰元年，苏轼在《送参寥师》中说：

上人学苦空，百念已灰冷。剑头惟一吷，焦谷无新颖。胡

---

① 《苏轼诗集》，第 892 页。

② 《苏轼诗集》，第 182 页、第 236 页、第 250～251 页。

为逐吾辈，文字争蔚炳。新诗如玉屑，出语便清警。退之论草书，万事未尝屏。忧愁不平气，一寓笔所骋。颇怪浮屠人，视身如丘井。颓然寄淡泊，谁与发豪猛。细思乃不然，真巧非幻影。欲令诗语妙，无厌空且静。静故了群动，空故纳万境。阅世走人间，观身卧云岭。咸酸杂众好，中有至味永。诗法不相妨，此语更当请。①

此诗的主旨在“诗法不相妨”上。诗人的创作需要激情，需要对世间万物的关注，需有忧愁不平之气。正如韩愈在《送高闲上人序》里论张旭草书时说的：“喜怒窘穷，忧悲愉佚，怨恨思慕，酣醉无聊不平，有动于心，必于草书焉发之。”② 此为时人所共识。而僧人的“法界观”则要求百念俱灰，淡泊情志，视世间万物如空无，以求心之清净。这似乎诗人的创作完全相反，但“细思乃不然”，淡泊与豪猛，相反亦相成。诗人忧愁不平的豪猛之气出之于淡泊，能有独立于万物之表的超逸；僧人淡泊的空静用于诗人的观物，则能“了群动”、“纳万境”，有助于诗人神与物游时的驭风骑气。超逸可见胸次之“清”，了群动、纳万境则可见心神之“旷”，所谓“法不相妨”，就在于调和淡泊与豪猛而出之以“清旷”。这样既能保持住类于僧人那种游方物外、不为世俗名利所累的清净心胸，又能展示出诗人深于情而能超越之的旷达情怀。此为苏轼的卓识，也是宋代文学思想从宋初追求平淡清远，到宋中叶追求雄奇之后，一个合乎逻辑的发展。

正因为如此，继欧阳修之后，苏轼成为新的文学思想的代表人物和文坛领袖。早在嘉祐二年（1057）欧阳修知贡举时，见苏轼文

---

① 《苏轼诗集》，第905~907页。

② 《韩昌黎文集校注》，上海古籍出版社1987年版，第270页。

而惊喜，预言苏轼“他日文章，必独步天下”（《诚斋诗话》）。[①] 果然，随着欧、梅等作家先后去世，王安石罢相后隐居金陵，苏轼在文坛的影响越来越大，身边逐渐集合起一批志同道合的文友，组成了新的文学集团。如熙宁五年（1072），苏轼在湖州看到孙觉出示的黄庭坚的诗文，以为不凡。熙宁六年（1073），苏轼在通判杭州任上与晁补之相识。熙宁十年（1077）正月，李常邀苏轼游湖，出其甥黄庭坚诗文向苏轼求正。同年二月苏轼知徐州，四月到任后，秦观、陈师道、道潜等人前往拜谒，结为苏门文友。这时苏轼在士人心目中已有很高的声誉和吸引力，秦观《别子瞻》一诗说：“人生异趣各有求，系风捕影祗怀忧。我独不愿万户侯，惟愿一识苏徐州。”[②] 元丰元年，黄庭坚自北京（河北大名）寄诗谒苏轼，为苏、黄正式结交之始。黄庭坚在《古风二首上苏子瞻》中，通过对“孤芳思皎洁，冰雪空自香”[③] 的江梅的称颂，表达了自己对苏轼清旷人品的倾慕。苏轼则在《答黄鲁直》书里褒扬黄庭坚的为人是：“意其超逸绝尘，独立万物之表，驭风骑气，以与造物者游。”[④] 超逸绝尘形容品格之清，与造物者游则见其心胸之旷。

可以说自元丰后，崇尚清旷就成为苏黄一派文学思想的重要内容。与此相关，文学创作的重心由对社会政治的关注，转向对出处生死等人生问题的思考。在社会政治危机四伏、仕途风浪险恶的情况下，庄佛思想促作家转向心灵的自我体认，转向内省。这一时期的作家大都对《庄子》有认真地研究，如苏轼的《庄子祠堂记》，认为庄子思想对孔子思想是阳挤阴助，并首次提出《让王》等四篇的真伪问题。黄庭坚在《书老子注解及庄子内篇论后》中说：“老

① 《历代诗话续编）上册，中华书局 1983 年版，第 149 页。

② 《淮海集》卷四，四部丛刊本。

③ 《豫章黄先生文集》卷二，四部丛刊本。

④ 《苏轼文集》，中华书 1986 年版，第 1532 页。

庄书，前儒者未能涣然顿解者，僧中时有人得其要旨。”[1] 黄裳《顺兴讲庄子序》说：“然而老庄之书，复显于今日，其亦时与数之所感欤!”[2] 庄佛思想在士人中的流行，给崇尚清旷的文学思想提供了理论基础。

二

作家要在创作中做到胸次清旷，必须破除我与非我的对立与限界，把自我融进自然之中，物我一体；同时还须破除理智的束缚，无思无虑，才可能神动而天随，与造物者游。苏轼在《徐州莲华漏铭》中说：“盖以为无意无我，然后得万物之情。”[3]他在徐州写的《思堂记》亦云：“嗟夫，余天下之无思虑者也。遇事则发，不暇思也。……《易》曰‘无思也，无为也’。我愿学焉。《诗》曰‘思无邪’。”[4] 苏轼的这些看法，在他谪贬黄州之后的文学创作和理论批评中，得到了充分的体现。

元丰二年（1079）发生的“乌台诗案”，一下子把苏轼推到生死交关的境地，心灵受到极大的震撼。在狱中，他曾料定自己必死无疑，写有“是处青山可埋骨，他时夜雨独伤神”的诗句。死亡的考验使他体会到外部世界和生存环境的严酷，导致他对个体内在生命价值的重视和珍惜，促成了其人生思想的成熟和创作态度的转变。他在出狱后写的《十二月二十八日．蒙恩责授检校水部员外郎黄州团练副使，复用前韵二首》中说：“出门便旋风吹面，走马联

---

① 《山谷外集》卷九，四库全书本。
② 《演山集》卷十九，四库全书本。
③ 《苏轼文集》，第562页。
④ 《苏轼文集》，第363页。

翩鹊啅人。却对酒杯疑是梦，试拈诗笔已如神。”[①] 到达黄州贬所后，世事的忧患，人情的炎凉，把他一步步推向空门。他在《与参寥子书》中说：“仆罪大责轻，谪居以来，杜门念咎而已。平生亲识，亦断往还，理故宜尔。而释、老数公，乃复千里致问，情义之厚，有加于平日，以此知道德高风，果在世外也。”[②] 有感于此，他在黄州自号“东坡居士”，以在家的和尚自居，经常“焚香默坐，深自省察，则物我相忘，身心皆空，求罪垢所从生而不可得。一念清净，染污自落，表里翛然，无所附丽。私窃乐之。”[③]

苏轼的焚香坐禅，并不在于宗教信仰，而是心折于僧人那种物我相忘后达到的性自清净的禅悦境界。如他在《论六祖坛经》里所说：“根性既全，一弹指顷，所见千万，纵横变化，俱是妙用。”[④] 此在禅宗为“化身”，在道家则为“得道”。苏轼《庄子解》说：“得道者无物无我。”[⑤] 在此无我的境界里，自我的生命意识已与自然融为一体，只要领路到自然的妙味，也就领略了人生的真谛。如《赤壁赋》所言：

> 白露横江，水光接天，纵一苇之所如，凌万顷之茫然。浩浩乎如凭虚御风，而不知其所止，飘飘乎如遗世独立，羽化而登仙。……

这里苏轼给我们展示的，不正是那种与天地并立、与万物为一的无我境界么？人生虽然短暂，如梦如烟如闪电，但在其融入自然里的那一刻，不也可以体会到生命意义的永恒么？苏轼说：“自其不变

---

① 《苏轼诗集》，第 1005 页。
② 《苏轼文集》第 1859 – 1860 页。
③ 《黄州安国寺记》，《苏轼文集》第 392 页。
④ 《苏轼文集》，第 2082 页。
⑤ 《苏轼文集》，第 176 页。

者而观之，则物与我皆无尽也，而又何羡乎？”[①] 如此胸怀，何等清旷！它使个人的精神意识超越于物我之上，具有一种涵盖万物的品格。于是作家能够突破小我的局限，旷观宇宙之大，透视时间之久，拓展生命的领域，步入随缘任性、逍遥自由的精神境界，使创作达到一个新的高度。正如后来苏辙在《亡兄子瞻端明墓志铭》里所说：“公之文，得之于天。少与辙皆师先君，初好贾谊、陆贽书，论古今治乱，不为空言。既而读《庄子》，喟然叹息曰：‘吾昔有见于中，口未能言，今见《庄子》，得吾心矣。’既而谪居于黄，杜门深居，驰骋翰墨，其文一变，如川之方至，而辙瞠然不能及矣。后读释氏书，深悟实相，参之孔老，博辨无碍，浩然不见其涯也。”[②]

这个时期苏轼提出的“无思之思”说，不仅反映了其创作思想的变化，也体现了庄佛思想对他的影响。北宋士大夫中流行的佛教是南宗禅的临济宗，杨亿、王安石、苏轼、苏辙、黄庭坚、秦观等人所交往的高僧都属临济宗，他们亦被看作是本宗的俗弟子。南宗禅的一大特点是强调“以心传心，不立文字”，重直观证悟，又称之为“胜解”。苏轼《与子由弟》书云：“任性逍遥，随缘放旷，但尽凡心，无别胜解。以我观之，凡心尽处，胜解卓然。但此胜解，不属有无，不通言语，故祖师教人，到此便住。”[③] 这正可为“无思之思”说张本。其《思无邪斋铭》序云：“东坡居士问法于子由。子由报以佛语，曰：‘本觉必明，无明明觉。’居士欣然有得于孔子之言曰：‘《诗》三百，一言以蔽之，曰思无邪。’夫有思皆邪也，无思则土木也，吾何自得道，其惟有思而无所思乎？”[④] 这个问题，苏轼提到过多次。他在《续养生论》中说：“凡有思皆邪也，而无

---

① 《苏轼文集》，第6页。

② 《栾城集》卷二十二，四部备要本。

③ 《苏轼文集》，第1834页。

④ 《苏轼文集》，第574～575页。

思则土木也。孰能使有思而非邪，无思而非土木乎？盖必有无思之思焉。”①

也就是说，“有思”——“无思”——“无思之思”，其间的“无思”实际上是一个“忘”的功夫。苏轼说：“口不能忘声，则语言难于属文，手不能忘笔，则字画难于刻雕。及其相忘之至也，则形容心术，酬酢万物之变，忽然而不自知也。”② 这种“忘”的功夫，也就是庄子所说的唯道集虚的“心斋”，是艺术创作中随物赋形的先决条件。苏轼《自评文》说：“吾文如万斛泉源，不择地皆可出，在平地滔滔汩汩，虽一日千里无难。及其与山石曲折，随物赋形，而不可知也。所可知者，常行于所当行，常止于不可不止，如是而已矣。其他虽吾亦不能知也。”③ 所谓“随物赋形”，而又“常行于所当行，常止于不可不止”，正是“无思之思”在文学创作过程中的生动解说。

这种思维方式具有超越有无和言语的特点，它能使作家的思维突破既有的语言牢笼和理性框架，达到“任性逍遥，随缘放旷”的自由境界。这也正是苏轼后期创作的显著特色。其《寓居定惠院之东，杂花满山，有海棠一株，土人不知贵也》，写海棠幽独中的嫣然一笑，雨中月下的凄怆清淑，以及诗人的“散步逍遥自扪腹”，④已透露出超尘绝世、悠然旷达的情调。再如《东坡》、《定风波·莫听穿林打叶声》、《临江仙·夜饮东坡醒复醉》等，无论诗或词，所表达的都是一种清旷的文化品格。诗人曳杖放步于修竹掩映的僧舍、月色笼照的山坡、细雨飘洒的林间、无静浪细的江边，无言忘我，收视反听，在窈冥静默中“与造物者游”，细细地体味自然的

---

① 《苏轼文集》，第 1984 页。

② 《虔州崇庆禅院新经藏记》，《苏轼文集》，第 390 页。

③ 《苏轼文集》，第 2069 页。

④ 《苏轼诗集》，第 1037 页。

天籁。正是这种“不思之思”，使诗人在平凡的日常生活中发现了诗情，找到了人生的乐趣。

苏轼在黄州写的《与子由弟》书说：“吾兄弟俱老矣，当以时自娱，此外万端皆不足介怀。所谓自娱者，亦非世俗之乐，但胸中廓然无一物。即天壤之内，山川草木虫鱼之类，皆吾作乐事也。”① 其《与言上人》书亦云：“雪斋清境，发于梦想，此间但有荒山大江，修竹古木，每饮村酒，醉后曳杖放脚，不知远近，亦旷然天真。”② 无我无思，故能胸次清虚而廓然无一物；性合自然，所以旷然天真。这是苏轼后期所追求的一种艺术化了的人生境界，体现在他创作的大量诗词作品里。即以文章而言，黄州之后，苏轼绝少有青少年时期写的那种以经世致用为主旨的长篇宏论，而是写了大量带有自觉创作意识和具有文学散文味道的题跋、书简、随笔和散文赋，因这类文章更能体现他任性逍遥、随缘放旷的个性。

三

崇尚清旷的思想，带有庄佛超物我、齐生死以化解人生忧患的性质，同时亦含有一种儒家士大夫在恶劣的社会政治环境中追求道德人格挺立的意味。苏轼在《答毕仲举》里说：“学佛老者，本期于静而达，静似懒，达似放。”③ 佛老的静达必须用儒家道德人格的浩然正气来支撑，方能避免流于虚无空寂的闲懒颓放。苏轼之所以能几经磨难而没有放弃对人生、对艺术的执着追求，喜爱佛老庄禅而又对佛老庄禅持冷静的批判态度，就在于他的思想中具有儒家那种充满社会责任感和历史使命感的积极入世精神。他在《与李公

① 《苏轼文集》，第 1839 页。
② 《苏轼文集》，第 1892 页。
③ 《苏轼文集》，第 1672 页。

择》书中说："吾侪虽老且穷，而道理贯心肝，忠义填骨髓，直须谈笑于死生之际，若见仆困穷便相于邑，则与不学道者大不相远矣。"① 黄庭坚能于禅宗戒律精严的启发，转向儒家道德人格的肯定，也表明了这一点。其《赠柳闳》诗云；"胸中浩然气，一家同化玄。"② "浩然气"典出《孟子》，为主张道德操守的儒生所乐道；"同化玄"者，任渊的《山谷诗注》引张拙《悟道颂》、佛典《楞严经》及《庄子》为说，甚是。苏、黄等人的清旷，实为当时援佛道入儒的三教合流的时代精神在艺术创作中的体现，所要成就的是一种虚静高洁的心灵和淡泊雅逸的人格。

这种心灵和人格不仅通之于文学，也通之于绘画和书法。元祐年间，苏轼与苏辙、黄庭坚、晁补之、秦观、陈师道、张耒等诗人在京城开封相会，与画家王诜、米芾、李公麟等相交，互相唱和赠答、品书论画，蔚为文坛盛事。米芾《西园雅集图记》在描述李公麟创作的反映当时文人雅士林下风味的人物画时说："炉烟方袅，草木自馨，人间清旷之乐，不过于此。嗟乎！汹涌于名利之域而不知退者，岂易得此耶。自东坡而下，凡十有六人，以文章议论博学辨识英辞妙墨好古多闻雄豪绝俗之资，高僧羽流之杰，卓然高致，名动四夷。"③ 由此可见当时诗人画家共同的生活情趣和审美取向。苏、黄同为宋代的著名诗人和书法家，苏轼还是一个文人写意画家。他们写了不少有关书画的题跋和题画诗。

尽管唐代就有意味着诗画融合的题画诗出现，也有王维那样的诗人兼画家；但对诗与画在精神上的融合理解得最透彻的，还要数苏、黄等人。苏轼在《书摩诘蓝田烟雨图》中说："味摩诘之诗，

---

① 《苏轼文集》，第1500页。

② 原题为《柳闳展如苏子瞻甥也，其才德甚美，有意学，故以桃李不言下自成蹊八字作诗赠之》，《豫章黄先生文集》卷二。

③ 《宝晋英光集》补遗，丛书集成初编本。

诗中有画。观摩诘之画，画中有诗。”① 指出诗应由感而见，画应由见而感，诗情画意同属主体心灵的审美创造。其《韩干马》则云：“少陵翰墨无形画，韩干丹青不语诗。”② 无形画和不语诗的提法，将两种艺术之间的界限打破了。黄庭坚《次韵子瞻子由题憩寂图》云：“李侯（李公麟）有句不肯吐，淡墨写出无声诗。”③ 用作诗形容作画，表明画也具有写意传情的功能。他在《写真自赞》中还有“诗成无色之画，画出无声之诗”④ 的说法，诗画创作已到了可以互相换位的地步了。正因为如此，黄庭坚才在《题赵公佑画》里说：“余初未尝识画，然参禅而知无功之功，学道而知至道不烦，于是观图画悉知其巧拙工楛，造微入妙。”⑤ 晁补之《跋鲁直所书崔白竹后赠汉举》说：“鲁直曰：吾不能知画，而知吾事诗如画，欲命物之意审。”⑥ 其《和苏翰林题李甲画雁二首》云：“画写物外形，要物形不改；诗传画外意，贵有画中态。”⑦ 强调画传神、诗写意时，都应具形象特征。要之，诗画以及书是心灵的自然流露，人格的形象体现，皆本之于作者的胸襟；诗的语意高妙，画的意态深远，书的笔意纵横，都须胸次清旷方能极其至。

苏、黄等人在具体的品书论画的过程中，形成了一定的艺术标准，这些标准虽多由书画而起，实与诗文相通，成为当时崇尚清旷的文学思想难以割舍的有机组成部分。

标准之一：清新

苏轼在《书晁补之所藏与可画竹三首》其一中说：“与可画竹

---

① 《苏轼文集》，第 2209 页。

② 《苏轼诗集》，第 2630 页。

③ 《豫章黄先生文集》卷五。

④ 《豫章黄先生文集》卷十四。

⑤ 《豫章黄先生文集》卷二十七。

⑥ 《济北晁先生鸡肋集》卷三十二，四部丛刊本。

⑦ 《济北晁先生鸡肋集》卷八。

时，见竹不见人。岂独不见人，嗒然遗其身。其身与竹化，无穷出清新。庄周世无有，谁知此疑神。"① 画家身与竹化，达物我两忘的"疑神"境界，从而使作品浑然天成，清新脱俗。这与诗人创作中的"无我"有异曲同工之处。正如苏轼《次韵吴传正枯木歌》所说："古来画师非俗士，妙想实与诗同出。"② 所谓"妙想"，指襟抱之高远，出自虚静高洁的心灵，这是庄学的精神所在，也是中国山水画的根源。所谓"诗画本一律，天工与清新"，指的就是高远襟抱的自然流露。这是诗画同体的意义所在。故苏轼不仅以"清新"论画，在评诗时亦常常冠以"清"字，如：

清诗五百言，句句皆绝伦。(《和犹子迟赠孙志举》)

清诗得可惊，信美词多夸。(《次韵致政张朝奉仍招晚饮》)

新诗如玉屑，出语便清警。(《送参寥师》)

胜游岂殊昔，清句仍绝尘。(《游惠山》其二)

壁间余清诗，字势颇拔俗。(《书麐公诗后》)

皓月徘徊应许共，清诗妙绝不容酬。(《会双竹席上奉答开祖长官》)

标准之二：神逸

苏辙《汝州龙兴寺修吴画记》说："予兄子瞻，少而知画，不学而得用笔之理。"又说："画格有四，曰能、妙、神、逸。……称神者二人，曰范琼、赵公佑，丽称逸者一人，孙遇而已。范、赵之工方圆不以规矩，雄杰伟丽，见者皆知爱之。而孙氏纵横放肆，出于法度之外，循法者不逮其精，有从心不逾矩之妙。"③ 在绘画中，能、妙二品皆有赖于技巧，妙品已有忘技巧而通于物之精神的意

① 《苏轼诗集》，第 1522 页。

② 《苏轼诗集》，第 1962 页。

③ 《栾城集》卷二十二。

思。至于神、逸二品则要求精神超越规矩法度之外，而冥合于自然。神品的超越规矩是由于技巧的精熟所致，故纵横变化仍在法度之中；而逸品的从心不逾矩则已超乎法度之外了。不过在神、逸二品之间，有时很难划出一条线来。苏轼《书吴道子画后》所说的“出新意于法度之中，寄妙理于豪放之外”①，就兼有神、逸二品的性质。他在具体的审美鉴赏中也常将神、逸合而为一，如其《书唐氏六家书后》云；“张长史草书，颓然天放，略有点画处，而意态自足，号称神逸。”② 《画水记》说：“古今画水，多作平远细皱，……唐广明中，处士孙位始出新意，画奔湍巨浪，与山石曲折，随物赋形，画水之变，号称神逸。”③ 号称神逸的书画家创作时的“颓然天放”和“随物赋形”，与苏轼文学创作中的“无思之思”极为相近。

正如苏轼《欧阳少师令赋所蓄石屏》所言：“神机巧思无所发，化为烟霏沦石中。古来画师非俗士，摹写物象略与诗人同。”④ 苏轼自身的创作活动证明了这一点。黄庭坚在《东坡居士墨戏赋》中说：“东坡居士游戏于管成子楮先生之间，作枯槎寿木丛篆断山。笔力跌宕于风烟无人之境，盖道人之所易而画工之所难。如印印泥，霜枝风叶先成于胸次者欤。颦申奋讯，六反震动，草书三昧之苗裔者欤。夫惟天才逸群，心法无轨，笔与心机，释冰为水，立之南荣，视其胸中无有畦畛，八窗玲珑者也。”⑤ “笔力跌宕于风烟无人之境”，故清雄奇富，变态无穷，可入神品；而“天才逸群，心法无轨”，则断断乎为逸品矣。苏画如此，苏文、苏诗又何尝不如

① 《苏轼文集》，第2210～2211页。
② 《苏轼文集》，第2206页。
③ 《苏轼文集》，第408页。
④ 《苏轼诗集》，第278页。
⑤ 《豫章黄先生文集》卷一。

此。但凡研究苏轼的人，总爱将其论画的“出新意于法度之中，寄妙理于豪放之外”，移作其诗文创作的定评。人们推崇苏诗，往往是看重那些最能反映东坡本色的神逸之作，如《中秋见月和子由》、《聚星堂雪》、《登州海市》、《纵笔》、《独觉》、《汲江煎茶》等。仅就表现手法而言，这些作品都达到了技巧精熟而进于无技巧的艺术境地。

标准之三：不俗

黄庭坚《题东坡字后》说：“东坡简札，字形温润，无一点俗气。”①《论子瞻书体》云：“观其少年时字画已无尘埃气，那得老年不造微入妙也。”②《跋与徐德修草书后》又说：“钱穆父、苏子瞻皆病予草书多俗气，盖予少时学周膳部书，初不自寤。以故久不作草。”③ 苏、黄同为宋代书法名家，不俗是他们论书的主要标准。此一标准亦同样被用于评画、评诗。黄庭坚《姨母李夫人墨竹》云：“小竹扶疏大竹枯，笔端真有造化炉。人间俗气一点无，健妇果胜大丈夫。”④ 宋人喜画竹，竹的挺拔有节，可体现出一种超凡脱俗的高格。苏轼《于潜僧缘筠轩》云：“可使食无肉，不使居无竹。无肉令人瘦，无竹令人俗。人瘦尚可肥，士俗不可医。”⑤ 黄庭坚在《书嵇叔夜诗与侄厦》中亦说：“士生于世可以百为，唯不可俗，俗便不可医也。”又说；“叔夜此诗豪壮清丽，无一点尘俗气，凡学作诗者，不可不成诵在心。”⑥ 其《题意可诗后》强调指出：“宁律不谐，而不使句弱；用字不工，不使语俗。”⑦ 由于苏、

---

① 《豫章黄先生文集》卷二十九。
② 《山谷外集》卷九。
③ 《豫章黄先生文集》卷二十九。
④ 《豫章黄先生文集》卷五。
⑤ 《苏轼诗集》，第448页。
⑥ 《山谷别集》卷十，四库全书本。
⑦ 《豫章黄先生文集》卷二十六。

黄的大力提倡，不俗成为当时苏门一派文人创作的自觉追求。这从苏轼对其追随者的评论中亦可看出，如其《书黄鲁直诗后二首》说："读鲁直诗，如见鲁仲连、李太白，不敢复论鄙事，虽若不入用，亦不无补于世也。""鲁直诗文，如蝤蛑、江瑶柱，格韵高绝。"《答秦太虚》说秦观："寄示诗文，皆超然胜绝，亹亹焉来逼人矣。"《荐布衣陈师道状》说陈师道："文词高古，度越流辈。"《与米元章》书说："示及数诗，皆超然奇逸，笔迹称是，置之怀袖，不能释手。"《答舒尧文》说："足下文章之美，固已超轶世俗而追配古人矣。"等等。①

不俗是一种高尚的人格追求和精神境界。作家若人品高洁，胸次磊落，在其书画诗文中自然就能表现出超越世俗的高格；故主张不俗实为崇尚清旷的必然归结，也是苏、黄等人在创作上的一致追求。但达到这一标准的途径有二：一则天才超群，学识出众，于是乎超越法轨，运斤成风，纵横放肆，皆清新神逸，有自然脱俗之高致，本不必刻意求之；一则取法前辈，变意求新，标奇越险，以求艺事的精深华妙而超迈流俗。前者为苏轼，后者乃黄庭坚，这也是大家与名家的不同所在。就指导思想而言，黄庭坚与苏轼是一致的，追求一种无意为文而文已至的自然脱俗之高境。其《道臻师画墨竹序》说："夫心能不牵于外物，则其守全，万物森然出于一境，岂待含墨吮笔磅礴而后为之哉。"②《大雅堂记》云："子美妙处，乃在无意于文，夫无意而意已至。"③《与王观复书》说："观子美到夔州后诗，韩退之自潮州还朝后文章，皆不烦绳削而自合矣。"④但这种"无意于文"和"不烦绳削"的艺术境界，是黄庭坚努力追

① 《苏轼文集》，第2122页、第1536页、第795页、第1777页、第1670页。

② 《豫章黄先生文集》卷十六。

③ 《豫章黄先生文集》卷十七。

④ 《豫章黄先生文集》卷十九。

求而未能实现的。限于天分和才力，他所能致力的仍在取法杜甫的句律精深和韩愈的“横空盘硬语”，加以新变，做到“不使句弱”和“不使语俗”。因此，造语好奇尚硬，力求出人意表，是黄庭坚山谷诗的特点之一。姚鼐《五七言今体诗钞自序》云：“山谷刻意少陵，虽不能到，然其兀傲磊落之气，足与古今作俗诗者澡濯胸胃，导启性灵。”[①] 黄诗的不俗也就在此，与苏诗相比，自有仙凡之别。

总之，从苏轼及其追随者在书、画、诗、文的批评中所持的艺术标准来看，清旷之美不仅是一种艺术化了的人生境界，更是一种美学境界。它以胸次清旷为条件，要求作家脱心志于俗谛桎梏，于空静中深入万物核心，独与天地精神往来；以造化的生机表达洒落的襟怀和自由的心灵，随物赋形，无不清新自然，达神逸之境，具备超越世俗的高格。这是苏轼的创作个性所展示的艺术高境和文化品格，体现了宋代以天下为己任的士大夫文人身处忧患时，于文艺创作中寻求超越和解脱的审美取向，成为当时及后世中国文人竞相效法的榜样，影响了一代又一代士人的审美心态和人生选择。

（原载《文艺理论研究》1992年第4期）

---

① 《今体诗钞》卷首，四部备要本。

苏轼朱熹文化人格之比较

苏轼和朱熹是时代造就出来的文化伟人，各自在文学艺术领域与学术思想方面代表了宋文化的最高成就。将他们相提并论，不仅可以看出当时文人与儒者在生命格调和精神风貌方面的不同，也便于说明他们所创造的行为方式和人格类型对后世的深远影响。

一

与苏轼同时的“二程”，在谈到古今学者的不同时说：“古之学者一，今之学者三，异端不与焉。一曰文章之学，二曰训诂之学，三曰儒者之学。欲趋道，舍儒者之学不可。”① 所谓“文章之学”，相当于我们今天说的“文学”，故文人又可称之为文章家。“训诂之学”指汉、唐以章句注疏为主的儒家传统经学。“儒者之学”特指宋代以后兴起的新儒学，即理学。宋代的儒者主要指理学家而言。

至少在宋代之前，文人与儒者之间并不存在着不可逾越的界限，文人也常以儒者自居。如唐代古文家韩愈积极提倡儒家的“道统”和“文统”，自认为是圣人之道的传人，可在宋儒看来，韩愈

---

① 《二程集》，中华书局1981年版，第187页。

本质上仍然只是一个文人而非儒者。自宋代新儒学兴起之后，文人与儒者在生命情调和文化行为，以至人生追求方面的差别日益明显，甚至到了水火不相容的地步。苏轼与二程之间就存在着尖锐的矛盾冲突。苏门文人多视理学家为迂阔不通人情之腐儒，泥古不化而空谈性理；而二程后学则认为文人乃不拘礼节的才俊之士，难免有蔑视权威而犯上作乱之嫌。

我们不能以道学的眼光去看诗人，也不能以文学家的标准去衡量理学家，宋代的文人与儒者虽处于同一种文化结构之中，但并非一类人。他们代表的是两种不同的人格类型，生命的底蕴不一样。

作为宋代文人的杰出代表，苏轼给我们展示的是充满情感力量和潇洒气度的艺术人格，是彻底的文人生命。严格说来，文人生命的本质在于发挥自己的生命格调，扩充情感经验，追求精神自由，以便于在审美创作活动中能充分地驰骋想象，用各种艺术语言表现独特的个性风采。在这些方面苏轼是极为出色的，他在诗、词、文方面的杰出成就人人尽知，不必赘言；即以书画而论，他的书法卓然成家，借笔墨线条写胸中逸气，表达心情、人格和意境；他将诗、书、画三者融为一体，是中国文人画的倡导者。尽管苏轼绘画的真迹已失传，但他说的“诗中有画”和“画中有诗”，却是文人画的精髓所在，表明画也有传情写意功能，可以寓空间画面于流动的诗意挥写之中，以简洁的线条勾勒和墨色浓淡，超以象外而融入诗心，直接表达文人高雅脱俗的生命体验和感受，形成了中国文人画的写意传统。无论从那个角度看，苏轼都是中国文化孕育出来的文艺全才。

但苏轼的意义决不仅止于此。

还在宋代，苏轼的得意门生和知己秦观在《答傅彬老简》中就说：“苏氏之道，最深于性命自得之际。其次，则器足以任重，识足以致远。至于议论文章，乃其与世周旋，至粗者也。”[①] 所谓“最深于性命自得之际”，指苏轼的人格风貌和生命精神而言，如坦荡率真的个性，随缘放旷的文心，风流潇洒的气度等，这些才是苏轼之所以为苏轼的根本所在。他的诗、词、文和书画等，不过是这一根本的外在表现形式。后世喜爱苏轼作品的人，往往能“披文而入情”，用心灵去体会苏轼性命自得的灵魂奥秘及其生命意义。尽管苏轼的思想里也不乏儒家积极入世的忠义精神，但他在生命本质上完全是文人的，以审美活动为存在的最高形式。他把超出经验世界之外的人生价值的思考，放在有限的生存世界加以体验，其生命就是诗。人生的痛苦和生命的短暂，使他产生如梦般的虚无之感，懂得生活中存在的荒谬及现实社会对人性的压抑，所以要在审美体验中重新建构自得适意的人生经验，用诗人的眼光看待生活，将平凡的生活作诗意的扩展，以驱除内心的悲凉和空漠，以寻求精神解脱。这就形成了他入世而超世、超世而入世的独立人格，在把生活艺术化了的体验中，肯定生命的感觉存在、本能冲动和情感，以超然的态度享受自我生命的全部激情。他以出世的精神做入世的事业，所以无论穷达出处都能保持主体心灵的适意和空灵，保持人格的一贯和完整，有文人的洒脱，无儒者的迂拙，成为当时和后世中国文人争先效法的榜样。

对于喜爱苏轼的人来说，其个性鲜明的文化性格简直就是一个谜。他命运多蹇，屡遭不幸，“一生忧患，常倍他人”，[②] 可却能齄笑于无心之际，活得很快慰，欣赏自己生命的每一时刻。既执着于生命，又能无所系念、随缘自适，情感生活丰富多彩。这虽有利于文人个性的自由发挥，在审美创作活动中极尽潇洒自得之趣；但若

---

① 《淮海集》卷三十，四部丛刊本。

② 《南华寺六祖塔功德疏》，《苏轼文集》中华书局 1986 年版，第 1904 页。

施之于社会生活，则有可能使儒家那一套以名教纲纪维系社会稳定的价值观失去约束力。正是由于看到了这种文人生命格调中潜藏的离经叛道的危险，目光敏锐严正的朱熹，才会对苏轼的为人和为学持激烈的批判态度。

二

平心而论，朱熹对苏轼的文学成就还是佩服的。他在《答程允夫》中说："苏氏文辞伟丽，近世无匹，若欲作文，自不妨模范。"① 其《答巩仲至》又说："文章正统，在唐及本朝，各不过两三人，其余大率多不满人意。此可为知者道耳。"② 从朱熹提到的古文家来看，属于他所说的"文章正统"的文人作家，唐代为韩愈和柳宗元，宋代是欧阳修、曾巩和苏轼等。这实际上已提出一种新的文统观念，隐含着后世所称的唐宋古文八大家之目。朱熹还说："文字自有一个天生成腔子，古人文字自贴这天生成腔子。""读得韩文熟，便做出韩文底文字；读得苏文熟，便做出苏文底文字。若不曾仔细看，少间却不得用。"③

但是，朱熹对文人的为人和为学表示出极大的不满，他在谈到韩愈、欧阳修、苏轼等古文家时说："大概皆以文人自立，平时读书，只把做考究古今治乱兴衰底事，要做文章，都不曾向身上做工夫，平日只是以吟诗饮酒戏谑度日。"④在他看来，文人在日常生活中沉溺于吟诗、饮酒和与人戏谑，都属于"玩物丧志"的表现；儒者守身崇"敬"，要"向身上做工夫"，是不赞成这一套生活作风

① 《朱文公文集》卷四十，四部丛刊本。

② 《朱文公文集》卷六十四。

③ 《朱子语类》，中华书局 1986 年版，第 3322 页，第 3301 页。

④ 《朱子语类》，第 3113 页。

的。

宋儒所讲的“做工夫”，指“存天理、灭人欲“的道德人格修养而言，其要在于”持敬“和”克己“二端。程颐主张”涵养须用敬，进学在致知”，认为诗文创作易使人胡思乱想，于修身无益，公开声称“作文害道”。[①] 而苏轼对这种舍人情存性理的修身工夫颇不以为然，曾要程颐做人从打破“敬”字起。可“敬”之一字被宋儒视为做工夫的最吃紧处，岂能随便打破？自命为二程道学传人的朱熹在谈到苏轼与程颐的分歧时说：“只看这处，是非曲直自易见。“他看出苏轼的意思是“只要奋手捋臂，放意肆志，无所不为，便是”。[②] 故指责苏门文人漠然不知礼义廉耻为何物，如秦观、李廌之流，皆浮诞轻佻之人，为士类所不耻。

朱熹还对当时流行的义兼佛老的苏氏之学进行文化批判，一连写了几封信给喜爱苏轼文章和学问的汪应辰。他指出苏氏之学与王安石的王学一样，“皆以佛老为圣人，既不纯乎儒者之学矣”。只是王学支离穿凿，尤无义味，只有假人主利势才能流行，“至若苏氏之言，高者出入有无，而曲成义理；下者陈指利害，而切近人情。其智识才辨，谋为气概，又足以震耀而张皇之，使听者欣然而不知倦，非王氏之比也。然语道学，则迷大本，论事实，则尚权谋。衒浮华，忘本实，贵通达，贱名检。此其害天理，乱人心，妨道术，败风教，亦岂尽出王氏之下也哉!”[③] 如此说，苏轼当为天理难容的名教罪人了。

就儒者的立场而言，人生的最高追求应是学做圣人贤者，德性的圆满自足是圣贤人格的可靠保证。朱熹早年以诗文知名，胡铨曾把他作为诗人向朝廷举荐，可他膺服二程理学而确立自己的生平学

---

① 《二程集》，第 239 页。

② 《朱子语类》，第 3110 页。

③ 《答汪尚书》，《朱文公文集》卷三十。

问大旨后，有感于作文害道，放弃了当文章家和诗人的念头，立志做一个读书穷理的醇儒。他一生的大部分时间以少量的祠禄过着晦居山林的读书生活，聚众讲学，探求圣人之道。其《卜居》诗云："静有山水乐，而无身世忧。著书俟来哲，补过希前修。"[①] 所谓"静有山水乐"，本于孔子在《论语》里说的"知者乐水，仁者乐山；知者动，仁者静"，是用君子比德的方式，对圣人人格所作的形容。仁者的博爱和仁慈，代表一种完满的道德人格，给人以德高望重之感，像巍峨的山峰一样；将这种做人的德性推衍开来，博施济众，就能像水一样普遍而无私地周济万物。如程颢《仁说》中讲的"仁者浑然与物同体"。于是胸次悠然，直与天地万物上下同流，获得一种超越个人私欲束缚而与天地同德的大乐。这种孔颜乐处，应是一种经过长期持敬存养工夫，而达到的德性圆满自足精神境界。朱熹认为只要寻到了人生的这种乐处，就可以免除身世之忧。根据对儒家内圣之学的这种认识和体会，他著书立说，寄希望于后人；同时，自己也在反求诸己的为学过程中，改过迁善，克己复礼。于是乎人欲尽处，天理流行，有希望达到前辈圣贤那种功德圆满的至善境地。

这样一种以希圣成贤为目的的读书穷理的书斋生活，就儒者道德人格的塑造来说，自然是极高明的。如果真能在阅读圣经贤传的过程中，将圣人的思想融化在血液中，落实在行动上，那么对于能识文断字的儒者来说，不失为一种德性自足的人格追求。朱熹根据儒学传统，把这称作"为己"之学，认为这就像吃饭，是为了自家吃饱肚子，并不是要把饭桌摆在家门口，让别人知道我家有饭。他还主张下学而上达，极高明而道中庸，并把"中庸"的"庸"解释为平常；要人们从日常生活和身边近处做起，事事持敬，时时克

---

① 《朱文公文集》卷四。

己，使自己的一切言行都符合礼仪之邦的礼教规范。

作为人们公认的宋代大儒，朱熹堪称儒者理想人格的楷模。他的学生黄幹在《朝奉大夫文华阁侍制赠宝谟阁直学士通议大夫谥文朱先生行状》中说："其可见之行，则修诸身者。其色庄，其言厉，其行舒而恭，其坐端而直。"[①] 幅巾方履，整步徐行，事事都表现出庄重严肃的态度。朱熹在为自己的画像所作的《写照铭》里也说："端尔躬，肃尔容，检于外，一其中。力于始，遂共终。操有要，保无穷。"[②] 意思是说自己立身端正，表情严肃，于外应事能随时检点自己，主一无适，心中常存天理；工夫从心地上做起，却能贯彻始终，一直保持做人应有的操守，永不改变。这是他对自己恪守持敬、克己的修身工夫的形象写照。

朱熹的修身工夫很到家，甚至连写字这样的细事末节都注意到了，认为字能反映出人的品格。其《跋韩魏公与欧阳文忠公帖》说，韩琦的字端庄谨重，反映出心胸的"安静详密"和"雍容和豫"，不同于王安石那种有跨越古今、开阖宇宙气象的"躁扰急迫"。在谈到当代的书法家时，他最推崇蔡襄而否定苏、黄等人，他以为"字被苏、黄胡乱写坏了。近见蔡君谟（蔡襄）一帖，字字有法度，如端人正士，方是字"。[③] 宋代书法四大家中，苏轼的字学晋人，端庄杂流利，刚健含婀娜，虽有肩耸肉多之病，但具名士风味，极萧散自得之趣。黄庭坚的字劲瘦锐利，米芾的字带豪狂之气，亦能表现出文人的个性风采。唯蔡襄的字虽笔划端直严正，无一处败笔，实则缺乏个性。可朱熹论字独表扬蔡襄，从一个侧面反映出儒者的人格追求带有否定情感、压抑个性的倾向，一切都要符合理的法度和规范，做守道循理的正人君子，表现出了与苏轼不同

---

① 《勉斋集》卷三十六，四库全书本。

② 《朱文公文集》卷八十五。

③ 《朱子语类》，第3336页。

的文化人格和精神范式。

三

由朱熹对苏轼的批判，以及他所倡导的持敬、克己的修身工夫，不难看出文人的生命情调与儒者的道德人格理想之间所存在的尖锐对立。因此，是强调个性的发挥以寻求精神的自由和解放，还是克制自我的情感欲望入世苦行？是肯定生命运动形式的多样性，将情感活动视为人性最真切的表示？还是执着于循“天理”而行，以先验的抽象性理为人生的最高价值根源？这是宋及宋以后的中国士人难以回避的问题了。

苏轼说：“某平生无快意事，惟作文章，意之所到，则笔力曲折，无不尽意。自谓世间乐事无逾此矣”（《春渚纪闻》）。之所以如此，在于他那强烈的个性意识和活泼的生命情调，难以在现实的社会政治生活中舒展开来；只有在自由的精神创造活动中才能得到完满的体现，尽情地表现自我，超越自我，在物我合一的无差别的审美境界里求得心灵的慰藉和解脱。他文学创作的两次高峰都是在仕途失意、生活环境极为艰苦的环境中形成的，在将生活艺术化了的审美创作活动中，他获得了充分展示自己个性和才情的自由，更多地体验到了生活乐趣。如在谪贬黄州之后，苏轼于晚年再度被流放到南方荒凉的穷乡僻壤，可其《独觉》诗却说：“瘴雾三年恬不怪，反畏北风生体疥。朝来缩颈似寒鸦，焰火生薪聊一快。红波翻屋春风起，先生默坐春风里。浮空眼缬散云霞，无数心花发桃李。翛然独觉午窗明，欲觉犹闻醉鼾声。回首向来萧瑟处，也无风雨也无晴。”① 把谪居瘴疠之乡时生火取暖的日常生活，写得如此富有诗

① 《苏轼诗集》，中华书局 1982 年版，第 2284 页。

意，如此生意盎然，意趣高远而超凡脱俗。说明人在孤独和艰苦的环境中仍能保持美感，是其精神强大的标志，不仅能维护自己人格的完整，保持心灵的自由和适意，也能在现实生活中活得从容洒脱。

这种艺术人格，集中反映了宋代士大夫文人身处忧患之时，仍能于审美创作活动中寻求解脱的人生追求。受苏轼影响的苏门文人，大都把展示清旷脱俗的品格作为一种艺术追求，形成了具有某种流派性质的文学群体。他们的文学作品都是充分个性化的，如黄庭坚诗的瘦硬就有别于苏诗自然成文的神逸，秦观词的婉约清丽也不同于苏词的旷达豪放。也就是说，有才能的文人作家在具体的审美创作活动中，享有抒写自己个性和才情的自由，听任自我心灵的解脱与呈现，不受固定的理念或礼教教条的束缚。

与苏轼等在生活中醉心于作文之乐形成鲜明对照的，是朱熹那种视“立德”为人生第一要义而甘于读书之苦的行为方式。在朱熹看来，做人须明理，明理必读书，而且是要读圣贤之书。他在《答石子重》书中说：“人之所以为学者，以吾之心未若圣人之心故也。心未能若圣人之心，是以烛理未明，无所准则，高者过，卑者不及，而不自知也。”[①] 其《答吴伯丰》又说：“近日看得读书别无他法，只是除却自家私意，而只逐字逐句，只依圣贤所说白直晓会，不敢妄乱添一句闲杂言语，则久久自然有得。凡所悟解，一一皆是圣贤真实意思。如其不然，纵使说得宝花乱坠，亦只是自家杜撰见识也。”[②] 如此读书，是要改造自己的思想，以符合圣贤之言，来一番脱胎换骨，所以朱熹说读书是件苦事，只有寻到那苦涩处方能有所醒悟。他认为像苏轼一类的聪明人难读书穷理，“盖缘他先自

---

① 《朱文公文集》卷四十二。

② 《朱文公文集》卷五十二。

有许多一副当，圣贤意思自是难人。”①

朱熹的一生基本上是在读书改造思想中度过的。他青少年时期就开始苦读“四书”，直到临终前还在修改《大学章句》里的“诚意”章，总觉得自己的理解和注释还不够贴切。他将程颐据孔子《论语》讲克己复礼的“非礼勿视，非礼勿听，非礼勿言，非礼勿动”所作的《四箴》抄录在墙上，作为涵养德性的座右铭。他在《答杨子直》书中说：“此箴旧见只是平常说话，近乃觉其旨意之精密，真所谓一棒一条痕，一掴一掌血者。”② 由此可知，儒者的读书穷理并非一般认识论意义上的学习知识，而是一种艰苦的思想改造过程和涵养德性的内圣工夫。故朱熹以居敬持志为读书之本，循序致精为读书之法，要以己心去体验圣人之心，一以圣经贤说为准则。他的这些看法是建立在这样一种先验的理念信条之上的，即圣人之心乃天地之心，天地间只有圣人的思想才是正确的，是万古不变的天理，凝结着对于维系社会纲常伦理秩序和政治稳定至关重要的价值观念；而一般人的想法则出自杂有人欲的私心，难免有错。如有聪明人要自家杜撰见识，只能是离经叛道之言，有百害而无一益。当然，倘若通过读书学习，把思想改造好了，也是可以代圣人立言的，如朱熹自己作《四书集注》那样。这是另外一种意义上的思想改造，即根据读书人所处的时代政治的需要，诠释圣贤著作里的微言大义。但朱熹认为这必须严格地按照圣人的真实意思接着讲，最好是像孔子那样，“述而不作，信而好古”，其事虽述，其功则倍于作矣。

这样一来，读书的士人除了充当圣人思想的实践者和宣传者外，实在没有著书立说的必要，更谈不上根据自己的生活体验随心

---

① 《朱子语类》，第3317页。

② 《朱文公文集》卷四十五。

所欲地写诗作文了。当时登门向朱熹求教、立志苦读圣贤书的士人很多，仅《朱文公文集》里可查到的与朱熹有书信往还的门生就有二百多人，《朱子语类》所列记录朱熹语录的的弟子也有九十多家，可这些人里很少有文章或著作流传。往高处说，是他们害怕作文害道，不屑于文章辞艺，能以圣人的不变之理应万变；往低处讲，则是他们已没有了独立思考的习惯，丧失了自由表达自己思想感情的能力。

四

在社会发展的文明进程中，士人承担着文化创造和思想承传的任务。孔子《论语》里讲的“士志于道”和“君子谋道不谋食”，构成了中国士人以道自任的传统文化性格；可是，由于宋代的文人与儒者在具体的文化行为方式上存在着分歧，苏轼和朱熹所代表的人格类型的深层思想文化意蕴及其对后世的影响是各不相同的。

尽管苏轼几被朱熹说成是“乱人心，妨道术，败风教”的名教罪人，但苏轼本人并不这么认为。他自幼受的是儒家传统教育，熟读经史，奋励有当世志，年青时写的大量史论和奏议，充满了浓厚的儒家正统思想气息。如其应举考试时所作的《刑赏忠厚之至论》，阐述的是儒家仁政治国的理想，直至晚年，苏轼还对提倡儒家“道统”的代表人物韩愈持赞赏态度，说他“文起八代之衰，道济天下之溺”。[①] 在《与李公择》书中，苏轼说：“吾侪虽老且穷，而道理贯心肝，忠义填骨髓，直须谈笑于生死之际，若见仆困穷便相于邑，则与不学道大不相远矣。”[②] 显然还在以儒家的忠义思想自砺。

① 《潮州韩文公庙碑》，《苏轼文集》，第509页。

② 《苏轼文集》，第1500页。

不过，在涉世更变、经历磨难的仕宦生活中，苏轼的思想和人生态度却发生了重大变化。如他贬谪黄州后，许多官场上的亲朋好友都与他断绝了音信往来，而过去结识的一些释、老方面的方外之交却不远千里寄信来问候，情义之厚，胜过平时。苏轼不由得感叹到："以此知道德高风，果在世外也。"① 儒者的修身，一入于仕禄之途就难免流于虚假，其品格反不如忘情于富贵的释老之徒。故苏轼中年之后喜欢引佛、老以说儒，其《思无邪斋铭》用佛语的"本觉必明，无明明觉"，来解释孔子《论语》里讲的"思无邪"。《庄子祠堂记》认为庄子对孔子是阳挤阴助，两家思想有互补性。他在《上清储祥宫碑》里说："道家者流，本出于黄帝、老子。其道以清静无为为宗，以虚明应物为用，以慈俭不争为行，合于《周易》'何思何虑'、《论语》'仁者静寿'之说，如是而已。"②苏轼认为当时一些著名的文人学者，如欧阳修、范镇、司马光等，他们虽不喜欢佛学，甚至力排释、老，"然其聪明之所照了，德力之所成就，皆佛法也"。③ 在当时形成的以苏轼、苏辙兄弟为代表的"蜀学"中，以释老说儒的色彩尤为明显。《苏氏易传》和《老子解》是他们融合儒、道、释三家的代表作。所以在苏轼身上，我们才会看到具有社会责任感和历史感的儒家积极入世的精神，与释老庄禅齐生死、轻富贵的出世思想的奇妙结合，形成既入世又出世、既出世又入世的处世态度和文化人格。

反映到文学创作上，苏轼将庄禅的"空"、"静"用于诗人的观物，所谓"欲令诗语妙，无厌空且静。静故了群动，空故纳万境"。④ 以空灵明觉之心洞悉事物的变化，独立于万物之表，使气

---

① 《与参寥子书》，《苏轼文集》，第1860页。
② 《苏轼文集》，第503页。
③ 《跋刘咸临墓志》，《苏轼文集》，第2071页。
④ 《送参寥师》，《苏轼诗集》，第906页。

骋才，任性逍遥。在心与物游时，深于情而不为情所累，寓意于物而不留意于物，始终保持一种超乎有限的具体事物之上的妙赏能力，澄观一心而腾踔万象。这种诗、禅相通之论，使禅由“本来无一物”的清静空明心境的神秘体验，成为诗人观物的特殊方式，由否定世俗情欲而寻求了无挂碍的人生解脱的禅悦情趣，变为文人作家自由活泼心灵“了群动”和“纳万境”的艺术创造。佛家的禅悟与道家返归自然的逍遥、齐物之旨相结合，不仅能使士人在仕途失意时得到解脱，也契合文人作家在创作中追求个性发挥和精神自由的生命格调。

自苏轼之后，宋代作家在将生活艺术化了的审美活动中，往往以禅喻诗和以禅论诗，将诗道与禅道相提并论。从某种意义上说，作家的诗文作法，常常就是他的活法，是其人格的表现形式。庄禅的适意禅悦和精神自由思想，对于中国文人至关重要，成为他们在社会上为文做人的最终出路。它能使士大夫作家在一定程度上摆脱道德和政治的重负，有一种自然行文的潇洒气度，可以在审美领域以自我为中心，抒写性灵，歌唱感情，充分发挥其任情不羁之个性。但在生命意义的寻求方面，佛家视人生为苦海而求一切解脱的禅悟，道家游心于淡、合气于漠的物我合一的无差别境界，是一种解决人生问题的消极办法，带有追求个体生命适意和精神自由而不愿受名教纲纪束缚的倾向。在现实的社会生活里，自由总是有限的，个体的个性意识也必须符合群体的道德规范，正是在这一点上，后来以“醇儒”自居的朱熹，要对以佛老庄禅为依归的文人生活和文学创作持否定态度。

朱熹早年也曾迷恋佛学，留心于“理会得个昭昭灵灵底禅”；[1]可当他发觉释道两家的空无之说，安放不下儒家道德济世的实理

---

① 《朱子语类》，第2620页。

时，就走上了逃禅归儒之路。他说："某尝叹息天下有些英雄人，都被释氏引将去，甚害事!"[①] 所以他要在儒、释之辨中，对苏氏之学进行过激的批判，认为释氏之言虽有与圣贤相似处，但精神意旨完全不同。释氏所要办的事是超然世外的出家之事，学佛者多要忘却是非，心空一切，亦无义理；而信奉圣人之道的儒者要办之事，是入世的齐家治国之事，入世办事须讲理，故要用圣人讲的义理来贯事物、洞古今。万理归于一理，才能义以方外，济世救民。这一理就是"道"，亦称为"天理"，是一种绝对意义上的人伦社会的价值根源。"道"的尊严，要靠培养士阶层的道德人格的内圣之学来彰显，只有对圣人贤者所讲的"天理"存敬畏之心，克己复礼，提高自己的道德修养水平，方能体道和行道，由"内圣"之学，开出"外王"之道。

这种道德救世的新儒家伦理哲学，是以道德人格的涵养为主要内容的，要贯彻德行优先于知识的原则。所以朱熹反对唐宋古文家的"文以贯道"之说，认为"这文皆是从道中流出，岂有文反能贯道之理?"他说："三代圣贤文章，皆从此心写出，文便是道。今东坡之言曰：'吾所谓文，必与道俱。'则是文自文而道自道，待作文时，旋去讨个道理来入放里面，此是它大病处。"[②] 朱熹主张文由道出，是为了强调道德人格修养对于作家创作的决定性意义。他把读书穷理的心性涵养视为作文的根本，想用文道合一的思想把宋代的儒者之学与古文家的文章之学绾合在一起。

理学家总是想管住文学家。在读书穷理方面，朱熹推崇二程，把他们视为儒家圣人之道的当然传人，是新道统的奠基者；可是在作文方面，他又肯定了欧、苏等人所取得的成就，视为新文统的作

① 《朱子语类》，第3183页。
② 《朱子语类》，第3305页、第3319页。

家。他说：“文字到欧、曾、苏，道理到二程，方是畅。”① 有要各取所长而合二为一的意思。这对中国封建社会后期士人的精神生活影响极大。从南宋末期开始，随着程、朱理学为官方统治者所认可，学宗程、朱而文慕欧、苏，以古文家的文法阐明理学家的义理，有余力而顾及辞章，就成为一般应举士子奉行的读书作文的原则。明、清两代，朱熹所撰的《四书集注》是士人探求圣人之道的必读书，是他们科举考试时代圣人立言的根据；而考试时所用的八股文的起承转合，则是模范唐宋古文八大家的文法，亦即朱熹讲的“天生成腔子”。到了清末民初，则演变为桐城派的“义法”。“五四”新文学运动扫荡桐城妖孽时，是要把程、朱理学与唐宋八大家一齐打倒的。想不到原本精神追求颇有分歧的文学家的作文与理学家的读书穷理，竟在以儒家思想为主导的思想文化传统中被整合为一体，以至两者之间文化人格的不同往往被后人所忽略。而指出他们的不同及其对中国文化精神的影响，正是本文的目的。

（原载《文学遗产》1995 年第 4 期）

① 《朱子语类》，第 3309 页。

辽代文学思想论略

辽是唐末五代契丹在我国北方建立的少数民族政权，自辽太祖耶律阿保机立国于古汉城（公元916），辽太宗耶律德光取石敬塘所献燕云十六州入居中原（公元938），经辽圣宗和辽兴宗时期的和平发展，迄于天祚帝耶律延禧失国（公元1125），历时二百零九年。其间，属五代时期四十三年，与北宋对峙一百六十六年。在这二百多年间，契丹族所统治的北方地区，经历了漫长的文化认同和民族融合的过程，辽代的文学和文学思想就是在这样一个大的文化背景上产生和发展的。崇儒修文的措施，不仅使契丹民族的社会形态发生了历史性的变化，也培育出一批诗人和文士，加速了文明的进程。在消化吸收汉文化的过程中，倡导教化讽喻的儒家诗歌思想对契丹族诗人的创作影响很大；但真正决定辽诗风貌的，却是南、北地域环境的差异，以及北方民族粗犷强悍的文化性格和心理气质，虽文风质朴，却自然豪迈，充满生命强力。

一

契丹源于东胡，属鲜卑族中较落后的一支，后魏以来游牧于辽河流域，随水草就畋渔，以车帐为家，“本无文字，惟刻木为信”

（《五代会要》卷二十九）。虽唐太宗以其地置松漠都督府，并任命契丹部落首领为都督，但其社会长期处于原始氏族部落联盟阶段，文明程度是比较低的。这种情况，到辽太祖耶律阿保机立国前后有了根本性的改变。趁唐末藩镇割剧、中原纷乱之机，耶律阿保机统一契丹各部，建北、南宰相府掌管事务，代替契丹原有的部落氏族联盟制度；并仿照汉王朝体制建立"契丹"国，选用一批汉族士人，为其制定典章制度。他自称"大圣大明天皇帝"，营建皇都，立长子耶律倍为皇太子，确立世袭皇权统治。在灭渤海国后，改渤海为东丹，任太子耶律倍为东丹王。"渤海既平，乃制契丹文字三千馀言"（《契丹国志》卷一）。这是契丹迈进有民族文字的文明社会的开始。①

崇儒修文是契丹建国后采取的重要文化认同措施，先是体现在官制礼仪和典章文饰方面，后又落实于科举和修史。这虽属于广义的"文化"或"文明"的进程，却是辽代有文字记载的文学和文学观念得以萌生的契机。在汉族士人的帮助下，耶律阿保机在较短的时间内就完成了契丹社会的制度转变，认同于以儒家思想为支柱的中原文化。即位之初，他问周围的侍臣："受命之君，当事天敬神。有大功德者，朕欲祀之，何先?"当时众侍臣皆认为应祀佛，刻他认为"佛非中国教。"皇太子耶律倍说："孔子大圣，万事所尊，宜先。"于是乎"太祖大悦，即建孔子庙，诏皇太子春秋释奠"（《辽史·义宗倍传》卷七十二）。在随后进行的围攻幽燕、降服渤海的经略征伐中，耶律阿保机是以奉天承运的中国皇帝自居的，其《谕皇

---

① 耶律阿保机时创制的契丹文字分大字、小字两种，所谓"汉人教之以隶书之半增损之，作文字数千，以代刻木之约"（《契丹国志》卷二十三）。这就是契丹大字，基本上属于表意文字。契丹小字则是依仿回鹘文字制成的拼音文字。一表意，一表音，两者是有区别的。参见金光平《从契丹大小字到女真大小字》（《内蒙古大学学报》1962年第2期）

后皇太子大元帅及二宰相诸部头等诏》云：“朕既上承天命，下统群生，每有征行，皆奉天意。是以机谋在己，取舍如神，国令既行，人情大附。舛讹归正，遐迩无愆，可谓大含溟海，安纳泰山矣。”（《全辽文》卷一）

靠掌握兵权和母后支持而继承皇位的辽太宗耶律德光，继承了耶律阿保机的文化认同政策，进一步推行汉朝的官制礼仪。《辽史·百官制》云：“太祖神册六年，诏正班爵。至于太宗，兼制中国，官分南、北，以国制治契丹，以汉制待汉人。国制简朴，汉制则名之风固存也。”会同元年（938），耶律德光割取石敬塘所献的燕云十六州，大规模地获得汉地和汉民，开始在燕京建都城。为了笼络汉族士人和安抚新附民众，他下诏“蕃部并依汉制，御开皇殿，辟承天门受礼”（《辽史·地理志》卷三十七），并设立国子监和太学，用科举考试选拔人才。会同十年（947）辽灭晋时，耶律德光用中原皇帝的仪仗进入后晋都城大梁（开封），穿汉族皇帝的服装接受百官的朝贺，改国号为大辽。[①] 他在同年所下的《谕百官诏》中说：“应晋朝臣僚，一切仍旧。朝廷仪制，并用汉礼”（《全辽文》卷一）。

辽太祖和辽太宗是辽国的奠基者，尽管他们对中原文化的认同还只限于官制礼仪和典章文饰，但已使契丹的社会形态发生了历史性的飞跃，由无城廓、无文字、迁徙无定、不知礼仪，进入知书达礼的文明社会。契丹文化与汉文化的交融已成为现实，产生了辽代初期最出色的契丹族诗人耶律倍。耶律倍是耶律阿保机的长子，小字图欲，曾被立为皇太子，又被封为东丹人皇王，人称东丹王。他自幼聪敏好学，从汉族文人张谏学习，《契丹国志》说他“性好读

---

① 辽代的国号曾多次更改，一开始名“契丹”，本年改为“辽”，圣宗统和六年又改号“契丹”，道宗咸雍三年再次改为“辽”。一般统称辽。

书，不喜射猎。初在东丹时，令人赍金宝私入幽州市书，载以自随，凡数万卷，置书堂于医闾山上，扁曰望海堂。”他知音律，善书画，能为五言诗，博学多才，《辽史》说他“工辽汉文章，尝译《阴符经》。善画本国人物，如《射骑》、《猎雪骑》、《千角鹿图》，皆入宋秘府。”耶律阿保机去世后，由于母后不喜欢他，被迫让位于任天下兵马大元帅的弟弟耶律德光。他失位后曾作《乐田园诗》，已失传，现仅存一首遭猜忌而被迫离国时作的《海上诗》：

小山压大山，大山全无力。羞见故乡人，从此投外国。

这是一首失意的悲歌，从汉语字面看，以大山喻己，小山喻弟，隐含讽喻，合于哀而不伤的风人之旨。但在契丹小字里，“山”是“汗”（即帝王）的意思，照此理解，则此诗直接表达了对弟弟耶律德光夺走自己王位的不满，怨恨之情溢于言表。元好问《东丹骑射》诗云：“意气曾看小字诗，画图今又识雄姿。血毛不见南山虎，想到弦声裂石时”（《元遗山诗集笺注》卷十四）。或许，用契丹小字吟咏耶律倍的这首诗，才更能体会其悲愤深广的刚烈意气。

契丹社会的“汉化”或“封建化”过程，完成于辽景宗和辽圣宗时期。《辽史·文学传序》说：“辽起松漠，太祖以兵经略方内，礼文之事固所未遑。及太宗入汴，取晋图书、礼器而北，然后制度渐以修举。至景、圣间，则科目聿兴，士有由下僚擢侍从，骎骎崇儒之美。”所谓“崇儒之美”，指的是重用汉族官员，并通过制度化的科举取士，吸收一批博通经史而善属文的士人进入统治阶层。这种辽朝统治政策的重大变化，是从辽景宗任用汉臣韩匡嗣、韩德让父子，以及诏南京复礼部贡院开始的。辽圣宗即位时，年仅十二岁，其母萧太后执政，由宠臣韩德让总揽军政大权。统和六年(988)，诏开贡举，将科举由过去那种试无定期、笼络汉人的权宜之计，定为一年一试，增多录取人数。统和二十四年（1004)，又与北宋订立“澶渊之盟”，双方又偃武修文，形成南、北朝对峙的和平发展局面。至辽圣宗亲政的统和二十七年（1007），辽朝进入了国泰民安的全盛时期。

辽圣宗耶律隆绪、兴宗耶律宗真、道宗耶律洪基，对儒家思想的重视和学习都是极为突出的。圣宗自幼受汉文化的熏陶，喜读《贞观政要》，其《诸侄诫》云："惟忠惟孝，保家保身"（《全辽文》卷一）。兴宗以"好儒术"见称于世，其《论萧韩家奴诏》说："文章之职，国之光华，非才不用，以卿文学，为时大儒，是用授卿以翰林之职"（《辽史·萧韩家奴传》）。道宗尝听侍臣讲《论语》，又命王师儒等讲《五经大义》，认为："上世獯鬻、猃狁，荡无礼法，故谓之夷。吾修文物彬彬，不异中华"（《契丹国志·道宗纪）。他还"诏析京、大定二府精选举人以闻，乃诏喻学者，当穷经明道"（《辽史·道宗纪》卷二十五）。

由于统治者的提倡。在辽朝中后期，儒家思想的影响已深入到了社会生活的各个层面，就文化的主导思想而言，已无华夷之别。在契丹人中，博览汉文典籍、会作汉文诗赋者越来越多。这一时期，出现一批好学能文的士人作家，较著名而被列入《辽史·文学传》的有七位，即：萧韩家奴、李澣、王鼎、耶律昭、刘辉、耶律孟简、耶律谷欲。他们大多博通经史，因"能文"而被任命为翰林学士或史馆修撰，成为帝王身边的文学侍从。如萧韩家奴"少好学，弱冠入南山读书，博览经史，通辽、汉文字，……擢翰林都牙林，兼修国史"（《辽史·本传》卷一百零三）。王鼎"幼好学，居太宁山数年，博通经史。……累迁翰林学士，当代典章多出其手"（《辽史·本传》卷一百零四）。刘辉"好学善属文，疏简有远略。……诏以贤良对策，辉言多中时病，撰史馆修撰"（《辽史·本传》卷一百零四）。他们有的被帝王命为"诗友"，但鲜有纯文学作品留存，其主要著作是为朝廷起草的各种诏令、奏议、实录等，以及书记、墓志、铭序等应用性文字。

辽代士人作家的文学观，还停留在文史不分的杂文学阶段，他们所讲的"文学"，实际上指的是儒家传统的经史文章之学。在写作活动中，他们重视的是秉笔直书的"史笔"。如萧韩家奴曾将兴宗猎秋山时死伤数十人之事数之于册，"帝见，命去之。韩家奴既出，复书。他日，帝见之曰：史笔当如是"（《辽史·萧韩家奴传》卷一百零三）。当时的士人作家，均把修史做为自己为国争光的责任和义务，被兴宗命为诗友的耶律谷欲，"奉诏与林牙耶律庶成、萧韩家奴编辽国上世史事迹及诸帝实录，未成而卒"（《辽史·耶律谷欲传》卷一百零四）。耶律孟简上表道宗，认为"本朝之兴，几二百年，宜有国史以垂后世"。他对一起任编修的同事说："史笔天下之大信，一言当否，百世从之"（《辽史·耶律孟简传》卷一百零四）。在《焚椒录》的序里，王鼎自叙写作目的是："书其事，用俟后之良史。"由此可见他们为文之用心。

正因为如此，崇儒修文落实在辽代士人作家身上，就是立言本于经术，叙事规模史传，以修史代替修文。这种思想，虽能起到增"国之光华"的政治作用，但于辽代文学的发展贡献不大。

二

受中原文明的濡染，在辽朝的契丹族上层统治集团中，留意诗赋者代不乏人。特别是自辽圣宗热心提倡文学后，朝野常有宴饮赋诗迭相唱和之举，至兴宗、道宗时期，吟诗作赋在上层社会已蔚然成为风气。而主导这一风气的，则是君主倡导政治教化和后妃标举讽喻的制作，从中可以看到传统儒家上以风化下、下以风刺上的诗教思想的影响。

在辽朝帝王中，圣宗耶律隆绪是第一位以能诗闻名的君主。他幼喜书翰，十岁能诗，通晓音律，又好绘画。其《题乐天诗佚句》

说："乐天诗集是师"（《全辽文》卷一）。辽人好乐天诗，是因为白居易的诗通俗明快，文字上易于理解，尤其是他以新乐府为代表的讽谏诗，"其辞质而径，欲见之者易谕也；其言直而切，欲闻之者深诫也"（《新序》、《白氏长庆集》卷三），除令人易懂外，还兼有讽喻教化的功能。为了扩大乐天诗的影响，耶律隆绪"亲以契丹字译白居易的《讽谏集》，召番臣等读之"（《契丹国志》卷七）。

上以风化下，是用诗宣扬政治教化的重要手段，耶律隆绪对臣下的褒奖，就常以"赐诗"的方式为之。如统和十五年（997），萧挞凛因征讨叛乱有功，"上赐诗嘉奖，乃命林牙耶律昭作赋，以述其功"（《辽史·萧挞凛传》卷八十五）。史载圣宗"又喜吟诗，出题诏宰相以下赋诗，诗成进御，一一读之，优者赐金带。又御制曲百余首"（《契丹国志》卷七）。耶律隆绪多次以诗赐臣下，赋诗制曲之作自然不止百余首，然今所存仅《传国玺诗》一首：

> 一时制美宝，千载助兴王。中原既失守，此宝归北方。子孙皆慎守，世业当永昌。

此诗所咏的"传国玺"，据说为秦始皇所制，正面刻有"受命于天，既寿昌"八个字，被历代统治者视为传国宝或"受命宝"。秦亡后，此玺为汉高祖所有，历汉、魏、唐而归于石晋，辽灭石晋而得此宝。在辽与北宋成对峙之势、北朝与南朝分治中国的情况下，耶律隆绪以类于乐天诗那种"直而切"的方式咏此宝，无非是要宣告北方的王朝才是天命所系，昭示子孙要永保这份得来不易的基业。其作诗的政治功利性质极为明确，可以说是他所倡导的儒家政教诗学观的体现。

兴宗和道宗，对诗赋的兴趣更浓，除"赐诗"外，还自拟题目亲试进士，或者赋诗令臣下唱和。如兴宗重熙六年（1037），"上酒酣赋诗，吴国王萧孝穆、北宰相撒八等皆属和，夜中乃罢。……癸未，赐南院大王耶律胡睹衮命，上亲为制诰词，并赐诗以宠之"

(《辽史·兴宗纪》卷十八)。在此前一年，兴宗“御元和殿，以《日射三十六熊赋》、《幸燕诗》试进士于廷”(同上《辽史·张俭传》卷八十说：“帝幸贡院及亲试进士，皆俭发之。进见不名，赐诗褒美。”同样，道宗也乐此不疲，他“以兴宗在时生辰，宴群臣，命各赋诗。”又“御制《放鹰赋》赐群臣，谕任臣之意”(《辽史·道宗纪》卷二十一)。次年，他“以《君臣同志华夷同风诗》进皇太后”，教人应制属和(同上)。

帝王作诗以赐臣下，或寓褒贬，或示恩宠，均带有较强的政治功利目的，但也不排除君臣赋诗唱和中的取悦性质。兴宗仅存的一首七绝，《以司空大师不肯赋诗以诗挑之》云：“为避绮吟不肯吟，既吟何必昧真心。吾师如此过形外，弟子争能识浅深。”诗称辽代名僧海山(俗名郎思孝)为吾师，劝其不必昧真心而不肯“绮吟”，只是表明一种作诗的兴趣爱好，无政治教化的色彩。道宗写得最好的七绝《题李俨黄菊赋》也是如此。诗云：

> 昨日得卿黄菊赋，碎剪金英填作句。袖中犹觉有余香，冷落西风吹不去。

此诗为道宗读了宰相李俨所献的《黄菊赋》后的一时兴到之作，构思巧妙，意境空灵，含有意外之意，是辽诗中少有的纯诗之作。不过，帝王的诗作，当被下臣作为“圣谕”看待时，既便本无教化之意，也会在特殊的阅读语境中带有抹不去的政治色彩。故道宗的这首题诗，也就被认为是对汉人相臣李俨的一种特殊恩宠了。

辽代君臣间的赋诗唱和，多以颂美盛德的形式出之；可仅此一端，似不足以尽诗教的美刺功能。辽圣宗译白居易的《讽谏诗》，当含有鼓励直言进谏的意思在。如马得臣上《谏上击鞠疏》，劝圣宗别击鞠过度，应游心典籍，“书奏，帝嘉叹良久”(《辽史·马得臣传》卷八十)。兴宗和道宗，也都还有求治之心；尤其是道宗，在继位之初就下《即位谕百僚诏》说：“朕以菲德，托居士民之上，第恐智识有不及，群下有未信，赋敛妄兴，赏罚不中，上恩不能及下，下情不能达上。凡尔士庶，直言无讳”（《全辽文》卷三）。如此言，他也应是一位象圣宗那样能容纳讽谏的君主，可事实却完全两样。

文明的作用是双重的，既能发展智慧，又隐含着大伪。以儒家诗教而言，上以风化下较容易做到；而下以风刺上，尽管有帝王的提倡，往往流为表面文章，实践起来很困难。在辽代后期，后妃萧观音和萧瑟瑟都是勇于讽谏的女诗人，可其结局都是悲剧性的。

萧观音原为道宗妃，她“姿容冠绝，工诗，善谈论。自制歌词，尤善琵琶”（《辽史·后妃传》卷七十一）。清宁初年被立为皇后，生有皇子浚，一度深得道宗宠爱，誉之为“女中才子”。可她“每于当御之夕，进谏得失”（《焚椒录》），如上《谏猎疏》，劝道宗别耽于游猎，以防不测。本为好心，却令宁道宗深感不快而厌远之。遭冷落后，萧观音作《回心院词》十首，以在后宫等待君王时的种种具体动作描写，曲折地抒写自己被遗弃的孤情幽绪，企盼下情上达后，道宗能回心转意。如云：“张鸣琴，恰恰语娇莺。一从弹作房中曲，常和窗前风雨声。张鸣琴，待君听。”（《全辽文》卷三）虽属抒写宫怨，表达却委婉、细腻、缠绵，怨而不怒，完全符合儒家诗教的温柔敦厚之旨。

虽说诗可以怨，但怨上与谏上一样的危险。据《焚椒录》所言，由于萧观音自制的这十首歌词是合乐的，当时只有伶官赵惟一能演此曲；奸臣耶律乙辛乘机诬陷萧观音与赵惟一有奸情。他先令人作《十香词》献呈，乞萧观音书写，萧观音不知深浅，书毕后作《怀古诗》云：“宫中只数赵家妆，败雨残云误汉王。惟有知情一片月，曾窥飞燕入昭阳。”此诗指责赵飞燕以女色误汉王，托古慨今，讽意深婉。以儒家思想衡量，内容是完全正确的，可却被耶律乙辛等人深文周纳为萧观音与赵惟一私通的铁证，理由是诗中的第一句和第三句里含有“赵惟一”三字。本就对萧后妃无好感的道宗，竟听信这种无稽之说，敕萧观音自尽。随后皇子浚也遭谋害。

哀怨起骚人，在被迫自杀前，萧观音写下了饱含血泪的骚体《绝命词》，抒写忠不见察而受谤蒙怨的满腔悲愤，所谓“岂祸生兮无朕，蒙秽恶兮宫闱，将剖心以自陈，冀回照兮白日。”在彻底绝望之际，她发出了“呼天地兮惨悴，恨今古兮安极”（《全辽文》卷三）的控诉，这已是无所顾忌的拼死讽谏了。

同样的悲剧在天祚文妃萧瑟瑟身上又重演了一次。天祚帝是辽朝的亡国之君，其昏庸远较道宗为甚，他即位后荒于畋猎酒色，拒谏饰非，信用谗谄，政事委之于奸相萧奉先，以至纲纪废弛，国土不保，辽在与起兵反抗的女真族的作战中连连受挫。详重寡言而善于歌诗的文妃萧瑟瑟对此深感忧虑，作诗加以规箴，其《讽谏歌》云：

> 勿嗟塞上兮暗红尘，勿伤多难兮畏夷人，不如塞奸邪兮选取贤臣。直须卧薪尝胆兮激壮士之捐身，可以朝清漠北兮夕枕燕云。（《全辽文》卷三）

一是劝谏天祚帝要振作精神，改弦易张，不必畏怕“夷人”女真，二是要求整顿朝纲，励精图治，去奸佞而用忠良。在《咏史》诗中，萧瑟瑟借咏赵高擅权乱政而使秦国覆灭之史实，说明外患源于内忧，所谓“丞相来朝兮剑佩鸣，千官侧目兮寂无声。养成外患兮嗟何及，祸尽忠臣兮罚不明。”借古喻今，讽刺的锋芒直指天祚帝宠信的权相萧奉先。这自然会引起他们的猜疑和忌恨。因遭萧奉先的设计陷害，文妃萧瑟瑟和她的儿子晋王相继被诛。

因讽谏而遭诛杀的悲剧在辽代后期一再重演，固然与当时的政治黑暗密切相关，但也表明了契丹女诗人关切国事的政治态度，其作品体现了以诗讽喻的创作思想。

三

辽代长达二百多年，可立国之初才迈进以文字代替木刻的文明社会，又长期处于吸收消化中原儒家思想文化的发展阶段，在文学艺术方面的成就无法与唐宋相比。如今可考的辽人诗文别集不到二十种，[①] 且都已失传。在收集全备的《全辽文》里，较完整的辽人诗歌作品也不过二十余首。但就是在这些有限的作品里，透露出了一种又别于唐宋文学的刚健质朴的文风，为文学思想的发展注入了一些新的活力和因素。

刚健质朴的文风的形成，含有地域文化的因素，辽人长期生活在北方，北地的荒漠风沙、苍凉草野，以及喜骑射畋猎的尚武民俗，对诗歌创作的影响非常之大。即便是汉人，只要置身于北地，其诗中也就会有雄健朴野的塞北风情，如赵延寿的《失题》：

> 黄沙风卷半空抛，云重阴山雪满郊。探水人回移帐就，射雕箭落著弓抄。鸟逢霜里饥还啄，马渡冰河渴自跑。占得高原肥草地，夜深生火折林稍。（《全辽文》卷四）

作者是一位武将，五代桓山（今河北正定南）人，降辽后为幽州节度使，封燕王。此诗描写辽地阴山一带浑莽苍凉的雄奇景色，以及游牧民族逐水草迁徙牧猎的习俗，冰天雪地的恶劣自然环景中展现出来的顽强生命力和野性之美，是生活在长城以南的人们难以想象的。《辽史·营卫志》说："长城以南，多雨多暑，其人耕稼以食，

---

① 据清人黄任桓《补辽史艺文志》所载，辽人诗文别集有：圣宗《御制曲《白居易讽谏集译》，道宗《清宁集》，耶律隆先《阆苑集》，萧柳《岁寒集》，《刘京集》四十卷，耶律资忠《西亭集》，萧孝穆《宝老集》，《耶律庶成诗文集》，杨佶《登瀛集》十卷、《重熙小集》十卷，耶律良《庆会集》，萧韩家奴《六义集》十二卷，李浣《应历小集》十卷，耶律孟简《放怀诗》一卷，《北朝马氏集》二十卷，《僧了洙文集》等。

桑麻以衣，宫室以居，城郭以治。大漠之间，多寒多暑，畜牧畋猎以食，皮毛以衣，转徙随时，车马为家。此天时地利所以限南也。”

正是这种地域的差异，使契丹的风土人情不同于中原。如《契丹土风歌》中萧总管所说：“契丹家住云沙中，耆车如水马如龙。春来草色一万里，芍药牡丹相间红。大胡牵车小胡舞，弹胡琵琶调胡女。一春浪荡不归家，自有穹庐障风雨。”（《全辽文》卷十二）类似的记叙和描写，在北宋许多作家的“使辽诗”里屡见不鲜，如欧阳修的《奉使契丹回出上京马上作》、《雁》、《北风吹沙》，苏颂的《契丹帐》、《辽人牧》、《观北人围猎》，苏辙的《虏帐》、《渡桑干》等，构成一道奇异的辽地文学风景线。在这方面，本为汉人而身为辽官的李良嗣的《绝句》也颇具特色，诗云：

> 朔风吹雪下鸡山（一作燕山），烛暗穹庐夜色寒。闻道燕然好消息，晓来驿骑报平安。（《全辽文》卷十一）

作者的人品不足论，但因其长期生活于燕京一带，故诗的风格意境颇为苍劲雄浑，燕山夜雪“烛暗穹庐”的勾画，具有鲜明的北国色调。

除了地域环境的影响，决定辽诗风貌的主要因素，是北方民族那种粗犷强悍的性格气质。尽管契丹入主中原后加速了“汉化”的文明进程，但也有意识地要保留一些本民族的文化习性，诸如喜欢射猎，实行双语制，以及官分南、北。“皇帝与南班汉官用汉服，太后与北班契丹臣僚用国服”（《辽史·仪卫志》卷五十五）。契丹妇女不仅在服饰等生活习俗方面保留了更多的民族特色，在诗歌创作方面，她们所表露的性格气质也大有压倒须眉的气概。如懿德皇后萧观音的《伏虎林应制》：

> 威风万里压南邦，东去能翻鸭绿江。灵怪大千俱破胆，那教猛虎不投降。（《全辽文》卷三）

伏虎林是辽帝秋季射猎的场所，系契丹王室四捺钵（转徙行在地）之一。契丹人入居中原认同定居的农耕生活方式时，并没有完全放弃依随时令迁徙牧猎的传统生活方式；故辽帝每有秋猎之举，后妃则鞍马相随。此诗反映的就是这样一种习俗。虽为应制之作，但充满了北方游牧民族的强悍和威风，不无靠武力吞并南邦宋朝和东邻高丽而一统天下的雄心。同样的意思，作者在《君臣同志华夷同风应制》诗中表现得更为明白，所谓"到处承天意，皆同捧日心。文章通谷蠡（匈奴藩王的封号），声教薄鸡林（朝鲜新罗国）。"此种指点江山，叱咤风云、风格雄健的诗篇，完全出自女性之手，在诗史上是较为罕见的。

在辽代文学中，契丹族诗人的创作始终占主导地位，尤以女诗人的作品引人注目。其中萧观音的诗作留存最多，而且风格多样，不仅有《回心词》一类表达个人感情而婉约典雅的自度曲，还有《伏虎林应制》等表达契丹统治集团意愿而雄豪犷放的应制诗。特别是后一类作品，可以说是契丹民族勇于征战的性格写照，尚武之气溢于行间，很能体现辽代文风的刚健质朴。

辽代作家还有用契丹语创作的诗文，惜多已失传。现代语言学的研究表明，契丹语属阿尔泰语系，单词多音节，用粘着词尾来表示语法现象。① 这与汉藏语系的汉语有很大差别。如唐人贾岛的两句诗，"鸟宿池中树，僧敲月下门"，若译成契丹语，则须颠倒其文句，读作"月明里和尚门子打，水底里树上老鸦坐"（见洪迈《夷坚志》丙集卷十八）。两相比较，后者的表达要质朴得多。

当然，在接受汉文化的同化过程中，契丹诗人即便用母语作诗，也会受汉文化和汉诗的影响，如朝鲜李王博物馆所藏圆镜上的契丹文字，其排列和押韵完全模仿汉诗，可断定为一首七言绝句。

---

① 参见清格尔泰、刘凤翥等《契丹小字解读新探》，《考古学报》1983 年第 3 期。

更为典型的是寺公大师创作的《醉义歌》，长达一百二十句，是现存辽诗中最长的诗篇。此诗原为契丹文，经耶律楚材译为汉语后流传于世。诗人以饮酒为契机，纵情放歌，自比陶渊明和李太白，脱形迹于醉乡，杂揉儒、佛、道思想以求解脱。所谓：

> 遥望无何风色好，飘飘渐远尘环中。渊明笑问斥逐事，谪仙遥指华胥官。华胥咫尺尚未及，人间万事纷纷空。一器才空开一器，宿酲未解人先醉。携樽挈近花前，折花顾影聊相戏。生平岂无同道徒，海角天涯我遐弃。……

虽然所用事典和思想旨趣均来自汉文化传统，采用的也是汉诗歌行体的抒写方式，但融入了契丹民族刚健质朴的粗犷气质。全诗写得慷慨雄放，气势流贯，具有自己的独特风格。耶律楚材《醉义歌序》将其称之为辽诗的“绝唱”，以为“可与苏、黄并躯争先耳。”（《湛然居士集》卷八）

此外，辽代文学中还有一些流行于民间的谣谚和民歌，其地域色彩和生活气息更加浓郁。如《焚骨咒》：“夏时向阳食，冬时向阴食。使我射猎，猪鹿多得。”反映的是契丹民族父母死时以不哭为勇的焚骨葬俗。[①] 再如《寄夫诗》：“垂杨传语山丹，你到江南艰难。你那里讨个南婆，我这里嫁个契丹”（《全辽文》卷十二）。以一个女子的口吻，写战乱给北方下层百姓造成的离别痛苦，但也从一个侧面反映了乱离后的民族融合（通婚）。这一类歌谣，继承了慷慨天然的北歌传统，语言十分通俗，表现形式也更为质朴。

（原载《南开学报》1999 年第 1 期）

---

① 《新五代史·四夷附录》：“契丹比他狄尤顽傲，父母死，以不哭为勇，载其尸深山，置大木上，后三岁往取其骨焚之，酹而咒曰：夏时向阳食，……”

第三辑

万物静观皆自得

——儒家心学与诗学片论之一

对于重视心性修养的宋明新儒家而言，除了要领会性理作为万物本体的意义外，对生生之仁的内心观照和生命体验也是非常重要的。情感体验是人之生命存在的一种基本方式，仁体和道理存在于人心之中，是与生命情感相联系的本体存在，对心性本体的直觉要以内在体验做基础，所以修养工夫的“静观”与“自得”实不可分。静观万物而洞明心体，具有仁者浑然与物同体的胸怀，不仅可得性情之正，还可寻得“孔颜乐处”，使日常生活饶有鸢飞鱼跃般的活泼诗意。故新儒家的心学派于此特别加以强调，并有诗为证，就连明言作诗果无益的理学大师朱熹，也不乏这方面的吟咏性情之作；但用吟诗方式表达性命自得的内心体验，将心学与诗学融会贯通，当以主张于静中养出端倪的白沙之学为典型。

一

对宇宙人生的诗意观照和情感体验，在儒家哲学中是由来已久的。如《论语·先进篇》里，孔子对曾点“浴乎沂，风乎舞雩，泳而归”的赞赏，表明在生活中追求悠然自得的诗意和精神乐趣，也不失为儒者的一种人生理想。《论语·雍也篇》的子曰：“贤哉，回也！一箪食，一瓢饮，在陋巷，人不堪其忧，回也不改其乐。”以及子曰：“知者乐水，仁者乐山。”既是对安贫乐道的高尚人格的肯定，又是对渗透了人之道德情感的自然山水的礼赞。这种人生情趣，这种合道德意志与美感为一的“乐”的体验，能使儒者在道德修养中感受到内心充实之美，故二程受学于周敦颐时，周敦颐“每令寻颜子、仲尼乐处，所乐何事”。[①] 做人要有好心情，内心之乐是幸福的源泉，也是心灵美的体现，对于道德人格的完成具有重要意义。

在《颜子所好何学论》中，程颐以为颜渊所乐之事是好学，要学以至圣人之道，“是故觉者约其情使合于中，正其心，养其性，故曰性其情。”[②] 这种“性其情”之说，主旨是以性理正心，要化心为性，用性理约束情感，令人严肃而紧张，故心中实无乐趣可言，有悖于周敦颐的教诲。真正能领会“孔颜乐处”的是程颢，他说：

> 《诗》可以兴。某自再见茂叔后，吟风弄月以归，有“吾与点也”之意。又说：“周茂叔窗前草不除去，问之，云：‘与自家意思一般。”[③]

吟风弄月是一种寄情于物的体验，是借山水风月表达心中乐趣。周敦颐不除掉窗前之草，也是同样的意思，即以欣欣向荣的草之生意，印证自家心中之仁。这种“乐”，这种“意思”，只有亲身体验才能感受到，是一种浑然与物同体的精神境界，故不能用理智作概

---

① 程颢、程颐：《二程集》，中华书局 1981 年版，第 16 页。
② 同上，第 577 页。
③ 同上，第 59～60 页。

念分析，却可以用具有诗意的形象语言来表达。

自然界是人的本源地，而人却是自然界的主体，自然万物的生机盎然之所以富有诗意，是由人心体验出来的。程颢说：仁者“以天地万物为一体”。生生之意即是仁，仁是心体，人可通过与自然的和谐，体验万物一体之仁，并用吟咏性情的方式表达。邵雍《人灵吟》说：“天地生万物，其间人最灵。既为人之灵，须有人之情。若无人之情，徒有人之形。”其《诗画吟》谓：“诗画善状物，长于运丹诚。丹诚入秀句，万物无遁情。”[①] 吟咏性情而涉理路，在诗坛别具一格。他在《首尾吟》中说：

> 尧夫非是爱吟诗，诗是尧夫乐物时。天地精英都已得，鬼神情状又能知。陶真意向辞中见，借论言从意外移。始信诗能通造化，尧夫非是爱吟诗。[②]

表达观物的看法和感受，谓作诗可通自然造化之妙。这得到了程颢的认同，其《和尧夫<首尾吟>》说：

> 先生非是爱吟诗，为要形容至乐时。醉里乾坤都寓物，闲来风月更输谁？死生有命人何与，消长随时我不悲。直到希夷无事处，先生非是爱吟诗。[③]

以为吟诗可形容人生的“至乐”，所谓“至乐”源于庄子的体道，指体验到“天地与我并生，万物与我为一”时获得的精神愉悦。程颢用它来讲仁者“浑然与物同体”的体验，以天地万物为怀，用同情心看待万物，视万物与已为同一生命体，故“满腔子是恻隐之心。”[④] 至乐是心中之乐，既是对本体的领会，也是审美体验，是

---

① 邵雍：《伊川击壤集》卷十八，四部丛刊本。

② 《伊川击壤集》，卷十九。

③ 《二程集》，中华书局1981年版，第481页。

④ 同上，第62页。

一种能自家"受用"的精神享受。如程颢《偶成》所云：

云淡风轻近午天，望花随柳过前川。旁人不识予心乐，将谓偷闲学少年。[①]

他在《新晴野二首》中又说：

阴曀消除六幕宽，嬉游何事我心闲。鸟声人意融和候，草色花芳杳霭间，水底断霞光出岸，云头斜日影衔山。缘情若论诗家兴，却恐骚人合厚颜。[②]

在体天地之化的过程中，消除了物我的间隔，同天人、合物我而缘情起兴，有一种自得于心的洒脱。自然有生生之意，心则以仁为乐，于是觉得"天地之间，非独人为至灵，自家心便是草木鸟兽之心也，但人受天地之中以生尔"。[③] 观自然造化以明心源，在自然中感受到美的同时，对心体的闲静也有了体验，以此明白心中自有之乐乃人生幸福和快乐的根源。

从自然界和生活中体验生命意义，在追求个体人格的道德完善的同时，心灵也获得一种情感的满足和美的愉悦，这是儒家心学的诗意所在。与诗家的缘情起兴不同，儒者吟诗非单纯的情动于中而形于言，而是要藉已发之情追溯心体；故须情顺万事而无情，心普万物而无心，廓然大公，物来应顺。如程颢《秋日偶成二首》所言：

寥寥天气已高秋，更倚凌虚百尺楼。世上利名群蠛蠓，古来兴废几浮沤。退安陋巷颜回乐，不见长安李白愁。两事到头须有得，我心处处自优游。

---

① 《二程集》，第476页。

② 同上，第478页。

③ 同上，第4页。

> 闲来何事不从容，睡觉东窗日已红。万物静观皆自得，四时佳兴与人同。道通天地有形外，思入风云变态中。富贵不淫贫贱乐，男儿到此是豪雄。①

诗中所讲的“颜回乐”和“贫贱乐”，是一种安贫乐道和乐天知命的生命态度，不同于以名利占有和情欲实现为满足的世俗之乐。颜渊之所以居陋巷还能感到乐，在于“其心三月不违仁”，追求道德人格的自我完善而以仁为乐。凡人的快乐离不开热闹，而仁者之乐却是在“静观”中体会到的，是体验心中之理而道通天地、思入风云。由于是从自家心性里体会出来的，所以是真正的“自得”之乐。如孟子说：“君子所性，仁义礼智根于心，其生色也睟然。见于面，盎于背，施于四体，四体不言而喻。”（《孟子·尽心上》）如果对孔颜乐处确有体会，仰不愧天，俯不怍地，象孟子讲的富贵不能淫、威武不能屈，堂堂正正做个人，亦可称“豪雄”矣。

程颢认为：“言体天地之化，已剩一体字，只此便是天地之化，不可对此个别有天地。”② 体即体贴、体验，指在自身心性中体察天地道理和人生意义，是自证自明的心灵感受。他说：“不当以体会为非心，以体会为非心，故有心小性大之说。圣人之神，与天为一，安得有二？至于不勉而中，不思而得，莫在此。此心即与天地无异，不可小了佗，不可将心滞在知识上，故反以心为小。”③ 言及《中庸》讲的“鸢飞戾天，鱼跃于渊”，他认为若“会得时，活泼泼地；不会得时，只是弄精神。”④ 鸢飞鱼跃是天地之化，其活泼泼之诗意存在于人的自我体验中，与“风乎舞雩，咏而归”的意境相类似。陆九渊在《与侄孙睿书》中说：“二程见茂权后，吟风

① 《二程集》，中华书局1981年版，第482页。
② 《二程集》，中华书局1981年版，第18页。
③ 同上，第23页。
④ 同上，第59页。

弄月而归，有‘吾与点也’之意，后来明道此意却存，伊川已失此意。”①

如果说朱熹为学较多地接受了程颐的影响的话，那么在重视内心体验工夫上，陆九渊与程颢则为一派，同属于孟子学。孟子云："口之于味也，有同耆焉；耳之于声也，有同听焉；目之于色也，有同美焉。至于心，独无所同然乎？心之所同然者何也？谓理也，义也。圣人先得我心之所同然耳。故理义之悦我心，犹刍豢之悦我口。”（《孟子·告子》）心悦义理之悦，即“反身而诚，乐莫大焉”之乐，是一种内心体验。陆九渊《与李宰》书说：“人皆有是心，心皆具是理，心即理也。故曰‘理义之悦我心，犹刍豢之悦我口。’所贵乎学者，为其欲穷此理，尽此心也。”② 人同此心，心同此理，可由心之寂感见天理流行，心既是本体存在，又是体验活动，体用不二。

总之，孔颜之乐，乐处在心，是一种主体的自我感受和体验，其所乐之事有二：一是仁者静观万物时的浑然与物同体，由自然界的活泼生机体悟心中的仁体，以仁为乐；二是吟咏性情时的感兴愉悦，在心体的观照活动中体验到诗意和美，产生自适、自得之乐。前者多带有静坐体道性质，后者是心灵的自我觉悟和自我受用，要在“静观”而“自得”之。

二

“静观”是一种直觉体验，而且是对“道”的体验。这可追溯到《老子》第十六章：“致虚极，守静笃，万物并作，吾以观复。

---

① 陆九渊：《陆九渊集》，中华书局1980年版，第504页。
② 同上，第201页。

夫物芸芸，各归其根，归根曰静，是谓复命，复命曰常”。以为世间万物和芸芸众生都有其根本，这根本就在静。万物皆从静中生，如世间由纷繁多变恢复静根而万物归一，就是“复命”。静一是不可言说的“常道”，或曰“道体”，而需用“吾以观复”的方式才能把握。观复是一种具有自我体验性质的内视反观我，要求心中虚而无物，排除一切知识成见。《庄子·天道篇》云：“水静犹明，而况精神！圣人之心静乎！天地之鉴也，万物之镜也。”静而无扰，没有任何私欲杂虑，是一种虚静的心态。庄子认为“夫虚静恬淡寂寞无为者，万物之本也。”故“言以虚静推于天地，通于万物，此之谓天乐。天乐者，圣人之心，以畜天下也。”[①] 这种说法曾被六朝的文论家用来谈文心，而宋儒则用它言道心，作为主静立人极的修养工夫，以体验万物一体的道之本体。

新儒家道统心传的一重要方式，便是于静坐中体验喜怒哀乐“未发”时气象，在排除私欲杂念的虚静状态下反观心体。从二程到朱熹的老师李侗都是如此。程颢以为“性静者可以为学”[②] 他教导学生要心口相应，“请问焉。曰：‘且静坐？’伊川每见人静坐，便叹其善学。”[③] 因静坐时的收视反听，不仅可澡雪精神，亦可洞明心体。朱熹说：“明道教人静坐，李先生亦教人静坐。盖精神不定，则道理无凑泊处”。又云：“须是静坐，方能收敛。”在他看来，“静坐无闲杂思虑，则养得来便条畅。”故“始学工夫，须是静坐，静坐则本原定，虽不免逐物，及收归来，也有个安顿处，”[④] 静坐可安顿身心，收敛精神，于静中体验心体和察识道理，是一种基本的心性修养工夫。

---

① 郭庆藩：《庄子集释》，中华书局 1961 年版，第 457 页，第 463 页。
② 《二程集》，中华书局 1981 年版，第 351 页。
③ 同上，第 432 页。
④ 黎靖德编：《朱子语类》，中华书局 1986 年版，第 216 ~ 217 页。

静坐观心，乃新儒家出入释老而返归儒学的心地工夫，是一种将庄禅打并入儒学的切身体验。朱熹说他年青时涉猎十分广泛，“禅、道、文章、《楚辞》、诗、兵法、事事要学，出入时无数文字。”[1] 其《读道书六首》其一云：

> 岩居秉贞操，所慕在玄虚。清夜眠斋宇，终朝观道书。形忘气自冲，性达理不馀。于道虽未庶。已超名迹拘。至乐在襟怀，山水非所娱。寄语狂驰子，营营竟焉如![2]

道家的精神修炼以玄虚为本，清静为门，要超脱于尘世名迹之外，其斋心启真之说对朱熹颇有吸引力，引导他走向了参禅事佛之路。朱熹读道书时，常与佛籍做比照，认为“佛学其初只说空，后来说动静，支蔓既甚，达磨遂脱然不立文字，只是默然端坐，便心静见理。此说一行，前面许多皆不足道，老氏亦难为抗衡了。”但是，“禅家最说得高妙去，盖自庄老来，说得道自是一般物事，阒阒在天地间。后来佛氏又放开说，大决藩篱，更无下落，愈高愈妙，吾儒多有折而入之。”[3] 其《久雨斋居诵经》云：

> 端居独无事，聊披释氏书。暂释尘累牵，超然与道俱。门掩竹林幽，禽鸣山雨馀。了此无为法，身心同晏如。[4]

如释氏所言，“明心见性”需要就里体认的参悟，全凭内心直觉，是一种如鱼饮水、冷暖自知的体验，昭昭灵灵而不可思议。这对朱熹的读书生活有深刻影响，成为其融贯儒道释三教的心学工夫。承二程之说，他以为释氏的“入定”和道家的“数息”只是要静，是可以用来“敬以直内”的，所以“禅家说‘直指人心，见性成佛’。

---

① 黎靖德编：《朱子语类》，中华书局 1986 年版，第 2620 页。

② 朱熹：《朱熹集》，四川教育出版社 1996 年版，第 23 页。

③ 《朱子语类》，第 3010～3011 页。

④ 《朱熹集》，第 17 页。

他只要你见得，言下便悟，做处便彻，见得无不是此性。也说‘存养心性’，养得来光明寂照，无所不偏，无所不通。”[①] 但他同时也指出：释氏所言性只是心，而且是以作用为性，心地工夫归于空寂，不能用来“义以方外”。当他明白释氏的空寂之说安放不下儒家的现实义理时，就主张把读书体察圣人之心作为静观心体的主要方式，注重虚静澄心和专一积久后义理的豁然贯通。

以观书为观心的入手处，可杜绝不着边际的胡思乱想。朱熹《鹅湖寺和陆子静》云：“旧学商量加邃密，新知培养转深沉”。[②] 静下心来观圣贤书，亦是一种涵养工夫，存心与读书为一事方得。“故学者且于静处收拾，教意思在里，然后虚心去看，则其义理未有不明者也。”朱熹说：“今且要读书，须先定其心，使之如止水，如明镜。”[③] 水静明物，镜虚映像，是用来喻示心之虚静观照的。其《观书有感二首》其一云：“半亩方塘一鉴开，天光云影共徘徊。问渠那得清如许？为有源头活水来。”[④] “半亩方塘”指心之方寸之地。朱熹说：“心如水，性犹水之静，情则水之流，欲则水之波澜，但波澜有好底，有不好底。”读书是要在心源处涵养，以正本清源，所谓“读书以观圣贤之意，因圣贤之意，以观自然之理。”因“自古圣贤皆以心地为本。圣贤千言成语，只要人不失其本心。”[⑤]儒家讲的“本心”，由佛之清净心下一转语，指圣贤民胞物与的仁心，即天地生物之心。本心虚静，能容纳映照万象，天光云影尽在吾心之中。此谓中得心源，则造化在我，而此心源活水亦即一造化，其妙用贯乎动静而现天理流行。与释氏归于空寂不同，此心体湛然虚

---

① 《朱子语类》，第 3022 页。

② 《朱熹集》，第 185 页。

③ 《朱子语类》，第 177 页。

④ 《朱熹集》，第 90 页。

⑤ 《朱子语类》，第 93 页，第 162 页，第 199 页。

明而万理自足，造化万象皆不出吾心之体用，故能在静观中体验圣人之心，尽自然之理，合性情物理为一。

儒者的静坐观心，不唯能敬以直内，也可思入风云变态，与天光云影共徘徊，有受自然造化感发的吟咏性情之作。朱熹在《斋居感兴二十首》中说："静观灵台妙，万化此从出。"[1] 其《送林熙之诗五首》云："浊酒寒灯静相对，论心直欲到忘言。"又谓："天理生生本不穷，要从知觉验流通，若知体用元无间，始笑前来说异同。"[2] 他的一些作品，以诗喻理而流溢着情趣，饶有诗的意境，如《春日》的"等闲识得东风面，万紫千红总是春"。从东风一吹而大地回春的欣欣向荣中，体验到了天理流行的生生之仁，此仁体即是天地之心，普及周遍万物，使大地呈现出勃勃生机。尽管诗中表达的是对孔门圣学别有领会时的喜悦之情，却心契造化而格物穷理，意在体察和追寻自然的天机和生命精神。一如《春日偶作》所言：

闻道西园春色深，急穿芒屩去登临。千葩万蕊争红紫，谁识乾坤造化心！[3]

造化入于吾心，性情通于自然物象和天理，故于吟风弄月之中，可见其胸次洒脱，超越了动静和物我。在较为通谷易懂的组诗《训蒙绝句》里，朱熹于《静》中指出：心静为动之本源，"所以工夫先要静，动而无静体难存"。但又说"莫将靠静偏于静，须是深知格物功。事到理明随理去，动常有静在其中。"其《鸢飞鱼跃》云："此理充盈宇宙间，下穷鱼跃上飞鸟。飞斯在上跃斯下，神化谁知本自然。"[4] 静默的观照和跃动的生命，是构成心之体用的两极，

① 《朱熹集》，第178页。
② 同上，第251页。
③ 同上，第89页。
④ 同上，第5732，第5733页。

也是人生修养和诗歌意境的本源。

静观心体而不坠入空寂，能于寂感中识真除妄，见生生之仁的天理流行，乃理学有别于禅学处。朱熹《答游诚之》谓："心体固本静，然亦不能不动，其用固本善，然亦能流而入于不善。夫其动而流于不善者，固不可谓心体之本然，然亦不可不谓之心也，但其诱于物而然耳。故先圣只说'操则存，舍则亡，出入无时，莫知其乡'。只此四句说得心之体用始终真妄邪正无所不备。"① 意谓只要心体纯正，感物而动之情亦能发而中节，无往而不正。他在《诗集传序》中说：

> 人生而静，天之性也。感于物而动，性之欲也。未既有欲矣，则不能无思；既有思矣，则不能无言；既有言矣，则言之所不能尽而发于咨嗟咏叹之馀者，必有自然之音响节奏而不能已焉。此诗之所以作也。……诗者，人心之感物而形于言之馀也。心之所感有邪正，故言这所形有是非。惟圣人在上，则其所感者无不正，而其言皆足以为教。②

以诗为心声，合于诗言志的古训，但又以心性修养为本，要分别正邪，以正心感发善意。其《答杨宋卿》云："是以古之君子德足以求其志，必出于高明纯一之地，其于诗固不学而能之。"所谓"高明纯一"，指胸怀襟抱而言，要求保持心体的虚静纯正。朱熹《试院杂诗五首》其二云："寒灯耿欲灭，照此一窗幽。坐听秋檐响，淋浪殊未休。"③他尝举此诗示学者曰："此虽眼前语，然非心源澄静者不能道。"④ 又说：

---

① 《朱熹集》，第 2141 页。

② 同上，第 3965 页。

③ 同上，第 1756 页，第 36 页。

④ 罗大经：《鹤林玉露》，中华书局 1983 年版，第 113 页。

只如个诗，举世之人尽命去奔做，只是无一个人做得成诗。他是不识，好底将做不好底，不好底将做好底。这个只是心里闹，不虚静之故。不虚不静故不明，不明故不识。若虚静而明，便识好物事。虽百工技艺做得精者，也是他心虚理明，所以做得来精。①

以心之虚灵言寂感，主张作诗不应属意于格律辞藻的工拙，而要在心地根源上下工夫。他在《易寂感说》中指出："其寂然者无时而不感，其感通者无时而不寂也。是乃天命之全体，人心之至正，所谓体用之一源，流行而不息者也。疑若不可以时处分矣。然于其未发也，见其感通之体；于已发也，见其寂然之用，亦各有当而实未尝分焉。故程子曰：'中者，言寂然不动者也。和者，言感而逐通者也。'然中和以情性言者也，寂感以心言者也，中和盖所以为寂感也。"② 心统性情而贯动静，由寂感明心之体用，使传统的性静情动的中和说更显合理。这也是朱熹诗论的思想基础。

三

与"静观"相伴随的是"自得"，自得者，自得于心之谓也，或者说得之自然。儒学属于"为己"之学，故孔子说："知之者不如好之者，好之者不如乐之者。"（《论语·雍也篇》）对此，二程以"自得"作解释，程颢说："笃信好学，未如自得之乐。好之者，如游他人园圃；乐之者，则己物耳。然只能信道，亦是人之难能也。"程颐谓："非有所得，安能乐之？"③ 强调致知过程中的自得、自适

① 《朱子语类》，第 3333 页。
② 《朱熹集》，第 3561 页。
③ 《朱子语类》，第 814 页。

之乐，一种自家受用的精神愉悦。孟子曾说："君子深造之以道，欲其自得之也。自得之，则居之安；居之安，则资之深；资之深，则取之左右逢其原，故君子欲其自得之也。"（《孟子·离娄下》）朱熹的解说为："盖是自家既自得之，则所以资藉之者深，取之无穷，用之不竭，只管取，只管有，滚滚地出来无穷。自家资他，他又资给自家。如掘地在下，藉上面源头水来注满。若源头深，则源源来不竭；若浅时，则易竭矣。"[①] 如此说，自得乃"为己"之学，是君子在体道过程中真积力久而豁然贯通时的状态，一种有如灵泉喷涌的悟道境界。

问题在于，这种"自得"的状态和境界如何才能实现？朱熹偏重于从"道问学"方面言自得，强调读书时的虚心涵咏和默识心通，认为"人之为学因是欲得之于心，体之于身。但不读书，则不知心之所得者何事。"读书可使人心有主。又说："看文字，不可恁地看过便道了。须是时复玩味，庶几忽然感悟，到得义理与践履处融会，方是自得。"[②] 他将这种读书贵自得于心的方法用之于言诗，以为：

> 大凡事物须要说得有滋味，方见有功。而今随文解义，谁人不解？须要见古人好处。如昔人赋梅云："疏影横斜水清浅，暗香浮动月黄昏。"这十四个字，谁人不晓得？然而前辈直恁地称叹，说他形容得好，是如何？这个便是难说，须要自得言外之意始得。须是看得那物事有精神，方好。若看得有精神，自是活动有意思，跳踯叫唤，自然不知手之舞，足之蹈。这个有两重：晓得文义是一重，识得意思好处是一重。[③]

---

① 《朱子语类》，第1344页。

② 同上，第176页，第2631页。

③ 同上，第2755页。

指出除了理会文义，读诗还须识其滋味，把握其“文外之意”，方可谓之“自得”。朱熹说：“《诗》，如今恁地注解了，自是分晓，易理会。但须是沉潜讽育，玩味义理，咀嚼滋味，方有所益。……古人说‘《诗》可以兴’，须是读了有兴起处，方是读《诗》。若不能兴起，便不是读《诗》。”所谓“兴起处”，指诗歌的生命“感发”作用，所以“读《诗》之法，只是熟读涵味，自然和气从胸中流出，其妙处不可得而言。不待安排措置，务自立说，只恁平读着，意思自足。”①熟读是“自得”的前提，只有反复吟咏，有自己真实的感受和体会，方能知道诗的滋味，识得其意思好处而手舞足蹈。

虚心涵泳、切己省察的熟读精思，确是自得于心的一种方式，故朱熹有半日静坐、半日读书的说法。为在心地工夫上区别儒、释，他提倡“涵养须用敬”之说，主张以持敬代替静坐，又专以读书言自得。对此，陈献章表示了不同意见，他在《和杨龟山此日不再得韵》中说：“吾道有宗主，千秋朱紫阳。说敬不离口，示我入德方。义利分两途，析之极毫芒。圣学信匪难，要在用心藏。善端日培养，庶免物欲戕。道德乃膏腴，文辞固秕糠。俯仰天地间，此身何昂藏！”② 虽称朱熹为儒家宗主，但更重自家心藏之善端，视古人成辞为秕糠。他坦言自己早年曾闭门穷尽古圣贤之书，然未知入处而卒未有得。其《答张内翰廷祥书，括而成诗，呈现胡希仁提学》云：

> 古人弃糟粕，糟粕非真传。眇哉一勺水，积累成大川。亦有非积累，源泉自涓涓。至无有至动，至近至神焉。发用兹不穷，缄藏极渊泉。吾能握其机，何必窥陈编？学患不用心，用心滋牵缠。本虚形乃实，立本贵自然。戒慎与恐惧，斯言未云

① 《朱子语类》，第2086页。

② 陈献章：《陈献章集》，中华书局1987年版，第279页。

偏。后儒不省事，差失毫厘间。寄语了心人，素琴本无弦。①

借《庄子》中轮扁以古人言辞为糟粕之说，言圣学心得不由读书积累，而是如源泉自出，涓涓不息，所谓“至无有至动，至近至神焉”，为学者静悟自得之妙。其《书自题大塘书屋诗后》说：“为学当求诸心必得。所谓虚明静一者为之主，徐取古人紧要文字读之，庶能有所契合，不为影响依附，以陷于徇外自欺之弊，此心学法门也。”强调以心虚为基本，心静为入门。他在《与贺克恭黄门》中说：“为学须从静中坐养出个端倪来，方有商量处。”②静中养出端倪方可谓自得。他提倡以心学悟道的简易工夫，代替日积月累的读书穷理，因学问须就自家心上体验方是，读书毕竟已属第二义。

以静坐求自得是陈献章白沙心学的显著特色，他以心之寂感体贴天理，追求义理融液与操存洒落的统一，以达心与道俱而得之自然的境界。黄宗羲《明儒学案·师说》云：“先生学宗自然，而要归于自得。自得故资深逢源，与鸢鱼同一活泼，而还以握造化之枢机，可谓独开门户，超然不凡。至问所谓得，则曰静中养出端倪。向求之典册，累年无所得，而一朝以静坐得之，似与古人之言自得异。”以自得于心为学问根本，其体道过程中求诸吾心的感受和体验，他常用诗歌吟咏的方式表达，如云：

千卷万卷书，全功归在我。吾心内自得，糟粕安用那！（《藤蓑五首》其四）

此心自太古，何必生唐虚？此道苟能明，何必多读书？（《赠羊长史，寄辽东贺黄门钦》）

真乐何从生，生于氤氲间。氤氲不在酒，乃在心之玄。行如云在天，止如水在渊；静者识其端，此生当干干。（《真乐

① 《陈献章集》，第279～280页。

② 同上，第68页，第133页。

吟，效康节体》)①

以为人生真乐的体验，就在物我一体的浑然间，心与理一的自得之乐、自然之乐，才是生命的真正意义或第一义。所以他注重于存心养性过程中，体悟宇宙生命精神的流行，情与境共而悠然自适，心意舒展，精神极为洒脱。其《湖山雅趣赋》云：

> 放浪形骸之外，俯仰宇宙之间。当其境与心融，时与意会，悠然而适，泰然而安。……于焉优游，于焉收敛；灵台洞虚，一尘不染。浮华尽剥，真实乃见；鼓瑟鸣琴，一回一点。气蕴春风之和，心游太古之面。其自得之乐亦无涯也。②

游心于茫茫宇宙间，心至处理即在，物在处即有心，天地万物都可象征心体，于是浴沂舞雩和吟风弄月，亦可见天理流行。这种合内外之道而境与心得、理与心会的物我一体之境，出自对宇宙人生的诗意观照，乃悟道与审美合一的自然境界。正因为如此，陈献章言及“自得之乐”时，屏却人为的读书功夫，而以自然天机为贵。其《木犀枝上小鹊》诗云：“乾坤未可轻微物，自在天机我不如。”又《赠周成》谓：“说成鸢飞鱼跃处，绝无人力有天机。”《随笔二首》其二说：“断除嗜欲想，永撤天机障。身居万物中，心在万物上。”③学宗自然而贵自得的白沙心学，以诗人造化在心的天机自鸣为近道。

由于陈献章的“自得”多藉诗歌表达，儒家心学与诗学的贯通，至白沙之学始达圆融的境地。其门人湛若水编有《白沙子古诗教解》，并于序中说：“白沙先生无著作也，著作之意寓于诗也。是

---

① 《陈献章集》，第288页，294页，312页。

② 同上，第275页。

③ 同上，第566页，第785页。

故道德之精，必于诗焉发之。”① 陈献章是具诗人气质的儒者，诗歌创作是其道德涵养及性情的体现。在《夕惕斋诗集后序》中，他以为诗虽艺事而非小技，因“天道不言，四时行，百物生，焉往而非诗之妙用？会而通之，一真自如。故能枢机造化，开阖万象，不离乎人伦日用而见鸢飞鱼跃之机。”② 据于道而游于艺，心随动静以明体用，顺应性情之自然而忌穿凿，便成为白沙诗学的宗旨，其《批答张迁实诗笺》云：

> 大抵诗贵平易，洞达自然，储蓄不露，不以用意装缀，藏形伏影，如世间一种商度隐语，使人不可模索为工。欲学古人诗，先理会古人性情是如何，有此性情，方有此声口，只看程明道、邵康节诗，真天生温厚和乐，一种好性情也。③

强调作诗要自然平易，表达真性情。在求心与道俱时，讲究情与理偕，其《次王半山韵诗跋》说：“若率道理，随人深浅，但须笔下发得精神，可一唱三叹，闻者便自鼓舞，方是到也。须将道理就自己性情上发出，不可作议论说去，离了诗这本体，便是宋头巾也。”其《与汪提举》说：“大抵论诗当论性情，论性情先论风韵，无风韵则无诗矣。今之言诗者异于是，篇章成即谓之诗，风韵不知，甚可笑也，情性好，风韵自好；性情不真，两难强说，幸相与勉之。”④ 认为言理之作也要带情韵以行，追求的是自然天成，把诗写得象诗而道技两进。

作诗要具备一定的文字能力，属艺事之一，但它又关乎心之性情和学养，可技进乎道。陈炎宗《重刻诗教解序》说：“族祖白沙先生以道鸣天下，不著书，独好为诗。诗即先生之心法也，即先生

---

① 《陈献章集》，第699页。
② 同上，第11～12页。
③ 同上，第74页。
④ 同上，第72页，第203页。

之所以为教也。今读先生之诗，风云花鸟，触景而成，若无以异于凡诗之寄托者。至此心此理之微，生生化化之妙，物引而道存，言近而旨远，自非澄心默识，超出于意象之表，未易渊通而豁解也。”① 陈献章将心学工夫寓于游艺之中，把“游于艺”作为陶冶性情的方式，虽在求静时与视性静比心动更为重要的朱子学相通，但其超越性情的动静而追求充满生机的心之自然现成的思想，却是从重性理的朱子学过渡到讲良心的阳明学的桥梁。白沙之学“静中养出端倪”的“端倪”，其实就是后来阳明心学强调的一点灵明的“良知”，区别仅在于前者偏于主静，后者更重视心体流行发用的生命精神之跃动。

（原载《中国文化研究》2002 年第 4 期）

① 《陈献章集》，第 700 页。

良知·童心·性灵

——儒家心学与诗学片论之二

阳明心学的良知说与中国诗学思想的关系，可从两方面加以分疏：一是指心而言，把心灵看作比性理更为本源的东西，突显人乃万物之灵的主体性原则，赋予儒家心性论以强烈的师心自用性质，于是有张扬个性、崇尚自然情感的“童心”说产生；二是就性而论，“性灵”乃良知的流行发用，要由性情之真，复归根于心体的虚灵不昧，形成以儒家性命之学兼融庄禅妙悟的诗性智慧。两方面的结合，启发了重主观体认而强调个性，重心情的自然流露而讲韵趣，排斥模似而贵独创的文艺思潮。

一

新儒学由宋至明的发展，是一个从性理之学为主到以心学为主的演变过程，在象山、白沙之后，有集儒家心性学之大成的阳明心学产生。鉴于以性理为宗的程朱理学的心、理二分之弊，阳明心学以心性合一的“良知”为本，倡言心即理，注重心体的寂感真几和流行发用，以为天理就在人心之中，人心之良知即天理，若能当下直悟而“致良知”，人人皆可成为圣人。这种体用不二、知行合一的心学思想，在儒学发展史上具有继往开来的划时代意义，并影响到一代学风和文风。

“良知”之说，可追溯到孟子所讲的人之天良。《孟子·尽心上》云：“人之所不学而能者，其良能也；所不虑而知者，其良知也。孩提之童无不知爱其亲者，及其长也，无不知敬其兄也。”良能出于良知，而且都是天生的自然品性，无须后天的学习思虑。但孟子只是用良知来证明人有良心而性善，阳明则进一步用它来指点寂感真几的心体，他认为“性无不善，故知无不良，良知即是未发之中，即是廓然大公、寂然不动之本体，人人之所同具者也。但不能不昏蔽于物欲，故须学以去其昏蔽，然于良知之本体，初不能有加损于毫末也。”[1]良知是道，是天理，是心之本体，良知面前人人平等。阳明《咏良知四首示诸生》云：

> 个个人心有仲尼，自将闻见苦遮迷。而今指与真头面，只是良知更莫疑。（其一）
>
> 问君何事日憧憧？烦恼场中错用功。莫道圣门无口诀，良知两字是参同。（其二）
>
> 人人自有定盘针，万化根源总在心。却笑人前颠倒见，枝枝叶叶外头寻。（其三）[2]

其一说良知人人皆有，如孔圣人就在每人心中，只是囿于闻见而被遮蔽，但浮云蔽日并非日不存在；其二讲良知的开明可作为摆脱日常忧苦烦恼的良方，能给人带来快乐；其三谓良知乃人心的主宰和万化的根源，良知真切则心有主，如航行有指南针，永不会迷失方向。王阳明说：“知是心之本体，心自然会知：见父自然知孝，见

---

① 《王阳明全集》，上海古籍出版社 1992 年版，第 62－63 页。

② 同上，第 790 页。

兄自然知弟，见孺子入井自然知恻隐，此便是良知不假外求。若良知发，更无私意障碍，即所谓有‘充其恻隐之心，而仁不可胜用矣’”。[①] 他把良知视为千古圣贤相传的一滴骨血，并说是自己从千死万难中体悟出来的，所谓：“吾心之良知，即所谓天理也。致吾心良知之天理于事事物物，则事事物物皆得其理矣。致吾心之良知者，致知也。事事物物皆得其理者，格物也。是合心与理而为一者也。”[②] 若心与理一，则知与行合，“良知”既是心地工夫，又是超越自身向上复归的心体。“致良知”在于吾心的明觉精察，是当下辨别真伪善恶的知几之睿智，故知之真切笃实即是行，知行只是一个工夫。

阳明的“致良知”之学，突出了良知的流行发用和本体性质，使儒家的心性论更具主观唯心色彩，也更具活泼的生命精神和实践品格。这种阳明心学的特点及其对后世文风的深远影响，主要体现在两个方面：一是主张师心自用；一是讲心体虚灵。

首先，体用一源的良知是师心自用的内在根据。阳明《答人问良知二首》其一云：“良知即是独知时，此知之外更无知。谁人不有良知在，知得良知却是谁？”[③] 意谓良知的发现有赖于慎独时的立诚去妄，属于自家痛痒自家知的内心反省。他反对拘泥于文义上求道，要求返观自心，以为“若解向里寻求，见得自己心体，即无时无处不是此道。亘古亘今，无终无始，更有甚同异？心即道，道即天，知心则知道、知天。”[④] 知道须从自己心上体认，不假外求始得，做人的根本在于良知。他在《长生》诗中说：

---

① 《王阳明全集》，第6页。
② 同上，第45页。
③ 同上，第791页。
④ 同上，第21页。

乾坤由我在，安用他求为？千圣皆过影，良知乃吾师。[①]

明确提出要以自己心中的良知为师，开师心自用之门。其《示诸生三首》其一云："尔身各各自天真，不用求人更问人。但致良知成德业，谩从故纸费精神。乾坤是易原非画，心性何形得有尘？莫道先生学禅语，此言端的为君陈。"[②] 以致良知为不假外求的心地工夫，目的是求"真己"或"真吾"，实现人格的完善和精神境界的提高。阳明说："这心之本体，原只是个天理，原无非礼，这个便是汝之真己。这个真己是躯壳的主宰。若无真己，便无躯壳，真是有之即生，无之即死。"[③] 真己又称"真吾"，实为心之本体的良知。他在《从吾道人记》中说："夫吾之所谓真吾者，良知之谓也。父而慈焉，子而孝焉，吾良知所好也；不慈不孝焉，斯恶之矣。"[④] 真己或真吾以个人的良知为本，是一种以师心自用为特征的自我论，它将自己的良知或良心作为价值判断的标准，吾良知之好即真吾之好，亦即天下之所同好也。舍此再无别的标准。

因此，吾得之于心而实有诸己的良知才是"真知"，所谓"夫学贵得之于心。求之于心而非也，虽说其言之出于孔子，不敢以为是也，而况其未及孔子者乎！求之于而是也，虽说其言之出于庸常，不敢以为非也，而且况其出于孔子者乎！"[⑤] 每人凭良知即可自定是非，不一定非要以孔子的是非为准则。阳明先生说："尔那一点良知，是尔自家底准则。尔意念着处，他是便知是，非便知非，更瞒他一些不得。尔只不要欺他，实实落落依着他做去，善便

---

① 《王阳明全集》，第796页。

② 同上，第790页。

③ 同上，第36页。

④ 同上，第250页。

⑤ 同上，第76页。

存，恶便去。他这里何等稳当快乐。”① 这便是致知的实功，六经也只不过是吾心的注脚。这层意思他曾于诗中多次提及，其《送刘伯光》云：“谩道六经皆注脚，还谁一语悟真机？”②《送蔡希颜三首》其三说：“悟后六经无一字，静馀孤月湛虚明。”③ 又《次栾子仁韵送别四首》其一：“从来尼父欲无言，须信无言已跃然。悟到鸢鱼飞跃处，工夫原不在陈编。”④ 如此说，吾心“良知”的地位高于经典，“致良知”才是人生的正途。

其次，虚灵明觉是良知之本。阳明《答顾东桥书》说：“心者身之主也，而心之虚灵明觉，即所谓本然之良知也。其虚灵明觉之良知，应感而动者谓之意；有知而后有意，无知则无意矣。”⑤ 人心之灵觉主要表现为具有知觉、情感和意向等活动功能，能赋予世界万物和生命存在以意义。世界的存在靠心的灵觉而获得意义，离开了心的知觉，世界便无意义，对于人而言，无意义的事物等于不存在。阳明说：“知是理之灵处。就其主宰处说，便谓之心，就其禀赋处说，便谓之性。孩提之童无不知爱其亲，无不知敬其兄，只是这个灵能不为私欲遮隔，充拓得尽，便完；完是他本体，便与天地合德。”⑥ 良知是天理之昭明灵觉处，而人的生命不能无知觉，所以说“人孰无根？良知即是天植灵根，自生生不息”。⑦ 以良知为天理，视人心为天渊，灵觉的流行发用，既昭示天理的生生之仁，又显示了个体生命的跃动。

如果说灵觉是就良知的作用而言，可从功能上解释心；那么，

---

① 《王阳明全集》，第 92 页。
② 同上，第 742 页。
③ 同上，第 732 页。
④ 同上，第 744 页。
⑤ 同上，第 47 页。
⑥ 同上，第 34 页。
⑦ 同上，第 101 页。

虚明则表示良知心体的“存在”，具有更普遍的宇宙本体的意义。良知的虚明全靠灵觉的发用流行来体现，心体就在心用之中，故曰“虚灵”，或称“灵明”。阳明说：“虚灵不昧，众理具而万事出。心外无理，心外无事。”① 以为人心即天地之心，而人心只是一灵明。“可知充天塞地中间，只有这个灵明，人只为形体自间隔了。我的灵明，便是天地鬼神的主宰。天没有我的灵明，谁去仰他高？地没有我的灵明，谁去俯他深？”② 所以：

> 天地无人的良知，亦不可为天地矣。盖天地万物与人原是一体，其发窍之最精处，是人心一点灵明。风雨露雷，日月星辰，禽兽草木，山川土石，与人原是一体。③

人心灵明，方有良知，宇宙万物也才有意义。故“良知之虚，便是天之太虚；良知之无，便是太虚之无形。日月风雷山川民物，凡有貌象形色，皆在太虚无形中发用流行，未尝作得天的障碍。圣人只是顺其良知之发用，天地万物，俱在我良知的发用流行中。”④ 若把良知当做先验的心体，视为造化之精灵，那么只能是一虚无的本体。阳明先生说：“良知本体原来无有，本体只是太虚。太虚之中，日月星辰，风雨露雷，阴霾饐气，何物不有？而又何一物得为太虚之障？人心本体亦复如是。”⑤ 良知之无有如太虚，故良知本无知，无知才能无不知，于是有天泉证道的四句教：“无善无恶是心之体，有善有恶是意之动，知善知恶是良知，为善去恶是格物。”⑥ 无善无恶是说心体如太虚，并非先天就存有善念或恶念，意念的产

---

① 《王阳明全集》，第15页。

② 同上，第124页。

③ 同上，第107页。

④ 同上，第106页。

⑤ 同上，第1306页。

⑥ 同上，第117页。

生乃后天之事。只因心体本来明莹无滞，皎如纤尘不染之明镜，才有那恒照天地万物的一点灵明。

二

心学的师心自用，以重“真己”的方式开启返归自然本真的思想，教人于心之已发的自然情性中追求生命的价值，实现由性理主义到抒情主义的转变。但仅凭主观心意的知解任情，也易造成心体失落和道德失范，走向一空依傍的猖狂之路。这方面的思想代表是李贽，他要保持文人的“童心”而为世所不容，求真心却堕入空寂，主张抒写真性情却成为异端，堪称悲剧性人物。

李贽在明代儒学的演变过程中属于王学左派，曾编订《阳明先生道学钞》和《阳明先生年谱》。在阳明后学中，他对王畿高迈洒脱的龙溪之学尤为佩服，以为明快透髓，其《与焦漪园太史》书说：“至阳明而后，其学大明，然非龙溪先生缉熙继续，亦未见得阳明先生之妙处。”[①] 龙溪之学是阳明心学的嫡传，阳明以“真己”或“真吾”为良知的自立自信精神，通过龙溪传给了李贽。尤为值得注意的是，王畿继承了阳明心学良知现成的思想倾向，用“四无”论和无善说解释阳明的四句教，认定心体之无乃先天的自然现成之本真，良知原是无中生在，蕴藏万物生化之几。他以心体的流行发见为良知，强调直心而动的当下现成，说有良知者应如赤子般当喜便喜、当啼便啼。所谓“赤子之心，纯一无伪，无智巧、无技能，神气自足，智慧自生，才能自长，非有所加也。”（《书累语简端录》）[②] 以赤子之心喻良知的自然天成。他在《书同心册卷》中

---

① 《续焚书》（《焚书·续焚书》），中华书局1975年版，第28页。

② 《王龙溪先生全集》卷二，清光绪八年重刊本。

又说："良知在人，不学不虑，爽然由于固有；神感神应，盎然出于天成。本来真头面，故不待修证而后全。"[①] 这种以真心自然为良知的思想，为李贽的"童心"说所本。

作为王阳明和王龙溪良知自然现成论的一种延伸，李贽以"童心"指人最初的那种纯真本心，含有以无善无恶为心体，以良知流行为主宰，排除任何假借的思想。但他又将童心等同于赤子之心，特指不受任何观念和经验影响的绝假纯真的自然心体，剔除了阳明心学天赋良知的道德意识，所重在一个真字，不以善恶而是以真假为价值判断的准则。其《童心说》云：

> 夫童心者，真心也。若以童心为不可，是以真心为不可也。夫童心者，绝假纯真，最初一念之本心也。若失却童心，便失却真心；失却真心，便失却真人。人而非真，全不复有初矣。[②]

在儒家的经史文献里，"童心"原是带有贬义的，如《左传·襄公三十一年》载，鲁昭公继位时视丧礼为儿戏，"居丧而不哀，在戚而有嘉容，"所以史家感叹："于是昭公十九年矣，犹有童心。"[③]《史记·鲁周公世家》在记载同一件事时也说："昭公年十九，犹有童心。"服虔注："言无成人之志，而有童子之心。"[④] 所谓"犹有童心"，指像小孩一样随心所欲，完全以自我为中心，不受世俗道德规范和成人教条的拘束。为强调心体的本真和自然，李贽发展了良知现成论，一反"以童心为不可"的传统观念，用童心来指证人之真心，又认为有真心之人才是真人，用来对抗以闻见道理为心的假道学。

---

① 《王龙溪先生全集》，卷五。
② 《焚书》（《焚书·续焚书》），第98页。
③ 《春秋左传注》，中华书局1981年版，第1186页。
④ 《史记》，中华书局1990年版，第1186页。

以真假论人心，童心未泯自然是很可贵的，尤其是在重个性和尚真情的文学领域。龙洞山农在刊刻《西厢记》的叙语中说："知者勿谓我尚有童心可也。"① 希望别把他的爱好《西厢记》之举视为尚有童心。李贽的童心说即由此而发，认为最初的童心才是人之真心，出自真心之文才能感动人，若似真非真，所以入人心者必不深。在《杂说》中，他以《西厢记》、《拜月亭》等作品为造化无工的"化工之作"，誉为不可语于天下之"至文"，所谓"追风逐电之足，决不在于牝牡骊黄之间；声应气求之夫，决不在于寻行数墨之士；风行水上之文，决不在于一字一句之奇。"② 他说：

> 且夫世之真能文者，比其初皆非有意于为文也。其胸中有如许无状可怪之事，其喉间有如许欲吐而不敢吐之物，其口头又时时有许多欲语而莫可所以告语之处，蓄极积久，势不能遏。一旦见景生情，触目兴叹，夺他人之酒杯，浇自己之垒块；诉心中之不平，感数奇于千功。既已喷玉唾珠，昭回云汉，为章于天矣，迹亦自负，发狂大叫，流涕恸哭，不能自止。宁使见者闻者切齿咬牙，欲杀欲割，而终不忍藏于名山，投之水火。余览斯记，想见其为人，当其时必有大不得意于君臣朋友之间者，故借夫妇离合因缘以发其端，于是焉喜佳人之难得，羡张生之奇遇，比云雨之翻覆，叹今人之如土。③

把出自真情而不吐不快的触景兴叹之言、发狂大叫之语，都视为无意于为文的天下之至文，立说根据即在于有童心者发言无忌。其《童心说》谓："天下之至文，未有不出于童心焉者也。苟童心常存，则道理不行，闻见不立，无时不文，无人不文，无一样创制体

① 《焚书》，第98页。
② 同上，第97页。
③ 同上，第97页。

格文字而非文者。诗何必古选，文何必先秦。降而为六朝，变而为近体，又变而为传奇，变而为院本，为杂剧，为《西厢曲》，为《水浒传》，为今之举子业，皆古今至文，不可得而进势先后论也。故吾因是而有感于童心者之自文也，更说甚么《六经》，更说甚么《语》、《孟》乎？”[1] 只要是出自绝假纯真的童心，只要不受闻见和道理的遮蔽而自出心裁，那么，无论使用何种文体，也不论时代先后，都可视为天下之至文。相反，若是出于依傍和假借，即使行文合于六经之体，义近《论语》和《孟子》，也是与自己性情毫不相干的假文。做人贵在有自家面目，作诗文亦然，若以真心为文，则不求工而自工耳！

有真心与做真人彼此关联，真心指童心未泯，真人即童心未被闻见和道理所损害之人。除了求本心之真而外，人之性情的自然流露也是李贽童心说所强调的，有以自然为美的自然人性论倾向。在《读律肤说》里，他指斥性情受拘束者为诗奴，认为其作品直而无情，淡而无味，了无声色。

> 盖声色之来，发于情性，由乎自然，是可以牵合矫强而致乎？故自然发于情性，则自然止乎礼义，非情性之外复有礼义可止也。惟矫强乃失之，故以自然之为美耳，又非于情性之外复有所谓自然而然也。故性格清彻者音调自然宣畅，性格舒徐者音调自然疏缓，旷达者自然浩荡，雄迈者自然壮烈，沉郁者自然悲酸，古怪者自然奇绝。有是格，便有是调，皆情性自然之谓也。莫不有情，莫不有性，而可以一律求之哉！然则所谓自然者，非有意为自然而遂以为自然也。若有意为自然，由与矫强何异。[2]

---

① 《焚书》，第99页。

② 同上，第132～133页。

这种以情性的自然流露为美、主张性格多样化的主张，反映了童心说突出自我的个性化原则。真人应是性情中人，那怕其性行乖僻，也较喜欢以假言作假文的假人要好得多。在《童心说》中，李贽认为童心的丧失和假人的形成有两方面的原因：一则因闻见而好美名，为显示美德或欲掩盖丑行而成伪饰；再则因读书识义理而成见在心形成理障。“于是发而为言语，则言语不由衷；见而为政事，则政事无根柢；著而为文辞，则文辞不能达。……盖其人既假，则无所不假矣。由是而以假言与假人言，则假人喜；以假事与假人道，则假人喜；以假文与假人谈，则假人喜。无所不假，则无所不喜。”于是断言：“然则《六经》、《语》、《孟》，乃道学之口实，假人之渊薮也，断断乎其不可以语于童心之言明矣。”[①]批判的矛头直指儒家的名教及其道学经典，以为书读多了易使人成为假人，有损童心的真率自然。其《与友人论文》说：“凡人作文皆从外边攻进里去，我为文章只就里面攻打出来，就他城池，统率他兵马，直冲横撞，搅得他粉碎，故不费一毫气力而自然有馀也。凡事皆然，宁独为文章哉！只自各人自有各人之事，各人题目不同，各人只就题目里滚出去，无不妙者。”[②] 强调作诗文要有自家面目，性情不受拘束者，为文遂有自然天成之妙。

童心已非以良知判断是非的道心，而是要张扬个性、抒发情性的文心，故以真率自然为贵。李贽《自赞》云：“其性褊急，其色矜高，其词鄙俗，其心狂痴，其行率易，其交寡而面见亲热。其与人也，好求其过，而不悦其所长；其恶人也，既绝其人，又终身欲害其人。志在温饱，而自谓伯夷、叔齐；质本齐人，而自谓饱道饫德。”[③] 以自嘲兼嘲世的口吻，表达了愿做真小人而不喜伪君子的

---

① 《焚书》，第98~99页。

② 《续焚书》，第6页。

③ 《焚书》，第130页。

看法，号召做真人、讲真话。在评人论文时，他尤为推崇为文真率自然的苏东坡，曾编批《坡仙集》四册，并在《与焦弱侯》中说："《坡仙集》虽若太多，然不如是无以尽见此公生平，心实爱此公，是以开卷便如与之面叙也。"① 他认为古今的风流人物，唐有李白、宋有苏东坡，可称人龙、国士，可称万夫之雄。其《复焦弱侯》说："苏长公何如人，故其文章自然惊天动地。世人不知，只以文章称之，不知文章直彼馀事耳，世未有其人不能卓立而能文章垂不朽者。"② 他对苏轼的独立人格和不同流俗的个性极为赞赏，其《又与从吾》云："苏长公片言只字与金玉同声，虽千古未见其比，则以其胸中绝无俗气，下笔不作寻常语，不步人脚故耳。"③ 将苏轼文章的挥洒自如和出神入化，归结为其真性情的自然流露，这对晚明公安三袁的"性灵"说有直接影响。从主张童心到提倡性灵，乃水到渠成之事。

三

在重真情、崇个性和尚自然等方面，公安三袁受李贽的影响是直接的。袁中道（小修）在《龙湖遗墨小序》中说："龙湖先生（指李贽），今之子瞻也，才与趣不及子瞻，而识力胆力，不啻过之。"④ 对李贽的过人胆识极为钦佩。在《吏部验封司郎中郎先生行状》中，他记叙了万历年间兄弟三人多次拜谒李贽的经过，言及其兄袁宏道（中郎）时说："先生既见龙湖，始知一向掇拾陈言，株守俗见，死于古人语下，一段精光，不得披露。至是浩浩焉如鸿

---

① 《续焚书》，第34页。

② 《焚书》，第48页。

③ 同上，第256页。

④ 《珂雪斋集》，上海古籍出版社1989年排印本，第474页。

毛之遇顺风，巨鱼之纵大壑。能为心师，不师于心；能转古人，不为古转。发为语言，一一从胸襟流出，盖天盖地，如象截急流，雷开蛰户，浸浸乎其未有涯也。”[1] 这种心灵受到震撼之后，灵机逼极而通的真切感悟，为中郎思想上和创作上的一次突变与飞跃。所谓“一段精光”，指其性灵而言，类于阳明心学讲的一点灵明；“从胸襟流出”指抒写自己意之所欲言，属于自性流行的生命情态，其韵趣以自然天成为贵。

袁中郎是三袁中最为李贽看中的领军人物，谓其胆识皆迥绝于世，可称真英灵男子；而中郎自见李贽后亦别开手眼，所为诗文俱从灵源中溢出，不仅识别、才别和学别，更兼随意潇洒的胆别和趣别。在文学思想方面，继李贽童心说所讲的见真心、做真人之后，三袁进一步提倡写真诗，鼓吹真诗出自性灵。他们所追求的诗文创作的真，首先是一种性情之真。中郎《答江进之别诗》云：“对客语如锦，当机锋似铁。喜怒性情真，缓急肝肠热。”[2] 江进之即江盈科，他在《敝箧叙》中所转述的袁中郎的论诗之语，为“性灵”说的宣言：

> 诗何必唐，又何必初与盛？要以出自性灵者为真诗尔，夫性灵窍于心，寓于境。境所偶触，心能摄之；心所欲吐，腕能运之。心能摄境，即蝼蚁蜂虿皆足寄兴，不必《雎鸠》、《驺虞》矣；腕能运心，即谐词谑语皆是观感，不必法言庄什矣。以心摄境。以腕运心，则性灵无不毕达，是之谓真诗，而何必唐，又何必初与盛之为沾沾！[3]

以性灵为真诗的源泉，并以此作为诗文批评和作家评论的根据。在

---

① 《珂雪斋集》，第756页。

② 《袁宏道集笺校》，上海古籍出版社1981年版，第154页。

③ 同上，第1685页。

《叙小修诗》中，袁中郎称其弟小修少有慧性，长成后以豪杰自命，足迹所至几半天下，诗文亦因之以日进，“大都独抒性灵，不拘格套，非从自己胸臆流出，不肯下笔。有时情与境会，顷刻千言，如水东注，令人夺魄。其间有佳处，亦有疵处，佳处自不必言，即疵处亦多本色独造语。”① 在他看来，只要是情与境会，有真情实感，那怕失之浅露，失之俚俗直白，也是有独创性的本色语。所谓“大概情至之语，自能感人，是谓真诗，可传也。而或者犹以太露病之，曾不知情随境变，字逐情生，但恐不达，何露之有?”② 为求真而不惜率直，反对言不由衷的剿袭模拟。基于这种看法，中郎对前后七子“诗必盛唐”和“文必秦汉”的复古主义论调极为不满，他在《丘长孺》书中说：“大抵物真则贵，真则我面不能同君面，而况古人之面貌乎？唐自有诗，不必选体也。”③ 其《答李子髯》诗云：“当代无文字，闾巷有真诗。”④ 强调自由抒写真性情之重要，以为真诗乃在民间。

以真性情释性灵，是公安派对李贽童心说的一种继承，也符合“性灵”一词在以往诗文评里的通常涵义。盖性、灵二字组词联用始于南北朝，如颜之推《颜氏家训·文章第九》云：“文章之体，标举兴会，发引性灵，使人矜伐，故忽于持操。”⑤发引性灵即是发引性情。刘勰《文心雕龙·原道》说：“仰观吐曜，俯察含章，高卑定位，故两仪既生矣。惟人参之，性灵所钟，是谓三才。”⑥ 以为人生天地间，禀性灵秀而情感丰富，故其《序志》云：“岁月飘忽，

---

① 《袁宏道集笺校》，第 187 页。

② 同上，第 188 页。

③ 同上，第 284 页。

④ 同上，第 81 页。

⑤ 《颜氏家训》，第 20 页。《诸子集成》八，中华书局 1954 年版。

⑥ 范文澜：《文心雕龙注》，人民文学出版社 1958 年版，第 1 页。

性灵不居，腾声飞实，制作而已。”[①] 视性灵为文章之本，也是就性情而言。钟嵘《诗品》强调诗人“吟咏性情”的重要，在评论阮籍的诗歌创作时说：“其源出于《小雅》，无雕虫之功。而《咏怀》之作，可以陶性灵，发幽思。言在耳目之内，情寄八荒之表。”[②] 很显然，陶性灵指的就是吟咏性情。从南北朝开始直至有明，“性灵”用在诗文里的含义多指性情，袁中郎在标举“性灵”时，亦以任性抒情而不受拘束为要义。他在《叙曾太史集》中说：“其为诗异甘苦，其直写性情则一；其为文异雅朴，其不为浮词滥语则一。”[③] 所谓“直写性情”，与他提倡的“独抒性灵”并无什么不同，二者是可以互训的。

除了用性灵指性情外，三袁还用它特指聪明人的上根慧性而含有禅机，表达自性流行而一空依傍的个性自由思想。喜怒哀乐之性情凡人皆有，心能摄境的性灵却非天才不办。袁宗道《性习解》说：“今试观婴孺，其天性常未漓地，固有醒然而慧者，亦有懵然难解喻者。”[④] 慧者即佛学讲的利根之人。他认为学禅而后知儒绝非虚语，启发胞弟将习禅的定慧与探究性命之学结合起来，他们三人一起到龙湖拜谒李贽时，主要就是为了参究“教外之旨”（禅）。袁中郎《张幼于》书说：“仆自知诗文一字不通，唯禅宗一事，不敢多让。当今勍敌，唯李宏甫（指李贽）先生一人。其他精练衲子，久参禅伯，败于中郎之手者，往往而是。”[⑤] 中郎是有利根慧性之人，其《潘庚生馆同诸公得钱字》云：“每于诗外旨，悟得句中禅。”[⑥] 袁宗道《西方合论叙》说：“石头居士（指中郎）少志参禅，根性猛利；

---

① 范文澜：《文心雕龙注》，第725页。
② 陈延杰：《诗品注》，人民文学出版社1961年版，第23页。
③ 《袁宏道集笺校》，第1106页。
④ 《白苏斋类集》，上海古籍出版社1989年版，第82页。
⑤ 《袁宏道集笺校》，第503页。
⑥ 同上，第385页。

十年之内，洞有所入。机锋迅利，语言圆转，寻常与人论及此事，下笔千言，不蹈祖师语句，直从胸臆流出。活虎生龙，无一死语，遂亦自谓了悟。”① 由此可知三袁性灵说强调的“从胸臆流出”，是参禅了悟后的自性流行状态，蕴含着禅宗的作用是性思想，带有“狂禅”习气。反映到诗文创作上，其独抒性灵具有张扬个性的倾向，是一种大胆创新求变的文学思想，不乏冲决梏桎的胆量和直觉智慧，宜与守旧复古者的模拟格调形成尖锐的对立。

袁中郎是悟性极高而个性鲜明的作家，文学成就在二位兄弟之上。在与《江进之》书中，他自谓要“享人世不肯享之福，说人间不敢说之话，事他人不屑为之事。”又说：“世道既变，文亦因之，今之不必摹古者，亦势也。”② 其《斋中偶题》云：“野语街谈随意取，懒将文字拟先秦。”③《赠黄平倩编修》说：“诗有馀师禅有友，前希李白后东坡。”④ 其弟袁小修以僧语见告，谓中郎乃东坡之后身。在《中郎先生全集序》里，他又称中郎少具慧业，学问自参悟中来，出其绪余为文字，故所作诗文皆“出自灵窍，吐于慧舌”，可拓人心胸，豁人眼目，于是感叹道：

> 嗟乎！自宋元以来，诗文芜烂，鄙俚杂沓。本朝诸君子，出而矫之，文准秦汉，诗则盛唐，人始知有古法。及其后也，剽窃雷同，如赝鼎伪觚，徒取形似，无关神骨。先生出而振之，甫乃以意役法，不以法役意，一洗应酬格套之习，而诗文之精光始出。如名卉为寒氛所勒，索然枯槁，而杲日一照，竞皆鲜敷；如流泉壅闭，日归腐败，而一加疏瀹，波澜掀舞，淋漓秀润。至于今天下之慧人才士，始知心灵无涯，搜之愈出，相与各呈其奇，而互

① 《袁宏道集笺校》，第1706页。

② 同上，第515页。

③ 同上，第609页。

④ 同上，第623页。

穷其变，然后人人有一段真面目溢露于楮墨之间。①

谓中郎矫世抗俗，立言不逐世俗之颦笑，其逸趣仙才亦非世间匠才所及。这种说法不仅符合当时的实际，也与中郎的文学思想相吻合。在《识雪照澄末》中，中郎以为苏轼奢于慧极，故“作文如舞女走竿，如市儿弄丸，横心所出，腕无不受者。……其至者如晴空鸟迹，如水面风痕，有天地来，一人而已。”② 其《雪涛阁集序》说：“有宋欧、苏辈出，大变晚习，于物无所不收，于法无所不有，于情无所不畅，于境无所不取，滔滔莽莽，有若江河。”可是近代文人却“以剿袭为复古，句比字拟，务为牵合，弃目前之景，摭腐滥之辞，有才者诎于法，而不敢自伸其才，无之者，拾一二浮泛之语，帮凑成诗。”③ 他对江盈科说：“夫唐人千岁而新，今人脱手而旧，岂非流自性灵与出自模拟者所从来异乎！……流自性灵者，不期新而新；出自模拟者，力求脱旧而转得旧。由斯以现，诗期于自性灵出尔。”④ 这是自性流行思想的明确表述。与此相关的是创作要摆脱依傍，其《答李元善》说：“文章新奇，无定格式，只要发人所不能发，句法字法调法，一一从自己胸中流出，此真新奇也。”⑤ 中郎此论一出，天下文士始知疏瀹心灵、搜剔慧性，有利于扫除弥漫于明代文坛的复古摹拟习气。

公安派的性灵说前后也是有变化的，即由信心而出、信口而谈的求性情之真，转向平平淡淡是真，转向寄意玄虚的山水韵趣之玩赏，故李贽终因持惊世骇俗的狂禅恣态，走向出家自尽的不归路，而三袁却缘禅净合一的慧业在流连光景中获得解脱。这也正是“性

① 《珂雪斋集》，第522页。
② 《袁宏道集笺校》，第1219页。
③ 同上，第710页。
④ 同上，第1685页。
⑤ 同上，第786页。

灵”与“童心”的不同所在。

性灵的根本在于心之虚灵，言童心者可以仅就人之本心的流行发用一意孤行，而谈性灵者最终要归根于心体或性体，要兼体用而讲虚灵。在这一方面三袁由禅归儒，更多地继承了阳明的良知学说。袁宗道《读大学》云：“明德，考亭释为虚灵不昧，甚妙。即伯安（指王阳明）先生所拈良知者是矣。……当知吾人各具有良知，虚灵寂照，亘古亘今，包罗宇宙，要在当人设方便致之。”① 认为阳明所说良知非一般的能知、所知，而是超越善恶的“了了常知”之知、“真心自体”之知，“盖此性体虚而灵，寂而照，于中觅善恶是非，可否得失，同异诸相，本不可得。”② 虚、寂是本体，灵、照是性体的发用，人之良知古今长存。中郎在《与仙人论性书》中，也有“一灵真性，亘古亘今”③ 的说法，其《答梅客生》说：“仆谓当代可掩前古者，惟阳明一派良知学问而已。”④ 袁小修《寄中郎》书云：“偶阅阳明，龙、近二溪诸说话，一一如从自己肺腑流出，方知一向见不亲切，所以时起时倒。顿悟本体一切情念，自然如莲花不着水，驰求不歇而自歇，真庆幸不可言也。”⑤ 小修对阳明良知说的理解较二位兄长要亲切一些，对性体虚灵的论说也更详细，在《论性》一文中，他以性虚言海沤，谓“虚灵之性圆，而全潮在我矣。曰悟，所以觉之也，曰修，所以纯之也。皆所以复此无善无恶之体者也。”⑥ 以为性体虚灵，方有心之妙用，如水性至虚，故能灵动不已。其《传心篇序》说：“悟到即修到，非有二也。圣贤之学，期于悟此道心而矣。此乃至灵至觉、至虚至妙、不生不死、治世出世之大宝藏

---

① 《白苏斋类集》，第 238－239 页。
② 同上，第 243 页。
③ 《袁宏道集校释》，第 489 页。
④ 同上，第 738 页。
⑤ 《珂雪斋集》，第 988 页。
⑥ 同上，第 850 页。

焉。而世谓儒门无此学术，奉而归之于禅，则大可笑已。”① 指出白沙、阳明皆妙悟本体之人，阳明的良知说，及其后学的直截了当，已将心之虚灵的儒门大宝藏揭诸日月了。

就儒家心学之立场而言，“性灵”的完整表述是体用不二的心之虚灵，自本体上讲是慧性、虚心，于发用上说为灵知、灵明、灵觉。要到达虚灵之境，须无欲无念，游心于淡泊而无名利之累。所以当中郎和小修言性灵而重心体虚灵时，即以平淡是真，以流连山水风月为生命流行处，寻求平淡质朴的自然灵趣。中郎《叙呙氏家绳集》说：“凡物酿之得甘，炙之得苦，唯淡也不可造；不可造，是文之真性灵也。浓者不复薄，甘者不复辛，唯淡也无不可造；无不可造，是文之真变态也。风值水而漪生，日薄山而岚出，虽有顾、吴，不能设色也，淡之至也。”② 所以他最欣赏自然平淡之趣，其《叙陈正甫会心集》说：

> 世人所难得者唯趣。趣如山上之色，水中之味，花中之光，女中之态，虽善说者不能下一语，唯会心者知之。……夫趣得之自然者深，得之学问者浅。当其为童子也，不知有趣，然无往而非趣也。面无端容，目无定睛，口喃喃而欲语，足跳跃而不定，人生之至乐，真无逾于此时者。孟子所谓不失赤子，老子所谓能婴儿，盖指此也。趣之正等正觉最上乘也。山林之人，无拘无缚，得自在度日，故虽不求趣而趣近之。③

趣是一种天然的生动韵致，亦可称为天趣，没有故意的痕迹，如出水芙蓉与剪彩成花，二者决不相类。童趣之可贵在于天真，在于不受世俗观念和陈见的束缚，无丝毫做作和伪饰，为灵觉之最上乘。

---

① 《雪珂斋集》，第455页。

② 《袁宏道集校释》，第1103页。

③ 同上，第463页。

再就是喜好山林淡泊生活的高人韵士，因山水之清晖足以启发其灵慧心性，故能一洗应酬格套之习而有逸趣仙才。由于认为“文之真性灵”常流露于自然平淡中，袁中郎主张为文要刊华求质，所谓“一变而去辞，再变而去理，三变而吾为文之意忽尽，如水之极于淡，而芭蕉之极于空，机境偶触，文忽生焉。风高响作，月动影随，天下翕然而文之，而古之人不自以为文也，曰是质之至焉者矣。”[①]受兄长的影响，袁小修在《王伯子岳游序》中说：“天下之质有而趣灵者莫过于山水。”[②] 他将趣的产生归源于心灵慧性，其《刘玄度集句诗序》云：“凡慧则流，流极而趣出焉。天下之趣，未有不自慧生也。山之玲珑多态，水之涟漪而多姿，花之生动而多致，此皆天地间一种慧黠之气所成，故倍为人所珍玩。至于人，别有一种俊爽机颖之类，同耳目而异心灵，故随其口所出，手所挥，莫不洒洒然而成趣，其可宝为何如者。”[③] 认为颖悟之人禀天地英灵之气，其自然洒脱的天趣出于慧性，饶有名士风流的闲情逸韵。由讲求真情毕露到表彰自然平淡之逸趣，从一个方面反映出了性灵说的蜕变。

总之，“性灵”说作为哲理与诗情交融的概念范畴，蕴含着以儒家性命之学兼融庄禅妙悟的诗性智慧，它至少有这样由表及里的三层意蕴：性情之真——自性流行——性体虚灵不昧。在重真性情和张扬个性方面，公安三袁的性灵说对明代诗文的革新起了极积的推动作用；但就其产生的学术思想的文化背景而言，则属于儒家心性之学在文学理论批评领域的进一步拓展，是讲心体虚灵的阳明心学在诗文创作和审美观照中的体现。

（原载《文艺理论研究》2003 年第 3 期）

---

① 《袁宏道集笺校》，第 1570 页。

② 《珂雪斋集》，第 460 页。

③ 同上，第 456 页。

现代新儒家生命美学引论

引　言

采取生命哲学的进路，从中西文化比较的视角旷观中国文化的生命精神，融合西方新潮，挺立自家传统，这是现代新儒家思想的发展方向。如梁漱溟用崇尚直觉和富有生活情趣来指点孔子的真精神，认为“仁”是内在于生命的直觉，开创了生命化孔子思想的进路。方东美则进一步把儒家的“生生之德”演绎为含情契理而生意盎然的生命哲学，以为宇宙万物的生命之流与人的生命意志汇合成生命的绵延，可通过反观人的人格意志来直觉宇宙的本质。在他看来，美是生命的感动，“生命”作为其美学思想的核心范畴，含有这样的三层意蕴：一是指主体的生命精神，表现为人类的生命现象和生命情调；二是指宇宙间流行的普遍生命本体，即生生之德，含大生、广生之义，以为一切现象里都藏着生命；三是指生命创进过程中的精神人格提升，以人类生命精神的超升凸现自然造化的伟大神奇和尽善尽美。宇宙人生原为一体，所以要取消主、客的二元对立而使两者贯通于生命。面对人与自然生命流行的广大和谐，以及生命悲剧奏鸣的崇高，诗哲的爱赞化育、妙悟自然和神思醉酡，可视为生命哲学的告白，也是生命美学的礼赞。

作为现代新儒家的诗哲、中国生命美学的开拓者，方东美从比较文化学的视角观察中国人的生命情调，从儒、道思想的会通处把握中国文化的生命精神及艺术理想，以生生之德指点普遍生命流行创化的至善和纯美。生生之德既是道德人格的性命来源，也是一种天人交感圆融的艺术意境。他根据中国先哲的天才感悟，揭示生命精神冥合自然造化时的广大和谐之美感，又以自己在现代社会的生存体验，表达直面人生悲剧时积健为雄的浩然正气，体现危险时刻中华民族精神的崇高。

对照三种生命情调

受西方近代生命哲学的影响，方东美对“生命”的认识最初偏重于非理性的情感方面，将其作为表现人之欲望与冲动的生命现象。早年在国内求学期间，他就曾发表过《柏格森生之哲学》的文章，赴美留学后又分别以《柏格森生命哲学评述》和《英美新唯实论之比较》获硕士、博士学位。按照柏格森的说法，“生命欲”和“生命冲动”是人类生命活动的基础，永动不息的生命才是世界的本质，在人的生命绵延中含有一种向上的原动力，或曰宇宙生命的创造力。这启发方东美用“情”来揭示生命现象的本质，以为不同时代和民族的生命情调构成了生命的丰富性和美的多样性，他说：“宇宙，心之鉴也，生命，情之府也，鉴能映照，府贵藏收，托心身于宇宙，寓美感于人生。”① 生命的伟大在于它具有无限活力和创造力，美寄托于生命而形于创造，是生生不息、创进不已的生命活力的体现。若没有丰富多彩的生命现象，宇宙间将无美可言。

① 方东美：《生生之德》，台北黎明文化事业股份有限公司 1982 年版，第 114 页。

生命的创造冲动是由感情支配的，文艺是生命创造力的表现，带有鲜活的生命情调，文艺通过美感直接表达生命的情感，较科学用抽象的“名理”形式反映人类的征服欲望，显然更接近生命的本然状态。故方东美以“乾坤一戏场”为喻，将人类在大千世界里的欢欣苦楚比做戏情，要人以此参悟生命的妙智，因为：“一、吾人挟生命幽情，以观感生命诗戏，于其意义自能心融神会而欣赏之。二、吾人发挥生命毅力以描摹生命神韵，倍觉亲切而透澈。三、戏中情节，兀自蕴蓄灵奇婉约之机趣，……此种场合最能使人了悟生命情蕴之神奇，契会宇宙法象之奥妙。”① 他以希腊人、近代西洋人和中国人代表人类不同文化的三种生命情调，并以戏场所见为喻而列表对照如下：

戏中人物：	希腊人	近代西洋人	中国人
背 景：	有限乾坤	无穷宇宙	荒远云野，冲虚绵邈
场 合：	雅典万神庙	葛特式教室	深山古寺
缀 景：	裸体雕刻	油画与乐器	山水画与香花
题 材：	摹略自然	戡天役物	大化流行，物我相忘
主 角：	爱婆罗	浮士德	诗人词客
表 演：	讴歌	舞蹈	吟咏
音 乐：	七弦琴	提琴，钢琴	钟磬箫管
境 况：	雨过天晴	晴天霹雳	明月箫声
景 象：	逼真	似真而幻	似幻而真
时 令：	清秋	长夏与严冬	和春
情 韵：	色在眉头；素雅朗丽	急雷过耳；震荡感激	花香入梦；纡馀蕴藉②

① 《生生之德》，第111页。

② 《生生之德》，第115～116页。

什么是世界，何谓人生？为人类有史以来共同面临的根本问题，有什么样的宇宙观，就有相应的人生观。如希腊人由神话时期进入科学时期后，对不可抗拒命运的膜拜让位于对物质的探究，把宇宙当作地、水、气、火等物质组成的东西看待，解释宇宙宛如解释具体的物象一般，遂形成物格化的宇宙观。希腊人笃信真即是美，真即是善，随处都要运用理性于世界万物以求真实，并以这种科学的真确性原则指导人生、规范艺术。在反映人生悲喜况味的希腊戏剧中，要求遵循动作一律、空间一律和时间一律的“三一律”原则，其结构之严谨有如雅典万神庙之阶级森严。方东美《哲学三慧》指出：希腊哲学所讲的世界秩序，为具体而有限的一体三相的宇宙，一体指实质和谐，三相为法相、数理及物质。希腊人以实智照理，起如实慧，并演进为“契理文化，要在援理证真”，所以：

> 希腊民族生命之特征，可以“大安理索斯”、“爱婆罗”、“奥林坪”（Dionysus，Apollo，Olympos）三种精神为代表。大安理索斯象征豪情，爱婆罗象征正理，奥林坪象征理微情亏，虽属生命晚节，犹不失为蔗境，三者之中，以爱婆罗精神为主脑。①

在希腊神话中，大安理索斯（Dionysus）是酒神，阿婆罗（Apollo）是日神，二者又兼司艺术。酒神象征生命的沉醉和狂欢，醉是一种情绪激动亢奋而痛苦与狂喜交织的颠狂状态，故胜似豪情。日神是光明之神，其光辉使万物呈现美的外观，象征正理；但美的外观由眩目的光彩组合而成，本质上是人的幻觉，所以梦是日常生活中的日神状态。方东美说：“生命的醉意与艺术的梦境深相契合，产生一种博大精深的统一文化结构，在这里面，雄奇壮烈的诗情，（大安理索斯的精神，见之于悲剧合唱），与锦绚明媚的画意，（爱婆罗

① 《生生之德》，第141页。

的精神，见之于雕塑）融会贯通，神化入妙。这便是希腊悲剧智慧的最上乘。”① 希腊悲剧时代的思想是悲观的，艺术上却是乐观的，在雨过天晴时，悲剧诗人弹七弦琴讴歌，用陶醉的心情体验自然的明媚生机，有意境欲开、心花竞吐之妙。这种生命情调源于价值化的唯神论，或曰万物有生论，于是视世界万物流露生命、具有人格，人类的性命中亦含有自然生气。宇宙人生一体浃化，人格形成小天地，宇宙透露大生机，共显生命的活泼朗丽。

如果说希腊人的生命情调不失健康美丽的话，近代西洋人则不免人格裂变之虞了。近代欧洲民族具有科学的特性，一方面因宇宙的无穷激起伟大的理智，另一方面以进取的人生焕发艺术的浪漫，有担当启蒙重任的文艺复兴，也有满足其戡天役物、利用厚生欲望的科学方法。他们用科学的数学名理剖析空间，小至于无内而大至无垠；又以数理的抽象秩序来分割时间，视时间为无数刹那或事变过程的悠远绵延，前无始而后无终。他们对于特殊的事实与普遍的原则之间的关系，充满一种热烈的兴趣，崇尚科学的目的，是要在别相中看出共相，纷变中寻出规律，并以数学为开启万物宝藏的钥匙。科学以物质文明满足人类的物质享受，也是生命意欲的实现，故西洋人以方便应机，其慧体有如舞蹈的凌空系统，以二元或多端对立为基本模式展开，譬如交响乐中提琴、钢琴演绎的复调对谐，无不是由矛盾对立的情调展转幻化而成的协和系统。所以方东美说：

> 欧洲民族生命之特征，可以“文艺复兴”、“巴镂刻”、“罗考课”（The Baroque，The Rococo）三种精神为代表，文艺复兴以艺术热情胜，巴镂刻以科学真理彰，罗考课则情理相违，鉴

① 方东美：《科学哲学与人生》，台北黎明文化事业股份有限公司 1986 年版，第 222 页。

空蹈虚而幻惑。兼此三者为浮士德精神。[1]

对无穷时空的迷恋，使西洋人的心智欲望膨胀，具有无法遏制的求知欲和“无穷欲”，要用科学唯物论与抽象的数学方法解构宇宙和征服自然；但无穷尽的追寻也易滋生虚无主义的思想毒药。如果说欧洲文艺复兴的出现是艺术与理性的协和一致，那么，到了以恢宏理智为神髓的“巴镂刻”时代，思想的矛盾使理智的抽象同于虚幻，遂坠入虚无主义的泥塘。以人类纯正的理性解构理智，以至摧毁绝对真理，是一种最透辟的虚无主义，其结果不啻如晴天霹雳，让人震惊于似真而幻的感受中。如“巴镂刻”绘画的透视与“罗考课”的装饰风格，以明暗判影、切线横斜，幻尺幅空间的视觉远近；又用细部的种种鲜艳藻色，装点出瑰丽美感的浮华，以眩惑观者的肉眼。但灯红酒绿，动感之都，皆如过眼云烟，所以“宇宙是一场幻景，人生是一出戏情。”[2] 这种虚无主义的人生观，使近代西洋人身心乖舛，感觉与理智相违，形成分裂的双重人格，有如浮士德博士竟听命于魔鬼靡非斯特。方东美说：“当近代之初期，欧洲人寄迹人间世，形同孤儿诞生，一无凭仗，倍觉落寞凄凉，怨愤惨怛。浮士德实为标准欧洲人，目击宇宙之空幻，知识之渺茫，不禁狂吼怒号，感叹身世。”[3] 浮士德是德国文豪歌德在诗剧《浮士德》中创造的典型形象，为近代欧洲民族智慧人格的化身，但他听受魔鬼靡非斯特的诱惑，弄假作真而转真成假，于是喟然兴叹：“万物芸芸，其生也忽焉！万象历历，其亡也寂焉！”[4] 宇宙与生命彼此乖违，实情与真理不能兼容，其思想遂趋于空无，入于幻灭，在酷暑寒冬愤怒狂吼，感激震荡不已。

---

① 《生生之德》，第141页。

② 《科学哲学与人生》，第261页。

③ 《生生之德》，第149页。

④ 《科学哲学与人生》，第265页。

开辟鸿濛，谁为情种？相对于希腊人和西洋人，中国人的生命情调要柔和许多。盖中国人言上下四方曰宇，古往今来曰宙，于宇宙多舍其形迹而穷其妙用，故能以妙性知化，成平等慧；其慧体交响和谐，如在温和春日，花香入梦，一唱三叹而纡徐蕴藉。与希腊人、近代西洋人之宇宙为科学的理境不同，中国人的宇宙乃艺术的意境，讲究穷神知化，其情韵多冲虚绵邈，于是“演为妙性文化，要在絜幻归真”。中国人最重性情之真，其性灵不体现为科学的理趣，而多寄寓于文艺神思之中；宇宙的真相，万物的品性，往往藉表现生命精神的艺术意境来展示，以天人合一为极致，显空灵之妙用。方东美说：

> 中国人之空间，意绪之化境也，心情之灵府也，如空中音、相中色、水中月、镜中相，形有尽而意无穷，故论中国人之空间，须于诗意词心中求之，始极其妙。①

试想像在空旷荒野和深山古寺，在烟雨迷濛的水乡驿站，或鸟语花香的良辰美景，中国的诗人词客托身宇宙间，天与多情，以灵性玄览万象，于有限景象中寄寓无穷情思。意境空灵，造妙入微，令人兴感而神思飞扬。这种与天地并立、与万物为一的宇宙观，消除了物我之间的二元对立，其空间景象不论虚实如何，但觉生气浑浩流衍而充量和谐。方东美说：“中国人顶天立地，受中以生，相应为和，必履中蹈和，正已成物，深契‘非彼无我，非我无所取’之理，然后乃能尽生灵之本性，合内外之圣道，赞天地之化育，参天地之神工，完成其所以为人之至德。”② 此种同情交感之中道，以大化流衍、物我相忘为最高境界，乃中国文化之价值所在，故诗为中声所止，乐乃中和之纪，建筑园林美在和谐，绘画讲究气韵生

---

① 《生生之德》，第131页。

② 《生生之德》，第145页。

动。所以“中国各体文学传心灵之香，写神明之媚，音韵必协，声调和谐，劲气内转，秀势外舒，旋律轻重孚万籁，脉络往复走元龙，文心开朗如满月，意趣飘扬若天风，一一深迴宛转，潜通密贯，妙合中庸和谐之道本。”① 诗人词客的吟咏，配以钟磬箫管之音，如朗朗乾坤的明月箫声，一片神韵纡徐蕴藉的天籁，最能体现中国人特有的生命情调。

比照三种不同的生命情调，连类评隲宇宙观如何影响民族的文化创造及其人生情趣，可以从性情上说明中、西思想文化的本质差异。在方东美看来，“希腊文化之契理，欧洲文化之尚能，中国文化之妙性，揆厥缘由，都有的解，譬如观水，溯流可逢源。”② 希腊人之探求真理，欧洲人的权力欲，与中国人的爱悟心，为各自哲学思想的源泉，决定着文化的不同发展方向。就实质而言，希腊人的契理与西洋人的尚能乃一脉相承，即以知识为工具理性，视科学逻辑为宇宙真相。这种文化失之于二元对立的矛盾，举一内心而有外物与之交迕，立一自我而有他人与之互争，彼此势不两立，因理不容情而生幻灭感，甚者丧心病狂。而中国人以和为贵，性含仁爱，心多不忍，往往移同情于境相，召美感于俄顷，所以能合宇宙人生为一体，尽显生命广大悉备的和谐之美，可救西方唯物论或唯心论的偏狭。要阐明此理，须由生命情调的现象描述，深入到对生命本体的阐释，彰显中华民族生生之德的至善和纯美。

生生之德与艺术理想

与柏格森等西哲将生命完全归之于人的欲望和本能冲动不同，

① 《生生之德》，第146页。

② 《生生之德》，第146页。

方东美认为生命不仅是蕴含创造冲动的本能现象，更是宇宙万物遍在本有的生生不息、绵延长存的属性，是一种贯通宇宙人生的大生、广生的创造力。他采用《周易》里的“生生之谓易”说，将这种大化流行的普遍生命称为“生生之德”，做为原始儒家的核心思想和中国妙性文化的基础；进而说明宇宙不只是物质活动的场合，也是生命精神创化的世界，人类必须随着普遍生命的大化流行，将物质的生命提升为精神生命，并在不断提升自己的生命精神的过程中实现人格的超升，以达“尽善尽美”的境界。

如果说“生命情调”之“生命”，只是指一种民族的或个人的生命经验，偏重于具体的情感表现；那么，所谓“普遍生命”则是贯穿人情与物理的宇宙本体。将宇宙人生视为有机整体，而以生命一以贯之，乃方东美生命本体论得以成立的前提。他说：“生命以情胜，宇宙以理彰。生命是有情之天下，其实质为不断的、创进的欲望与冲动；宇宙是有法之天下，其结构为整轶的、条贯的事理与色相。”[①] 人类含情而得生、契理乃得存，对生命情调的了悟与对宇宙奥秘的契合应是统一的，天人合一，正缘天与人都是普遍生命的流行。可以用古希腊的“万物有生论”解释中国人的宇宙观，即视宇宙世界具有人格、流露生命，亦视人类的生性里含摄自然，合万物之生机与人类之生命为一体。因为一切现象都藏着生命，世界上没有一件东西真正是死的。

> 中国先哲所体认的宇宙，乃是普遍生命流行的境界，天大其生，万物资始，地广其生，万物咸亨，合天地生生之大德，遂成宇宙，其中生气盎然充满，旁通统贯，毫无窒碍。我们托足宇宙中，与天地和谐，与人人感应，与物物均调，无一处不随顺普遍生命，与之合作同流。我们的宇宙是生生不已，新新

---

① 《科学哲学与人生》，第25页。

相续的创造领域，任何生命的冲动，都无灭绝的危险；任何生命的希望，都有满足的可能；任何生命的理想，都有实现的必要。①

说明中国人的宇宙是精神与物质浩然同流的境界，是普遍生命的变化流行。根据中国哲学“体用不二”的思想，普遍生命作为宇宙本体的意义和价值，最终要通过人的生命精神的功用来体现，所以方东美生命本体论的着眼点始终落在“人”身上，人文的意味很重。他认为人生宇宙天地间，生活的起点是体验普遍生命的存在，做人的目的是遵循生生之德，不断提升自己的生命精神，完成崇高人格的塑造，实现宝贵的生命价值。他主张“以物质世界为基础，以生命世界为上层，以心灵世界为较上层，以这三方面，把人类的躯壳、生命、心理同灵魂都做一个健康的安排。然后在这上面发挥艺术的理想，建筑艺术的境界，再培养道德的品格，建立道德的领域，透过艺术与道德，再把生命提高到神秘的境界——宗教的领域。”② 这种“形而上”的人文追求，使生命精神一层层向上提升，不仅在精神文化活动中体现了普遍生命生生不已的本性，也不断提高了人的生命成就和优美品格。

生命其实只是一个过程，在贯注普遍生命原动力的人之生命的创进过程中，艺术起着十分重要的精神提升的作用。人可以创造种种美的语言、美的符号，象征自然界里面美的境界、美的秘密，通过艺术把一个寻常的世界美化了，成为形而上精神世界的开始。方东美说：“中国先哲把宇宙看作普遍生命的表现，其中物质条件与精神现象融会贯通，至于浑然一体而毫无隔绝。一切至善尽美的价

---

① 方东美：《中国人生哲学》，台北黎明文化事业股份有限公司1985版，第37~38页。

② 方东美：《方东美先生演讲集》，台北黎明文化事业股份有限公司1984版，第14~15页。

值理想，尽可以随生命之流行而得着实现。”① 所以古代中国：

> 哲学的高度发展总是与艺术上的高度精神配合，与审美的态度、求真的态度贯串成为一体不可分割，将哲学精神处处安排在艺术境界中。所以儒家的主张是“志于道，据于德，依于仁，游于艺”。就是文化总体须有高度的形上学智慧，高度的道德精神之外，还应该有艺术能力贯穿其中，以成就整体文化。庄子也说“圣人者原天地之美而达万物之理”，中国人总以文学为媒介来表现哲学，以优美的诗歌或造形艺术或绘画，把真理世界用艺术手腕点化，所以思想体系的成立同时又是艺术精神的结晶。②

中国先哲所认识的宇宙是一种价值的境界，其中包藏无限的善性和美景。如果说在近代西洋文化中，哲学的发展是按照科学的逻辑方法指点的途径，去认识客观世界或主观世界，重点在知识论上面；那么中国的传统文化则是以艺术的情操发展哲学智慧，重在生命精神的提升和人格的完美。方东美说：“中国人在成思想家之前必先是艺术家，我们对事情的观察，往往是先直透美的本质，这话并非我们自我夸张，一个民族的精神可能长于此而短于彼，我们特殊天赋就是长于艺术创造，而短于科学兴趣，当然这个短处日后必需要加以改善。”③ 指出儒、道两家都把宇宙人生看成蕴含纯美的精神境界，惟有游于艺而领悟其纯美者，才能体道修德而成为完人。按照方东美的说法，艺术从体贴生命的伟大处得来，一切美的修养，一切美的成就，一切美的欣赏，都是人类的生命欲之表现。中国人在宇宙中追求完善和纯美，处处要实践道德人格，以求止于至善；

---

① 《中国人生哲学》，第20~21页。

② 方东美：《原始儒家道家哲学》，台北黎明文化事业股份有限公司1985版，第10页。

③ 《中国人生哲学》，第125页。

又时时要培养艺术情操，藉以实现美的理想。中国文化蕴含着自强不息的生命精神。透过中国文化看世界，宇宙充满了生香活意，一切至善至美的价值理想，尽可以随普遍生命的流行创化而实现。

生命因艺术而精彩，艺术因生命而美丽，生生之德既是道德人格的性命来源，也是一种天人交感和谐的艺术意境。讨论中国人的艺术理想，有两点必须注意：一是“无言之美”乃最高之美；二是“美在生命”的普遍性。

中国人观察宇宙要达其美，体验生命要正其性，生命精神的人格提升，蔚为诗艺化境的表现。但美的创造非常神奇，纵浪大化中的生命感发，其深微奥妙的精彩之处，常常是书不尽言、言不尽意的。方东美赞同培根的说法，以为美的最好部分难以形诸笔墨，宇宙间真正美的东西，往往不能以言语形容。如贝多芬完成第九交响曲后，有人问他乐曲的含义，他无言以对，只能再弹一遍；当发问者还要追问美在那里时，他只有落泪以对了。说到“无言之美”，令人想起唐代诗人钱起的《湘灵鼓瑟》：“曲终人不见，江上数峰青。”真是无言胜有言，无声胜有声，无招胜有招。方东美说：

> 中国诗人最了解这一点，所以说“无言相对最销魂”，此时无声胜有声。中国哲学家之所以不常谈美，正是因为他们美的这种性质了解最为透彻，所以反而默然不说。像孔子赞美宇宙创造不已的生命，便说“惟天之命，于穆不已”。“逝者如斯夫，不舍昼夜”。更说：“天何言哉！四时行焉，百物生焉，天何言哉！”①

与孔子相似的言论，有老子的“知者不言，言者不知”（《老子·五十六章》），以及庄子讲的“天地有大美而不言，四时有明法而不议，万物有成理而不说”（《庄子·知北游》）。为什么中国哲人对于

---

① 《中国人生哲学》，第210页。

"美"常常欲辩已忘言呢？方东美认为："很多中国哲学家都是伟大的天才，他们直透宇宙人生之美，要想说，却说不尽，要想不说，却又太重要了，不能不说，所以才用玄妙的寓言，对宇宙人生之美委婉曲折的巧为譬喻，其用意正在考验我们对美的了解程度"。[①] 但"无言"并不是不表达，而是不直说，讲究寓意于物或巧为比喻，所以中国的文学艺术多具有象征性，其表达方式是言在此而意在彼。这种象征性，一则不同于如实描，二则可表达主观理想，中国艺术的意境，正如其他所有的理想艺术一样，既有哲学性的惊奇，也有诗一般的灵感。中国的哲人如同诗人，常以艺术寄托人生的理想，让生命精神插上想象的翅膀，故往往神思勃发，才情丰富，直透宇宙天地之大美而不言，而一切尽在无言中。

天地之大美在于普遍生命的流行变化、创造不息，简言之就是"美在生命"，这关系到美的本质与中国艺术的特色。方东美说："天地之美寄于生命，在于盎然生意与灿然活力，而生命之美形于创造，在于浩然正气与酣然创意"。[②] 以为艺术和宇宙生命一样，要在生生不息之中展现创造的机趣，不论一首诗词，一幅绘画，一座雕刻，或任何艺术品，它所表露的酣然生意与陶然趣机，都是对大化流行之劲气的表现和描绘。以活泼的生命气象表露内在生命精神，是艺术审美创造活动的机趣，所以说"促使一切个体生命深契大化生命而浩然同流，共体至美，这实为人愿哲学与诗境中最高的上胜义。……在中国艺术品所表现的理想美，其内在深意，均在尽情宣畅生命劲气，不但真力贯注，而且弥漫天地。"[③]积健为雄，气韵生动，表现自然的盎然生意，乃一切中国艺术的通性。艺术性的直观是美的本质，中国文艺家所关切的主要是生命之美，及其气韵

① 《中国人生哲学》，第212页。
② 《中国人生哲学》，第212页。
③ 《中国人生哲学》，第224～225页。

生动的充沛活力，他们透过艺术品所要表现的，是对宇宙之美的直观感受，在大化流衍之中，将一切都点化成活泼神秘的生香活意。如上古仰韶文化的陶器，其白底上的血红线条夹于两行线中，象征生命的畅然流行与盎然创意。再如青铜器和雕刻常见的龙纹，系由云雷纹变化出来，飞动矫健，充分表现生命的韵律与旋律。即以诗歌言，能动人者总有一种生命的机趣贯注其中，点化万物而激励人心，在嗟叹、歌咏、舞之蹈之中，充分表露珍爱生命的悲喜之情。

中国的文学艺术，重在展示生命精神的自由创造和一切万有的生命气象，显示人作为宇宙中的万物之灵，参赞天地之化育而获得的美感与欢欣，所以无论雕刻、绘画和诗词，都具有情意化的理想成份和浓郁的人文色彩。表现和写意是中国艺术的方法，所谓“表现”，指洞悉生命心灵的幽情壮采，捕捉自然天真的态度与浑然天成的机趣，表现出生动活跃的生命气象，故以传神为妙，而不以写实求工。方东美说：“因为中国的艺术家，尤其是画家，最注重勾深致远，直透内在的生命精神，发为外在的生命气象。他们之所以能够如此，乃因他们能透过慧心，而将自己生命悠然契合大化生命，所以才能深悟大化生命的雄奇，经过内心深处的孕育与构思，而终能浩荡宣畅，了无遗蕴”。[①] 中国艺术的表现讲究巧夺天工，以宣畅神力，又要触发心灵，以表露生机意趣，妙契于人文主义精神。中国的文艺家和哲人看重的不是事物的表象，而是心灵的感悟和精神的写意，他们内心深感与宇宙普遍生命脉动相连，靠直觉捕捉美的本质，又以精神染色相，将万物点化成盎然生机。其作品融入了理想和意趣，成为气韵生动的表现，既有诗人的抒情性灵，也包含了哲人的玄妙神思。

① 《中国人生哲学》，第227页。

诗哲的美感

诗哲集艺术情操与哲学智慧为一体，是方东美所向往的表现伟大生命精神的综合人格，在其生命本体论哲学里起关键作用。他综合柏格森生命之流永动不息与佛学“双回向”的说法，把作为宇宙万物本体的普遍生命的流衍创进分为上、下两个流向，上回流向是生命精神层层向上的一直超越，塑造与天地大化流行相适应的文化人格，由诗人而成为圣贤或先知，亦即诗哲；下回流向是普遍生命将创化的动力分途流贯于世界与人，用生命精神点化自然与人生，将生生不已的精神力量贯注给宇宙万物，使之挟情契理，此又非诗哲莫办。就方东美对中国先哲伟大人格的赞颂，以及他自己的人生感悟而言，诗哲的美感主要反映在两个方面：一是人与自然冥合的“广大和谐”之美，能赞天地之化育；二是人之生命与自然疏离后的“悲剧”情怀，表达现代人的生存焦虑。

孔子和庄子是中国古代的诗哲，他们都具有诗人情怀，或赞天地之化育，或独与天地精神往来，对中国审美文化影响巨大。方东美说：“回顾中国哲学，在任何时代都要‘原天地之美而达万物之理’，以艺术的情操发展哲学智慧，成就哲学思想体系。”① 他认为《周易》万有含生的宇宙观代表了儒家哲学的创造精神，其生生之理奠定了儒家乃至道家哲学思想体系中生命精神的基调；但儒家哲学与道家哲学的意境风格是有区别的，给人的美感也不一样。孔子说“吾道一以贯之”（《论语·里仁》），表明儒家思想是一贯的系统，要以生生之德贯通天道、地道和人道。《易》“文言”传曰：“君子黄中通理，正位居体，美在其中，而畅于四支，发于事业，美之至

① 《原始儒家道家哲学》，第 14 页。

也。”假如天地没有人之生命精神充塞其间，宇宙即无美可言。儒家的一贯之道是以人文精神为本，所以：

> 行神如空，行气如虹。巫峡千寻；走云连风，饮真茹强，蓄素守中。喻彼行健，是谓存雄。天地与立，神化攸同。期之以实，御之以终。

这是相传司空图所作的《二十四诗品》中的一品，名曰“劲健”，方东美认为其意境和美感，把整个儒家《周易》的形上学创造体系的精神表现出来了，即把个人的生命当中心，再贯彻于宇宙的一切神奇奥妙中。唯人具备直透宇宙大化流行的创造力，能参赞天地之化育，与天地同为造物主宰。另外，《二十四诗品》还有“雄浑”一品，方东美认为表现了原始道家老子、庄子的生命精神：

> 大用外腓，真体内充。返虚入浑，积健为雄。具备万物，横绝太空。荒荒油云，寥寥长风。超以象外，得其环中。持之非强，来之无穷。

透过空灵的神思以有限表现无穷，人的生命精神与宇宙的普遍生命融贯成一体，超以象外而得其环中，可谓“天地与我并生，万物与我为一”，这是道家的一贯之道。方东美说：“从道家看来，生命在宇宙间流行贯注著，是一切创造之源，而大道弥漫其中，其意味是甜甜蜜蜜的，令人对之兴奋陶醉，如饮甘露，因此能在饱满的价值理想中奋然兴起，在灿溢的精神境界中毅然上进，除非我们先能了解道家这种深微奥妙的哲理，否则对很多中国艺术，像诗词、绘画等等，将根本无从领略其中机趣。”① 他认为道家的精神是乘虚凌空，如大鹏扶摇直上云霄而“横绝太空”；但同时也要“积健为雄”，因聚集精神力量到一定程度才能飞起来。尽管“雄浑”与

---

① 《中国人生哲学》，第 214～215 页。

“劲健”的意境风格并不完全一样，但就“积健为雄”方面看，原始儒家与道家的生命精神是相通的。中国人对美的观感，可在儒家和道家情理一贯的哲学思想系统里得到印证。

中国先哲的思考方式是诗化的人文途径，即用艺术才情点化真理世界，透过生命精神的创进而显示哲学智慧。为什么孔子和儒家对音乐和诗如此爱好？“因为其审美的主要意向都是要直透宇宙创进的生命，而与之合流同化，据以饮其太和，寄其同情。再如庄子，可说是融贯老孔的哲学家，所以也很能深悟其中玄旨大义，把中国的艺术理想从广大和谐处发挥得淋漓尽致”。[①] 中国心灵博大精深，不能限于一家一派，须会通儒、道以及佛，方能领悟到宇宙普遍生命的广大和谐之美。尽管天地有大美而不言，然中国人于心性上自有一种妙悟冥解，“美感起则审美，慧心生则求知，爱情发则慕悦，仁欲作则兼爱；率真淳朴，不以机巧丧其本心，光明莹洁，不以尘浊荡其性灵。”[②] 这样的才德兼美之人即为诗哲。受儒、道两家宇宙观的影响，中国人托身的宇宙，不是冥顽的物质系统，而是充满善美的价值领域，洋溢着欢愉丰润的生命乐章，其中心主题为：自然、人，以及人的文化成就。中国人广大和谐的美感，缘于人与自然的和谐、人与人的和谐，根本在于宇宙生命与人之生命的一体流行创化。或者说，宇宙的至善纯美挟普遍生命以周行，旁通统贯于各个人；而个人的良心仁性又顺应生命精神而积极创造，使其流溢扩充于宇宙。如此则天与人和谐，人与人感应，人与物均调，精神气象能与天地上下同其流，自然生命与人文化成相映成趣，尽显生命的美感。

哲学智慧是从高尚的精神人格中流露出来的。虽然儒、道两家

① 《中国人生哲学》，第217页。

② 《科学哲学与人生》，第10页。

的先哲都可以说是诗、圣合一的诗哲，但儒家追求至善，更多圣贤气象，道家将生命精神诗化，多具艺术气质。方东美说："我这个人，就家庭教养言是儒家，就气质来看则是道家，宗教的启示来自佛教，又受过西方的知识训练。"① 由于性格气质方面的原因，方东美对于道家提神太虚的诗性智慧似有更多的感悟，倾向于把哲学看作可以令人了悟生命情绪、领受生命奇趣的艺术意境。他说："廓落长空，浩荡云气，老鹫振翼乘风，回旋绝世，上凌缥渺烟雾，下掠碧海沧波，自在流眄，去来都无拘束，有时摩闪双眼，俯瞰荒峰隐隐，废港悠悠，嘹唳数声而已。此种'自提其神于太虚而俯之'的精神亦是学人不可或缺的要素。"② 提神太虚，旨在综览宇宙理境、发抒人生情蕴，带有自喻味道的老鹫搏云的意象，从庄子大鹏扶摇上云天的寓言化出，完全是庄学的意境。大鹏乘风而上九万里，视天之苍苍，光明灿烂，"其下视也，亦若是则而已矣"(《庄子·逍遥游》)，人间世亦是美丽的了。以自由精神由高空俯视人寰，可看到所谓黑暗痛苦的现实世界仍有许多光明面，这样才能产生诗情和智慧。如果一个人只能看到世界的丑恶、黑暗，就根本无生命智慧可言。

艺术的意境多少都带有理想化的成份，而理想与现实的矛盾冲突总是酿成生命悲剧。若从观感生命活动的景象言，那"老鹫"寄情于天地间的孤独的叫声，适以揭发其游弋于悠悠宇宙、茫茫人海的悲壮性。在现代新儒家里，方东美是当之无愧的诗哲，他所揭橥的生命哲学的美感，除了中国传统文化里普遍生命流行的广大和谐的天籁外，还有源自希腊文化和近代西方文化的生命悲剧的奏鸣。

---

① 《方东美先生演讲集》，第 55 页。原文为英文："I am a Confucian by family tradition, a Taoist by temperament, and a Buddhist by Religious inspiration; Moreover I am a westerner by training."

② 《科学哲学与人生》，第 194 页。

人与自然疏离的生存焦虑，作为他受西方哲学训练而带有的“现代”性标记，形成终其一生的悲剧感。他在《生命悲剧之二重奏》中说：

> 乾坤一戏场，生命一悲剧！平生最膺此两句名言，故立论持说时常以为譬喻。……萧伯讷说得好：“生命中有两种悲剧：一种是不能从心所欲，另一种是从心所欲。”后者是古典的希腊悲剧，前者却是近代欧洲的悲剧。①

从心所欲当为生命的乐事，何以会构成希腊式的悲剧呢？方东美以为，悲剧英雄“漫把罪厉都化为德行，痛苦都饰作美感，所以人人欣赏之余，神思醉酡，仿佛超升入于幻美的世界，一切惨痛的经验竟已洗刷净尽”。② 希腊悲剧向人们昭示生命历程波澜壮阔，却充满令人震惊的灾难和痛苦；但又希望以痛苦来支持生命，庶可取消痛苦，获得光荣的胜利。原本是表现人生痛苦的希腊悲剧，最后的结局却洋溢着生命沉醉的高亢和欢乐，竟得喜剧精神之敷彩，演为人生的正剧。如果真能这样以坚苦卓越的精神来操持生命，则人生的种种忧患恐惧都是美满生命的点缀，所以希腊悲剧的最后一幕，常是演员们“同声朗读生命胜利之歌”，对命运的抗争和对恐惧的克服，演绎出悲剧的崇高美感。方东美之所以欣赏希腊悲剧，即在于其展示人生现实的苦难时，决不是要人对于生命“断念”，而是要让“大安理索斯”（Dionysus）的酒神精神充满人间，使人在艺术的酣醉中，忘却生命的苦难和恐怖，焕发雄伟壮烈的诗情，感受精神的崇高和欢欣。他认为希腊悲剧这种积健为雄的艺术精神和人生智慧，应当易为中国人所接受，因为决定中国文化的优点也象希腊那样，不外乎哲学的高度智慧里蕴含艺术情感所成就的完美和谐。

---

① 《科学哲学与人生》，第196页。

② 《科学哲学与人生》，第216页。

与希腊悲剧最终给人以希望与光明不同，近代欧洲的悲剧几令人绝望，如坠入虚无主义的黑暗中，寻不着安身立命之所。方东美指出：“关于此层，悲观论者叔本华可以说是近代欧洲人的表率。他说：‘悲剧刻绘入微之处，不在戏中英雄之个人自取咎戾，企图悔改，却在那生存本身的罪根：人之有生，罪孽深重’。”① 按照叔本华的说法，生命欲为人生苦难的根源，悲剧的产生并非个人行为的不当或命运之不济，而在于生命本身。人一呱呱坠地，悲剧即已上演，但当悲剧的灾难忽复出现之际，才深悟生命恍如一场噩梦。描绘这种人生悲剧的目的是要显示生命之可怕，如不可言喻的苦楚、人类的悲恸、罪恶的胜利等。近代欧洲人生命欲强烈，对宇宙人生深沉迷恋，同时却又感受成长的巨大烦恼，如莎士比亚 Cymbeline（《辛伯林》）的剧中人所说，“我爱他却又恨他”。爱之弥深，恨之愈切，正是近代欧洲人宇宙人生学说的神髓。但迷恋不可少，痛苦不可免，无痛苦的人生非真实的人生，悲剧总比没戏好，所以“叔本华持论立说，直叩欧洲人的心弦，故一方面主张生命欲之确立可以统摄宇宙万象，他方面又断言生命欲之灭绝乃是人类脱离苦海的‘禅门’。这是近代欧洲思想的岔道，左之右之，都是不能从心所欲，悲剧之效果，沉痛至于此极！”② 因生命欲望过于强烈，无法满足，遂驰情入幻，颇觉世界颠倒离奇，倍感人生无聊虚幻，这种运有入无而忧心如焚的悲剧，可称为虚无主义的悲剧。

站在中国文化美在生命和谐的立场，方东美不赞成叔本华的悲观调论，对欧洲近代驰情入幻的人生悲剧亦不以为然。他认为：“文艺复兴时期之艺术形象，其妍妙之风趣虽可上接希腊，与之媲美，但希腊人之情蕴，沉雄壮阔，可以包举宇宙而产生伟大的和

① 《科学哲学与人生》，第 203 页。
② 《科学哲学与人生》，第 204 页。

谐，其生命精神之播迁，纵演成悲剧而不沦于枯寂之境。近代欧洲人则心神脆弱，天赋才华吐洩出来，只能在空虚的宇宙里面引起轩然大波，仿佛有无穷的幽恨，不得满足，其意态是戏剧的幻象，其心情是戏剧的哀怨。"① 究其原因，在于欧洲人二元对立的世界观与方法论，他们把形而上的精神世界与形而下的物质世界割裂开来，使内在的心灵与外在的客观自然形成对立，致使宇宙人生彼此乖违。揭生命之情，不足以摄宇宙之理；举宇宙之理，不足以尽生命之情，于是情理异趣、物我对立，遂两相矛盾而销磨抵触，终究不免趋于空无，入于幻灭。这就是欧洲人在生命过程中常上演的悲剧。

为消除虚无主义悲剧观的流行，避免以科学戡役万物而忽视生命的价值和意义，方东美以弘扬中国文化的生生之德和人文理想为己任，提倡广大和谐的生命美学，要体天地之美以达万物之理，要提神太虚，要积健为雄，要自强不息。在受外族入侵而面临民族存亡考验的年代，他曾藉电波在空中慷慨陈辞："诸位！我们中国的宇宙，不只是善的，而且又是十分美的，我们中国人的生命，也不仅仅富有道德价值，而且又含藏艺术纯美。这一块滋生高贵善性和发扬美感的中国领土，我们不但要从军事上、政治上、经济上，拿热血来保卫，就是从艺术的良心，和审美的真情来说，也要死生以之，不肯让人家侵掠一丝一毫！"②壮美哉！诗哲之言，扬浩然正气，昭示中华民族精神和生命美学的崇高。

（原载《中国文化研究》2004年第2期）

---

① 《科学哲学与人生》，第263页。

② 《中国人生哲学》，第56页。

生命心灵及其文艺境界

——论唐君毅的心灵哲学与美学

现代新儒家的生命哲学无疑是唯心的，但也透露出一种清明的理性，他们除了以生命体验和感悟揭示中国人的道德良知和审美真情外，也着重于从思考生命存在入手，试图用理性重建中华民族的道德自我和精神自我，标榜道德形上学的人文理想。这种以道德理性为指导的唯心主义，在唐君毅有关生命存在与心灵境界的本体论哲学及美学中，得到了全面的逻辑展开。他借鉴德国康德、黑格尔哲学的体系化方式，以心体的存在作为思想的出发点，对生命存在之真美善，以及生命心灵在三个观照向度的九种境界，作了系统的理论阐释；用逻辑重建的形式彰显儒家以善为美的心性论，并以观照凌虚境为说，对文艺世界的时空意识、艺术境相的类与不类，以及中国文艺的以虚无为用等，作了心灵美学方面的分析说明。

一

与方东美从生命现象及其情调展开生命哲学的艺术意境不同，唐君毅以寻求生命存在的理性根据为学问方向。他曾师从方东美学习西方的新实在论哲学，以为文艺是人生情趣的表现，科学为世界理性的象征，由科学的逻辑方法以通哲学才是哲学的正途。所以应透过现象看本质，用理性追问什么是世界？当前的现实世界是否真实？而问题的答案存在于人的生命心灵里。用自觉的心理来分析直觉的生命，除可感觉到的物质世界之外，人类心灵精神世界的真美善，亦是一种更富真实性的存在或实在。

如果说生命存在是一种肯定的话，唐君毅认为这种肯定是建立在对现实世界之否定基础上的。因现实世界的事物呈现于时间里，兼具生与灭或有与无的二重属性，生的必须灭，有的必成无，时间的流水将送走一切。如叔本华所言，一切的现在都要化为过去，人的最后命运是死，“探究短暂的人生何以转瞬即逝，或许会使我们变得疯狂癫迷”。[①] 但是每个人都不愿相信现实世界是虚幻的，总要执此现实世界为真实，“这即证明我要求一真实的世界、完满的世界。我之有此要求，是千真万确的事。此世界不能满足我的要求，所以使我痛苦。我痛苦，即证明此要求之确实存在。现实宇宙是虚幻的，但我这‘要求一真实的、善的、完满的世界’之要求，是真实的。”[②] 这种要求的本质是超越现实世界的生灭与虚幻，追求一种恒常的真实，而这种想法源自每个人的内心，此内部的自己即是心之本体，由此可体认到形上界之真实自我的存在。

理想源自痛苦，真实出于幻灭。作为超越现实世界的形上的心之本体，唐君毅认为是内在于自我的道德理想。他说：“当我们相信一真实、恒长、无限，清明广大而自觉自照的心之本体时，我再来看现实世界之一切生灭变化，我觉得这一切生灭变化之万象，算得什么。它们生灭，我心之本体，总是恒常。它们虚幻，我心之本

① 叔本华：《叔本华论说文集》，北京商务印书馆 2002 年版，第 432 页。
② 唐君毅：《道德自我之建立》，台湾学生书局 1985 年版，第 101 页。

体，总是真实。我复相信我之心之本体是至善的、完满的。因为我明明不满于残忍不仁之现实世界。”[①] 虽然世界毕竟空虚，心体的纯粹能觉却能昭示恒常的真实。这种唯心主义的存在论，把人的思想和精神看作比客观物质世界更为真实的生命本体，认为此种心体虽不可见，但能于表现心之作用的精神体会到它的存在。人的物质存在是身体，其精神存在属于心灵，心是身体的主宰，身只是心的外壳。心能融和万物超越时空，而身则不能；心还可以自由往来，反省自我，所以心灵精神更能代表人之生命存在的真实恒常。

从根本上说，人之身体亦为生命精神所渗贯而成为主体之能觉，具有精神性，故人生之本在心，人生的活动本质上就是心的活动，是生命精神的表现。唐君毅言人生体验时说：“人生之本在心，何谓心？今藉朱子一诗答曰：‘此身有物宰其中，虚澈灵台万境融；敛自至微充至大，寂然不动感而通’。”[②] 视心为真正的先天地而生的万象之主宰和人之灵根，绝对之绝对，永恒之永恒。于是“我赞叹，我崇拜，赞叹崇拜我的心。我的心，即我的上帝，我的神。你是真美善之自体，你是至善至美与至真”。[③] 生命精神存在的真美善，可于我之心体得印证。其《人生略赋》云：

唯人生更高之活动曰求美。

求真乃舍彼具象以求其理兮，理智之活动，实冷酷而无情。

唯彼求美即具象以会心兮，情理乃浑融而不分。

观山情满于山，观海意溢于海兮，物我乃相忘以弥盈。

八音齐奏，天乐响云兮，意趣随音声以超腾。

---

① 《道德自我之建立》，第109页。

② 唐君毅：《人生之体验》，台湾学生书局1978年版，第2页。

③ 《人生之体验》，第216页。

欢愉之情，形诸舞蹈，则合律而纯化；愁苦之情，表诸剧曲，则雨过而天青。

唯此艺术之提升人之性灵兮，诚使人宛若登昊苍，而入玄冥。①

绝对无限的真美善是吸引人生向上的动因，求美意识与求真意识皆为人之生命精神的表现，要求生命精神贯通于客观的物质界。通常所谓求真，以认识物质界的真理为主，注目于感觉对象中的普遍之理，为纯粹理性的一往向外的认知活动。但是，“求美之活动则可说是一往一复的，求美一方是希望我之生命精神，贯通到物质界，而另一方则又要求这贯通在物质之生命精神，再回映于我之内。所以在求美之活动中不须忘感觉所对之物质界，而可于感觉所对之物质界中，寄托我之生命精神，反映出我之生命精神”。② 求真活动表现于语言态度时，其最普遍的形式是直率坦白；而求美的欣赏表现为形之于语言态度的生命精神，乃一面表现一面收回，形成含蓄不尽的温雅情致。

如此说，生命的意义在心灵与精神的活动，求真、求美是人之生命精神的表现或创造。人之生命存在于有形与无形之间，其精气神的本质是无形影的，但又表现于有形的精神创造活动中。生命的世界最初只可透过感觉来加以直觉，而心灵精神的世界则初不可感觉，只可自觉，人之所以能超越生物本能而有更高的无私的精神追求，关键全在于人有自觉的回想反省能力。如果说思想上的分析综合，主要归于抽象之理的认识；那么自由想像则可以把不同时空的感觉印象拆散组合，归于具体的意象之形成，人心的自觉能以自由想像发现或创造自然以外的美的世界。唐君毅说：“人心之能自觉，

① 《道德自我之建立》，第182页。

② 《道德自我之建立》，第147页。

一方使人能形成概念，建立知识，发现真理之世界。另一方即使人能审美，发现一美之世界。我们固可不否认自然界之有美与真理。美之本质在和谐、在差异复杂中之统一，在特殊中之普遍。凡一实在的自然事物，都不只表现抽象普遍之理，同时表现其理于特殊差异复杂之具体现象中。由是而一切自然事物，皆可说：能多多少少表现一些美。”① 自然之美亦如自然之真理，必待人之自觉的心灵光辉照耀，乃能昭然明白于天地间。更为重要的是，在自觉的想像中，可以把无情物视若有情，可以把生活中事物的时空关系完全分解后任意组合，可以补足人生的缺憾而归于和谐的境界，于是而有表现我们的想像之美的文学艺术创作。文学与艺术创作的直接目的都在表现美，但艺术活动多表现美于自然界之物质或物质的形式，而文学之目的则在表现美于人造的语言文字。语言文字可直接传情达意，然而情意是看不见的，只有人心能了解，所以语言文字是最能直接沟通人之心灵的传媒。文学之高于艺术的方面，即在于语言文字能表达众多的意义，可凭想像形成种种纯精神的景像或美的意境。

文学在本质上因人与人之间心灵的能相互交感、相同情而成立，所以人在创作文学时，一方是要求得人的同情，另一方亦是有同情于他人之心。同情心在本原上是对人或物持好意的心，亦即一求美和求善的心；文学之能感人，在于能表现人间关系中一切的美与善，故优秀的文学创作亦必兼求美且求善。这是因为由心之自觉反省，除能使人了解真理和体验美外，更表现为求善的意志，有民胞物与的公善之同情心、仁爱心，此乃人之为人的道德心性，属于人的善良本质。科学思想求真，艺术想像求美，道德意志求善，而仁为善之本。仁人志士的道德活动，纯为反求诸已的自律、自强和

① 唐君毅：《心物与人生》，台湾学生书局 1984 年版，第 188 页。

自尽其心，自以其修养工夫求人格的美善。在《人生之智慧》中，唐君毅藉席勒之口说：

> 宇宙最大美，莫如人格美。文艺之创作，犹是身外物。唯彼人格美，君子美其身。可欲之谓善，有诸已之谓信。充实之谓美，美乃生光辉。故彼真有德，睟面盎背，形乎动静见乎行。谁知藐然七尺躯，气象威仪即道存。或如泰山乔岳何高卓！或如和风甘雨何温纯！或如霁月光风何洒落！或汪汪轨度，如万顷波。或委委佗佗，如山如河。人物气象之优美壮美类何限。皆彼践彼形色之人格精神，直呈于自然。①

从自然美、文艺美到人格美，乃生命精神的上升之路，其最后目标在于表现至善的心之本体的真实，具备善德于人格自身而超凡入圣。唐君毅说："凡一善的人格，亦都有一段真诚——真诚即宇宙人生之最高真理之直接通过人格而实现，而其气象态度与行为，亦必多少表现一人格美。故在最高之德性之善中，必包含真与美，将三者融化为一，此之谓圣贤之德。"② 理想人格的培养是实现道德自我的途径，若人人以真诚的态度努力求其人格的完美，合以助各人之实现至善，即能化社会为真美善的社会。生命存在之真美善和谐贯通的人格精神之形成，是道德自我之建立臻于完满的标志。

二

所谓"道德自我"，如指形上的心之本体，则叫做"形上自我"，属于一种自律性的理念，实即康德讲的实践理性，所以又被称为"道德理性"。唐君毅说："吾人所谓理性，即能显理顺理之

---

① 《心物与人生》，第260~261页。
② 《心物与人生》，第216~217页。

性，亦可说理即性。理性即中国儒家所谓性理，即吾人之道德自我、精神自我、或超越自我之所以为道德、精神自我、或超越自我之本质或自体。此性此理，指示吾人之活动之道路。吾人顺此性此理以活动，吾人即有得于心而有一内在之慊足，并觉实现一成就我之人格之道德价值，故谓之为道德的。"① 此道德自我相当于儒家心性论所讲的心体或性体，内在于每一个人的心里，当下一念的自反自觉即可超凡入圣，这与康德哲学以实践理性建立道德人格之尊严相类，有异曲同工之妙。唐君毅非常赞赏康德"人在本质上为一道德性的人格"的理念，以为能把人之个体性与普遍性融摄为自由意志，自觉成为普遍立法者之道德自律，故理性的最早之表现，即表现于人之情感意志行为中，表现于自觉、自律的道德实践活动中。以这样的道德理性贯穿生命存在的一切精神活动，才可能实现人文世界的真美善理想，而成就神圣的主体人格。

人之生命存在要受道德理性的引导，以实现心灵的提升，体现人格自身的价值。生命存在和心灵境界是唐君毅哲学思想的基础，如以生命或存在为主，则心灵为其用，但心灵亦可说是生命存在之主，一切人类文化皆是人心之求真美善的表现。或者说，心灵境界是生命精神的文化创造，包括文学艺术在内的一切文化形态都是人类精神活动的产物，是心与境感通的结果，所以生命心灵可以连用，精神与心灵二词也可相互替换。但是，心灵指心之自觉力本身，指心所自觉到的一切内容，可只表现为内在的想像、思想；而精神则多形之于外，指心所自觉内容的外在表现。心灵是精神之体，精神是心灵之用。唐君毅说："心灵可以说纯为内在的，而精神则须是充于内而兼形于此心灵自身之外的。故一人格精神，恒运于其有生命的身体之态度气象之中，表于动作，形于言语，以与其

① 唐君毅：《文化意识与道德理性》，台湾学生书局1986年版，第19页。

外之自然环境、社会环境，发生感应关系、而显于事业”。[1] 这种意义上的精神称人文精神。

生命、存在、心灵，构成了各种人生境界，可用“自我”来指心的灵明之自身。作为主体的生命心灵，为形上的、超越的、精神的理性，“由是而吾人所谓道德自我、超越自我、精神自我，创造文化具备文化意识之自我，只是一自我之异名”。[2] 按唐君毅的说法，所谓“道德自我”，系针对生命存在而言，意谓宇宙间客观存在着一生命意志所主宰的生命世界，为主体人格自身价值的根据，这种生命心灵具有客观性。“精神自我”是超越了形体和自然本能欲望束缚的主体意识，系针对精神创造的文化活动而言，具有鲜明的主观性。“超越自我”乃超越于自我之上的忘我精神，指超越了主观与客观的绝对主体的自观活动。人可由感觉得知外面物质世界的存在，也可由心的自觉反省而知内心世界、精神世界的存在，而唐君毅强调的是后一方面。他说：“吾人之观客体、生命心灵之主体、与超主客体之目的理想之自体——此可称为超主客之相对之绝对体，咸对之有顺观、横观、纵观之三观，而皆可观之为体，或为相、或为用。此即无异开此三观、与所观三境之体、相、用，为九境。”[3] 其唯心论哲学以心境为基本范畴，依心与境相互为用和感通之说，把境分为客观、主观和超主客三类，每类有体、相、用之义；又谓心灵的感通活动有横观、顺观和纵观三个方向，为生命存在之三向。心灵九境按世间到出世间的逻辑形式排列，揭示生命心灵之精神境界的多层升进，其中任何一境都能涵摄前境之内容。

心灵九境的体系设计借鉴了西方哲学的思辨形式，分为观客体、观主体和观自体三个层次；但又归结于儒家文化的一贯精神，

---

① 《心物人生》，第 194 页。

② 《文化意识与道德理性》，第 20 页。

③ 唐君毅：《生命存在与心灵境界》上册，台湾学生书局 1986 年版，第 46 页。

以为一切文化皆本于人之心性，统于人心之仁，并为人之人格完善而有。简而言之，观客体是心灵相应于客观事物个体、物类和因果关系的觉他境；观主体为心灵反观主体自身的感觉、性相意义和道德良知的自觉境，涉及心身关系、时空关系、观照态度和道德理性等诸多问题；观自体乃心灵超越自我、法界和性命的超自觉境，终达立人极的天人合一境。唐君毅说："康德论文化之最大功绩，在以其批导方法，分清科学知识、道德、艺术、政治、法律之不同的领域，而一一于其中见人类之理性要求之一实现或满足。而黑格尔论文化之大慧，则在依其辩证法以指出不同之文化领域，乃同一之精神自我之客观的表现，其自身所递展出之精神形态。而人类之历史，亦即同一绝对精神或宇宙精神表现其自身于地上之行程。"①认为康德的思想功绩，除以时间和空间为心灵的先验形式外，还在于用三大批判来反思知识求真、艺术审美和道德志善，由纯粹理性以认识必然，因实践理性而认识自由。

自由意志和精神自由，是道德实践和艺术创造的基础。关于自由，唐君毅说："康氏谓只有遵从有普遍性必然性之当然而定然的道德规律，乃有人内在之精神的自由。只有在无实际利害欲望夹杂之美的欣赏与创造中，乃有自由之表现于外之感觉界。前者为道德性的自由，后者为艺术性的自由"。② 这种精神自由与物质欲望的满足隔离，而与实现客观超越的真美善等文化价值相连。黑格尔说人类历史的发展是绝对精神的历程，绝对精神表现于哲学、宗教、艺术等文化活动中，乃自由与必然、历史与逻辑的统一。唐君毅讲的精神自我，就儒家传统的心性之学立义，但又类同于黑格尔讲的绝对精神，其心通九境的次第升进，构成了建立在黑氏正反合三段

① 《文化意识与道德理性》，第12页。

② 唐君毅：《人文精神之重建》，台湾学生书局1988年版，第360页。

式辨证法基础上的思想体系。

三

唐君毅心灵九境说的主旨，是以“心的哲学”恢复人在宇宙中的主体地位和价值，弘扬具道德理想的人文精神，用儒者的仁心去涵摄人类文化的一切认识成果，兼收并蓄东西文化不同思想家的理论学说。他以为西方文化受主客对峙的科学、宗教精神主宰，中国文化则为主客融和的道德、艺术精神所贯注，心感通于境，境亦感通于心，既涵客观景象，也涵主观意境。他将文学艺术归入由直观而成纯相、纯意义之知的理解之境，表明文艺世界乃一观照凌虚的意境。此心灵精神境界，前承一般世俗生活的感觉互摄境，后启超世俗生活的反观主体的自觉境，可以用来说明文艺时空的意识形态、直观理解的类与不类，以及中国艺术以虚无为用的意义所在。

（一）文学艺术中的时、空观念

在唐君毅所说的心灵九境中，观照凌虚境乃继感觉互摄境而起，故涵摄了前一境中观心身关系与时空界的感觉印象和经验，作为直观的内容。感觉互摄境包括“一切人缘其主观感觉而有之记忆、想像之所知，经验的心理学中对心身关系之知识，人对时空之秩序关系之一般知识，及人对其个体与所属类之外之物之纯感性的兴趣欲望”等。① 这些均为主体内心自觉之纯相，一种出于主观感觉之外，又自其所附属的客观实体游离脱开来的事物性相，而心对境起，形成具审美性的观赏心灵。唐君毅说：“此心灵位于环中，如安居于环中，而为静；然静中自有一往还之照在，则亦为动。此

---

① 《生命存在与心灵境界》上册，第49页。

即为一原始之审美性之欣赏或欣趣，或观赏的心灵。”[1] 主体心灵中这种原始的观照境，当为直接自感觉互摄境升起的审美性、艺术性的所对之境，而形成此境之心灵即为审美观照的心灵。

审美观照中的纯相源自感觉记忆，而时、空是感觉的形式或形态，心灵必须通过时空的形式来知觉和想像。依康德的说法，时间、空间不是概念，而是感性直观的形式，所以唐君毅在《文学的宇宙与艺术的宇宙》里说：

> 文学中的时间和空间有两个性质：即在时间方面言，文学所描写的事实的当时，要与前后时间隔断；在空间方面言，文学所描写之事的空间，要与其周围的空间隔断。我们可用两语概括之，即所谓“空前绝后”与“冥外弘内”；意即一篇文学著作，描写其当时当地的事实或虚构的幻想时，须将其四周的空间切断，又将其上下的时间切断，从而形成一单独的时空单位。[2]

所谓单独的时空单位，指文艺作品中独立自足的时间、空间观念。如果说现实中的具体事物必在一公共的时空秩序中有确定的位置，那么，一文艺作品如小说戏剧所述之人物事迹，皆为安排于一小说戏剧之内部的时空中，断不能真视为曾在一公共时空中有定位的历史人物。唐君毅说：“譬如中国小说之《红楼梦》，乃涉及清朝之事，而亦可能实以若干历史性之人物事迹为其背景，而或亦实影射若干历史性之人物之事迹者。然《红楼梦》之由太虚幻境开始，将主要故事，团聚于一大观园之空间中，又不指定其事为何一朝皇帝在位时之事，即将其所叙述之事，与历史世界之时空截断，而自形

---

① 《生命存在与心灵境界》上册，第449页。

② 唐君毅：《中华人文与当今世界》，台湾学生局1975年版，第318页。

成一内在的时空。”① 超越现实时空乃文学意识之本性。至于在诗歌中，事物的时空定位尤为超拔灵活，与小说戏剧作者假借具体人物事迹寄托情志不同，诗人以直接抒发自己的情志为能事，一切都具主观色彩。所以边塞诗的边塞，不同于历史地理记载的方位；咏史诗词中的古人，存在于咏史诗词作者之怀抱中。如苏轼《念奴娇·赤壁怀古》之“遥想公瑾当年”，公瑾当年为古，遥想则在今，是以今摄古，让古人活于今人的直观想像中。

唐君毅说：“由是而凡此为诗人之情志之所及者，亦无远无近，无古无今，皆在当下。陆机《文赋》所谓‘观古今于须臾，抚四海于一瞬’也。又由此而一切历史性之人物事迹，一经诗人之歌咏，其原来在公共时空中之定位即皆活转，而远者如近，近者如远，古者如今，今者如古。”② 由于是想像中之所知，文艺里的时空观念除具内在独立性外，还有贯通远近古今而于有限趋向无限的特性。如杜甫的《咏怀古迹五首》之二：“怅望千秋一洒泪，萧条异代不同时。”由怀古而洒泪，直接以人同此心贯古今；异代不同时的今古人之萧条，同在一声慨叹中，将远近纳于当下之一念。中国古典诗歌不仅不重具体事物在时空中的定位，亦不重一事物在时空所占之数量的正确叙述，以其不确定而通于无限；言千古万古，意在表明时间之无限，言处处、天地，则义同于无限之空间。由其内在时空的独立，通达于外在悠远的时空中，使人觉得具有虽小而大、虽暂而久的性质。文学如此，艺术亦然，如中国园林艺术讲究小桥流水，桥一方面可作为景点的间隔，一方面亦可连接园林各部分与外界而通向远方。中国绘画的优劣，也可从其内部空间是否能与外通达而评骘高低。唐君毅认为：“中国画用点线以绘有形体之物，物

---

① 《中华人文与当今世界》，第235页。

② 《中华人文与当今世界》，第236～237页。

之形体便似松开了，变为宽疏了。而中国之山水画面，虽亦只用线条与点构成，但在重峦叠嶂，看来遂有咫尺千里之势，使观者见种种平远、高远、深远之境。”① 以为图画虽在一平面上，若能使人看来像立体，即是一种空间的开拓。中国画之重气韵，也可从空间的开拓和通达来看，气韵生动的画即是有逸趣的画，在观照欣赏时有一种流动感，而能流动则意味时空的通达和开拓。

（二）审美观照中艺术形象的类与不类

在谈观照凌虚境时，唐君毅称观照为“直观的理解”，认为审美观照起于直觉，但又不能限于直觉，还应包括意义的理解，方能构成价值判断。直观即直觉，因所观为所觉，所觉皆所观，故二名可互用。他说：“吾人唯直观普遍者在特殊中之一整全之境相，而欣赏之或表现之。唯于此直观中乃能欣赏美表现美。故美的对象中，虽有普遍者，然吾人恒难自觉之。如自觉之而提出之，则是吾人求真之判断或理智活动之表露，而不免破坏美的境相之美者。唯自觉之而有判断之后，而复融入之于美的直观中，而超化吾人之判断，则亦可加深美的直观之程度。此即文艺批评之所以能为效于文学欣赏。然此中之文艺批评，唯所以辅助直观，决不能代替直观。”② 或者说，普遍者必须在特殊中与特殊同时呈现，才能有所谓美的境相。美的对象中之普遍者的直观，使特殊者成为必须，这就使具体艺术形象中的类与不类，成为构成文学境界（意境）的重要条件。唐君毅说：

> 吾人如知一文学境界之形成，乃由境界中之事物之能互为其呈现之条件，则吾人可改而说文学中之境界，决非一直觉的

① 《中华人文与当今世界》，第 328 页。

② 《文化意识与道德理性》，第 421 页。

平铺之境界，实乃其中之境物，能各居其所，而又依其性质之类而不类，不类而类，以相依相涵而互相照明，所合成之一立体的境界。此中之各境物为一度向，各境物之相类为一度向，不相类而各与其自己一类之物为类，又为一度向。合此三度向，以成一立体之境界。而此境则为吾人对此境界所生之情志之所涵覆，以合为一整体。①

文艺中的“类而不类”，可举小说戏剧里的人物形象为例。历史上的人物，如我们已定其属于某类，则不能更属于他类；而小说戏剧的文学人物，多因其性格发展而由此类变为彼类。唐君毅认为：“最堪为小说戏剧之题材之故事，亦正恒为关于一人物之性格，在种种情形之发展，可由此类以入彼类或相反之类，或由彼类与相反之类入此类之故事，所谓传奇是也。故人之生而圣者或念念皆君子者，可以入史传，而不可以入小说戏剧。初为天真之孩子，经引诱而入邪恶，再返于善良之故事，则可入小说戏剧。一人生而治生产，老而由积累以致富者，如《史记》之货殖列传中巴蜀寡妇清，非小说戏剧中人物。而陶朱公之从政而兼业商，终泛舟五湖，类同隐逸，则可为小说戏剧中人物。”② 有传奇意味的人物故事，方可构成小说戏剧。而传奇之所以奇，由于其为一单独特殊之个体之事，这种个体的特殊性，多由其中之人初属于某一类之时，已经隐含他类之事了，故虽常有出人意外之事发生，也终在情理之中。文学家当善于透视各类人物之内在本性，想像其在种种情形下可能有的当然或必然的表现，以满足人们欲使人和事物“类而不类”的变化要求。

再说文艺的“不类而类”。如属语言艺术之诗歌的“由兴而比，

---

① 《中华人文与当今世界》，第 269 ~ 270 页。

② 《中华人文与当今世界》，第 244 页。

比以寄兴”，即是由初视为不同类的境物，因情志贯穿而相类，以构成意境。在文学语言的运用方面，人们多用表示具体境相的形容词、动词、名词，以形成一观景，诗人之心意可沿其不类而类的性相往来于其中，合以为一意境，亦一观照境。如屈原《离骚》反复以兰蕙芳草美人以比君子，白居易《长恨歌》之“在天愿作比翼鸟，在地愿为连理枝”，所咏本非同类事物，因诗人用来表达某种情志而具有共同的意义，所以亦可称同类，此乃情理相同而非形状相同。“故吾人欲由此情之相类，以见异类之物之性质之相类，即须于此异类之物中见此不异之性质，又必须以诸异类之物相比喻，然后能将此不异之性质，加以表现。”① 在以抒发情志为主的诗歌创作中，不类之境物只要有情相类者，即可说其意义和性质相同，并运用比喻形容之类的文学言语表而出之。唐君毅说：“此种文学语言之必能形成一意境、观照境，观景或风景，而其中必有自相类之诸性相，使人之心意得往来于其中，可姑由中国文学中之比兴之义以说。文学之意境、观景或观照境之形成，初皆始自一人之心意，兴起于特定事物之上。此兴起，为一‘人之情意之由特定事物，而升至一观景或意境之形成’之一活动。此观景或意境中，必有相类之事物之性相，互相照映，以支持此意境观景之存在。”②

不类与类是可以情意贯通的，以其不相类，使诸性相不相混融；而以其相类，使诸性相互相通达，二者互相支持贯通，亦彼此撑开，于是有种种不同性相互相照映的“意境”形成，为读者心灵往来于其中之一观景或风景。推而广之，一切美的境界中，一切艺术所创造的形象观景，皆有种种“不类而类”或“类而不类”之情形，成为观照心灵通行的观照之境，使人的心意不断兴起于此相类

---

① 《中华人文与当今世界》，第253页。

② 《生命存在与心灵境界》上册，第474页。

与不相类的更迭现象之中，产生美的欣赏或欣趣。

（三）凌虚观照与中国艺术的以虚无为用

审美观照既与作者的情志要求相关，则其价值判断当兼具真和善的内容；但文艺的直接目的在求美，不同于道德修养的直接求善。唐君毅说：“由吾人欣赏美或表现美时之必以‘美’为用以判断一客观之境相之辞，便知在吾人欣赏美或表现美时，吾人必至少暂时有一主观之心身之活动之忘却或超越。而当吾人对于主观心身活动有一忘却或超越，凝神于美之欣赏与表现时，吾人乃忘却我之其他一切实用目的，而唯以欣赏美表现美为目的者。吾人此时之心灵境界，即为超主观而超实用的。”① 美的欣赏常表现出物我两忘的超现实、超功利的想像性质，所以说：

> 在此原始之审美心之欣赏或欣趣之心灵中，其所欣赏欣趣之境，外与实物游离脱开，内与其初所自来之感觉，亦游离脱开，故外不在物，内不在己，内外皆不见其有所托；上又非抽象之类概念，下无其所统之个体物；无前因，无后果。此即内外、上下、前后，皆无依而邻虚。如说其有所依，亦与其所依者之间，如有一遥相距之虚的距离，以共浮现于此虚中。故此境即观照凌虚境。②

这种凌虚的观照，将人之感觉所摄之物相与其物之存在间隔开来，成为一种受情意激发的想像，即所谓感性的观照。此虽人人所能有，亦非人所常有，助成此种能化实为虚之审美观照活动者为文学艺术。唐君毅说：“凡一美的境界或对象，乃可远观而不可亵玩，可叹赏而不可利用，可崇敬而不足以皈依。然此间隔观之深义，则

---

① 《文化意识与道德理性》，第 394 ~ 395 页。

② 《生命存在与心灵境界》上册，第 449 ~ 450 页。

在人之能以虚无为用，外有所遗，斯神有所凝，而于其所审美之境界或对象，无论好山好水，名士美人，雕像一尊，清歌一曲，皆视如非世间所有，以凭虚而如是在，凌空而如是现，蓦然相遇而有会于心。"[①] 要以虚无为用，则有待于心之虚灵。反映心灵之直觉静观的纯艺术精神，使得求美的观照必以凌虚高蹈的空灵境界为极致。

凌虚的观照境与中国艺术的空灵境界相通。受庄子"心斋"和"坐忘"之说影响的中国文艺，多善于运虚以入实，运无以入有，使观赏对象空灵化，让虚无之用直呈于美的对象或美的意境内部。如中国古代的文人画，其笔不到而意到、意不到而神到者，常在画面的虚白处；此虚白即为意之行、神之运的往来处，亦即山川人物灵气之往来处。再如中国传统戏剧之舞台不重布景，其舞台初如虚堂和空庭，而唯闻锣鼓声，演员的动作与表情也具虚拟的成分，持鞭走马，鞭实而马虚；掩袖啼而无泪，盖以掩啼虚拟流泪，不必真流泪。唐君毅说中国诗人有标举神韵者，"而神韵二字，殊难有确解。然声音往而复来，即成韵；妙万物而运行无滞，谓之神。此要为神韵二字中之义。声音往而复来者，声音之乍虚而乍实也。神之妙万物而运行不滞者，神之方即而旋离，若有接而又无接也。"[②] 如王维《鹿柴》之"空山不见人，但闻人语响。"空山闻人语，如在如不在，若实亦若虚，似有又若无，可谓凌空而来、凭虚而去之观景，蕴涵神韵之空灵。

（原载《天津社会科学》2004 年第 1 期）

① 《中华人文与当今世界》，第 335 ~ 336 页。

② 《中华人文与当今世界》，第 341 页。

智的直觉与中国艺术精神

智的直觉是一种“圆而神”的生命智慧，用它说明中国心文化的德性之知和艺术精神，为现代新儒家学者的理论创建。牟宗三以儒家心性论会通西方哲学时，尤注重康德所讲的上帝才有的“理智直觉”，以为中国人凭本心或良知自作主宰的德性之知即属于智的直觉，可达到实践理性追求的存在与价值（真与善美）的同一和内在与超越（有限与无限）的统一。中国人之所以有智的直觉，关键在于“转识成智”的心性修养工夫，智的直觉既是人之本心仁体的道德良知的人格呈现，亦是主体虚静之心的审美观照所成就的艺术精神。这成为徐复观对儒、道两家的艺术精神进行本体诠释的基础。他除了由反省性善仁体的人格修养揭示儒家“为人生而艺术”的精神外，便是从生命心灵的精神活动中发掘出艺术的根源，把握人格自由和精神解放的关键，让中国纯艺术的虚静心体从道家的庄学中呈现出来。

一

以“圆而神”对“方以智”，是现代新儒家于思维层面区别中西文化的妙喻，能彰显中国人由有限通向无限的生命智慧。与偏重于知性分解和概念抽象的西方文化不同，中国文化是一种追求内在超越的心文化，富于道德理想和艺术精神。儒家以心性为核心的人格修养，建立在生命当下即是的直觉“圆智”之上；道家那种“以无知知”的静观，佛家缘起无性的般若圆照，也都是体现心之无限的智的直觉。就中国文化传统而言，智的直觉既是生命创造及道德良知的人性根源，亦是本心虚寂圆照之审美判断所朗现的艺术精神。

但“智的直觉”是从西方哲学借用来的他山之石，中国文化传统中并没有“直觉”这样的概念或范畴。在西方近现代哲学中，感性直觉与理性认识相对称，具有非理性的含意，可直觉也是一种认识活动，不能脱离感性与理性相互依存的认识论，这也是牟宗三要回到康德哲学谈直觉的原因。康德为了回答人之认识何以可能而区别“现象”与“物自身”，把认识严格限定在经验现象领域，认为要把握现象背后的“物自身”需要智的直觉，而作为有限存在的人类不可能有这种直觉。但他又处处以智的直觉与感触直觉相对比而言，这是非常耐人寻味的。牟宗三说：“智的直觉之所以可能，须依中国哲学的传统来建立。西方无此传统，所以虽以康德之智思犹无法觉其为可能。”[①] 若按照中国的思想文化调整形上学，“我们依‘人虽说有限而可无限’底预设，承认两种知识：（1）智知，智的直觉所成者。（2）认知，感觉直觉所成者。”[②] 感觉直觉只把现象呈现给我们，智的直觉则可洞察本质。按照康德的说法，智的直觉是无限心的作用，上帝是人格化了的无限存在，它直觉一个东西就创造一个东西，故上帝才有智的直觉；而人类是绝对的有限存在，人的心灵是有限的，所以只能有感觉直觉。牟宗三认为：“康德言

① 牟宗三：《智的直觉与中国哲学》，台湾商务印书馆1980年版，第2～3页。

② 牟宗三：《现象与物自身》，台湾学生书局1975年版，第38页。

物自体是只取其消极的意义，因为他不承认我们人类能有‘智的直觉’（intellectual intuition）。我以中国哲学为背景，认为对于这种直觉，我们不但可以理解其可能，而且承认我们人类这有限的存在实可有这种直觉。这是中西哲学之最大的差异处。”① 如其所说，智的直觉是无限心之妙用，无限心即中国先哲讲的本心、仁体，亦即人之性体。在践仁尽性的德性之知中，中国人可凭本心或良知自作主宰，超越自身的有限而极于无限。

智的直觉不仅是生命创造的人性根源，也是通向万物存在本体的呈现原则，具有创生和圆照两种功能。创生是竖说，强调本心仁体的实体意义和本源意义；圆照是横说，突出心体的认知意义和直觉意义，二者是相互为用的。牟宗三说：“智的直觉之创造即是本心仁体之创造。顺说本心仁体之创造是纵贯地说，承体起用地说；就直觉而反说是横说，是就智的直觉之认知说。所以要有此横说，为的是要表明此本心仁体之创造不只是理论的、形式的意义，乃是可以直觉而认知之的，亦即是可以具体呈现的具体而真实的创造。”② 必须把自由意志或良知看成是本心仁体的心能，才不但是理论的设准，而且是实践上的呈现，故智的直觉应当是创生与圆照合一的自觉和觉他的活动。所以说“智的直觉不过是本心仁体底诚明之自照照他（自觉觉他）之活动。自觉觉他之觉是直觉之觉。自觉是自知自证其自己，即如本心仁体之为一自体而觉之。觉他是觉之即生之，即如其系于其自己之实德或自在物而觉之。”③ 自觉是在心里反照自身、朗现自身，为吾人实践德行的内在根据；觉他是心之知体明觉的感应必与天地万物为一体，为超越自我的天地万物之存有论的根据，二者不可或缺。在西方宗教传统里，自由无限心

---

① 《智的直觉与中国哲学》，第118页。

② 《智的直觉与中国哲学》，第198页。

③ 《智的直觉与中国哲学》，第200页。

的智的直觉为上帝所有，而在中国儒家人文传统里，这种直觉乃是人心的良知良能，人尽心则知性，知性则知天。中国先哲讲的仁心的明觉圆照和流行发用，即是智的直觉之创造，为人之实践理性的根据，也是天地万物存有论的根据。

中国人之所以有智的直觉，在于"转识成智"的内心修养工夫。转识成智是将感性认识转为智的直觉。在中国文化里，智与识是不同的，智是德性之知，识是闻见之知；智是无差别境界，识为分别的知解；智是无执的般若圆智，识是执著心，若有致良知、心斋和消除执著之心的修养工夫，即可使本心呈现而转识成智。牟宗三说："康德的感性、知性、思辨理性都是识而不是智，康德也认为人类心灵的活动不是智的直觉。智的直觉依佛教应是智，也即王阳明所谓的由良知而发的明觉，而道心发的玄智也是智的直觉"。[①]智的直觉是无限心，中国的儒、道、释三家讲的心都是无限心。中国人不把无限心人格化为上帝的无所不知，而是承认人有智的直觉，能通过精神的虚静、道德的实践和修行的解脱，使本有的无限心呈现，所以每一个人的生命都有与天地万物一体的无限心，都蕴含着圣人的智慧。比如道家讲"为学日益，为道日损，损之又损，以至于无为。无为而无不为。"（《老子·第四十八章》）无为指无知，因其"为道"的目的是反身自证自明以求自然，与为学的向外追求有所得是相反的，故知之愈少，愈能无知而无不知。牟宗三在解释这种"无"的智慧时说："因为不需要经验，故无知，因无特定对象故。无知自亦函无知相。无知而又无不知，比无知之知即智的直觉之知，即泯化一切而一无所有之道心之寂照，即寂即照，寂照为一。在道心底寂照下，一切皆在其自己，如其为一自在物而一起朗

---

① 牟宗三：《中西哲学之会通十四讲》，上海古籍出版社 1997 年版，第 82 页。

照而朗现之。"① 道家智的直觉之寂照，即是庄子所谓"以无知知"，即以智的直觉玄照一切，玄成一切。为达此境，庄子有"心斋"和"坐忘"的虚静工夫，心斋即心之寂与虚，坐忘则是心静如止水，一止一切止。老庄讲的自然、无为，只是一个止、寂、虚、无，一切皆在一虚寂止照的心之虚静状态下为自尔独化。其道心的虚寂圆照，本由学、知的灭于冥极而显示，它的自照就是智的直觉之反而直觉其自己，此乃道家独特的静态的智的直觉。

道家的静态的智的直觉亦有一种创生性，其止、寂、虚、无之无为必然地蕴函着无不为，类于康德讲的"反身判断"或"品味判断"。牟宗三说："审美判断是反身判断，是无所事事、无所指向的品味判断（judgement of taste）。故决定判断（指认知判断、道德判断）可曰有指向的判断，反身判断亦可曰无指向的判断。故道家之主体可以开艺术性关键即在此。"② 指出道家的智的直觉属审美判断，含有艺术性。言及佛家的智的直觉时，他以为是诸行无常、诸法无我和缘起无性的般若智，谓佛家以起执为识，观空为智，要转识成智，须消除识心之执的虚妄而觉悟实相，就缘起性空而起与识知相反的圆照。他说："此是灭度的智的直觉，而不是带有艺术性的智的直觉。道家可以直接开艺术境界，其故即在此。普通文士禅取禅趣以为诗境，那是以道家心态看禅趣，并非禅之本义。那是道家对于在其自己之自尔独化之观照，并非佛家之如相。"③ 不过，佛家的般若智既是圆照，本身也就含有无限心，能观空而不起执，不觉悟是识，一旦明觉就转识成智了。只要达到真正的圆教，智的直觉就能充分朗现。

作为一种"圆而神"的生命智慧，智的直觉对中国文化的影响

---

① 《智的直觉与中国哲学》，第 204 页。
② 《智的直觉与中国哲学》，第 209 页。
③ 《智的直觉与中国哲学》，第 214 页。

主要体现在道德和文艺的心灵领域。在道德的形上学方面，儒家本心仁体的智的直觉，具有精神超越的内在祈向和无限潜能，可向上提升生命的价值和道德人格的理想。牟宗三在这方面的阐释较为详细，而关于道、释的智的直觉之虚寂圆照所朗现的艺术精神，他只是点到而已。在智的直觉与中国艺术精神的关系方面，徐复观的论说更为全面、更加透辟，他对儒、道两家艺术精神之性体与心体的敏锐洞察，足以说明智的直觉在文艺领域何以成为可能。

二

在儒家文化传统中，智的直觉不是主体了解客体的认识方法，而是人把握自家心性而向内沉潜反照的体认工夫，是本心仁体的实现方式，体现为内在人格的修养和精神境界的提升。徐复观说："儒家的智，是心的灵明向内在的道德主体的烛照。推而广之，亦止于人伦上之用心。其主要任务，不是向外去把握与实践无关的对象，分解与实践无关的对象。所以儒家的智，与西方之所谓智，有其基本性格上之区别。"[①] 可以说，超越而内在的人本主义是儒家的思想性格，其内在方面肯定了个体本身的价值，其超越的方面肯定了全体的圆满，而全体表现于个体之中，每一个体涵融全体而圆满俱足。天下一家，中国一人。人本身就是目的，生命的价值内在于人的心性里，其本心仁体要靠智的直觉来体认。这也决定了从乐教到文体，儒家都坚持为人生而艺术的人文精神。

中国文化是心文化，孔子就已体认到道德的根源乃在人的生命之中，孟子则明确陈述了"仁义礼智根于心"的内在经验。徐复观认为："这句话说出来以后，使夹杂、混沌的生命，顿然发生一种

① 徐复观：《徐复观文集》二，湖北人民出版社2002年版，第57页。

照明的作用，而使每一个人都有一个方向，有一个主宰，成为人生的基本立足点。”① 人是道德、艺术的主体，由修养工夫所呈现出来的本心是人生价值的根源，也是艺术的根源。“礼乐并重，并把乐安放在礼的上位，认定乐才是一个人格完成的境界，这是孔子立教的宗旨。所以他说出了‘兴于诗，立于礼，成于乐’（《论语·泰伯》）的话。可以说，到了孔子，才有对于音乐的最高艺术价值的自觉；而在最高艺术价值的自觉中，建立了‘为人生而艺术’的典型。”② 由孔子的“成于乐”探索儒家的艺术精神，可知孔门的礼乐并重，除了有助于政治上的教化外，是以为表情的音乐艺术有助于人格的修养、向上，可以作为达到仁的人格完成的一种工夫。

仁者浑然与物同体的精神状态，同于大乐与天地同和的自然境界。所以说“艺术是人生重要修养手段之一；而艺术最高境界的达到，却又有待于人格自身的不断完成。这对孔子而言，是由‘下学而上达’的无限向上的人生修养，透入到无限的艺术修养中，才能做得到”。③ 孔门之重视音乐艺术，在于追求生命精神之和谐方面，乐教的本质与仁的本质有其自然相通之处，有助于主体内在人格世界的完成。情感的陶冶是人格修养不可或缺的，发自内心的音乐，在其根源之地中和了情欲与道德良心的冲突，使情感因此而得到安顿，道德也因此而获得支持。乐与仁的会通，可视为道德与艺术的在根源之地的融和，是由仁的自觉状态所呈现的祈求人性尽善尽美的精神境界。

善美的合一是仁的自觉在文学艺术中的展开，仁的自觉即仁体的发用，属于儒家智的直觉的体认工夫，重在真实的人生体验和实践。孔子为人生而艺术的精神，不仅是仁者人格对艺术的沉浸、融

---

① 徐复观：《中国思想史论集》，台湾学生书局 1983 年版，第 245 页。

② 徐复观：《中国艺术精神》，华东师范大学出版社 2001 年版，第 3 页。

③ 《中国艺术精神》，第 18 页。

合，也是自己生命根源之地的性、情的艺术表现。儒家的艺术精神必须于人性的根源之地领会，这不仅表现在音乐方面，对文学也有伟大的启示作用。徐复观说："人性论是以命（道）、性（德）、心、情、才（材）等名词所代表的观念、思想，为其内容的。人性论不仅是作为一种思想，而居于中国哲学思想史中的主干地位；并且也是中华民族精神形成的原理、动力。"他又说："我在《〈文心雕龙〉的文体论》一文中，曾指出中国的文学理论，虽然出现得较西方为迟；但作为比一理论中心的'人与文体'的关系，却较西方提出得早一千多年之久。这种情形，也只有在中国文学的一般文化背景上，即是在人性论的文化背景上，才可加以解释。"① 人格是人之生命的整体呈现，人性论则是人之生命内涵的本质规定。注重人与文体之关系的实质，是要充分彰显儒家"为人生而艺术"的精神，要求文学以艺术形象表现作者人格和性情的善与美。

关于中国文学的"文体"，一般是根据作品的题材性质和语言表现形式的不同加以辨别，如诗、赋、章表、奏议等；但徐复观指出这只是文类而非文体，文类与文体的混淆不利于了解中国文学的特性。他认为文体出自人的情性，是作者心灵、生命和人格的体现，无生命力贯注的作品，即不能成为好的文体，所以文体是与作者的生命力相连结的东西，作品中有人格的存在，有生命力的存在，才能成为一个文体。他说："有生命的形体，必定有各种各样的仪态，有各种各样的风神。文章也是一样。一篇完整而统一的文学作品，也必定有各种各样的仪态，有各种各样的风神；这是文学之美，文学之艺术性的流露表现，也即是文学之所以成其为文学的基本条件。文学的这种仪态、风神，彦和（刘勰）称之为"体貌""声貌"，或简称之为"体"，这是文体的本来意义，也可以说是体

① 徐复观：《中国人性论史（先秦篇）》，上海三联书店2001年版，第2～3页。

要与体裁所必须达到的成果，否则只是一篇普通的文字，而不能算是文章（当时使用的名词），不能算是文学作品（今日使用的名词）。”① 按照徐复观的解释，刘勰所言的“文体”含有体裁、体要和体貌三方面的意义，体裁之体主要由语言文字的形式所组成，常代表一种腔调，若顺情而发，则成为抒情的性格；若加以经营而使所写题材内容契合事理，即为体要之体；由体裁、体要升华到体貌上，才有艺术的意义。这种由体裁而体要、体貌的升华历程，是一种向人的性情、精神升进的历程。体裁之体，可以说还未含有作者的人的因素，而在体要中，始可以看出人的智性经营的痕迹，但至体貌才体现出作者的性情，才具备文学的形象性特征。

中国古代文体的自觉是由体貌引起的，体貌又称声貌，为文体观念的骨干。“体貌”一词最先用在对人的品鉴方面，指人的形体风神，为活的形象之美，后来才转用到文学的鉴赏批评上。徐复观说：“这种由活的人体形相之美而引起文学形相之美的自觉，为了解我国文学批评的一大关键。也为了解中国艺术的一大关键。”② 所谓人的自觉或文学的自觉，都与文体的自觉相关连。“文体”指的是文学中的艺术的形象性，它与由文章题材不同而分别的文类，完全是两回事。因为“文学中的形相，在英国法国，一般称之为Style，而在中国，则称之为文体。体即是形体、形相。文体虽说与语言及思想感情，并列而为文学的三大要素之一；但语言和思想感情，必须表现而成为文体时，才能成为文学的作品。”③ 文学形象是构成文体的要素，而形象是感情与感觉的结合，是感情的客观化、对象化，感情在通常情况下是朦胧无法把捉的，需借外物之声貌为感情的声貌，这便容易引起文体的自觉。文学是主体与客体的

---

① 徐复观：《中国文学论集》，台湾学生书局1985年版，第405页。
② 《中国文学论集》，第25页。
③ 《中国文学论集》，第2页。

融合，所以文体必有人的因素在里面，或者说文体乃出自人的情性，所以文体与人的关系，深入地说则是文体与情性的关系。

中国文学的特性须通过文体的观念始易表达出来。法国作家布封曾有“风格即人”（he style c’est I’homme）的名言，徐复观将其译解为“文体即是人”，无疑是扩大了其意蕴。风格属主体个性化的表现，文体则是主体与客体相融合的生命创造。沟通人与文体关系的是情气和想像，徐复观说：“气乃由内在之情性通到外在之文体的桥梁。中国文学理论中特强调气之观念，然后‘文体即是人’的说法，才能在文体与人之间找出一个确实地连结的线索。”① 他认为人的生命力表现在气上，气是贯注于文体中的生命活力，才则是表现这种活力的能力。气一方面把情性乘载向文字，同时也把文字乘载向情性，无气即无才。文学的主体与客体的融合，靠的是情性中气的作用。以诗而言，真正好的诗，它所涉及的客观对象，必定是先摄取在诗人的灵魂之中，由诗人直感而来的感情，是形成诗体的真正来源和血脉。但诗人感情的触发，来无端而去无迹，“此情却待成追忆，只是当时已惘然”；故诗人言情常与写景对举，靠想像使感情附丽于景物而有形象，把景物融入于感情中方具活力。情景交融，才有诗的意味，才是成功的诗的文体。

推而广之，徐复观认为由主体贯通客体才有真正的文体可言，一切文学作品的文体都是主体心灵的创造，体现著作者的人格修养和精神境界。他说：“文体决定于心，决定于情性。心、情性，有先天的禀赋，有后天的塑造。禀赋不同，塑造不同，即成为创造主体的心的情性自身的多样性。由创造主体的多样性，便发而为多彩多姿的文体。”② 在主张文体多样性的同时，他强调要以“性情之

① 《中国文学论集》，第 48 页。

② 《中国文学论集》，第 409 页。

正”为统一的根源，认为“人的感情，是在修养的升华中而能得其正，在自身向下沉潜中而易得其真。得其正的感情，是社会的哀乐向个人之心的集约化。得其真的感情，是个人在某一刹那间，因外部打击而向内沉潜的人生的真实化。在其真实化的一刹那间，性情之真，也即是性情之正，于是个性当下即与社会相通。所以道德与艺术，在其最根源之地，常融和而不可分”。[①] 如此说，作为一个伟大诗人的基本条件，首先是不失去自己的人性，要得性情之正；而要做到这一点，须有仁的自觉的修养工夫，故儒家智的直觉必不可少。

儒家“为人生而艺术”的文学，是由道德所要求、人格所要求的艺术，所以其重点常落在“文以载道”的实践性文学方面。徐复观认为“文以载道”的道，谓人生之道，实际是指作者个性中所涵融的社会性，以及对社会的责任感，文学创作的最高动机和最大感动力，应来自作者本心仁体的崇高道德意识。在中国传统文化中，儒家的艺术思想强调善美结合，偏重于文学的人生价值和社会价值，实际影响也大。所以“为人生而艺术，才是中国艺术的正统。不过儒家所开出的艺术精神，常需要在仁义道德根源之地，有某种意味的转换。没有此种转换，便可以忽视艺术，不成就艺术”。[②] 相较而言，由道家所开出的艺术精神，直接从主体人格心灵中流出，或可称为纯艺术精神。

三

从生命的心灵活动中发掘出艺术的根源，把握人格自由和精神

---

① 《中国文学论集》，第 89 页。

② 《中国艺术精神》，第 82 页。

解放的关键，让中国纯艺术精神的主体从道家的庄学中呈现出来，这是徐复观中国文艺思想研究的重要理论贡献。他以为儒家的“仁义之心”和道家“虚静之心”，皆为人生所固有的心体之两面，在根源之地可以相互转换；而且两家心性修养的工夫进路，都是由生理作用的消解而主体呈现，终达主客体融合的天人合一之境。儒道两家都注重人格修养，追求成己成物，都以内在超越的智的直觉去体道或悟道，但儒家对本心仁体的体认属德性之知，成就的是道德人格，而道家虚静之心的直觉活动，使“美的观照”得以成立，乃艺术精神的主体。尽管庄子本无心于艺术，却每将艺术当作人生体验来论道，其技进于道的寓言实具有相当的艺术性，所以由庄学显出的典型，彻底的是纯艺术精神的性格。

道家的智的直觉出自虚静心体，是以虚静为体之心的作用，包括以虚静为体的知觉，以虚静为体的人性自觉，以虚静为体的艺术心灵。其当下所成就的虚静人生，实际是艺术的人生，中国的纯艺术精神即由此人生思想导出。

所谓“纯艺术精神”，就庄学而言，指“心斋”之心的美的观照，逍遥“游”的艺术人格，和“技而进乎道”的艺术境界。这三方面构成了庄子艺术精神现象学的具体内容，而一以“虚静”为其工夫的总持，这也是道家思想的命脉所在。道家寂照玄冥的“无”的智慧，必由“心斋”、“坐忘”的虚静工夫始能呈现。如徐复观所说：“庄子之所谓道，落实于人生之上，乃是崇高的艺术精神；而他由心斋的功夫所把握到的心，实际乃是艺术精神的主体。由老学、庄学所演变出来的魏晋玄学，它的真实内容与结果，乃是艺术性的生活和艺术上的成就。”① 所以中国历史上的大画家和大画论家所达到或把握的艺术境界，常都是庄学的和玄学的境界。

---

① 《中国艺术精神·自叙》，第2页。

庄子所讲的心之“虚静”，乃是从成见欲望中的一种解放、解脱的工夫，也是解脱以后心所呈现的一种状态，亦即人生修养所到达的一种精神境界。摆脱个人成见和欲望桎梏的虚静之心，是超越一切差别对立而能涵融万有之心，这样道家讲的虚无之道，才在人的现实生命中有了根据。徐复观说：“中国文化，总是走着由上向下落，由外向内收的一条路。庄子即把老子之形而上的道，落实在人的心上，认为虚、静、明之心就是道。故庄子主张心斋、坐忘，使心之虚静明的本性呈现出来，这即是道的呈现。人的精神由此而得到大解放。我所写的《中国艺术精神》，一个基本的意思，是说明庄子的虚静明的心，实际就是一个艺术心灵；艺术价值之根源，即在虚静明的心。”[①] 中国古代的画家都是在庄子讲的虚静明之心下从事创造的，张璪说的“外师造化，中得心源”，可概括中国传统的一切画论。艺术家要外师造化，首先要有虚、静、明的心源。

心源的虚静，是相对于人心常为各种欲望和知识所困扰而言，否则就没有虚静工夫的必要。“心斋”和“坐忘”是虚静工夫的两种方式，一则可消解由生理而来的欲望，使心从欲望的奴役下解放出来；二则是在心与物相接时，中止由知识活动而来的是非判断，使心处于忘知的状态。庄子说“坐忘”，有离形去知、欲望和知识两忘的意思；而他讲“心斋”，主要是要去知，即去掉分解性的、概念性的知识活动，剩下的便是虚而待物的纯知觉活动。所谓“惟道集虚，虚者心斋也”（《庄子·人间世》）。去知后的心斋之心，产生以虚静为体的纯知觉活动，亦即美的观照，因为心斋的虚静明能使物色成为美的对象，所以心斋之心的本身即是艺术精神的主体。庄子有“至人之用心若镜”（《庄子·应帝王》）的说法，又以“明”和“光”形容心体的作用。徐复观认为：“把庄子所说的‘明’、

---

① 《中国思想史论集》，第245页。

‘光’，落实来说，乃是以虚静为体为根源的知觉。此知觉因为是以虚静为体，所以这是不同于一般所谓感性，而是根源的知觉，是有洞彻力的知觉。在老子，便谓之‘玄览’。‘知觉是洞察内部，通向自然之心，扩大自我以解放向无限的’。这正是从实用与知识解放出来以后的以虚静为体的知觉活动，正是美的观照。从实用与知识解放出来之心，正是虚静之心。”① 以虚静为体的知觉，使心斋之心的虚静明成为美的观照，既是纯粹的感性直觉活动，同时也具有超感性的、能透视对象本质的直觉洞见力。

为了说明问题，徐复观用近代胡塞尔的现象学“还原方法”与庄子的“心斋”作比较，指出透过事象究其本质的“现象学的洞见”，是由归入括弧与中止判断的方法，探出纯粹意识的固有存在。此纯粹意识不是经验的东西，而是超越的意识，其基本构造是Noesis（意识自身的作用）与Noema（被意识到的对象）的相关关系，所以是根源性的。观照只有基于意识的基本构造和根源关系才是美的，或者说美的观照由经验的意识层与超越的意识层的关系而成立。徐复观认为现象学的归入括弧、中止判断，实近于庄子的忘知，他说：“心斋之心，是由忘知而呈现，所以是虚，是静；现象学的纯粹意识，是由归入物括弧、中止判断而呈现，所以也应当是虚，是静。”又谓：“庄子忘知后是纯知觉的活动，在现象学的还原中，也是纯知觉的活动。但此知觉的活动，乃是以纯粹意识为其活动之场，而此场之本身，即是物我两忘，主客体合一的，这才可以解答知觉何以能洞察物之内部，而直观其本质，并使其向无限中飞越的问题。庄子更在心斋之心的地方指出虚（静）的性格，指出由虚而‘明’的性格，更指出虚静是万物共同的根源的性格，恐怕这更能给现象学所要求的以更具体的解答。因为是虚，所以意识自身

① 《中国艺术精神》，第50页。

的作用（Noesis）和被意识到的对象（Noema），才能直往直来地同时呈现。因为是虚，所以才是明，所以才可以言洞见。”[①] 但美的意识在现象学的纯粹意识中只是傥然遇之，而于庄子以虚静为体的知觉则是彻底的全般的呈露，所以庄子的心斋之心更可做为美的观照的根源。

如果说老子讲虚静主要是为了解决人生之大患，到了庄子却成为艺术人格的修养，追求内在心性艺术化了的精神境界，使虚静的人生成为艺术的人生。其以虚静为体的人性自觉，落实在艺术人格上，可以用一个“游”字来概括，一部《庄子》即以“逍遥游”开宗明义。“游”代表的是独立的艺术人格和自由解放的精神状态，一方面要消解实用的观念，自己决定自己；另方面要自己不与外物对立，以达到彻底的和谐。徐复观认为，“游”作为精神状态得到自由解放的象征，“其起步的地方，也正和具体的游戏一样，是从现实的实用观念中得到解脱。康德在其大著《判断力批判》中认为美的判断，不是认识判断，而是趣味判断。趣味判断的特性，乃是‘纯粹无关心的满足’。所谓无关心，主要是既不指向于实用，同时也无益于认识的意思。这正是庄子思想中消极一面的主要内容，也即是形成其‘游’的精神状态的消极条件及其效用”。[②] 人生中的实用观念，源于满足自己个人欲望的要求，若能以“坐忘”工夫达“无己”境界，个人欲望则自然解消，“用”的观念即无处安放。再则，世人之所谓有用与无用，系由社会的价值观决定，若无用于社会，即能超然于社会之上，逍遥于人群之中，这对追求精神自由而言，殆为大用。这种由无用之用所得到的精神满足，同于康德说的“无关心的满足”，或者说是“趣味判断”的审美满足。庄子所讲的

---

① 《中国艺术精神》，第47页。

② 《中国艺术精神》，第38页。

“无己”的积极意义是以人合天，追求人与自然和谐的“天籁”之美，并以“天机”为贵，其“无用”的态度是得到精神自由解放的条件，亦是在艺术欣赏时所必须的态度。

由庄子所彰显的艺术人格，可知艺术虽是一种技艺，但若能以有限形象呈现艺术心灵的无限，即可达到“技而进乎道”的出神入化之境，不仅是心与物冥，而且心手相应。《庄子》里有不少堪称艺术启示录的小故事，在在地反复说明着这个道理。如著名的“庖丁解牛”故事中的庖丁，自谓“臣之所好者道也，进乎技矣”，他动刀解牛时“以神遇而不以目视，官知止而神欲行”（《庄子·养生主》），表明了何以能由技而进乎道的工夫过程。庖丁是庄子想像出来的艺术形象，其解牛的特色在于“莫不中音，合于桑林之舞，乃中经首之会”，这不是技术自身所需要的效用，而是神乎其技所成就的艺术性的表演。庄子之所谓道，本质是艺术性的。这还可以《庄子·达生篇》里的“佝偻者承蜩”的故事为例，佝偻丈人承蜩时屏息静气，“虽天地之大，万物之多，而惟蜩翼之知。”其全神贯注于对象上而“用志不分”，有如以虚静之心照物，心与物冥为一体，此即是美的观照。徐复观说：“但若仅止于此，而无技巧的修养，则只能对蜩翼作美的享受，并不能作‘承蜩’的美的创造。若技巧的修养不是根据于这种美的观照的精神，则其技巧亦将被拘限于实用目的范围之内，而难由技以进乎道，即难进入于艺术的领域。‘用志不分’，是以美的观照观物，以美的观照累丸（技巧之修养）。‘乃凝于神’之神，是心与蜩的合一，手（技巧）与心的合一。三者合为一体，此之谓凝于神。”① 庄子把由技巧而进于艺术的情形称之为“道”，所以“体道”的修养工夫与艺术修养工夫别无二致，即由忘知、忘己以呈现其虚静之心，将心神凝注于对象上而物我两

① 《中国艺术精神》，第74页。

忘，进入无差别的审美境界。

但凡能技而进乎道的艺术创造，是巧而忘其巧，创造而忘其为创造，把有限的生命投入主客一体的无限的自然造化中去，心与物冥，手与心应，这才是最高的艺术境界。在《庄子·田子方》中，有画史“解衣般礴”而被誉为“真画者”的故事。徐复观认为此“画史”之意境，与由心斋所达到的意境完全相合，故“及其解衣般礴，裸，这是他的‘辄然忘吾有四肢形体’。他在这种虚静的精神状态之下，乃能‘用志不分’，主客一体，这当然是一个伟大画家的精神境界。”① 这也再次表明，庄子对艺术实有最深刻的理解，而这种理解与其所谓“道”有不可分的关系，所以“由庄子所说的学道的工夫，与一个艺术家在创作中所用的工夫的相同，以证明学道的内容，与一个艺术家所达到的精神状态，全无二致。”② 要之，《庄子》里那些技而进乎道的故事的内容有其一贯性，即要虚心静虑而“凝于神”，又非常重视技巧，须达到手与心应的程度。但这种手与心应之心，是物我相融之心，即主客一体之心；要达此心与物冥之境，须有“心斋”、“坐忘”的静心工夫。这是艺术家人格修养的起点和终点，也是其以虚静为体的艺术心灵的全幅展开。

庄子以虚静作为与天地生命精神往来的心地工夫，同时也以此作为人生的本质属性，并且以为宇宙万物皆共此一本性。贯通宇宙人生而与天地万物冥合，乃以虚静为体之心所必然达到的人生境界和艺术境界。如徐复观所说：“道家发展到庄子，指出虚静之心；而人的艺术精神的主体，亦昭澈于人类尽有生之际，无可得而磨灭。”③ 虚静之心，当庄子把它当作人生的体验而加以陈述时，我

① 《中国艺术精神》，第77页。
② 《中国艺术精神》，第33页。
③ 《中国艺术精神》，第79页。

们所体会和领悟到的其实是彻头彻尾的艺术精神，其所成就的人生亦是艺术的人生。道家的智的直觉因此而成立，中国纯艺术精神的主体也由此而呈现。

（原载《文艺理论研究》2004 年第 3 期）

儒学和儒家文艺美学的嬗变

儒家文艺美学的形成和演变，始终与儒学的兴衰紧密联系在一起，与中华传统文化的发展共命运。从原始儒家到现代新儒家，儒学的发展经历了早期的政治儒学、中期的伦理哲学和近期的人生哲学等不同的阶段，其文艺美学思想也从以政治教化为主的各种命题，演变为以文道、理气、心性、体用等范畴为核心的文论和诗论，再进步到会通中西文化的现代文艺观和生命美学。中华文化生命精神和审美意识的源远流长，即在于这种一以贯之而又兼容并蓄的思想承传中。但是，在中国社会日趋现代化的文化转型时期，在儒学日益脱离社会实际生活而成为“游魂”的当代，儒家有关文艺的传统命题究竟还有什么意义？由儒家天道观和伦理哲学的元范畴衍生出来的文论范畴，是否具有建构体系的理论价值？面对西方思想文化的冲击，应该以什么样的态度和思维方式，对儒家文艺思想进行推陈出新的阐释，以建设具有中华民族特色和东方神韵的现代审美文化。这是近一百多年来困扰中国人的理论问题与现实问题。

一

早期儒学的发展有一个由民间显学到钦定官学的政治化过程，

体现为从原始儒家的孔孟之学到汉儒经学的演变。儒学成为官学之前的儒家称原始儒家，即百家争鸣中做为显学的儒家，当汉武帝采纳董仲舒的建议罢黜百家之后，儒学也就失去了原先的学派意义成为独尊的儒术，成为附属于政治教化的经学。原始意义的儒学与经学既有区别又有联系，如在“究天人之际”问题上，孔孟的仁义之学有人本主义倾向，要将外在人文世界的礼乐文明落实于内在人格世界的仁心善性上；经学则以三纲五常为天经地义，把一切经验现象都纳入天人感应的框架内做引经据典的解释，宣扬天不变道亦不变。但是，孔子以“述而不作”的方式编撰的儒学典籍，如《诗》、《春秋》、《周易》等，是经学章句训诂的元典，汉儒所阐发的代表天意的圣人的微言大义，一概以“子曰”、“《诗》云”为根据，其间的思想承传很直接。早期儒学有关文艺的经典命题，除了出自《论语》、《孟子》和《荀子》的言论外，多数属于经学命题，含有纳文艺于道德、合道德于政治这样相互关连的两方面的内容，主张尽善尽美，强调扬善惩恶，从而奠定了中国人的审美理想和文艺主题。

与殷商崇拜天神帝鬼而盛行巫祀之风不同，周人在灭商之后产生了天命无常、惟德是依的忧患意识，尽管也还以天、帝为至尊，但更重人事的安排，开启了以礼治为纲的人文世纪。礼不仅是制度化的典章和教化工具，也是周人道德观念的集中体现，宗周的礼乐文化和敬礼观念，是原始儒家人文精神和道德主义的滥觞。面对春秋时代“礼崩乐坏”的社会变故，孔子以“复礼”、“正乐”为己任，他以仁学改革了礼，修正了乐，丰富了礼乐的思想内容。礼是人的文饰，人的本质是仁，礼与仁一文一质，文质彬彬而后君子。从孔子开始，礼不再是刻板的行为标准，而是与诗乐结合的一种人文修养，体现在据德、依仁和游艺等做人的各个方面。道德注重善，艺术讲求美，讲礼貌是引导人生走向善美境界的桥梁。孔子不仅讲究礼貌，而且精通诗章和乐舞，把“兴于诗，立于礼，成于乐”做为修身的内容，包括性情的陶冶、行为的规范和人格修养的完成。

歌诗、观乐是原始儒家人格修养的艺术方式，当时《诗》三百皆可以弦歌，诗乐不分，孔子的诗教即乐教。“子曰：人而不仁，如礼何？人而不仁，如乐何？”（《论语·八佾》）。乐与仁的会通是艺术与道德在人之情性深处的统一，大乐与天地同和的境界与天下归仁的境界是相通的，艺术修养有助于道德人格的完成，故有“成于乐”之说。但乐之所以能成其为乐，给人以精神娱悦，还在于它是蕴含某种意味的美的形式。在具体的音乐欣赏中，孔子称赞《韶》乐的尽善与尽美，揭示了善美合一的审美理想，即在美的形式中体现了仁爱精神，是仁与美的和谐统一。情感因此获得满足，道德也由此得到支持。儒家善美合一的人文理想要通过仁学来实现，而仁是性与天道融合的一种精神境界，属于内在人格修养的完成，仁的自觉和实现，是人在具体生命中开辟出的成己、成物的主体人格世界。孟子据此提出了“充实之谓美”的命题，充实指内心充实，这有赖于“配义与道”的人格修养，以集义养气为实践工夫。心灵美是内心充实之美，其根源在于人性的善，就此而言善就是美。孟子看重人性善和心灵美，所以论诗时强调了解诗人心志的重要，主张“以意逆志”。后人将这种重视内在体验的解诗方式，与其讲的尚友古人的“知人论世”相结合，遂成为儒家文艺批评最流行的诠释方法。其实，孟子讲“良知”的发现、仁义的扩充和尚友古人，都是要人充实自己的内心世界，培养道德人格，实现善即是美的人生理想，这也是儒学的诗意所在。

与孟子注重心灵美而讲人性善不同，荀子看重礼乐的社会政治教化作用而崇尚礼法。他以为人性本恶，需要用礼之别异来制欲息争，用乐之中和于分别中求得协调，故圣王留下的礼义师法是使人消除邪恶本性的宝典。他一方面以为人心有本能欲望，易受物欲蒙蔽；另一方面说心知道后认识能力可极尽精微，应以知道之心消除人性的恶，所以王道教化必不可少。他提出“乐合同，礼别异，礼乐之统，管乎人心”（《荀子·乐论》）的主张，把“审一定和”视为构成音乐的方式，但在谈音乐的“中和之纪”时，偏重于“以道制欲”的美善相乐，以去恶扬善为主旨，以有助于王道的政治教化为目的。荀子明于天人之分，认定天是无道德意志的非人格的自然之天，为汉儒将人格的天与自然的天合而为一的经学思维奠定了基础。荀子以为“善言天者，必有征于人”（《荀子·性恶篇》）。董仲舒则说：“善言天者必有征于人，善言古者必有验于今。”① 他采纳当时流行的阴阳五行学说，用神秘的气流形式将阴阳派入四时节气以言自然天道的运行；又将四时季节的循环与五行相配，以相生言自然变化，以相胜言历史上的朝代更迭。用天人感应之说把自然变化、社会政治和人伦关系都纳入阴阳五行的宇宙论模式里加以类比，以此明天人之故，通古今之变，言天地之美。其所谓“天”同时兼备天命与天道双重意义，就“天命”而言，天是有人格意志的天、道德的天、神灵的天；若讲“天道”，天是自然的天，是由阴阳、四时和五行之气的变化循环为具体内容的天，二者构成了涵盖宇宙人生各个方面的天的哲学，渗透到社会政治和文学艺术等各个领域。

作为经学大师，董仲舒以“天人感应”讲天命不可违，树立天的权威；又用“天人相类”的类比，将人之身体、性情和人伦关系与天地阴阳和四时相比附，说成是人副自然天数。这么做的目的是要用无所不包的儒学一统天下人心，维护天下一家的大一统的王权政治，突显儒家思想的政教功用。但儒教伦理的政治化是从荀子开

---

① 《汉书》，中华书局1962年版，第2515页。

始的，秦汉时期讲纲常伦理的政治儒学实为荀学。钱穆说："天地君亲师五字，始见荀子书中。此下两千年，五字深入人心，常挂口头。其在中国文化、中国人生中之意义价值之重大，自可想象。"[①]在中国传统社会的政治文化中，以天王合一为核心的"天人合一"的经学思想的影响非常大。如《春秋》是史书而非哲学讲义，只简单地记载事实而无议论，可董仲舒和汉代的公羊学经师们，却能从其记事所选择的角度、叙述的详略及用词造句的表达方式等，看出许多褒善贬恶的微言大义，称之为"《春秋》笔法"。董仲舒讲《春秋》大义时颇多牵强附会，可他却以"《春秋》无达辞"为借口，用这种态度解《诗》，则可以说"《诗》无达诂"。[②]无达诂是指对具体字词的诠释，至于说诗者所持的观点则是很明确的，在诗序里即有交代。汉儒对于《诗经》的解读，从讲"诗言志"、《诗》之"六义"到以《诗》为谏，均以扬善抑恶的"美刺"为一贯之宗旨，从而奠定了中国传统诗论的政教纲领。这也影响到对辞赋的批评，有"诗人之赋丽以则，辞人之赋丽以淫"的命题。

融合先秦的天命论和天道观，以阴阳五行为框架的天人合一的经学思想，不仅奠定了秦汉大一统社会王权政治的理论基础，亦成为中国人的世界观和方法论，其影响遍及人生信仰、伦理道德和文学艺术等各个方面，汉代的诗学和文艺批评都是与经学有关的政教命题。就政治教化的功利目的而言，文艺的根本问题是：歌颂什么，暴露什么，即是"美"，还是"刺"？所以审美判断让位于是非好坏的价值评估，而且是政治标准第一，这也决定了中国传统文艺思想的主题为扬善惩恶。

---

① 余英时：《现代儒学论》，上海人民出版社 1998 年版，第 167 页。

② 苏舆：《春秋繁露义证》，中华书局 1992 年版，第 95 页。

二

儒学成为钦定的经学后即失去活力，它的在社会思想文化发展中的实际影响力，不得不一度让位于魏晋玄学和隋唐佛学。唐宋古文运动的发生为儒学复兴提供了契机，随后产生了以性理或良知为本体的宋明新儒学。新儒学的“新”主要体现在两个方面：一是以“四书”学取代传统的“五经”之学，主道统心传之说，注重正心、诚意的心性之学；二是充分消化吸收玄学本体论的思辨智慧和禅学明心见性的修养工夫，围绕中国思想文化的一些基本概念——道、理气、心性、体用等，建立起自成体系的儒家伦理哲学。无论道问学，还是尊德性，宋明新儒家都有自己的本体范畴和思想体系，他们的文艺思想和诗学观受其伦理哲学的支配，可视为新儒学的思想范畴在文艺领域的拓展或体现。

文以明道是唐宋古文运动的主导思想，也是理学产生的一大事因缘，因“道”是中国文化的核心范畴和理论原点，道的内涵的更新决定着文的观念变化。韩愈《原道》篇的划时代意义在于：树立复兴儒家“道统”和“文统”的思想旗帜，将儒家之道由六经所载的先王之道，转到至圣先师孔子开创的仁义之道上来，要维护师道尊严，使儒学由政治层面的外王之学过渡到注重人格气节的内圣之学。但韩愈对道的本体性质无深入了解，见道不明，故讲得也不清楚。照宋儒的说法，合仁与义而言之还不足以尽道，道是包括仁义在内的一切事物的所以然之理，程颢以理言道，谓道是贯穿天地万物的本然之理，上下、本末、内外都是一理方是道。《易传》有“一阴一阳之谓道”的说法，而程颐认为：“道非阴阳也，所以一阴一阳，道也。”[①]“阴阳，气也。气是形而下者，道是形而上者。”[②]道是带有普遍规律意味的所以然之理，为形而上的万物本体，但是道不离气，事理相即。朱熹继承二程的思想，亦以理为道，道理就是天理，它既是含有客观普遍性的宇宙万物的本体，也是贯穿人伦日用事物的当行之理，其本原出于天而不可易，其实体备于己而不可离。程朱理学即讲道理之学，朱熹说：“道者，天理之当然，中而已矣。”[③] 又认为“有理，便有气流行，发育万物。”[④]试图用理、气说明世间一切。

在中国人的观念里，“气”可以说是无处不在，它不只是可观察的自然现象（如云气），也是可体验的生命现象（如呼吸），它既是形成天地万物变化的根本动力，也是世间一切生命精神现象的本源。作为可感知的变化状态和生命活力的经验概括，“气”是可以进行各种概念组合而构成不同哲学思想体系的元范畴，就宇宙论而言，有天地之气、阴阳之气、自然元气、理气等观念；在人性论方面，有血气、精气、志气、浩然之气等说法；运用于文艺上则派生出文气、才气、气韵、气格、逸气、灵气、神气一类的文论概念。韩、柳古文运动所倡导的“文气”说，将儒家变化气质的“养气”与行文的“才气”相结合，追求“气盛言宜”；又以“志”为气之帅，“神”为气之精，欲合经史著述的辞令褒贬与诗赋的导扬讽喻为一体。理直气壮是韩愈“古文”的一显著特色，文道合一就是气壮与理直的配合，要求做到文品与人品的一致；但理直者固然气壮，气壮者未必皆理直，无理亦可取闹。宋儒讥讽韩愈“倒学”，认为他不是有德然后有言，只是因文及道，于人格方面的修养功夫

---

① 《二程集》，第67页。

② 《二程集》，第162页。

③ 朱熹：《四书章句集注》，中华书局1983年版，第19页。

④ 《朱子语类》，中华书局1986年版，第1页。

并不到家。朱熹说："他只是要做得言语似六经，便以为传道。至其每日功夫，只是做诗，博奕，酣饮取乐而已。观其诗便可见，都衬贴那《原道》不起。"[1] 朱熹批评唐宋古文家大概皆以文人自立，不是先穷理尽性后才去作文，其文章多凭才气大片的滚将去，故道自道，文自文。他强调这文皆是从道中流出，即是以理在气先的形而上理论为根据，将文道观建立在理气范畴之上。

"理气"范畴的形成，是理学家合宇宙论与本体论为一的思想基础，不仅可以用它来说明世界万物的本原，还能用它来解释人性的本质及其差异，进而对文道关系也可以有理论的分析。朱熹《答黄道夫》说："天地之间，有理有气。理也者，形而上之道也，生物之本也；气也者，形而下之器也，生物之具也。"[2]形而上之道须通过形而下之器来体现，理、气虽在观念上能分开，但在实际里决不可分，理必有气与之相应，而气当中必含有相应之理。将理气范畴由宇宙论贯彻到人性论领域，即如程颐所说"性即理"，但是"论性，不论气，不备；论气，不论性，不明。"[3] 用性理与气的相即不相杂，可说明天地之性与气质之性的不同。"天地之性"是专就性理本体而言，指人性的本然状态为善；但现实中的人皆是禀气质而生，气质有清有浊，故人的气质之性有善有恶。每个人要存善去恶，必须有一番心性存养功夫，要敏于行而讷于言，不可放言无忌，故程颐有"多言则害道"之说，谓作文害道。朱熹的解释是："怕分却心，自是于道有害。"[4] 他用理气范畴分析文道关系，以为道是无形影的理，文则以可感知的气为主，就本原而言，理在气先，故道为文之根本，有德者必有言。但理在气先只是观念上的推

① 《朱子语类》，第3260页。

② 《朱熹集》，四川教育出版社1996年版，第2947页。

③ 《二程集》，第81页。

④ 《朱子语类》，第2492页。

论，就现实而言，只能说理在气中，“凡人之能言语动作，思虑营为，皆气也，而理存焉。”① 朱熹一方面推崇二程的理学，以为道理到二程方是畅；另一方面也承认韩、柳、欧、苏等古文家才是“文章正统”，以为文字自有一个天生成腔子，作文必须去贴这个腔子。要用文道合一的方式，将性理之学与文章之学绾合在一起，即用古文家的文法阐明理学家的义理，这成为宋以后科考士子的作文范式。

心性论是儒家内圣之学的内容，但经学家于此并不重视，也缺乏体会，以至在较长时期里淹没无闻，几已成为“绝学”。宋明新儒家强调儒学是“为己”之学，以反观心性本体的内心体验为工夫进路，使“心性”范畴的中心地位得以确立。心、性相提并论，意谓人性的本质可由心之内省来确定，并分为以理释性和以心释性两派，这也是理学与心学的不同所在。程朱理学持性即理的观点，用理气来讲明心性，以天理为性体，而以灵气言心的知觉。朱熹说：“灵处只是心，不是性。性只是理。”因“所觉者，心之理也；能觉者，气之灵也。心者，气之精爽。心官至灵，藏往知来。”② 以理气分别心性，难免有心、理二分之弊。至王阳明拈出“良知”二字以言心体，用心之良知说明人性的至善，其良知即天理的“心即理”说乃大白于天下。阳明心学继承发扬了孟子的“尽心”之说，以良知的虚灵明觉和流行发用为特色，集以心释性的儒家心性论的大成，同时也消化了佛禅专于心体上用功的悟道方法。他以虚灵不昧言心体，又赞同佛学“无所住而生其心”的无念主张，遂使其良知说带有禅的空灵，故有“阳明禅”之称。阳明心学对明代崇尚真情和个性的文艺思潮的影响，可以就心、性加以分疏：一是以良知

---

① 《朱子语类》，第65页。

② 《朱子语类》，第85页。

为心体，突显本心的地位，其以良知为真吾的主张，被受王学左派影响的李贽发展为具有自然人性论倾向的“童心”说；二是从已发的心灵活动中体认未发之性，“性灵”乃良知的流行发用，这发展为公安三袁重“性灵”的文学主张。从“童心”说的以真心为文，到“性灵”说的抒写真性情，可看出以心之已发为本的阳明心学的生命精神所在。要由性情之真，复归于心体的虚灵不昧，形成以儒家性命之学兼融庄禅妙悟的诗性智慧。

新儒学由宋至明的发展，有一个以程朱性理之学为主流，到以阳明心学为正宗的演变过程，但这并不影响理学与心学在根本问题上的一致，即以“体用一源”为原则，围绕着本体与现象、本体与工夫展开思想体系。程颐《易传序》云：“至微者理也，至著者象也。体用一源，显微无间。”[①] 以为决定事物本质的内在本体是形而上的至微之理，其表现于外的显著的各种事物现象即是用，本体与现象是同一的，二者的关系可以用“理一分殊”来表示。“体用一源”还蕴含有体用不二的思想，这种思想出自玄学和禅学。王弼《老子注》云：“虽贵以无为用，不能舍无以为体也。”[②] 在谈无用之用时，以无为本体，赋予体用范畴以本体论的意义，使体用、本末之辨成为玄学思辨的基本命题。这也影响到禅学，禅宗六祖慧能说：“善知识！我此法门，以定惠为本。第一勿迷言定惠别。定惠体一不二。即定是惠体，即惠是定用。”[③]他又以灯光为喻：“有灯即有光，无灯即无光。灯是光之体，光是灯之用。”[④] 以“体”指具实体或主体性质的本体，“用”指实体或主体固有的作用、功能和属性。宋明新儒家也常在这个意义上使用“体用”范畴，朱熹

① 《二程集》，第582页。

② 王弼：《老子道德经注》，第24页。《诸子集成》中华书局1954年版。

③ 郭朋：《坛经校释》，中华书局1983年版，第26页。

④ 《坛经校释》，第30页。

说："体是这个道理，用是他用处。如耳听目视，自然如此，是理也；开眼看物，着耳听声，便是用。"[①] 有什么样的体，就有什么样的用。

以"体用"范畴为核心，宋明新儒家的思想向客体与主体两个维度展开，有理本体和心本体之别。若以天理或性理为本体，则"体用"指的是本体与现象的关系，朱熹《答何叔京》说："'体用一源'者，自理而观，则理为体，象为用，而理中有象，是一源也。'显微无间'者，自象而观，则象为显，理为微，而象中有理，是无间也。"[②] 或谓一理摄万理，或云万理归于一理，总之是"理一分殊"。理是天地万物的本体，但它并不外于万物，而是就寓含在万物之中，所谓"如月在天，只一而已；及散在江湖，则随处而见，不可谓月已分也。"[③] 程朱讲性即理，是想用理本体贯通宇宙论和心性论，彻上彻下，彻里彻外，将即事穷理与心性涵养融为一体；但实际上做起来，却仍难免心、理分为二截而表里不一。王阳明说："须于心体上用功，凡明不得，行不去，须反在自心上体当即可通。盖《四书》、《五经》不过说这心体，这心体即所谓道。"[④] 从心本体的维度看，"体用一源"即是本体与工夫的同一，故王阳明以人心的良知为廓然大公、寂然不动之本体，强调无心外之理，无心外之物。他认为天地若无人的良知即失去存在意义，良知的发用流行即是用，无无体之用，也没有无用之体，所谓"即体而言用在体，即用而言体在用，是谓体用一源。"[⑤] 以良知为心之本体，致知为复其本体的实践工夫，用致良知之学将本体工夫一齐收摄，

---

① 《朱子语类》，第 101 页。

② 《朱熹集》，第 1889 页。

③ 《朱子语类》，第 2409 页。

④ 《王阳明全集》，第 14 页。

⑤ 《王阳明全集》，第 31 页。

在讲究道德自律的儒家伦理哲学中，确立了工夫即本体的主体性原则。体用不二的心本体论，在阳明心学里得到了彻底的贯彻，并直接体现于受王学左派影响的诗歌理论批评中。

三

儒学的近期发展从上个世纪初开始，属正在进行时，但却面临着亘古未有的两大变化：一是随着中国传统农业社会王权体制的解体和中国人生活方式的改变，儒学脱离中国人现代生活的“人伦日用”而成为“游魂”，而变得没有实际价值，如科举制的废除就使苦读四书、五经没有了必要，旧式大家庭的瓦解则令“天地君亲师”的牌位无安放处。儒学的花果飘零已是不争的事实。二是以工业化、城市化为标志的中国社会的现代化与西化是同步的，近百年来，在学习和接受西方的科学技术的同时，一些西方文化的价值观念和思维方式也在中国人的心里生了根，如科学精神、民主理想、唯物主义。儒学的现代化必须以西学为参照，否则决无新生的可能，甚至不能为今人所理解。既要坚持以中国文化为本位，又要用西学激活和改造儒学，这便是现代新儒家要解决的二律背反的难题。他们以弘扬中国民族文化的生命精神为宗旨，强调现代儒学的发展需以中西文化的会通为基础，要吸收借鉴西方哲学的思维成果来完成中国文化的推陈出新，解决价值重建和意义重建的问题。这样或许能开拓出以文化更新为内容的有中国特色的文艺美学发展的新途径。

文化问题是中国近代以来由东西方的文明冲突所引发的社会问题，即在面临西方列强威胁而生死攸关的民族存亡之际，中国文化要向何处去？就现代新儒家的开山者梁漱溟而言，他并不排斥西方化，甚至认为西化才是解决中国社会问题的出路。他赞同“五四”

新文化运动领袖人物陈独秀等人的看法，以科学和民主为西方文化的要义，认为科学的方法和人的个性伸展是中国传统文化所没有的，却又为中国现代社会所不可缺少。但是他反对与传统文化彻底决裂的激进态度，要在新文化运动中为孔子和儒家思想讨一种新说法，因为文化与文明是有不同的，文明的进步多体现在器物和制度方面，有程度高低优劣之别，而文化是生活上的抽象样法，或者说只是一种人生态度，属于人类精神生活方面的追求，应当是多元并存的。他承认西方工业文明比东方农业文明来得先进，但又通过对中、西、印民族的生活样法的比较，巧妙地由社会问题转移到人生观问题上来，以为西方人那种过于实用和理智的科学态度，将人生情趣斩伐净尽，需要用中国孔家着眼于生命而富于艺术精神的人生哲学做补救，以此说明中国文化也有优于西方文化的地方，并预言世界的未来文化当是中国文化的复兴。

文化是历史和思想的产物，人类没有无文化的历史，中国文化就体现在中国历史里，是由历代中国人创造的。钱穆说："若一民族对其已往历史无所了知，此必为无文化之民族。此民族中之分子，对其民族，必无甚深之爱，必不能为其民族真奋斗而牺牲，此民族终将无争存于并世之力量。"[①] 世界各地民族文化的不同，是由于所处自然环境影响其生活方式，再由生活方式影响到文化精神，故每一民族国家都有自己的历史文化传统为其生命精神的源泉。作为以儒家思想为宗旨的历史学家，钱穆一生以阐明中国历史文化的生命精神为己任，强调中国文化就在中国历史里，中国史有如一首诗，其发展只是在和谐节奏中转移到新阶段，不可划分或割断，所以诗代表中国文化之最美的部分。他说文化即人生，人是历史文化的产物，每个人的思想性格和心灵都深受其民族文化精神的

① 钱穆：《国史大纲》，商务印书馆1996年版，第2页。

影响，中国文化就在中国人身上；但中国人的全部人生主要还不是在二十四史里，而是真实生动地表现在历代的各家诗文集里，若不懂中国文学，亦将不能懂得中国文化。

现代新儒家是具有较广阔文化视野的现代知识分子，他们在出入西学而返归儒学后，倾向于在中西文化对比中，以一种文化阐明另一种文化，致力于儒学的现代化。如梁漱溟用柏格森的“直觉”说诠释孔子的人生哲学，认为仁是人内在生命的直觉，中国生活是“理智运用直觉”的，所以形成与西方重视理智而外向求知的科学文化不同的中国文化的人文传统。直觉是哲学的手段，靠内心体验把握生命精神的本体；理智（理性）是科学的工具，借助符号和概念对世界进行逻辑分析。以此分判中、西文化，不仅奠定了现代新儒学重视生命体验的发展方向，也突出了“直觉”在儒家人生哲学里的重要地位。曾留学美国的方东美，接受柏格森以万物生命创化之流为宇宙本体的思想，以儒家的生生之德为宇宙流行的普遍生命本体，指点生命流行创化的至善与纯美，认为生生之德既是道德人格的性命来源，也是天人交感圆融的艺术意境。他一方面根据中国先哲赞天地之化育的伟大人格，说明人与自然精神冥合时广大和谐的美感；一方面因自己在现代的生存体验，表达正视人生痛苦时的积健为雄，欣赏作为生命之舞的悲剧之崇高。在后一方面，方东美显然受到尼采诗化哲学的影响，即由日神精神和酒神精神相契合的希腊悲剧来肯定生命意志的神奇伟大，说明艺术的价值在于强化和肯定生命。艺术是生命的兴奋剂，如果说日神所象征的艺术家的白日梦，能以销魂的光彩幻觉满足生命对和谐美妙的需求；那么希腊悲剧中由合唱表现的酒神的狂欢，则能使人于悲剧英雄的悲痛中体验到生命的快乐，面对死神领悟生命的痛快和永恒。“对酒当歌，人生几何”！一切个体生命都将死去，人一呱呱坠地，悲剧就已上演；但作为普遍生命本体的生命意志，代代绵延不绝，决非会干枯的朝露，永远是沸腾的活水。美在生命！人格形成小天地，宇宙吐露大生机，共显生命的活泼朗丽。

融合西方新潮是儒学现代化的思想路线。在上个世纪初传入中国的西方新潮思想里，柏格森、尼采所代表的是一种与科学主义对立的反理性的人文主义思潮，以为理性不能解决信仰问题，科学无法减轻精神痛苦，“上帝死了”，人只能靠自己，试图在人文价值领域找到通往形上学本体的途径，建立以人为主体的本体论哲学。这不仅可以满足现代新儒家追寻意义世界的价值重建祈求，也便于据此对传统儒家思想作创造性的本体诠释。

作为价值和意义根源的超越经验的形上学本体，不能用科学方法证实，却可以用直觉的方法来把握。在上个世纪四十年代，冯友兰曾试图用他称之为“正底方法”的逻辑分析方法来讲形而上学，这种方法源于当时很新潮的维也纳学派的逻辑实证主义。他的《新理学》就是通过对理、气、道体、大全四个核心概念的逻辑分析，接着宋明理学往下讲，试图重建新儒家形而上学的理论体系。但他用这种“正底方法”改造传统儒学的做法并不成功，不及他在《新原人》中用“负底方法”讲人生觉解及其境界那样引人入胜。按照冯友兰的说法，哲学是没有实际用途的，真正形而上学的命题可以说是“一片空灵”，只能用“负底方法”来表显和把握。他认为“负底方法”主要源于中国传统哲学，其精髓是不能说它是什么，只能说它不是什么，即对不可思议者的思议，对不可言说者的言说。这实际上是直觉主义的方法，亦即诗的方法，特点是言在此而意在彼，真正的意思决不在其所说者。故诗可比形而上学，因为诗的言说不是解释和分析世界，而是在对这个世界的直觉体验中领悟不可思议的宇宙本体和人性奥秘，把对宇宙人生的觉解，转化为德性而提升人格，最终达到知性、知天的天地境界，一种充满物我交融之诗意的与天地参的精神境界。

建构体现中国文化生命精神的人生哲学，始终是现代新儒学的主题，而围绕这一主题所取资的西学，有从流行的现代西方哲学回归到较早的黑格尔、康德哲学的转变。根据黑格尔思维与存在同一的精神现象学原理和历史与逻辑相统一的辨证法，唐君毅在其著作《生命存在与心灵境界》中，试图建立一个与黑格尔精神哲学相似的无所不包的心的哲学体系。他以心一分殊的方式，探讨生命心灵由客观境到主观境、再到超主观境的不断超越的发展过程，这与黑格尔所讲的绝对精神的辨证运动没有什么不同。他以“道德自我”为建立儒家人生哲学的出发点，说道德自我不仅是真实的生命存在，亦是人类精神活动善与美的根源。所谓“道德自我”又称精神自我，实即康德所讲的实践理性精神，它以内在于人心的本体存在为根源，又超越地涵盖自然与人生，在完成精神的自我超越时实现于自然与人生中而成为人文。在唐君毅看来，一切文化都是道德自我的分殊表现，求真、求美依于道德心灵，从自然美、文艺美到人格美，乃心灵不断超越的上升之路。他以康德讲的时间、空间属于主体的感性直观形式为根据，谈中国文艺里的时空观念，以及起于直觉的审美观照，以为中国文化缺少非人文的科学与超人文的宗教，是一种关注人自身的心的哲学，故成就了道德和艺术。

现代新儒家强调中国文化是心文化，称“智的直觉”为有中国特色的思维方式，是一种“圆而神”的心灵智慧。直觉是主体的感受和内心体验，是一种非推理的或直接领悟的知识形式，西方的人文主义者把它作为与工具理性、分析理性不同的可用来探索生命本体的独特方式，以便把握宇宙万物的生命存在意义和主体人格的自由意志，完成以人之主体为本体的形而上学。这种人本主义的人文方法，为现代新儒家提供了使儒学再生的契机，把“直觉”作为对中国传统哲学进行本体诠释的思维方式。用直觉思维来诠释儒家的人生哲学，不仅可说明性与天道相融合的天人合一，也可以领会仁者浑然与物同体的感受，还能理解工夫即本体的内在超越，由此而得出的结论是：儒家思想具有重视生命、崇尚直觉的传统，智的直觉代表中国人的思维方式和中国文化的生命方向。

中国传统文化中并没有“直觉”这样的概念或范畴，“智的直觉”是现代新儒家从西方哲学借用来的他山之石。在西方近现代哲学中，感性直觉与理性认识相对称，具有非理性的含意，但理性是非理性的前提条件，直觉也是一种认识活动，不能脱离感性与理性相互依存的认识论。这也是牟宗三要回到康德哲学谈直觉的原因。康德为了回答人之认识何以可能而区别“现象与物自身”，把认识限定在经验现象领域，认为要把握现象背后的“物自身”需要智的直觉。他说作为有限存在的人类不可能有这种直觉，但又处处以智的直觉与感触直觉相对比而言，这是非常耐人寻味的。牟宗三说：“智的直觉之所以可能，须依中国哲学的传统来建立。西方无此传统，所以虽以康德之智思犹无法觉其为可能。”[①] 因为主体与客体的二元对立是西方哲学的传统，用分析理性将现象与本体分开来，是进行逻辑思考的前提。经验现象可由感觉形式认识，而作为本体的“物自身”只是思想里的空观念，无实际内容的形而上学让分析理性无能为力，不可能成为真正的认识对象。然而追求主客合一与物我一体却是中国哲学的传统，倾向于将现象与本体作为不可分离的有机整体来把握，以为人具备有内在超越潜能的无限心，可超越自我而与天地并立、与万物为一，可以透过现象看本质，这使智的直觉能够得以成立。

作为西方近代最重要的思想家，康德提出和论证的科学知识和自由意志何以可能的问题，是西方社会迈向现代化过程中具有普遍意义的哲学问题，亦是中国哲学现代化须面对的问题。在中西文化

① 牟宗三：《智的直觉与中国哲学》，台湾商务印书馆1980年版，第2~3页。

的会通中，源自康德哲学的一些思想范畴，如“实践理性”、“内在超越”和“智的直觉”等，成为现代新儒家用来建构形上学的道德理想及其艺术哲学的关键词，不仅是他们重建人文价值理想的理性根据，也提供了对中国传统道德和艺术进行本体诠释的思维方法。牟宗三强调：“只有由康德的经验实在论与超越的观念论所开出的phenomena（现象）与noumena（物自身）之分别，才可以与中国的哲学相接头，相会通。”① 换言之，西方哲学与东方思想的会通，只有通过康德这个间架才有可能。牟宗三以儒家的心性论会通康德哲学时，尤注重康德所讲的上帝才有的“理智直觉”，以为中国人凭本心或良知自作主宰的德性之知即属于这种智的直觉，可令人于平凡中见伟大，达到实践理性追求的存在与价值（真与善美）的同一和内在与超越（有限与无限）的统一。道家那种“以无知知”的静观，佛家缘起无性的般若圆照，也都是体现心之无限的智的直觉。

中国人之所以有智的直觉，关键在于“转识成智”的心性修养工夫。智的直觉不仅是内心生命创造的人性根源，也是通向形而上宇宙本体的呈现原则，其对中国文化的影响主要体现在道德与文艺领域。作为“圆而神”的生命智慧和心性修养工夫，智的直觉既是人之本心仁体的道德良知的人格呈现，亦是主体虚静之心的审美观照所成就的艺术精神。这成为徐复观对儒、道两家的艺术精神进行性体或心体诠释的思想基础，他对中国现代文艺美学的贡献，除了由反省性善仁体的人格修养，揭示儒家“为人生而艺术”的精神外；便是从生命心灵的精神活动中发掘出艺术的根源，把握人格自由和精神解放的关键，让中国纯艺术精神的虚静心体从道家的庄学中呈现出来。所以说，智的直觉是一种生命智慧，在对中国文化和

---

① 牟宗三：《中西哲学之会通十四讲》，上海古籍出版社 1997 年版，第 101 页。

文艺思想进行本体诠释的过程中，可用智的直觉把握“物自身”之谜，打开通往以人为本的道德形上学的道路，建立以生命为本体的现代新儒家的人生哲学和文艺美学。

（原载《天津师范大学学报》2004年第2期）

后记

这次应邀编“自选集”，给自己提供了一次反省的机会。回顾在南开的学习和工作，从念研究生时开始在学术刊物发表文章，至今已有二十个春秋了。这么长的时间里，自己所写的论文不惟数量不多，质量也不高，实在令人汗颜。没有成功的经验，只有遗憾，诚如刘勰《文心雕龙》所说：“意翻空而易奇，言征实而难巧。”在把与中国文艺思想史研究有关的三组论文汇集成册后，几经踌躇和思量，将写作这些文章的经过和想法做些说明，也算是在治学方面的一个阶段性总结。

《论“妙悟”》是我上大学时学写的第一篇学术文章，像我这样基础薄弱而天资平凡的人，直至读研究生后才逐渐懂得一点读书做学问的道理，言“妙悟”实在有点反讽的意味。我的硕士导师王达津教授，是我治学道路上的引路人。达津先生早年毕业于武汉大学中文系和北京大学文学研究院，曾任教于中央大学、北京大学和南开大学，学问渊博，精通经、史、子、集，擅长于古代文学研究和诗词创作。与其他深受传统文化熏陶的老一辈学者相同，达津先生的文学研究和教学讲究以经史为根柢，一开始就要求我们阅读《十三经注疏》、《诸子集成》等成套的大书，又规定通读《资治通鉴》，连胡三省的注也要认真读。他认为治中国的学问须从经、史悟入，而且要从先秦开始，才能高屋建瓴。清人在训诂考证方面的文献研究，可作为通向先秦典籍和经史著作的桥梁。这些见解的重要性，我是在事隔多年之后才领悟到的。当时只是觉得要读的书太多，范围太广，与我们所学的文学专业相距也远了些，莫非真的是“功夫在诗外”？或许是看出了我们的畏难情绪，达津先生对考试或作业的要求十分严格，记得他出题考我们对《资治通鉴》的了解程度，考了整整一天。如果没有先生的认真引导和严格训练，我等根本不知道学术为何物。先生治学强调大量读书和掌握第一手资料的重要，反对写没有根据的随感式的文章，以为如风吹过耳，将与草木同朽。尽管我后来进步太慢，有负先生的厚望，但也养成了做研究从史料出发的习惯，力戒引二手材料作主观的随意发挥，而是本着认知的态度，注重用材料说话，有一分材料说一分话，讲求实事求是，以为实事（材料）在前，是也就在其中了。

由于读研究生选择的专业方向是中国文学批评史，又存有“古为今用”的想法，我的研究兴趣一度集中在古代文艺理论的范畴研究上，试图对中国文艺思想史上的一些重要概念和范畴作系统的诠释，探讨古文论的民族特色和演变规律，以利于建设有中国特色的文艺理论。想法很好，但做起来就不容易了，虽然也断断续续地发表了一些相关的论文，如《〈庄子〉中的“神”及其对中国古代文论的影响》、《论“活法”》、《论“以物观物”》等。事实上我所能做的，只是将不同时期与某一文艺命题或范畴有关的资料收集在一起，进行分类排比；然后再根据自己的理解作归纳总结，上升到理论的层面。这样做的好处是易于操作，仅从字面意义有关联，就可以对资料作出分析并形成自己的看法。如果接受语义哲学的说法，承认思想与语言存在着相互影响和制约的关系，是可以从文艺思想史里找出能称为“范畴”的语汇资料，用排比材料的归纳方法来总结思想内容，再由内容与内容的比较，探索某种文艺观念的演变过程。但问题在于：同一概念范畴，即使是在同一时代，人们也会因思想的不同而赋予它不同的内容，何况是不同时代的人呢！比如同一“风骨”范畴，盛唐人讲的“风骨”的含义，就与魏晋时期的“风骨”有所不同。再说，仅就某人某家常用的重要语汇作归纳，总结演绎出其思想体系的内在理路，已难免有推论太过之虞，更不必说仅“就其字义，疏为理论”的做法，极易流于简单、粗率和附会。在看了我最初发表的几篇论文后，罗宗强先生给我明确指出了这一点。当时的感觉，不啻当头棒喝！

宗强先生是我攻读博士学位的指导教师，思维敏锐，感情丰富，是一位具有文化睿智和诗人性情的学者。他大力提倡将文学理论批评与文学创作实际结合起来的文学思想史研究，认为研究文学史和文学批评史的人，如果离开坚实的史料基础，就不可能去感知、去把握文学思想的真实面貌；但仅有严谨的学风，对史料作认真的清理是不够的。面对大量的文学现象，还有一个审美感受的问题，进行文学研究，若没有敏锐的审美能力，没有引起感情的那种波动，没有感情的共鸣，只靠纯理性的分析是不行的。在宗强先生的具体指导下，我有很长一段时间沉浸在古人诗文的海洋里，除了浏览《全上古三代秦汉三国六朝文》、《昭明文选》、《全唐诗》和《全唐文》外，还把唐宋金元的作家文集找来，一部一部地读，感受和体验古人作品中的人生况味和幽情壮采。日积月累，受到情感深厚的优秀作品的熏陶，自有一种生命的感发和激动，并注意在写作时把这种感情的共鸣传达出来。又遵师嘱，在描述文学思想现象时，注意淡化理论色彩，把洞察和分析夹在叙述之中，让思辨的力量由行文的内在逻辑自然表现出来。在完成博士论文《宋代文学思想史》后，我还参加了几部中国文学史的撰著工作，收在本书里的第二组论文，如《南北文学合流与初唐诗歌》、《追求理趣和老境美》、《辽代文学思想论略》等，就是进行这方面劳作的单篇作品。

文学思想研究无疑是中国文艺思想史研究的主要内容。与传统的文学史与批评史研究不同的是，文学思想的研究不但要注意那些前人在文学理论批评中明确表述出来的观念性内容，更强调从作家创作的具体追求乃至风格特色等方面（如修辞技巧的运用、体裁的选择、情趣韵味的改变），总结那些未曾明确表述出来的原生态的文学思想，使之与理论批评相互映证。这样做不仅扩大了研究的取材范围，也使文学思想的研究更具历史感，不但属于理论史、观念史，而且属于创作史和更全面意义上的文艺活动史。文学思想是文艺发展的动态反映，只有对文学自身有真切的了解，具备敏锐的审美感悟力，才能从作家和流派的具体创作活动中，察觉引发某种文艺思潮的审美趣味的嬗变。所以在文学思想的研究中，要特别注重从一个时期具体文学创作活动中所形成的共同的创作倾向和审美追求入手，概括作家在创作方法、审美情趣、艺术风格和表现技巧等方面体现出来的观念的变化。由此反观文艺理论史的范畴研究，要求对产生这些理论范畴的创作实际和社会思潮有清楚的了解，要知道前人是在什么具体情况下，针对何种文艺现象而提出和使用这些概念或范畴的，这样才能确切把握某一理论范畴的具体含意，避免流于表面化的无根游谈。在考察某一时代文艺思想的演变过程时，社会政局、士人心态和学术文化思潮的影响，也是不可忽视的重要方面，须打通文、史、哲作融会贯通的综合研究。

哲理与艺术的会通，以及如何会通，是中国文艺思想史研究中难以回避的问题，此即古人讲的道、技两进问题，亦即思想文化与文学艺术的关系问题。我对此问题的关注，反映在近些年来的儒家文艺思想研究里，收入本书的《万物静观皆自得》、《现代新儒家的生命美学》、《智的直觉与中国艺术精神》等论文，就属于这方面的一部分成果，还出版了专著《儒家文艺美学》。这些论著以中华传统文化的发展为背景，按照儒学在演变过程中自然形成的三个历史阶段——早期的政治哲学、中期的伦理哲学、近期的人生哲学，对儒家文艺思想进行较为全面和系统的梳理。以“天人合一”、“体用一源”到“智的直觉”为思想脉络，探讨儒家文艺美学与时俱进的演变过程，包括从以政治教化为主的各种命题，到以文道、理气、心性、体用等范畴为核心的文论和诗论，再进步到会通中西文化的文艺观和生命美学。无论哪一个阶段的儒家文艺美学，都有非常丰富的思想内容，都是对原始儒家思想进行创造性诠释的结果。在具体论说过程中，注重将宏观把握与微观考察有机结合起来，于错综复杂的历史文化现象中梳理出思想的发展线索，对儒家重要代表人物的文艺美学思想作深入的细致分析。把所涉及到的文艺美学的重要命题、范畴和问题，放到特定的历史语境里加以理解，尽可能地用当时的概念或范畴来定位先哲的思想，理解前人是怎么说的，然后再加以诠释。先入乎其内，又出乎其外，在个案研究的基础上进行理论概括，争取做到既贯通古今，又融汇中西，既清理历史面貌，又探讨其现代意义。

研究中国古代文史的学者，多就个人的禀性和兴趣爱好决定自己的学问路数，有的偏重于史料的收集考辨，以竭泽而渔的方式整理文献；有的擅长理论思辨，每借助现代观念来结构著作；还有的倾向于审美感悟，以灵心慧性感知文学的妙趣真谛。我追求的是三者的有机结合，即文、史、哲的融会贯通，力求在学术研究中既体现科学的实证精神，又兼备哲学的思想睿智和敏锐的文学鉴赏能力，在重视材料的同时，绝不忽视理论与方法。古人言学问讲究“义理、辞章、考据”，在文史哲这样的人文社会科学研究领域，要做到三者的会通与结合，方有可能产生传世之作。当然，以我这样的学识和才力而言，是无法达到三个方面的完满结合的；但取法乎上，或能得其中，虽不能至，而心向往之。

我始终相信：勤能补拙，天道酬勤。关键在于——汝能持久否？末了引杨万里《读书》中的诗句作为结语：

说悟本无悟，谈玄初未玄。
当其会心处，只有一欣然。

张毅甲申年记于天津南开大学学者公寓